Paola Morelli   Daniela Tocco

PASSO PASSO

L'Attività Motoria come strumento per lo sviluppo globale del bambino alla scuola primaria.

Le ricadute a livello cognitivo, emotivo- affettivo e sociale.

SOMMARIO

Sommario

PREMESSA 4

CAPITOLO 1. 7

L'apprendimento motorio alla scuola primaria. 7

    Le fasi dell'apprendimento motorio alla scuola primaria. 9

    I fattori che influenzano l'apprendimento motorio. 12

    La chiave valoriale dell'osservazione per l'insegnamento dell'attività motoria. 14

    La valutazione formativa come promozione di risposte comportamentali. 17

CAPITOLO 2. 22

L'attività motoria alla scuola primaria. 22

    Le proposte motorie in 1° e 2° primaria. 23

    Le proposte motorie dalla 3° alla 5° primaria. 30

    Il ruolo educativo dell'attività motoria a scuola. 39

CAPITOLO 3 40

La progettazione del setting e degli obiettivi 40

dell'attività motoria a scuola. 40

    L'organizzazione del setting rispetto all'attività motoria. 42

CAPITOLO 4 44

Il percorso di autoconsapevolezza, motivazione 44

e il benessere emotivo. 44

    Giochi per rinforzare l'attenzione e la concentrazione, la consapevolezza e la propriocezione come ascolto di sé stessi. 45

    Spazio, tempo ed abbigliamento nelle proposte di rilassamento. ... 46

Definizioni 50

TAVOLA 1 53

TAVOLA 2 95

TAVOLA 3 181

TAVOLA 4 207

TAVOLA 5 226

TAVOLA 6 241

GIOCHI PSICOMOTORI 241

SC. PRIMARIA 241

TAVOLA 7 255

I GIOCHI DI SQUADRA PROPEDEUTICI 255

SC. PRIMARIA 255

TAVOLA 8 285

I GIOCHI DI SQUADRA 285

SC. PRIMARIA 285

TAVOLA 9 296

PERCORSI PROPRIOCETTIVI, DI RILASSAMENTO E CONSAPEVOLEZZA 296

SC. PRIMARIA 296

TAVOLA 10 310

I DIVERSI ATTREZZI E IL LORO UTILIZZO 310

SC. PRIMARIA 310

APPENDICE 317

PREMESSA

Questo lavoro nasce dall'esigenza di fornire ai docenti della scuola primaria una guida che valorizzi l'educazione fisica come motore per l'apprendimento di competenze trasversali alle diverse discipline e per la vita.

Alla scuola primaria l'attività fisica rappresenta una disciplina curricolare con un monte ore settimanale di una, massimo di due ore, che rappresentano a quest'età evolutiva un residuo orario poco rispettoso dei ritmi e delle necessità di movimento rispetto all'età anagrafica di riferimento. La considerazione acquisisce ancor più valore nella considerazione della limitata esperienza motoria della maggior parte dei bambini di quest'età, per il dirompente interesse rispetto al digitale della società odierna che ha spostato l'interesse e le scelte dei bambini piuttosto che non verso una attività motoria.

Esperienze che hanno limitato e mutato le abilità e capacità dei bambini comportando, con evidenza oramai osservabile all'interno della scuola, difficoltà rispetto alla:

- capacità di organizzarsi e sperimentare soluzioni differenti ed adattive in riferimento alle situazioni da fronteggiare;
- capacità di pianificare il movimento, il comportamento e gli atteggiamenti, in risposta a stimoli differenti;
- capacità di differenziazione cognitiva e di controllo motorio in risposta alle situazioni ed al vissuto quotidiano;
- capacità di problem solving, intesa come problematizzazione rispetto alle situazioni andando a trovare le risorse e gli strumenti utili per rispondere ad ogni problema che si incontra.

Queste difficoltà hanno delle ricadute importanti a livello d'apprendimento, di autonomie e giocano, anche, un ruolo essenziale rispetto alla maturazione identitaria del bambino.

A fronte di queste difficoltà la scuola dovrebbe rispondere dando opportunità reali, come esperienze stimolo in situazione, che permettano al bambino di agire come protagonista diretto, scoprendo nuove modalità, nuove strategie, nuove risorse in sé stessi. Una opportunità in situazione può essere offerta, senz'altro, dall'attività fisica, poiché rappresenta una disciplina che permette di strutturare obiettivi di padronanza rispetto alla capacità di essere attivi e reattivi, di riconoscere ed utilizzare in maniera efficace e funzionale il linguaggio del corpo nella dimensione comunicativo- relazionale, di acquisire le regole rispetto all'ambiente, al rispetto degli altri e delle situazioni gioco, di valorizzazione della lettura senso percettiva, favorendo la partecipazione, l'attenzione e la concentrazione.

L'attività fisica rappresenta l'occasione, anche, per organizzare proposte inclusive, legate ai diversi ritmi d'apprendimento e potenzialità di ciascun bambino, favorendo l'autostima, la capacità di fare e l'autodeterminazione.

Il limitato numero di ore e la ripartizione dell'utilizzo in base alla disponibilità logistica della palestra, però, comporta alla scuola primaria un'organizzazione di spazi e tempi ai fini dell'attività non sempre funzionali alla maturazione degli obiettivi motori e trasversali.

L'idea che vorremo passasse è la comprensione di quanto l'attività motoria possa essere una disciplina fondante per favorire gli obiettivi per la maturazione globale dello studente rispetto alle diverse dimensioni di crescita:

> ➢ cognitiva: rappresentando l'opportunità di sperimentare, attraverso il fare pratico operativo ed esperienziale, situazioni stimolo che comportano la maturazione delle abilità rispetto alle funzioni esecutive, perciò rispetto alla percezione, all'attenzione, alla pianificazione e alla memoria;
> ➢ motorio- prassica: dando l'opportunità di favorire la maturazione della coordinazione globale e fine, dinamica e statica, visuo spaziale, visuo- motoria, oculo manuale e delle capacità grafo motorie;
> ➢ emotivo affettiva: favorendo la capacità di mettersi in gioco riconoscendo le proprie ed altrui emozioni, che scaturiscono dalle attività di gioco e di confronto con gli altri, consapevoli di quanto il corpo rappresenti una modalità per esprimere sensazioni, emozioni e rappresentarle esternamente in maniera adattiva. Significa dare l'opportunità per una maturazione identitaria forte e stabile;
> ➢ comunicativo relazionale: favorendo la consapevolezza attraverso il confronto con gli altri di quanto le capacità ed abilità sociali, quali l'ascolto attivo, la partecipazione come scambio e rispetto delle opinioni e del modo d'agire altrui, la comunicazione efficace, rispetto al lessico e alla struttura della frase, siano le chiavi della maturazione intrapersonale.

Questi i punti principali per i quali riteniamo opportuno favorire l'attività motoria programmata con attenzione rispetto agli obiettivi e alle finalità tese allo sviluppo delle competenze chiave, legate alle diverse dimensioni di crescita dei bambini, e a quelle disciplinari. L'accezione qui specificata fa riferimento ad una progettazione trasversale tra le diverse discipline in cui l'attività motoria rappresenti la disciplina portante per la sperimentazione in situazione e sotto forma laboratoriale degli apprendimenti.

Per via dell'autonomia ogni singola Istituzione Scolastica può progettare, a livello di curricolo verticale, una proposta formativa e contemplare la relativa organizzazione in considerazione delle differenti necessità dell'utenza, del contesto scolastico e del territorio d'appartenenza. Questo dà l'opportunità ad ogni docente di poter organizzare gli spazi ed i tempi dell'apprendimento in funzione dei feedback dei propri studenti.

In virtù del fatto che le classi contemplano sempre più esigenze formative determinate dai numerosi Bisogni Educativi Speciali, il supporto dell'attività motoria nella didattica delle diverse discipline è la chiave per favorire la motivazione, l'interesse e la partecipazione attiva dei bambini. Rappresenta, infatti, il canale che permette a tutti i bambini di sperimentare il successo, se progettata facendo riferimento ai ritmi, alle necessità e alle potenzialità di ciascuno di loro.

L'attività motoria, oltre a rappresentare la disciplina perno per l'apprendimento di tutte le altre discipline, può rappresentare, anche, la disciplina inserita nella metodologia ad intermittenza per andare ad alternarsi alle attività con un carico cognitivo superiore, sia con attività statiche che dinamiche, incrementando gli stessi obiettivi sui quali si sta lavorando. Si ricorda che il processo d'insegnamento apprendimento basato sulla didattica ad intermittenza è quello maggiormente rispondente alle modalità d'apprendimento dei bambini, ai loro ritmi ed intelligenze, ai bisogni educativi, alle eventuali difficoltà d'attenzione e concentrazione presenti in classe e alle difficoltà di comportamento.

CAPITOLO 1.

L'apprendimento motorio alla scuola primaria.

L'apprendimento alla scuola primaria dev'essere strutturato secondo una didattica laboratoriale investendo, perciò, su una strategia d'insegnamento apprendimento basata sul laboratorio come luogo privilegiato per la personalizzazione delle proposte.

Un laboratorio basato sul fare ed agire autonomo del bambino, attraverso la scoperta delle diverse opportunità del corpo e del movimento ed agendo da protagonista nelle attività secondo la logica della costruzione e della rielaborazione creativa, piuttosto che non, della riproduzione.

Se ne configura, perciò, l'idea dell'insegnante come facilitatore e promotore di occasioni d'apprendimento formative che favoriscano:

- la costruzione autonoma delle conoscenze ed abilità;
- la riflessione ed il ragionamento, come sviluppo della dimensione metacognitiva;
- il riconoscimento ed accettazione delle regole e della collaborazione e cooperazione con gli altri.

Il laboratorio è la metodologia, condivisa e supportata dal paradigma psicopedagogico di riferimento, maggiormente significativa per favorire l'apprendimento e la sua relazione con il fare, che implica la maturazione delle abilità, e con il linguaggio, inteso come elaborazione, ricostruzione e descrizione delle conoscenze.

L'organizzazione del setting del laboratorio, al fine di favorire l'apprendimento, deve prevedere la programmazione del tempo e dello spazio, degli obiettivi previsti e delle eventuali variabili determinate dalle necessità, dai feedback dei bambini e dalle eventuali difficoltà presenti nel contesto classe. Per sostenere l'apprendimento si deve far in modo di motivare al fare autonomo e alla voglia di mettersi in gioco, predisponendo un ambiente emotivamente significativo, accogliente e dove i bambini si sentano realmente protagonisti e liberi di potersi esprimere sulla base delle proprie capacità e potenzialità.

Si dovranno, perciò, proporre attività, giochi ed esercitazioni rispettose dell'età anagrafica, delle capacità ed abilità di ciascun bambino e del loro grado di sviluppo, in riferimento a tutte le dimensioni, quella cognitiva, motorio prassica, emotivo affettiva e comunicativo relazionale. L'attenzione alla specificità ed unicità di ciascun bambino rappresenta la chiave per proporre situazioni stimolo sfidanti, sia pur legate alle esperienze pregresse dei bambini, dando la possibilità a ciascuno di rispondere in maniera personale.

L'apprendimento motorio alla scuola primaria fa riferimento:

- alle capacità motorie, ossia alla risposta del bambino alle stimolazioni motorie rispetto all'ambiente e agli altri,
- alle abilità motorie già maturate, attraverso il bagaglio esperienziale pregresso,
- alle capacità coordinative, che corrispondono all'organizzazione, alla pianificazione, al controllo del movimento del corpo in funzione delle situazioni.

Evidente la ricaduta che, ciascuna, ha nei confronti dell'apprendimento, inteso come maturazione della capacità di risposta all'ambiente, ossia il modo in cui si comprende ed elabora gli stimoli provenienti dalla dimensione senso percettiva e della capacità di adattamento, ossia della rimodulazione del bagaglio esperienziale e delle rappresentazioni mentali in funzione delle nuove conoscenze o necessità dell'ambiente.

Alla scuola primaria i bambini arrivano con un bagaglio esperienziale già maturato e consolidato in ambito familiare, sociale e all'interno della scuola dell'infanzia in contesti, perciò, sia formali che informali. L'insegnante dovrà, quindi, valutare il bagaglio di cui il bambino è in possesso, sia in riferimento a quanto rappresenta una capacità motoria consapevole che in riferimento alle capacità legate all'apprendimento implicito, ossia l'apprendimento per il quale il bambino non è consapevole anche se utilizzato dallo stesso.

La progettazione delle attività alla scuola primaria varia a seconda della classe a cui si riferisce:

- nel corso della 1° e 2° primaria: le attività ed i giochi da proporre dovranno essere un continuum con gli obiettivi della scuola dell'infanzia, rappresentando l'opportunità per il loro affinamento e la stabilizzazione a seguito dell'esercizio ripetuto;
- dalla 3° primaria: le attività ed i giochi dovranno rappresentare il rinforzo di capacità ed abilità motorie, come ampliamento delle capacità di base e costruzione delle capacità coordinative più specifiche, quelle ad esempio utili per affrontare le diverse discipline motorie e sportive. È il periodo in cui matura l'esecuzione delle attività, si automatizza e gli studenti sono in grado di rispondere, anche, a situazioni e compiti più complessi controllando l'esecuzione dei gesti.

L'intelligenza corporeo-cinestetica, così come definita da Gardner, favorita attraverso l'educazione fisica all'interno della scuola primaria, comporta lo sviluppo del corpo e del movimento come canale principale di collegamento e relazione con l'ambiente. Attraverso le esperienze con il corpo il bambino acquisisce l'organizzazione spazio-temporale, la comprensione e capacità di risposta in riferimento agli stimoli percettivi e alla problematizzazione, la capacità di flessibilità, di controllo e inibizione e la maggiore consapevolezza rispetto a sé stesso.

Il laboratorio motorio, perciò, favorisce la crescita cognitiva dei bambini comportando la combinazione tra saper essere, ossia la consapevolezza del sé corporeo che facilita la maturazione identitaria, e saper fare, ossia la capacità di agire operativamente, esplorando e scoprendo a livello percettivo e sensoriale ed attraverso il movimento il mondo circostante e la relazione con gli altri. Favorisce, poi, lo sviluppo della simbolizzazione e la capacità di rappresentarsi mentalmente le azioni e i movimenti.

L'attività motoria rappresenta, anche, il luogo privilegiato per mettere in gioco le proprie emozioni, le proprie capacità e potenzialità nel rispetto delle differenze di ciascun bambino. Rappresenta, perciò, il contesto educativo inclusivo per eccellenza.

La programmazione delle attività e dei giochi dev'essere perciò organizzata in considerazione di ogni eventuale difficoltà a livello emotivo affettivo oppure determinata da bisogni educativi speciali, così da far vivere serenamente ogni percorso, predisponendo un'ambiente accogliente e motivante per ciascun bambino. Nel caso di disabilità e disturbi del comportamento oppure rientranti nella sfera emotiva l'educazione fisica rappresenta una risorsa per superare le difficoltà e maturare nella dimensione personale, cognitiva, motorio prassica, relazionale e sociale.

Le fasi dell'apprendimento motorio alla scuola primaria.
La programmazione dell'apprendimento motorio implica l'organizzazione della proposta in considerazione del fatto che ci sono degli stadi da considerare rispetto alla conquista delle capacità ed abilità motorie:

- fase dell'apprendimento grezzo: quella in cui sia pur comprendendo il compito e l'attività da eseguire, il bambino si trova a sperimentare nuove azioni e gesti e lo fa in maniera grossolana, scoordinata e senza finalizzare la propria proposta;
- fase della ricerca della precisione rispetto all'azione e gesto: in cui a seguito dell'esercizio e della ripetizione della proposta il bambino acquisisce sempre maggiore consapevolezza rispetto al suo comportamento e al riconoscimento della sequenzialità di

ogni singolo gesto, utile al fine del raggiungimento dello scopo finale;
- fase della variazione del gesto e del movimento: in cui il bambino, consapevole del compito e delle azioni efficaci per compierlo, controlla, inibisce e adatta il comportamento e l'atteggiamento in risposta alle differenze della proposta, alle eventuali variabili e agli stimoli presenti nel contesto ambientale. È la fase della maturazione della propria consapevolezza, del proprio corpo, delle proprie scelte nel riutilizzare capacità motorie ed abilità generalizzandole in contesti differenti da quelli in cui le ha maturate.

Come già specificato il bambino inizia ad apprendere e fare esperienza con il proprio corpo e il movimento, ad esso collegato, sin da quando nasce e sperimenta le prime modalità di rapporto ed interazione con gli altri e l'ambiente. Ne conquista, perciò, con il passare degli anni, una serie di consapevolezze e capacità che si affinano con il susseguirsi delle esperienze vissute. Costruisce, così, abilità, ossia automatismi per via dell'interiorizzazione dei gesti che, con il passare del tempo, dovrebbe sapere modulare in accezione più adattiva rispetto alle necessità del contesto e delle situazioni.

La **capacità di adattamento** rappresenta una delle caratteristiche fondamentali non solo dell'apprendimento motorio, ma dell'apprendimento in generale del bambino e per la vita. L'adattamento racchiude in sé la volontà personale, è perciò legata alle caratteristiche della personalità, la capacità di organizzazione, di pianificazione, di ragionamento rispetto a quanto si deve fare di fronte ad una situazione nuova e a come farlo. L'esperienza gioca un ruolo fondamentale in questa maturazione, poiché permette al bambino di trovarsi di fronte a situazioni stimolo per l'apprendimento e, di conseguenza, incrementarla.

L'esperienza probante nel contesto scuola attuale, invece, dimostra una grandissima difficoltà da parte dei bambini nel sapersi organizzare e trovare soluzioni ai diversi problemi in autonomia. Si evidenzia, perciò, una importante inesperienza e spesso un'incapacità a trovare le giuste soluzioni ed adattamenti, a seguito di una marcata difficoltà:

- di lettura e comprensione degli stimoli senso percettivi e, perciò, a finalizzare il processo percettivo alla comprensione del mondo e delle sue caratteristiche. I bambini non usano più gli organi sensoriali per conoscere, o per lo meno, sviluppano solo quelli vicarianti, perdendo sempre più la consapevolezza delle altre possibilità percettive. L'esperienza del vissuto percettivo attuale è sempre più legata alle esperienze visive e uditive (i canali multimediali e di massa), tanto da perdere la capacità di utilizzo funzionale delle mani e dell'apparato tegumentario, palesando una sempre maggiore difficoltà nella grosso e fino motricità, nella coordinazione generale statica e dinamica, con ricadute importanti a livello d'apprendimento;

- di capacità di azione autonoma in risposta ad una sollecitazione e di finalizzazione dell'azione stessa in virtù delle differenti situazioni, con capacità di controllo, inibizione, pianificazione e consapevolezza dei propri atteggiamenti e comportamenti. È più che mai evidente, infatti, la difficoltà a gestirsi e coordinarsi nelle diverse parti, i movimenti sono spesso goffi e scoordinati, distratti e impulsivi, incontrollati e poco attenti alle conseguenze;
- di capacità di attenzione e concentrazione rispetto ad ogni stimolo percettivo oppure azione tale da permettere il controllo e il recupero in memoria dei giusti atteggiamenti e comportamenti in risposta. L'attenzione guida il bambino all'acquisizione di consapevolezza e alla fluidità e correttezza del gesto, andando a riflettere e ragionare sui diversi momenti che compongono una determinata azione motoria o gesto che deve portare allo scopo finale dell'azione stessa. La capacità di destrutturare i gesti e i comportamenti implica l'attivazione dell'attenzione alla giusta sequenzialità di ogni singolo momento del gesto oppure comportamento che si deve andare a compiere, evitando di saltare passaggi e, quindi, di agire in maniera erronea o scorretta;
- la capacità di memorizzazione consapevole, rispetto alle rappresentazioni mentali come presa di consapevolezza e comprensione delle diverse azioni e comportamenti, per via della mancanza di una ripetitività delle azioni e della giusta attenzione e motivazione, che comportano una parziale acquisizione degli apprendimenti e, di conseguenza, una minore capacità di recupero in memoria delle conoscenze e di sicurezza rispetto a quanto fare e come farlo.

Evidente in questo discorso una lacunosa competenza dei bambini rispetto alle funzioni esecutive, quelle funzioni, cioè, implicate nella mobilitazione delle risorse che permettono al bambino di autoregolarsi nel comportamento e nell'atteggiamento in funzione dell'ambiente e degli altri. Elemento chiave della valutazione del comportamento dei bambini, ad oggi combinata alla valutazione per l'apprendimento all'interno della scuola primaria, ossia della capacità di sapersi autoregolare a livello emotivo e comportamentale.

I fattori che influenzano l'apprendimento motorio.

Nella programmazione delle proposte, da attivare per l'attività motoria alla scuola primaria, si devono considerare differenti elementi che migliorano l'efficacia e la qualità delle attività. Mentre, in assenza di un'appropriata valutazione, potrebbero comportare una parziale oppure non corretta acquisizione degli obiettivi, ovvero ancora una difficoltà a comprendere, rappresentarsi correttamente ed agire in maniera consona, positiva ed efficace rispetto al compito e rispetto al proprio benessere psicofisico.

I fattori rappresentano le variabili che l'insegnante deve valutare per favorire il processo d'insegnamento apprendimento e permettere l'acquisizione degli obiettivi e, così, fare emergere il talento di ciascun bambino:

- **le capacità ed il bagaglio esperienziale del bambino**: inteso come prerequisito di base per la definizione della programmazione sulla base delle capacità, delle doti, dei ritmi e potenzialità del bambino. La considerazione chiave è che, ciascun bambino, ha una propria unicità e specificità che dev'essere promossa per far sì che possa emergere il suo talento;
- **l'ambiente d'apprendimento**: all'interno dell'ambiente sono spesso presenti variabili e situazioni che potrebbero innescare difficoltà, contrastando il processo d'apprendimento, oppure potrebbero essere facilitanti promuovendolo. Spetta all'insegnante creare le situazioni stimolo ed un ambiente d'apprendimento emotivamente significativo. Rendere l'ambiente d'apprendimento dello spazio gioco prevedibile ed organizzato, sia che si tratti di proposte libere che guidate, implica l'attenta osservazione dell'insegnante rispetto all'organizzazione dello spazio e del tempo, alle metodologie più funzionali rispetto alle diverse fasi dell'apprendimento motorio, alla modalità di proposta ed organizzazione del compito motorio da far eseguire, in considerazione dell'evoluzione del bambino e della sua sicurezza;
- **la motivazione ad apprendere**: è la chiave per il raggiungimento degli obiettivi, attivando l'intenzionalità e la voglia di fare ed agire autonomo da parte del bambino, la gioia di mettersi in gioco con ardore, con un atteggiamento di scoperta e ricercazione, premesse per la promozione della competenza chiave dell'imparare ad imparare. La motivazione rappresenta, anche, la chiave per promuovere l'attenzione rispetto al compito e la memorizzazione delle diverse conoscenze che vengono realizzate durante l'attività;

- **il processo d'insegnamento apprendimento efficace e di qualità**: l'insegnante dev'essere il promotore e facilitatore dell'apprendimento in tutte le dimensioni di sviluppo, favorendo la crescita globale del bambino. L'insegnante dovrà, perciò, promuovere attività e giochi facilitanti, ossia tesi a sostenere la maturazione di abilità e conoscenze senza per questo creare ansia di prestazione oppure situazioni che comportino frustrazione ed insuccesso. L'attenzione rispetto alle proposte dev'essere, quindi, non solo legata agli obiettivi cognitivi e motori da far raggiungere ai bambini, ma anche alla dimensione emotivo- affettiva e relazionale essenziale per la maturazione sia interpersonale, quindi l'identità e personalità, che intrapersonale, le abilità sociali e la competenza di cittadinanza. Significa, anche, promuovere situazioni stimolo personalizzate alle necessità di ogni singolo alunno, ivi compresi i bisogni educativi speciali, adattando le proposte ad ogni singola specificità e adottando strategie e mediatori differenti che permettano l'agire autonomo del bambino in situazione;
- **le modalità d'osservazione e valutazione del processo d'insegnamento apprendimento**: l'osservazione rappresenta la modalità per conoscere il bambino nella fase iniziale ed in itinere rispetto alla sua maturazione e crescita psicomotoria. Ad inizio, con valore diagnostico rispetto alla programmazione, per la valutazione del bagaglio conoscitivo, delle capacità motorie e delle eventuali difficoltà emotive, comportamentali e motorio prassico di ogni bambino. L'osservazione iniziale ha il ruolo di promuovere, a posteriori, una programmazione realmente rispondente a tutte le necessità. In itinere, con valore formativo, ha il duplice compito di osservare le dinamiche e situazioni esperienziali comportando l'eventuale aggiustamento, semplificazione oppure rimodulazione degli obiettivi, ed il compito, in ottica orientativa e proattiva per i bambini, di fornire i giusti feedback per favorire risposte sempre più efficaci e verso il miglioramento in ogni dimensione di sviluppo.

La considerazione di questi fattori nella programmazione permette agli insegnanti di organizzare l'attività di educazione fisica in risposta alle necessità del contesto scolastico e ai feedback di ciascun bambino, creando un'opportunità formativa costruttiva e stabile nel tempo.

Per essere tale, data l'età anagrafica dei bambini e la delicata fase evolutiva, bisogna prestare attenzione al carico cognitivo che nella proposta potrebbe ricoprire un ruolo centrale nella attivazione di risposte non adattive, di estrema faticabilità e del calo d'attenzione e concentrazione, comportando disinteresse, scarsa motivazione al fare e alla partecipazione attiva. Acciocché non si traduca in una distruttiva esperienza dal punto di vista cognitivo ed emotivo affettivo per il bambino è indispensabile valutare attentamente ogni elemento sopra specificato.

In presenza di bambini con BES ogni fattore su descritto rappresenta l'opportunità del docente di formulare scelte e programmare proposte che supportino l'autonomia del bambino, gli permettano di sperimentare il successo anche rispetto a situazioni nuove e imprevedibili, lo mettano in condizioni di vivere l'esperienza ludico motoria oppure sportiva in maniera positiva e motivante.

Le proposte dovranno, perciò, contemplare diverse soluzioni:

- <u>scelta dei diversi mediatori</u> sulla base dei diversi stili d'apprendimento dei bambini, tenendo in considerazione che quelli simbolici, iconici e visivi possono rappresentare una risorsa rispetto alle disabilità cognitive e ai disturbi del neurosviluppo, così da guidare i bambini alla comprensione del compito e delle sequenze comportamentali e dei gesti che devono compiere per l'esecuzione corretta del movimento;
- <u>scelta del video modeling</u> come strategia più funzionale per una proposta reiterata nel tempo, la memorizzazione degli atteggiamenti e comportamenti corretti ed il successivo recupero in memoria delle giuste informazioni e risposte motorie e comportamentali;
- <u>attivazione della risorsa compagni</u> come opportunità di tutoring, rinforzo, guida e lavoro cooperativo, favorendo, allo stesso tempo, la socializzazione, la coesione di gruppo, le dinamiche relazionali e comunicative efficaci e funzionali e lo sviluppo delle abilità sociali;
- <u>scelta delle diverse strategie di semplificazione del compito,</u> con opportuni input e combinazione di attrezzi e materiali che possano guidare all'autonoma sperimentazione e scoperta del proprio corpo e del movimento, anche in presenza di disabilità sensoriali, motorie ovvero nelle difficoltà che, intervenendo nell'area emotiva e della partecipazione consapevole, potrebbero inibire o creare atteggiamenti di evasione ed opposizione.

La chiave valoriale dell'osservazione per l'insegnamento dell'attività motoria.

L'osservazione, come visto, rappresenta la chiave che qualifica la competenza e l'identità professionale del personale docente e come tale deve essere considerata, all'interno della programmazione, come modalità che accompagna, guidandolo ed orientandolo, il processo d'insegnamento apprendimento.

Il costrutto valoriale dell'osservazione come chiave per la costruzione di scelte formative, costruttive, orientative e proattive per i bambini comporta, per l'insegnante, una grande responsabilità:

- nella **scelta delle modalità e degli strumenti** validi, adatti e rispondenti alle necessità di un'osservazione imparziale, oggettiva e partecipata. Nella considerazione dell'imparzialità ed oggettività sta la capacità dell'insegnante di diventare invisibile, di trasporre l'osservazione solo sull'osservato senza lasciarsi trascinare da considerazioni soggettive che potrebbero inficiarne l'obiettività. Solo così si potrà rispondere in maniera neutrale ed obiettiva a quanto osservato, andando ad elaborare una reale valutazione che riguardi non solo il bambino, ma soprattutto l'intervento educativo didattico, così da rielaborarlo in itinere sulla base delle oggettive necessità e risposte dei bambini. Le modalità d'osservazione e la scelta degli strumenti, alla scuola primaria, devono essere partecipati e condivisi sia con i colleghi del team, trattandosi di una disciplina che permette la maturazione di competenze specifiche trasversali tra le diverse discipline, che con i bambini e i genitori. Rispetto ai bambini, la possibilità di renderli partecipi dell'osservazione e di quanto ad essa sia legata la valutazione, è l'occasione per favorire il processo metacognitivo, di automonitoraggio delle proprie risposte e strategie d'apprendimento e di autovalutazione. I genitori, poi, rappresentano il riferimento ineludibile per la crescita dei propri figli, perciò, la condivisione delle modalità d'osservazione e valutazione è la chiave per una reale continuità scuola-famiglia che avvii ad una partecipata valorizzazione della maturazione dei bambini;
- nella **valorizzazione dei diversi tipi di osservazione**, sia quella occasionale che sistematica; l'una e l'altra, infatti, forniscono all'insegnante informazioni rispetto allo sviluppo delle diverse dimensioni implicate nell'attività. L'osservazione occasionale permette di cogliere ogni atteggiamento e comportamento che avviene nelle azioni individuali, ma anche nelle dinamiche di confronto e relazione tra i bambini a prescindere da un'intenzionalità rispetto al compito oppure all'obiettivo che si sta perseguendo. L'osservazione sistematica ha, invece, un'intenzionalità specifica che ricade nell'obiettivo e nelle finalità dell'intervento che si sta attivando; è quella che maggiormente riveste un'efficacia rispetto alla qualità del processo d'insegnamento apprendimento, andando a rilevare l'effettiva ricaduta nei bambini rispetto all'obiettivo, al compito e alle scelte pedagogico didattiche;

- nella considerazione dell'osservazione come **modalità conoscitiva rispetto alle diverse dimensioni**, non solo quella motorio prassica, ma anche cognitiva, emotivo- affettiva e relazionale comunicativa. Si prefigura, perciò, la necessità di strutturare griglie d'osservazione per la rilevazione di tutti gli aspetti che si possono evincere dalle situazioni stimolo proposte, sulla base delle finalità delle UdA strutturate e delle competenze specifiche e trasversali.

L'osservazione rappresenta quindi il cosa, il come, il dove e il perché si sta proponendo le attività e giochi motori:

COSA → corrisponde all'attenzione agli indicatori rispetto agli obiettivi d'apprendimento e ai nuclei fondanti previsti a livello ministeriale – le *Indicazioni Nazionali per il curricolo nella scuola del primo ciclo* – rispetto alla disciplina di educazione fisica e in riferimento agli obiettivi trasversali rispetto alle altre discipline;

COME → attraverso quali strategie, scelte metodologiche e modalità attivare le proposte motorie e sportive e con quali modalità osservare le risposte dei bambini: diari di bordo, griglie d'osservazione elaborate ad hoc, video e fotografie, appunti in agenda, registrazione attraverso i canali istituzionali, questionari di gradimento da parte dei bambini;

DOVE & PERCHÈ → in quali situazioni e momenti del processo d'insegnamento apprendimento prevedere l'osservazione e con quali finalità: ossia quella conoscitiva, rispetto alla capacità e all'efficacia delle risposte dei bambini, quella orientativa, con funzione migliorativa della proposta attraverso i feedback impliciti e espliciti a sostegno della maturazione dei bambini.

L'osservazione permette all'insegnante di tenere sotto controllo l'evoluzione e l'andamento delle proposte e degli obiettivi prefissati, così come declinato dall'UdA e dall'organizzazione temporale, permettendo di analizzare, monitorare in itinere e valutare le risposte dei bambini. Consente, quindi, di rilevare:

- ✓ il <u>momento in cui si è presentato un determinato gesto o comportamento</u> motorio in risposta alla situazione stimolo. Questa modalità conoscitiva è efficace, ancor più, in presenza di bisogni educativi speciali, poiché assume un riferimento importante rispetto alla capacità del bambino di risposta alle situazioni in maniera coerente rispetto all'obiettivo e alla finalità del compito proposto, ovvero di risposta autonoma manifestando capacità di lettura dello stimolo e relativa comprensione, capacità di risposta allo stimolo con il corpo ed il movimento;

- ✓ <u>quanto è perdurato nel tempo il comportamento e atteggiamento</u>, conservando l'efficacia del gesto e la finalizzazione rispetto all'obiettivo. Si riferisce, perciò, alla possibilità di valutare il trattenimento delle capacità ed abilità da parte dei bambini osservandone la percentuale di frequenza della risposta con l'assunzione del comportamento ed atteggiamento corretto rispetto al compito e all'obiettivo. Questa valutazione è importante nel caso di disabilità perché permette di quantificare il verificarsi della risposta e soprattutto, quanto dura e quante volte si ripete, dando informazioni sulla memorizzazione e sulla capacità di recupero in memoria dei comportamenti e sequenze corrette ogni volta che si presenta la situazione stimolo;
- ✓ <u>quando si è variato il comportamento ed atteggiamento</u> nell'evoluzione dell'apprendimento motorio, con capacità di adattamento alle necessità ambientali e del compito ed in assenza di richieste palesi da parte dell'insegnante, dimostrando, non solo, padronanza rispetto al gesto motorio specifico, ma anche autonomia, autodeterminazione e capacità di problem solving.

L'osservazione potrà essere veicolata rispetto a diversi elementi:

IL BAMBINO ossia le modifiche rispetto alla personalità, alla maturazione delle caratteristiche interpersonali e intrapersonali;

IL COMPORTAMENTO ossia la qualità delle risposte, la frequenza e la durata dei comportamenti ed atteggiamenti in risposta al compito ed in maniera generalizzata e trasversale rispetto a tutte le situazioni che prevedono la proposta oppure il suo adattamento e variazione;

LA SEQUENZA DELLE RISPOSTE MOTORIE ossia la consapevolezza e capacità di riconoscere ed organizzare il proprio corpo secondo la corretta sequenza del movimento per arrivare al risultato finale.

La valutazione formativa come promozione di risposte comportamentali.

La valutazione accompagna il processo d'insegnamento apprendimento valorizzandolo giacché, permette di leggere e comprendere le effettive necessità che intervengono sia nel processo d'insegnamento, ossia le variabili da vagliare nella programmazione delle attività, che nel processo d'apprendimento, ossia le soluzioni più efficaci e di qualità per favorire le risposte dei bambini, senza che per questo intervengano percezioni di malessere, frustrazione ed inadeguatezza da parte degli stessi.

In riferimento al focus dell'insegnamento, l'insegnate deve sapere osservare e leggere adeguatamente tutte le situazioni che potrebbero comportare insuccesso nella proposta motoria:

- **il tempo** necessario per strutturare le varie parti della lezione in maniera distesa e funzionale per l'obiettivo programmato;
- **lo spazio** necessario per l'organizzazione della proposta da eseguire in sicurezza e con le giuste proporzioni perché sia sufficiente per l'organizzazione del bambino rispetto al compito motorio richiesto, la sua esecuzione efficace e il recupero a seguito della proposta;
- le **variabili soggettive** che appartengono alle caratteristiche e alle scelte pedagogico didattiche dell'insegnante: la sua posizione all'interno dell'area gioco, così da rappresentare un punto fermo per i bambini dando loro il giusto supporto verbale oppure fisico all'occorrenza; la sua capacità di dimostrazione delle attività, in quanto l'imitazione per i bambini rappresenta un canale appreditivo essenziale a quest'età, l'insegnante soprattutto nelle prime classi della scuola primaria deve dimostrare non solo con la voce ma anche con l'azione, la proposta che i bambini dovranno andare a eseguire; l'utilizzo consapevole del canale verbale comunicativo, con un tono di voce comprensibile e adattato all'ampiezza dello spazio gioco, alle caratteristiche acustiche dello spazio e alle necessità emotive e motivazionali dei bambini, il canale verbale dev'essere, sempre, accompagnato dalla gestualità, dalla mimica e, in caso di bambini che palesano difficoltà nella comprensione, gestione ed organizzazione rispetto alla situazione, anche, da immagini guida, simboli e input percettivi che possano guidarli all'autonomia e ad affrontare serenamente la situazione gioco motorio.
- Le **variabili didattico educative** che comportano una maggiore consapevolezza e guida delle capacità di risposta motoria adeguata e finalizzata, ed emotivo affettiva da parte dei bambini: come ad esempio l'attenzione ed osservazione sistematica ed occasionale di tutte le situazioni che incorrono nell'attivazione e strutturazione della proposta stimolo; le modalità messe in atto per la spiegazione e dimostrazione delle attività, assumendo una posizione centrale rispetto ai bambini e rivolgendosi a tutti, ossia accorti al che tutti possano vederlo e sentirlo; le modalità di assistenza ai bambini, in considerazione della loro età anagrafica, dell'accompagnamento per la loro sicurezza, dell'eventuale presenza di bisogni educativi speciali, comprendendo all'occorrenza la guida fisica con contatto, da eliminare progressivamente così da garantire il giusto aiuto e supporto, ma anche l'acquisizione dell'autonomia; la gestione di attrezzatura

idonea, di risorse di facile consumo adatte e strumenti che possano rinforzare l'apprendimento motorio sul quale si sta lavorando ovvero permettere una particolare attività o gioco sportivo; la <u>gestione delle corrette metodologie e strategie</u> funzionali rispetto al compito e alle finalità della proposta.

In riferimento al paradigma dell'apprendimento, invece, l'insegnante deve valutare tutte le possibili variabili ed implicazioni che potrebbero accadere nella fase di approccio alle attività, nella fase esecutiva e in quella terminale della lezione. Ogni fase dev'essere valutata perché possa coinvolgere il bambino in ogni sua dimensione di sviluppo:

- la **fase di approccio all'attività** stimolo è importante perché deve rappresentare il momento in cui i bambini possano riconoscere lo spazio gioco e le regole ad esso connesse: la palestra è lo spazio all'interno del quale i bambini devono entrare predisposti verso l'attività, consapevoli delle regole da seguire, della necessità che possano svolgere sia attività individuale che collaborativa, che ogni situazione viene svolta in sicurezza alla presenza di un'insegnante pronto a supportarli. Coinvolgendo, perciò, tutte le dimensioni di sviluppo del bambino. Questa fase rappresenta il momento iniziale dell'attività ludico motoria e sportiva, deve supportare la motivazione del bambino e fargli vivere l'esperienza in maniera accattivante, senza paure e senso di inadeguatezza. È la <u>fase in cui avviare l'attivazione del corpo</u> da parte dei bambini al carico motorio che andranno ad eseguire nella fase centrale delle attività: attivarlo significa predisporlo con il giusto riscaldamento perché la struttura muscolo scheletrica non possa subire ripercussioni oppure danni, e perché il sistema cardio vascolare possa supportare un carico più importante, in considerazione, anche, dei fattori ambientali e climatici. Questa fase deve, anche, predisporre il bambino creando gli stimoli giusti a livello emotivo relazionale che lo portino a vivere la situazione in maniera positiva e motivante, come attraverso attività ludico motorie iniziali;

- la **fase centrale** dell'esecuzione rispetto all'obiettivo programmato è quella che comporta la maturazione degli obiettivi specifici, relativamente all'area motorio prassica, trasversali, rispetto alle altre discipline, gli obiettivi legati alla competenza di cittadinanza e rispetto alla dimensione emotivo affettiva, relazionale e comunicativa. Bisogna valutare, perciò, il <u>tipo di esercizio o proposta gioco motorio e sportivo</u> da proporre in considerazione dell'età anagrafica dei bambini e della loro evoluzione motoria; la <u>modalità di presentazione</u> della proposta con la giusta attrezzatura o strumenti necessari. La chiave del successo per i bambini, in considerazione di questi elementi, sta nella possibilità

di vivere l'esperienza in maniera positiva, sperimentando il successo, l'autonoma esecuzione e la capacità di fare senza perdere l'interesse e la motivazione;
- la **fase conclusiva** dell'attività rappresenta il momento in cui i bambini possano avere l'occasione di recuperare rispetto al carico cognitivo e motorio. È il momento in cui si deve valutare la giusta chiusura, il ripristino delle funzionalità del corpo, il giusto ripristino dell'equilibrio per il rientro in classe. L'insegnante deve valutare la proposta di recupero più adatta rispetto al carico e alle attività che hanno visto il bambino protagonista dell'esperienza: <u>circle time di condivisione</u> di opinioni, sensazioni ed emozioni rispetto all'attività e di autovalutazione rispetto al proprio modo di agire e comportarsi nelle diverse situazioni gioco e al confronto con gli altri; <u>rappresentazione grafica</u> dell'attività e del vissuto personale, con possibilità di riprodurre attraverso diversi linguaggi espressivi le emozioni, le sensazioni sperimentate, la sequenzialità delle proposte motorie; <u>rilassamento</u> come opportunità di prestare attenzione al sé, al qui ed ora, ossia alla presenza del proprio sé e corpo in una determinata situazione e momento, all'ascolto attento di quanto accade dentro e fuori di sé ed alla valorizzazione dell'equilibrio psicofisico.

La valutazione considera, come visto, i diversi momenti del processo d'insegnamento apprendimento sostanziando le diverse finalità:

valenza conoscitiva → tesa a favorire la conoscenza dei bambini e le loro necessità formative, come tale con funzione diagnostica, riguarda la prima parte del processo quella che porterà ad una programmazione realmente rispondente alle necessità dei bambini perciò personalizzata e non standardizzata. Questa valenza fa riferimento al bagaglio esperienziale del bambino, alle sue capacità ed abilità motorie, basi essenziali per strutturare attività adeguate e personalizzate alle singole necessità, poiché a volte capita di vedere bambini in difficoltà di fronte a delle proposte, sia perché non in possesso di un idoneo bagaglio di conoscenze ed abilità che permetta loro di rispondere in maniera adeguata, sia perché non hanno ancora acquisito gli strumenti per agire in maniera efficace ovvero recuperare in memoria le risorse per rispondere al compito.

Questa analisi acquisisce ancor più valore in considerazione di bambini con bisogni formativi oppure bisogni educativi speciali che necessitano di una guida continua, alla lettura e corretta comprensione ed interpretazione dei gesti motori adatti, al recupero in memoria del repertorio di abilità e conoscenze pregresse così da trovare la giusta risposta, di riconoscimento di una sequenzialità corretta rispetto all'attivazione della risposta. In questi casi la valutazione in accezione conoscitiva dà la possibilità agli insegnanti di programmare personalizzando oppure individualizzando le proposte;

valenza formativa, intermedia e procedurale → tesa a sollecitare l'insegnante alla ricerca delle strategie e soluzioni più efficaci per rispondere alle diverse necessità e variabili che possono intervenire nel corso delle proposte programmate. Questa valutazione, in itinere, guida l'insegnante ad interrogarsi sul "cosa è già stato fatto e come", sul "come si è risposto" e sul "cosa fare di nuovo oppure per recuperare, modificare o rinforzare un obiettivo non raggiunto".

Tesa, perciò, ad accertare il processo d'insegnamento apprendimento e l'efficacia, efficienza e qualità delle proposte messe in atto, a monitorare il processo d'apprendimento dei bambini così da apportare i giusti adeguamenti alla programmazione, ed a valutare l'eventualità di una rimodulazione delle proposte laddove non rispondenti alle necessità.

Il focus sull'accezione formativa sta' nell'importanza della valutazione intermedia come modalità per promuovere l'apprendimento dei bambini fornendo i giusti feedback, positivi e proattivi, che permettano loro di migliorarsi costantemente, nell'accezione della competenza chiave dell'imparare ad imparare. L'evoluzione docimologica rispetto alla valutazione è quella di permettere ai bambini di raggiungere il proprio successo formativo, guidandoli alla scoperta del proprio talento, intesa come sviluppo delle potenzialità latenti e, rispetto ai bisogni educativi speciali, delle capacità residue;

valenza sommativa → tesa ad una considerazione finale delle conoscenze, abilità e competenze maturate dal bambino a conclusione del percorso formativo. Evidentemente, in considerazione della continuità verticale e formativa, anche rispetto al paradigma dell'apprendimento lungo l'arco della vita, questa valutazione acquisirà anche un valore conoscitivo, predittivo o prognostico in vista del proseguo del percorso formativo.

Se ne deduce, perciò, che questo tipo di valutazione possa essere considerato un punto di partenza rispetto ad una nuova progettazione degli obiettivi, come valorizzazione del bagaglio conoscitivo di partenza rispetto a nuovi obiettivi, nuove scelte didattico educative, nuove proposte formative.

CAPITOLO 2.
L'attività motoria alla scuola primaria.

Le proposte motorie e sportive alla scuola primaria come specificato nelle Indicazioni Nazionali "favoriscono l'acquisizione da parte degli allievi di un cospicuo bagaglio di abilità motorie che concorrono allo sviluppo globale della loro personalità considerata non solo sotto il profilo fisico, ma anche cognitivo, affettivo e sociale". L'orario di effettivo svolgimento delle attività è di 1/ 2 ore, ma data la trasversalità dell'attività a livello psicofisico, con ricadute a livello cognitivo, emotivo-affettivo e sociale, la stessa potrebbe essere considerata un utile strumento per l'acquisizione delle competenze attivando strategie e metodologie pratico operative, di mobilità e manipolativo laboratoriali, anche, in classe, così come in palestra oppure all'aperto.

La trasversalità delle competenze rispetto allo sviluppo globale del bambino implica la scelta, come Istituzione Scolastica, di un riconoscimento trasversale all'interno del curricolo verticale d'Istituto, così che in contemporaneità, in compresenza oppure ancora secondo una progettazione condivisa, l'attività venga portata avanti da ciascun docente del team. L'idea chiave è che la stessa non sia vincolata allo svolgimento delle attività alle sole ore disciplinari legate alla materia, ma si preveda la programmazione delle attività in maniera da proporle in qualsiasi momento della giornata scolastica.

La diversificazione delle proposte motorie in accezione costruttiva e formativa, trasversale a tutte le discipline, sostiene i bambini nel loro processo d'apprendimento, permettendo di vivere in situazione, agendo e sperimentando con il corpo le conoscenze. Per far sì che tale percorso sia, poi, proficuo per costruire delle rappresentazioni mentali ed essere immagazzinato, si deve fare in modo di combinare l'attività attraverso la sperimentazione del corpo ed il movimento con la verbalizzazione delle attività.

La trasversalità è rinforzata dalla considerazione che nel periodo di sviluppo della scuola primaria l'attività motoria rappresenta la modalità principale attraverso la quale i bambini conoscono sé stessi, sviluppano le proprie capacità e riconoscono le proprie potenzialità e limiti, sviluppano le rappresentazioni mentali e, quindi, il pensiero, si approcciano ed interagiscono con l'ambiente e con gli altri ed affinano la consapevolezza delle proprie sensazioni ed emozioni, avviando all'espressione e messa in gioco della sfera emotiva.

L'attività motoria rappresenta, perciò, una "palestra per la vita" in cui i bambini possano sperimentare, in situazione, e maturare nelle diverse dimensioni di sviluppo. Nell'accezione della diversità e dei bisogni educativi questa palestra ha un valore catartico e terapeutico, poiché, permette loro di sperimentare il successo, di agire in autonomia e di scoprire il proprio corpo e la sua espressione come meccanismo per il confronto con sé stessi e il mondo.

La proposta trasversale comporta la scelta, anche, che l'attività motoria possa raffigurare un canale funzionale rispetto a molte metodologie, buone prassi per l'apprendimento personalizzato. Tra queste quella che, maggiormente, prefigura un'opportunità formativa per i bambini è quella dell'apprendimento attraverso il fare pratico operativo, con un'alternanza dell'attività disciplinare con attività d'espressione, manipolazione e movimento, utili per una riduzione del carico cognitivo ed una generalizzazione degli apprendimenti.

La programmazione delle attività contempla due differenti organizzazioni in considerazione del fatto che:

- il <u>periodo di sviluppo evolutivo sino ai 7 anni</u> rappresenta il periodo della rappresentazione attraverso il corpo; perciò, è indispensabile partire e proseguire con gli obiettivi e le competenze attraverso il corpo e con il corpo: attività senso-percettive e psicomotorie, di richiamo e potenziamento degli schemi motori di base;
- il <u>periodo di sviluppo evolutivo a partire dalla terza alla quinta primaria</u> in cui si affinano le competenze motorie, i giochi coordinativi, di combinazione dei movimenti, di adattamento e differenziazione motoria, di regole, di strategie e sportivi.

Le proposte motorie in 1° e 2° primaria.

Le proposte motorie nella prima e seconda primaria devono essere favorite attraverso il canale ludico motorio, utilizzando il corpo ed il suo movimento come canale per la promozione della dimensione cognitiva, favorendo e stimolando la lettura della realtà e la maturazione delle conoscenze, della dimensione emotivo affettiva, intesa nella possibilità di riconoscere ed esprimere attraverso il corpo le emozioni e la propria identità, della dimensione sociale, intesa come capacità di entrare in relazione e confrontarsi con gli altri.

Il corpo ed il movimento rappresentano in questa fascia d'età il canale preferenziale per la maturazione di prerequisiti base delle diverse discipline, ossia con una ricaduta sia nelle discipline linguistico-espressive, che logico matematiche ed antropologiche:

- **l'organizzazione spazio- temporale**: capacità chiave per il riconoscimento della spazialità e dell'organizzazione del corpo in

funzione dello spazio, per lo sviluppo della memoria spazio-temporale, dell'orientamento nel tempo, della lateralizzazione, dell'abilità visuo spaziale e visuo motoria, dei concetti topologici;
- **la sequenzialità ed il ritmo**: capacità chiave per la comprensione della successione e di un ordine dato nello spazio e con i simboli, siano essi appartenenti all'intelligenza linguistica oppure matematica, prerequisito all'algoritmo e quindi alla capacità di problem solving; il riconoscimento e comprensione di un ordine cronologico degli eventi; la consapevolezza di differenti possibilità sonore, della direzionalità, della capacità grafo motoria;
- **la differenziazione cognitiva e motoria**: capacità chiave per la modifica e l'adattamento, intese come aggiustamento rispetto alle situazioni, per la problematizzazione, la lettura, comprensione e risposta efficace agli stimoli ambientali, per la consapevolezza percettiva, il controllo e l'inibizione motoria in risposta ad ogni problema;
- **l'integrazione bilaterale**: capacità chiave per il corretto sviluppo di entrambe le parti del corpo avendo modo di coordinarle tra loro in funzione di uno scopo. È abilità di base per la letto-scrittura, la coordinazione e la funzionalità del gesto motorio, l'organizzazione oculo manuale, l'abilità attentiva e visiva.

Queste le implicazioni a livello cognitivo, ma notevoli le implicazioni anche rispetto alla dimensione emotivo affettiva, relazionale e comunicativa. Nel corso della scuola primaria, infatti, il bambino, correttamente supportato rispetto a questa dimensione, maturerà le potenzialità espressive e comunicative del proprio corpo, imparando ad adottare comportamenti ed atteggiamenti che saranno sempre più rispondenti alle necessità di confronto, relazione e di sostegno alla consapevolezza del proprio sé e della propria identità.

La presa di consapevolezza del sé corporeo come immagine di sé stessi e successivo affinamento di risposte ad esso collegate, sempre più armoniose e finalizzate, è la chiave per la maturazione intersoggettiva ed intrasoggettiva. La prima fa riferimento alla maturazione della consapevolezza di esserci, occupare uno spazio e riconoscersi nella propria unicità, differente rispetto agli altri. Dalla quale ne derivano i vissuti emotivi affettivi principali di quest'età, legati al senso di attaccamento ed ai legami primari con i caregiver. Fa riferimento, anche, alla maturazione identitaria, come capacità di scoprire sé stessi, sviluppare la propria personalità in maniera armonica e integrale. La seconda, invece, fa riferimento alla capacità di utilizzare il corpo per entrare in relazione con gli altri, imparando le regole della prossimità, del rispetto e dell'espressione attraverso tutti i canali di comunicazione. Nel processo di relazione e condivisione con gli altri, a partire dalla scuola primaria, il bambino ha l'opportunità attraverso il corpo ed il movimento di incrementare:

- **le abilità sociali**: ossia la consapevolezza e comprensione delle emozioni altrui, per il raggiungimento dell'empatia e dell'assertività, dello star bene e vivere con gli altri. Implica la capacità di comunicare in maniera efficace, di ascolto attivo, di attenzione selettiva e condivisa, di prossemica e mimica. Le attività ed i giochi di gruppo, socializzazione e sportivi rappresentano l'occasione per affinare questa abilità. In caso di bambini con disturbi del neurosviluppo le abilità sociali e comunicative sono compromesse, si dovrà cercare, perciò, strategie alternative per sostenere la partecipazione in maniera tale da non essere frustrante o creare scompensi e vissuti di stress, con reazioni non adattive e disfunzionali, come i comportamenti problema. In questi casi può essere efficace utilizzare delle routine, che rimangano tali, utilizzare le stereotipie per modularle con comportamenti positivi e sfruttare il canale visivo per guidare alla comprensione del compito, degli eventuali attrezzi presenti e della sequenza di comportamenti da mettere in atto;
- **il rispetto delle regole condivise e del gioco**: intese come riconoscimento dell'importanza di seguire, nel gioco, nell'attività motoria e sportiva così come nella vita, comportamenti ed atteggiamenti corretti in risposta alle diverse situazioni. Nella dimensione motoria e sportiva assume il nome di "fairplay", ossia il gioco leale, ed implica una serie di capacità sottostanti che fanno riferimento, prima, alla consapevolezza delle proprie capacità e dei propri limiti, così poi da riconoscere ed accettare la differenza nelle capacità ed abilità rispetto agli altri e, di conseguenza l'eventuale vincita oppure perdita nelle diverse situazioni gioco e gioco sport.

La proposta motoria dell'educazione fisica nelle prime due classi della scuola primaria deve contemplare, perciò, in continuità con il bagaglio formativo motorio costruito nell'arco della scuola dell'infanzia e, nel caso risultasse lacunoso, prevedere il recupero delle capacità ed abilità che ivi avrebbe dovuto costruire, che si specifica nella valorizzazione del corpo in:

ATTIVITÀ E GIOCHI SENSOPERCETTIVI → i giochi sensopercettivi favoriti a partire dalla scuola dell'infanzia, come consapevolezza e lettura della realtà attraverso i sensi, nel corso della scuola primaria si devono affinare creando l'opportunità per la gestione consapevole dei canali percettivi. I canali percettivi favoriscono l'accesso dei dati e delle informazioni, andando a lavorare sui giusti adattamenti e sulla selezione del canale percettivo in base alla situazione stimolo.

La consapevolezza e lettura corretta della realtà, attraverso i diversi recettori sensoriali, è indispensabile nelle prestazioni di padronanza del gesto motorio corretto, ed essenziale, perciò, nelle prestazioni sportive. La lettura della situazione gioco, la visione di tutte le variabili che intervengono intorno a sé e al proprio corpo e con esso interagiscono, la percezione attraverso il tatto degli attrezzi e strumenti utilizzati, la coordinazione rispetto alla percezione della propria posizione e di quanto accade intorno, la precisione nel gesto a seguito di una corretta organizzazione rispetto agli stimoli sono solo alcune delle competenze fondamentali che si costruiscono lavorando nell'area senso percettiva.

Rappresentano, inoltre, la chiave d'accesso alla consapevolezza di sé stessi e del mondo circostante per i bambini con bisogni educativi speciali. Le disabilità sensoriali, ad esempio, trovano il supporto all'autonomia attraverso l'affinamento delle capacità percettive che rappresentano la guida all'autonomia e alla partecipazione. Nei bambini con disturbi del neurosviluppo, che comportano disagi determinati dall'iper oppure ipo-stimolazione sensoriale, il lavoro specifico di discriminazione dei diversi stimoli in ingresso permette una più serena partecipazione alle attività gioco ed una maggiore comprensione degli stimoli.

Alla scuola primaria, quindi, bisogna finalizzare il processo percettivo che comporta il movimento, attraverso la ripetizione continua, di proposte stimolo tese all'obiettivo e, per questo, alla maturazione della consapevolezza, alla costruzione di una rappresentazione mentale a seguito del raggiungimento dell'automatismo del gesto, della sua memorizzazione e della capacità di metterlo in voce attraverso il linguaggio.

ESERCIZI INDIVIDUALI PER IL RICHIAMO DEGLI SCHEMI MOTORI DI BASE statici e dinamici → gli schemi motori rappresentano le capacità motorie di base che si sviluppano come gesti naturali ed ancestrali, ma che nel corso del tempo vengono affinate e finalizzate. I gesti motori sia statici, posturali, che dinamici vengono sviluppati attraverso proposte motorie sul movimento permettendo la maturazione di un bagaglio esperienziale e motorio sempre più efficace e rispondente alle diverse necessità dell'ambiente. Gli ***schemi motori di base*** sono: camminare, correre, saltare, strisciare, rotolare, lanciare, ma alla scuola primaria questi schemi devono essere proposti combinandoli tra loro, così da ampliare le conoscenze dei bambini, come la capacità di lettura dello stimolo proposto e della relativa comprensione, la capacità di organizzarsi, di pianificare il movimento in risposta al compito, la capacità di controllare i propri gesti e movimenti in funzione dell'esercizio e dell'obiettivo.

La proposta di richiamo degli schemi, oltre a portare alla maturazione dell'obiettivo specifico, permette di lavorare, inserendo anche gli attrezzi psicomotori specifici, su diverse tipologia di attività, i cui fondamenti sono quelli di sviluppare abilità di tipo spaziale, sia come concetti topologici che distanziali, temporale in rapporto allo spazio e al tempo, sulla quantità e sulla qualità e sulla percezione sensoriale, come le sensazioni provenienti dal tatto rispetto all'utilizzo degli attrezzi.

Come tale, il lavoro sugli schemi motori concorre alla formazione globale del bambino e al suo processo di sviluppo e di crescita ad ampio spettro, sia in riferimento alla dimensione motorio- prassica che cognitiva.

ATTIVITÀ PER IL POTENZIAMENTO DELLE CAPACITÀ ESPRESSIVE E COMUNICATIVE DEL CORPO E DEL MOVIMENTO → il corpo ed il movimento rappresentano il canale per esprimersi con una comunicazione, non necessariamente, mediata dalle parole, ma attraverso il corpo, la comunicazione non verbale, la gestualità, la prossemica. Allo stesso tempo, anche questo linguaggio veicola una forte carica emotiva che, a seconda della lettura data, può essere negativa, positiva oppure ancora ambigua e contraddittoria, influendo sulla risposta da parte dell'ambiente e degli altri.

Il corpo è, anche, lo strumento che palesa stati d'animo, paure e atteggiamenti oppure meccanismi di difesa che il bambino mette in atto, anche inconsciamente, in risposta alle situazioni e all'ambiente, come nel caso di sensazioni di disagio, di frustrazione e di difficoltà che ricadono sia nella sfera emotivo affettiva che cognitiva e sociale. Nei primi due anni della scuola primaria il bambino sta ancora maturando la capacità di riconoscere e gestire gli atteggiamenti e comportamenti in risposta alle emozioni provate e al suo stato d'animo, perciò, spesso li esagera con risposte impulsive, gesti non consoni e disadattivi, comportamenti esasperati e con un'escalation senza comprensione e capacità di lettura ed elaborazione di un pensiero più razionale ed una valutazione obiettiva.

Le proposte relative a questo obiettivo devono promuovere la comprensione del corpo e delle ricadute che l'espressione attraverso il linguaggio non verbale, del viso, della gestualità, della mimica, della prossemica e del movimento possono avere nell'ambiente e nella relazione con gli altri. I giochi di gruppo, i role playing, i confronti competitivi, i giochi d'imitazione e la drammatizzazione sono i canali che permettono di lavorare sul linguaggio espressivo e sulla comunicazione veicolata dal canale non verbale.

ATTIVITÀ PER FAVORIRE LE CAPACITÀ COORDINATIVE GENERALI → le capacità coordinative generali sono quelle di base che rappresentano una maturazione interdipendente e variabile a seconda degli stimoli che vengono presentati. Le ***capacità coordinative di base*** fanno riferimento a tre grandi contenitori esperienziali: la capacità di apprendimento motorio, la capacità di controllo motorio e la capacità di adattamento e trasformazione motoria.

La capacità di apprendimento motorio si struttura in base alla valorizzazione dell'esperienza, sulla base delle stimolazioni provenienti dall'esterno e dell'apprendimento. Dalla coordinazione grezza, la fase iniziale di un'esperienza motoria, si passa con l'esercizio all'affinamento della padronanza e quindi al raggiungimento della coordinazione fine, per arrivare successivamente alla coordinazione variata, cioè alla capacità di coordinare i gesti ed i movimenti, tra i diversi segmenti, variandoli a seconda dello scopo finale della proposta oppure della situazione.

La capacità di controllo motorio fa riferimento alla capacità di tenere sotto controllo il proprio corpo e le diverse parti che lo compongono, sviluppando comportamenti e movimenti adeguati rispetto allo spazio, al contesto, alle dimensioni e con controllo tonico, rispetto alla manipolazione e alla regolazione della forza.

È la chiave per la maturazione del gesto grafico corretto, con controllo tonico, percezione e controllo segmentario, delle diverse parti interessate al gesto. Nel caso della scrittura, ad esempio, risulta importante saper coordinare e, allo stesso tempo, controllare le diverse parti coinvolte a livello muscolo articolare, mano, polso, braccio, avambraccio e spalla al fine del corretto movimento della mano rispetto all'organizzazione del tracciato grafico. Così come il controllo tonico è indispensabile per la corretta impugnatura ed azione con lo strumento grafico, al fine della regolazione della forza e del controllo rispetto alla tenuta e alle proporzioni dello spazio grafico.

La capacità di adattamento e trasformazione motoria rappresenta l'evoluzione dell'apprendimento, ossia la capacità di trasformare, e costruire una risposta motoria nuova e più adatta rispetto alla situazione, al posto della precedente modalità non soddisfacente per il raggiungimento dell'obiettivo. Questa capacità è essenziale per tutti i contesti di vita e rappresenta la maturazione dei processi esecutivi, della flessibilità cognitiva e differenziazione, dell'attenzione e del processamento delle informazioni così da trovare le giuste soluzioni, i giusti comportamenti ed atteggiamenti in vista del traguardo finale. Corrisponde al principio Piagetiano di assimilazione oppure accomodamento dei propri schemi mentali in risposta ad una nuova ovvero improvvisa situazione, rispetto alla quale il bambino deve rispondere con un precedente programma motorio oppure, laddove necessario, modificandolo e adattandolo alla nuova necessità.

Le capacità coordinative di base sono il fondamento per la maturazione delle capacità coordinative speciali che matureranno successivamente. Perciò, è necessario che l'insegnante favorisca opportunità stimolo specifiche, dando la possibilità al bambino di sperimentare le proprie potenzialità, promuovendo abilità che saranno tanto più importanti e strutturate quante più sollecitazioni e proposte esperienziali avranno avuto modo di maturare.

GIOCHI CON REGOLE permettono al bambino di confrontarsi con gli altri, con la norma, con il rispetto, la partecipazione attiva e corretta nei confronti dell'ambiente, della situazione e della presenza di altri con cui interagire. Rappresenta il contesto ideale per favorire la "competenza di cittadinanza": il fairplay, nello specifico dell'ambiente motorio, sportivo e della vita; le abilità sociali come presupposto per una convivenza inclusiva e rispettosa delle differenze, della capacità di stare con gli altri e cooperare in vista dell'obiettivo finale.

I giochi con le regole raffigurano il presupposto per le successive attività sportive, l'avviamento a discipline specifiche con caratteristiche specializzanti rispetto ai gesti motori e tecnici di riferimento. Prima di promuovere i giochi sportivi si deve, perciò, guidare i bambini al riconoscimento dell'importanza della regola nel gioco e del rispetto, come valenza educativa per l'apprendimento della regola in ogni situazione di vita. Il gioco di avviamento sportivo permette il rafforzamento delle capacità del bambino rispetto agli elementi che caratterizzeranno, successivamente, l'attività sportiva.

Il gioco ludico con le regole fa leva sulla dimensione del divertimento e della motivazione, rendendo divertente la proposta e allo stesso tempo soggetta a dei vincoli che i bambini devono seguire. Attraverso il gioco si dà l'opportunità ai bambini di sperimentare i diversi gesti motori che apparterranno, poi, alla specifica attività disciplinare sportiva. Permette loro, inoltre, di fare esperienza rispetto alle proprie potenzialità e limiti, maturando nella consapevolezza personale e del proprio coinvolgimento rispetto a determinate attività.

La programmazione delle proposte di gioco con regole dev'essere strutturata in maniera crescente, sia rispetto alle difficoltà del compito con attenzione alle caratteristiche e al bagaglio esperienziale pregresso del bambino, sia rispetto all'impegno richiesto al bambino, ossia in considerazione del carico cognitivo e motorio da proporre con attenta valutazione della fase di apprendimento motorio del bambino, delle sue capacità rispetto all'età anagrafica e delle caratteristiche muscolo scheletriche. Attenzione, anche, alla motivazione che, a quest'età, risulta instabile e soggetta alla stanchezza e faticabilità, sia mentale che fisica, che i bambini possono sentire.

Con i giochi di regole si favorisce la lettura consapevole degli stimoli percettivi, si stimola l'osservazione consapevole di tutte le variabili qualitative, quantitative, dello spazio e del tempo, si promuove la comprensione e relativa capacità di risposta coerente ed efficace, la memorizzazione delle situazioni gioco, delle regole e dei gesti motori messi in atto, si stimola la reattività e la capacità di scelta strategica rispetto all'obiettivo, attivando la pianificazione ed elaborazione di risposte efficaci e l'organizzazione del corpo rispetto ai movimenti che si devono mettere in atto.

Le proposte motorie dalla 3° alla 5° primaria.

Le proposte motorie e sportive a partire dalla terza primaria servono ad ampliare e potenziare il bagaglio motorio precedentemente favorito nel corso delle prime due classi della scuola primaria e a combinarlo al fine di favorire lo sviluppo completo dell'apprendimento motorio e delle capacità coordinative speciali.

Le capacità coordinative speciali raffigurano l'evoluzione del movimento e dei gesti motori in abilità funzionali, finalizzate, efficaci per un obiettivo, repentine e precise, economiche in termini di carico cognitivo e motorio. Queste abilità portano alla massima espressione comunicativa, tecnica e operativa del proprio corpo e del movimento, tant'è che sono alla base della formazione e dell'avviamento sportivo e, quindi, di una prestazione di padronanza del gesto motorio e tecnico.

Le ***capacità coordinative speciali*** sono: l'equilibrio, la combinazione motoria, l'orientamento, la differenziazione, il ritmo, la reattività, l'anticipazione e la fantasia motoria.

L'<u>equilibrio</u> consiste nella capacità di modifica della propria posizione nello spazio, in situazione di precarietà d'appoggio, rimanendo stabili con il corpo. Questa capacità è importante sia nella quotidianità che nelle diverse discipline sportive, rappresentando una risposta complessa per la quale intervengono diverse componenti. È, perciò, una capacità speciale che comprende la corretta lettura e comprensione delle informazioni percettive e sensoriali provenienti dai diversi canali d'accesso delle informazioni e dal canale vestibolare; il controllo ed organizzazione del proprio corpo in risposta a tali stimoli; la consapevolezza del proprio corpo, del movimento e della coordinazione globale; la percezione e controllo segmentario.

L'equilibrio si riferisce sia alla posizione statica, ossia il mantenimento della posizione oppure al momento della stasi dopo il movimento, che dinamica, ossia la capacità di mantenere l'equilibrio mentre il corpo si muove e rispetto alle condizioni dell'ambiente. Si riferisce, ancora, alla fase di volo, ossia alla capacità di mantenimento della consapevolezza del proprio corpo e del movimento delle diverse parti in assenza di appoggio al suolo.

L'equilibrio è una caratteristica molto importante in tutti i giochi motori e, soprattutto, nelle diverse discipline sportive, dev'essere perciò esercitata in maniera continuativa in questa fascia d'età perché con il passare del tempo involve e, soprattutto, può rappresentare un motivo di paura e disagio emotivo affettivo per i bambini.

I bambini con bisogni educativi speciali che manifestano difficoltà di organizzazione, percezione e consapevolezza del proprio corpo oppure difficoltà di lettura percettiva, spesso palesano disagio e stress emotivo nel rapportarsi a proposte rispetto all'equilibrio; perciò, la programmazione deve prevedere la personalizzazione delle esperienze. La progressione delle attività deve, perciò, contemplare una successione di proposte che, partendo dal passaggio di un ostacolo senza fase di volo, porti i bambini ad acquisire fiducia rispetto alle proprie capacità e, quindi, a rispondere con maggiore motivazione e disponibilità rispetto ad una proposta con la fase di volo.

La <u>combinazione motoria</u> si riferisce alla capacità di combinare in maniera coordinata i movimenti dei diversi segmenti creando un'unica struttura motoria. Per promuovere l'obiettivo l'insegnante deve procedere da una fase propedeutica in cui si segmenta la struttura motoria nei singoli movimenti. Permetterà, così, il riconoscimento dell'esatta sequenzialità dei diversi gesti motori, in maniera tale da sperimentarli individualmente, per poi ricostruire la sequenza completa in un unico gesto ed infine coordinare i diversi segmenti, così da acquisire la percezione ed il controllo segmentario nell'attivazione della struttura motoria completa.

La programmazione della proposta deve procedere per piccoli task, in maniera tale da rendere il compito più semplice per i bambini e, una volta acquisita confidenza e consapevolezza rispetto al gesto, si potrà chiedere loro di sperimentare l'intera struttura, intesa come accoppiamento dei diversi gesti singoli.

L'<u>orientamento</u> si riferisce alla capacità del bambino di organizzarsi nello spazio e nel tempo e, quindi, di modificare e gestire il proprio corpo in funzione della situazione gioco. In riferimento alla dimensione spaziale ci si riferisce alla capacità di riconoscere e leggere la realtà secondo le variabili quantificative. In riferimento al tempo, invece, ci si riferisce alla comprensione della durata di un'attività, delle pause necessarie, dei tempi di pianificazione ed organizzazione del movimento in vista dell'obiettivo finale.

La programmazione delle attività rispetto a quest'obiettivo si devono sviluppare attraverso diversi esercizi organizzando il setting gioco con diversi attrezzi, di diverse dimensioni e pesi, diversi spazi con giochi ritmici nei quali eseguire spostamenti secondo diverse cadenze oppure nei quali variare la velocità e l'andatura.

La <u>differenziazione</u> fa riferimento alla capacità di rappresentarsi mentalmente il movimento e poterlo, così, rielaborarlo secondo un proprio schema personale, secondo quel che meglio si ritiene più efficace per realizzare il compito. Consiste nella capacità di lettura di tutti i canali percettivi e della scelta rispetto a quale canale si ritiene maggiormente utile per la risposta motoria da elaborare, organizzando e coordinando il corpo e i diversi segmenti.

La programmazione delle attività deve prevedere un percorso atto a promuovere nei bambini la consapevolezza e la valutazione delle proprie capacità, abilità e potenzialità, così come dei limiti per imparare a pianificare le proprie risposte e adattare il proprio corpo e movimento.

Il <u>ritmo</u> è la capacità di muoversi secondo una certa sequenza, un certo tempo e una certa organizzazione con capacità di passare da una modalità ad un'altra variando l'andatura, il tempo, lo spazio, i movimenti, la coordinazione in maniera consapevole, armonica e fluida.

La programmazione delle attività sul ritmo deve considerare svariate proposte, anche con l'utilizzo di attrezzi psicomotori che, per gradi, guidino i bambini all'esecuzione del gesto in maniera variata, leggendo la realtà, controllando ed organizzando il corpo e coordinando i diversi segmenti sulla base delle necessità e degli stimoli oppure ancora rispettando un certo intervallo di tempo.

Rappresenta la capacità dei bambini di regolare il movimento del corpo sulla base di quanto avviene intorno e delle richieste legate al compito motorio sportivo.

La <u>reattività</u> fa riferimento alla capacità di rispondere quanto più celermente possibile ad una situazione gioco, quindi nel minor tempo possibile e con minor dispendio di energie in risposta ad un segnale specifico. Il segnale di riferimento può essere proposto dall'insegnante variando la tipologia e modalità, come rinforzo della lettura e discriminazione dei diversi stimoli percettivi, di ascolto attivo e reazione immediata, di richiamo e recupero in memoria della giusta coordinazione dei movimenti e sequenzialità segmentaria.

La programmazione specifica comporta un percorso per gradi, dallo sviluppo senso percettivo, all'organizzazione spazio- temporale, al controllo motorio e inibizione comportamentale.

L'<u>anticipazione motoria</u> consiste nella capacità di prevenire comportamenti e atteggiamenti in rapporto agli stimoli ambientali, con capacità valutativa e di riconoscimento del proprio bagaglio esperienziale. L'anticipazione è rafforzata dall'apprendimento, dal potenziamento delle capacità del bambino, dall'esercizio continuo e dalla ripetizione, che crea degli automatismi e quindi una reazione più celere e legata alle rappresentazioni mentali pregresse rispetto a situazioni e vissuti analoghi. Si riferisce alla capacità senso- ideo- motoria ossia di risposta automatica e immediata ad uno stimolo ambientale.

La programmazione delle attività deve prevedere un percorso che sviluppi la consapevolezza e la metacognizione, attraverso la ripetizione delle esercitazioni con un maggior numero di situazioni stimolo, di gruppo o a coppia, in cui chiedere ai bambini di anticipare le mosse degli altri oppure degli attrezzi in gioco.

La <u>fantasia motoria</u> si riferisce alla capacità di rispondere ad un problema motorio in maniera personale, creativa, riuscendo a ricostruire e rimodulare il gesto in maniera creativa, divergente e originale. Questa capacità è essenziale nei giochi di situazione dove permette di fare la differenza rispetto alla uniformità, convergenza e prevedibilità delle risposte.

La programmazione delle attività deve promuovere la fantasia e la creatività lasciando i bambini liberi di interpretare e rispondere alle situazioni motorie, trovando i giusti adattamenti rispetto al programma motorio precedentemente vissuto ed immagazzinato, ma anche scoprire e sperimentare nuove risposte motorie, che possono risultare più efficaci nello svolgimento dell'azione. Questo implica un atteggiamento differente da parte dell'insegnante, come promotore di proposte stimolo e come osservatore delle risposte senza un indirizzo giudicante.

Abbinate a queste capacità si deve far in modo di programmare giochi ed attività ludico motorie tese a promuovere **l'elasticità del movimento,** cioè la capacità di passare il più velocemente possibile da una situazione in cui contrarre la muscolatura ad un'altra in cui decontrarre e viceversa. Evidentemente quest'aspetto racchiude un percorso di maturazione delle possibilità muscolo scheletriche e articolari tendinee, attraverso attività sportive che meglio qualificano, a carico naturale ideale per quest'età, l'obiettivo come, ad esempio, la corsa.

Un'altra capacità ugualmente importante è la **destrezza fine**, che permette di risolvere problemi motori in condizioni di spazio ridotto o secondo un ritmo dato, mostrando agilità, precisione, velocità di risposta ed organizzazione rispetto allo spazio. In questo caso è importante proporre giochi ed attività che favoriscano la dinamicità delle proposte, variando il formato e le dimensioni dello spazio gioco, al fine di guidare i bambini a trovare un adattamento continuo rispetto alle nuove esigenze e problemi motori, favorendo l'economia del gesto e la precisione.

GIOCHI DI COORDINAZIONE DINAMICA GLOBALE E SPECIFICA
possono essere attivate diverse tipologie di mezzi atti a stimolare lo sviluppo coordinativo del bambino, come:

- esercitazioni individuali sulla singola capacità così da stimolare e rinforzare le capacità coordinative, favorendo la sperimentazione del gesto specifico e la sua maturazione, la scoperta delle diverse risposte che si possono attivare rispetto ad uno stesso stimolo, il controllo motorio, l'inibizione e la memorizzazione;
- giochi di movimento, che possono rappresentare, anche, attività ludico motorie andando a motivare l'interesse e partecipazione del bambino. Possono prevedere l'utilizzo di attrezzatura mobile e favoriscono lo sviluppo percettivo, come lettura e comprensione della situazione attraverso i differenti canali, la flessibilità cognitiva e motoria, l'adattamento alle diverse situazioni e la capacità di problem solving;
- circuiti predisposti con dei punti fissi lungo i quali si devono muovere i bambini con attrezzi fissi e mobili. I circuiti, nel passaggio da una stazione all'altra, prevedono l'esecuzione di esercizi sempre diversi da compiere secondo uno spazio ed un tempo stabilito, favorendo la lettura e comprensione percettiva, la flessibilità, il controllo motorio, l'adattamento e l'organizzazione del corpo e dei diversi segmenti rispetto all'esercizio, il ritmo, la reazione e di problem solving;
- i percorsi si differenziano dai circuiti poiché non hanno punti fissi e l'organizzazione degli attrezzi fissi e mobili crea un continuum di sollecitazioni e stimolazioni differenti, ciascuna delle quali risponde ad un obiettivo specifico. I percorsi favoriscono l'interpretazione creativa e dinamica rispetto alle risposte, l'organizzazione del corpo, la reattività, l'adattamento del corpo

con evidente controllo motorio ed eventuale inibizione di risposte al fine del raggiungimento del risultato finale;
- <u>i giochi sportivi</u> richiamano, nelle prime proposte motorie di avviamento da far sperimentare ai bambini, caratteristiche delle diverse discipline motorie, così da portarli ad utilizzare gesti specifici e poter tirare fuori al meglio le proprie potenzialità. In un secondo momento si potranno presentare vere e proprie discipline sportive, con regole e risposte tecniche precise, che devono inevitabilmente essere state sperimentate in precedenza, nella fase di avviamento. I giochi sportivi e di avviamento favoriscono la specializzazione delle risposte motorie, finalizzate ad uno scopo ben preciso, la combinazione motoria, per rispondere in maniera più efficace possibile rispetto all'obiettivo, la destrezza e reattività, il controllo motorio e l'anticipazione sul piano motorio. Rispetto alla dimensione emotiva e sociale, invece, promuovono la consapevolezza ed accettazione delle regole condivise e del fairplay, la capacità di rispondere in maniera positiva e proattiva alle emozioni e sensazioni che sperimenta prima, durante e dopo e che, diversamente, potrebbero comprometterne il proprio agire, il risultato finale e lo star bene al termine.

GIOCHI DI COMBINAZIONE DEI MOVIMENTI permette di incrementare la difficoltà delle proposte chiedendo ai bambini di svolgere, contemporaneamente, diverse attività così da ampliare il repertorio del bagaglio esperienziale in compiti complessi.

La proposta dev'essere accompagnata da un'attenta programmazione del compito da proporre, accoppiando diversi schemi motori e esercitandoli attraverso movimenti differenti da proporre rispetto ad un ritmo, ad una velocità e ad uno spazio. Significa proporre, per gradi, attività coordinative imprevedibili ed inusuali, creando situazioni stimolo che mettano in crisi i bambini nella sperimentazione di attività e compiti organizzando, controllando e gestendo i diversi segmenti corporei con rapidità e in maniera efficace rispetto al compito.

Si deve programmare combinazione di abilità motorie già automatizzate dai bambini, quindi, di conseguenza variando anche le informazioni a sostegno dell'aumento delle difficoltà esecutive, ossia prevedendo la riduzione delle informazioni che specificano i giusti comportamenti motori da sostenere rispetto al compito. Evidentemente, questa scelta può essere fatta solo in virtù della considerazione che tutti i bambini della classe possano lavorare in autonomia, maturando rispetto alle proprie capacità di risposta, di controllo, d'inibizione, di personale sviluppo della creatività e fantasia motoria.

I bambini con disabilità del neurosviluppo hanno deficit nelle capacità esecutive che potrebbero mettere in discussione il successo rispetto al compito e conseguenti situazioni di disagio e frustrazione, in tale accezione, allora, la programmazione deve prevedere la segmentazione dei compiti complessi nelle diverse componenti ossia nei diversi gesti motori che lo compongono. Favorire la semplificazione del compito, il sostegno di immagini guida rispetto alle diverse successioni del movimento, anche con "video modeling", e la guida dei compagni per facilitare il compito comportandosi come tutor da seguire come modelli da imitare oppure come promotori dell'attività da svolgere insieme al compagno in difficoltà.

GIOCHI DI VELOCITÀ- RESISTENZA E FORZA vanno a sollecitare le *capacità condizionali* che andranno a svilupparsi, poi, successivamente a seguito della maturazione fisiologica. Data l'età anagrafica dei bambini alla scuola primaria è indispensabile programmare con attenzione lo sviluppo delle capacità condizionali a carico naturale, ossia esclusivamente con il proprio corpo ed il suo peso, e con un'adeguata organizzazione degli spazi e dei tempi, in ragione del carico cognitivo e fisico, così da evitare di creare condizioni ostative alla maturazione equilibrata rispetto alle possibilità motorie dei bambini.

I bambini della scuola primaria riescono a gestire situazioni di resistenza e elevata velocità, basti pensare ai momenti di gioco libero in cui per un lungo periodo di tempo esprimono il movimento anche secondo un ritmo differente, come l'organizzazione per l'esecuzione nel minor tempo possibile del compito nel caso di sfide con i compagni ed amici.

La resistenza rappresenta la capacità di prolungare nel tempo le azioni motorie mantenendo la stessa efficacia e funzionalità lungo tutto il periodo del tempo d'esecuzione. La velocità, invece, rappresenta la capacità di eseguire azioni motorie nel minor tempo possibile. La velocità dev'essere allenata in considerazione delle capacità genetiche dei bambini, variando le esercitazioni, il ritmo d'esecuzione, come nel caso di richiesta di accelerazione improvvisa a seguito di una precedente esecuzione motoria.

Entrambe le capacità condizionali possono essere allenate alla primaria in quanto funzionali ad un lavoro sul corpo, ossia alla maturazione muscolo scheletrica e cardio vascolare e all'acquisizione di capacità tecniche, importanti per l'attività sportiva, come l'economicità e fluidità del gesto motorio, la capacità di controllo e inibizione motoria, la capacità di trasformazione motoria e di problem solving.

La <u>forza</u> rappresenta la capacità del muscolo di esprimere una contrazione in risposta ad una resistenza esterna. Le sollecitazioni rispetto a questa capacità condizionale possono essere avviate solo a partire dagli 8 anni d'età e solo nell'accezione dello sviluppo della forza rispetto alle altre due capacità condizionali, la resistenza e la velocità. La ragione è determinata dal fatto che un lavoro sulla forza implica l'attivazione del meccanismo anaerobico lattacido che comporta la necessità di smaltire l'acido lattico prodotto, possibilità non ancora gestibile dall'organismo in questa fascia d'età.

GIOCHI DI STRATEGIA rappresentano l'evoluzione dei giochi con regole, poiché permettono ai bambini, anche in presenza di regole semplici e chiare, di sperimentare strategie d'azione efficaci ed economiche, come ad esempio fuggire ed anticipare l'azione rispetto agli stimoli esterni, come nel gioco dell'acchiapparello oppure della palla avvelenata; oppure ancora di attacco ovvero difesa in base al ruolo e alla situazione gioco. La strategia implica, anche, la capacità di lettura ed interpretazione del gioco e delle risposte altrui traendo profitto degli errori e delle difficoltà manifestate dagli avversari.

Le strategie richiedono un'evoluzione dei processi cognitivi, capacità di astrazione e strutturazione del compito e delle diverse fasi d'esecuzione, del recupero in memoria di azioni e soluzioni efficaci, di attenzione visiva, selettiva, di memorizzazione, di controllo ed inibizione motoria, di flessibilità cognitiva, fantasia motoria e problem solving.

La programmazione delle proposte deve guidare, attraverso la sperimentazione in situazione, i bambini ad acquisire consapevolezza delle diverse condotte motorie e del loro risultato rispetto al fine dell'obiettivo, così da portarli a decidere "cosa fare e come farlo" nel minor tempo possibile ed in risposta alle diverse situazioni del gioco. Rappresenta un percorso di *sviluppo metacognitivo* che permette ai bambini di riflettere sulle proprie capacità, sui limiti ed in riferimento a questi quali soluzioni più efficaci per una risposta di qualità riferita alle proprie potenzialità.

GIOCHI SPORTIVI rappresentano l'evoluzione del gioco codificato rispetto a regole e strategie in riferimento ad uno scopo, ma mentre in questo caso le proposte sono estese, ossia vedono una variazione delle situazioni per insegnare a gestire le diverse esperienze, nei giochi sportivi si creano le condizioni per la specializzazione del gesto motorio rispetto alla disciplina sportiva specifica. I giochi motori figurano un modello di multilateralità orientata, ossia l'esecuzione delle attività secondo proposte variate, ma riferite a schemi e ad abilità legate esclusivamente alla disciplina sportiva da eseguire.

Per tale motivazione i giochi sportivi vanno proposti solo dopo avere sviluppato, in maniera estesa, una molteplicità di attività e giochi motori in maniera tale da aver permesso ai bambini di sperimentare tutti gli schemi motori, coordinativi e affinato le abilità significative per il maggior numero possibile di attività sportive.

I giochi sportivi, intesi come specializzazione rispetto ad una disciplina specifica, vanno programmati a partire dai 9 anni d'età, lasciando il lasso di tempo necessario per costruire, esprimere e strutturare le capacità ed abilità propedeutiche, quelle di avviamento sportivo, ed avere maturato consapevolezza non solo in ambito cognitivo e motorio prassico, ma anche emotivo affettivo e sociale. A partire dai 9 anni il bambino, infatti, dovrebbe manifestare buone capacità coordinative, a seguito dell'acquisizione della piena consapevolezza del corpo, di una buona organizzazione spazio- temporale e di un'adeguata rappresentazione mentale del movimento e delle diverse sequenze motorie, ma anche della capacità di conoscere gli altri, interpretare le loro azioni e, di conseguenza, di modulare il proprio comportamento ed atteggiamento in risposta.

La programmazione delle proposte sportive deve favorire la consapevolezza della disciplina specifica, intesa come insieme di gesti e regole che la differenziano dalle altre. La proposta dev'essere organizzata per fasi:

- la **fase di avviamento** in cui si fanno riconoscere le caratteristiche e gli elementi salienti della disciplina motoria: l'organizzazione dello spazio, il campo gioco, del tempo, i diversi tempi del gioco, le regole e le caratteristiche tecniche dei gesti specifici;
- la **fase di sperimentazione della disciplina sportiva** con rispetto delle regole e dei gesti motori, ma con una proposta sviluppata per gradi e/o facilitata, tale da favorire la maturazione delle diverse capacità legate alla disciplina specifica: l'organizzazione del corpo in risposta ai movimenti specifici, la differenziazione motoria, l'accoppiamento e combinazione dei movimenti necessari per il gesto efficace, l'equilibrio e la trasformazione motoria, la reazione, la ritmizzazione, l'anticipazione, la percezione e la fantasia motoria;

- la **fase del gioco sportivo**, anche, con la sperimentazione attraverso il confronto con altre classi o scuole con le quali organizzare dei tornei.

Il ruolo educativo dell'attività motoria a scuola.

Il corpo e il movimento sono la chiave per l'apprendimento, per l'espressione e per entrare in relazione con il mondo e comunicare con gli altri. D'altronde, Piaget stesso aveva confermato quanto l'intelligenza si svilupperebbe a partire dall'esperienza motoria ed il movimento.

Il ruolo dell'attività motoria comporta una maturazione

- nella consapevolezza del proprio sé: come immagine corporea
- nella consapevolezza degli altri: in cui il bambino scopre i confini del proprio corpo ed i limiti determinati dall'incontro con gli altri, rapportandosi con il resto del mondo;
- nella relazione con il mondo e le cose, attraverso il confronto e l'apertura al mondo, le conoscenze, intese come comprensione del mondo, e le abilità, intese come la capacità di agito consapevole e finalizzato.

CAPITOLO 3

La progettazione del setting e degli obiettivi dell'attività motoria a scuola.

La programmazione da parte dell'insegnante delle proposte rispetto a ciascuno di questi mezzi deve contemplare diverse modalità per favorire opportunità di crescita e di realizzazione efficace, creativa e di qualità degli stimoli da parte dei bambini.

L'utilizzo di diversi metodi favorisce la promozione delle capacità coordinative attraverso:

- la **variazione dell'esecuzione** delle attività, così da non permettere la standardizzazione del gesto in risposta ad un compito, ma la ricerca di sempre nuove e più efficaci soluzioni. Il movimento può variare in funzione della velocità della proposta, della dimensione dello spazio a disposizione per metterlo in atto, del ritmo secondo il quale eseguire l'azione, della tipologia stessa del movimento. La proposta dell'insegnante deve fare in modo che il compito da eseguire non sia sempre uguale, ma diversificato, così da andare a ricercare l'impegno e la flessibilità cognitiva nella ricerca delle risposte corrette rispetto all'esecuzione e alla soluzione del problema motorio. Più proposte permettono, perciò, di incrementare il bagaglio conoscitivo ed esperienziale del bambino. Attraverso l'esperienza il bambino, inoltre, acquisisce consapevolezza dell'opportunità di utilizzo differente in base ai diversi contesti. La proposta, perciò, deve variare anche in termini di spazio gioco, all'interno della palestra, all'esterno nel giardino scolastico, oppure ancora in outdoor education vivendo direttamente le esperienze nel contesto territoriale;
- la **variazione delle condizioni** della proposta, sia in termini di organizzazione del setting gioco rispetto a diverse posizioni, diversi spazi e diversi tempi, che in considerazione delle condizioni climatiche. Capita spesso, infatti, di vedere bambini incapaci di trovare soluzioni ovvero di riuscire ad organizzarsi in situazioni diverse rispetto a quelle originali in cui si è sperimentata l'azione. L'accezione della variazione rispetto allo spazio e al tempo può comportare difficoltà nei bambini che hanno compromissioni in quest'ambito, rispetto all'organizzazione ed alla comprensione delle situazioni, alla capacità di selezione e gestione delle diverse variabili di uno spazio aperto, come nel caso dei disturbi del neurosviluppo. In

questi casi è necessario organizzare l'attività in maniera da rendere chiaro l'obiettivo, le diverse fasi dell'attività oppure le diverse situazioni che potrebbe vivere nel contesto sociale, i diversi momenti che compongono la successione in sequenza delle attività e le relative risposte comportamentali. Offrire al bambino supporti visivi, la descrizione, le coordinate e l'illustrazione dei luoghi, situazioni, azioni; presentare l'attività a priori, così da permettere al bambino di vivere l'esperienza serenamente;

- il **controllo dello spazio e del tempo** guidando alla consapevolezza della percezione sensoriale rispetto allo spazio e al tempo, quest'ultima spesso in subordine e poco sollecitata, mentre rappresenta una variante importante per imparare ad organizzarsi, a giocare d'anticipo rispetto agli altri, a pianificare correttamente e rispondere in maniera efficace ad ogni situazione. La maturazione dell'organizzazione temporale è essenziale per i bambini che manifestano difficoltà del comportamento, con sostanziale incapacità di gestione del tempo rispetto ai compiti da eseguire. L'attività motoria rappresenta, perciò, la disciplina fondante per la gestione dei comportamenti problema rispetto a difficoltà comportamentali e ad un lavoro di comprensione delle proprie capacità e di quanto le risposte debbano essere date secondo un tempo stabilito. Il controllo dello spazio, invece, potrebbe essere un problema con i bambini dello spettro autistico che palesano frustrazione e disagio per la difficoltà a gestire uno spazio troppo ampio e senza confini ben strutturati. In questi casi le proposte devono essere personalizzate per il benessere psicofisico: favorendo la delimitazione degli spazi; l'evitamento dell'iperstimolazione sensoriale, magari con cuffie e musica: la preventiva conoscenza della proposta e della situazione con "video modeling" da mostrare in maniera reiterata; l'utilizzo di illustrazioni visive rispetto ai movimenti, alle cose, luoghi e persone che vedrà e vivrà in situazione; l'organizzazione dell'itinerario con immagini visive in ordine cronologico degli eventi così che riconosca ogni momento della successione delle azioni motorie;

- la **variazione dei canali sensoriali** d'accesso dell'informazione, così da far sperimentare ai bambini la capacità di lettura, comprensione e gestione delle diverse informazioni che provengono dall'ambiente, dalla situazione, dal contesto gioco e dall'utilizzo di diversi strumenti ed attrezzi. Questa abilità è la chiave di lettura di ogni situazione gioco ludico motorio oppure sportivo ed è, inoltre, la chiave per permettere a tutti i bambini di fare esperienza con tutti gli organi senso percettivi, così da incrementare non solo il proprio stile d'apprendimento vicariante, ma tutti. Rappresenta una opportunità formativa globale, capace di incrementare la destrezza, la precisione, la differenziazione cognitiva e motoria, la risposta corretta a tutti gli stimoli con capacità di problematizzazione. Questo lavoro implica, ad esempio, l'occlusione del senso vicariante al fine di incrementare la consapevolezza conoscitiva degli altri sensi;

- lo sviluppo della **lateralità** intesa come valorizzazione di entrambe le parti del corpo, utilizzando indistintamente per ogni esercitazione motoria, anche, con l'utilizzo dei diversi attrezzi mobili, sia la parte destra che la sinistra. Questo lavoro, utilissimo a livello neurologico, permette ai bambini di aumentare la consapevolezza e la capacità di utilizzo dell'arto, inferiore e superiore, debole perché poco stimolato a seguito della conquista della propria lateralità ed, allo stesso tempo, di migliorare l'efficacia dell'arto dominante.

L'organizzazione del setting rispetto all'attività motoria.

Il setting è un elemento compenetrato di grande valenza e riconoscimento per favorire e facilitare apprendimenti, come tale deve essere programmato con attenzione a:

- l'età anagrafica dei bambini;

- alle capacità motorie acquisite;

- alla presenza di alunni con BES;

- alla sicurezza ed attenzione alla dimensione emotivo- affettiva;

- agli obiettivi rispetto ai quali si intende lavorare.

Il setting dev'essere organizzato e pianificato sia rispetto alla dimensione spaziale che temporale:

- ✓ **spaziale**: programmazione degli spazi sulla base della tipologia di esercitazione/gioco, così da valutarne le scelte nella disposizione dell'attrezzatura e materiali. Lo spazio gioco del setting motorio dev'essere libero e permettere ai bambini di muoversi liberamente, senza ostacoli se non che gli attrezzi inseriti per le attività. Insegnare agli studenti: ad utilizzare tutto lo spazio a disposizione (riconoscendolo interamente); le regole da tenere nello spazio; il rispetto delle attrezzature ivi presenti. Sono questi i primi obiettivi da impartire nelle prime esperienze alla scuola primaria dell'attività motoria;
- ✓ **temporale**: i tempi devono essere organizzati in funzione delle necessità degli studenti e del carico motorio implicato nelle attività

proposte. La scansione dell'attività motoria deve prevedere l'organizzazione in 3 fasi della lezione:

1. *FASE INIZIALE* → di riscaldamento ed attivazione (corsetta, andature, giochi di avviamento all'attività per promuovere l'interesse e motivazione):
   TAVOLA 1
   TAVOLA 2 (qualche esercitazione e gioco senza eccessivo affaticamento a livello di carico motorio)
   APPENDICE CARTE (andature e posture).

2. *FASE CENTRALE* → con l'obiettivo di promuovere esercitazioni tese al raggiungimento degli obiettivi da perseguire alla scuola primaria, come da specifica vista nel CAP. 2 (obiettivi per le prime due classi della scuola primaria e obiettivi per le classi dalla 3° alla 5°):
   TAVOLA 2
   TAVOLA 3
   TAVOLA 4
   TAVOLA 5
   TAVOLA 6
   TAVOLA 7
   TAVOLA 8
   APPENDICE CARTE per il sostegno agli alunni BES.

3. *FASE FINALE* → con l'obiettivo di promuovere il defaticamento e il ripristino delle condizioni di benessere e distensione, per il rientro in classe:
   TAVOLA 9 per attività di rilassamento e controllo (rispetto al movimento precedente), propriocezione e consapevolezza (che richiamano il vissuto emotivo-affettivo e l'attenzione a sé stessi).

✓ **Gestione degli attrezzi psicomotori**: una delle difficoltà maggiori è quella di non avere, nel contesto scolastico, attrezzature a disposizione per le attività; spesso, però, si può arginare l'assenza utilizzando diversi attrezzi con funzionalità differenti rispetto alla loro specificità. Per le diverse proposte vedasi:
TAVOLA 10.

CAPITOLO 4

Il percorso di autoconsapevolezza, motivazione e il benessere emotivo.

Il movimento del corpo è strettamente collegato al benessere emotivo, perciò, alle emozioni, allo stato d'animo e alla motivazione che i bambini sperimentano nella situazione gioco motorio e sportivo. Queste componenti condizionano in maniera importante l'apprendimento e, di conseguenza, la progettazione di un ambiente d'apprendimento positivo, motivante ed emotivamente significativo rappresenta il presupposto essenziale per la consapevolezza del movimento, del corpo e del comportamento.

I comportamenti motori, come visto, si apprendono attraverso l'esperienza e la ripetizione, si percepiscono attraverso i recettori sensoriali che creano le risposte agli stimoli provenienti dall'ambiente e dagli altri. I comportamenti, però, sono anche la conseguenza di stati d'animo, sensazioni ed emozioni interne, che ne veicolano atteggiamenti e risposte.

A seguito della familiarizzazione con i comportamenti e gli atteggiamenti, le risposte apprese si automatizzano diventando meccanismi meccanici ed involontari, che il bambino immagazzina creando le rappresentazioni mentali delle esperienze pregresse. Il comportamento, perciò, è anche conseguenza di pensieri che, con il passare del tempo, sono diventati automatici a seguito della ripetitività delle situazioni che hanno visto sempre una stessa risposta motoria e comportamentale e gli stessi atteggiamenti.

In virtù di tale considerazione appare essenziale, per rimodulare il pensiero e variare i propri schemi mentali, rendere consapevole la ragione dell'agire ed il pensiero che determina le risposte, così da potervi intervenire per modificarli.

Guidare i bambini alla consapevolezza e alla riflessione permette loro di sviluppare la dimensione metacognitiva, di ragionare sul "qui ed ora" ed ascoltare sé stessi, percependo adeguatamente le stimolazioni provenienti dai recettori esterni ed interni. I recettori rappresentano i canali che affinano:

- la consapevolezza esterocettiva: l'ascolto attivo e cosciente attraverso i diversi sensi, la relativa comprensione, intesa come lettura ed elaborazione delle informazioni, e memorizzazione delle informazioni. Permette al bambino di usare tutti i sensi

consapevolmente in funzione della risposta alla realtà esterna e alle situazioni della quotidianità e motorio sportive;
- la consapevolezza propriocettiva: l'ascolto di sé stessi, esplorando e comprendendo le reazioni comportamentali e gli atteggiamenti del proprio corpo così da utilizzarle in funzione delle necessità ambientali, del gioco motorio e sportivo e delle proprie necessità personali, coscienti del proprio stato emotivo, delle proprie sensazioni e dello stato di benessere ed attivazione, piuttosto che non di malessere e stress emotivo;
- la consapevolezza enterocettiva: ossia l'ascolto e comprensione dei segnali provenienti dal proprio corpo e dai diversi organi, così da riconoscersi rispetto alle proprie capacità, ai limiti e alle possibilità offerte dal proprio corpo.

Giochi per rinforzare l'attenzione e la concentrazione, la consapevolezza e la propriocezione come ascolto di sé stessi.

La consapevolezza dev'essere allenata così come tutte le altre capacità motorie, perciò, è importante nell'ultima parte della lezione recuperare una porzione di tempo per promuovere attività di ascolto, di attenzione a sé stessi e al mondo circostante, di promozione senso percettiva e di comprensione cosciente.

Il tempo di ascolto consapevole è essenziale, anche, per il ripristino dell'equilibrio e delle funzioni a seguito di uno sforzo intenso e di un carico motorio che, comportando una fase di attivazione, deve prevedere il recupero e il defaticamento, anche mentale, rispetto all'attivazione determinata dall'attività motoria e sportiva.

La proposta di lavoro sulla consapevolezza deve avvenire per gradi, sulla base della programmazione delle proposte adattate alle necessità dei bambini rispetto all'età anagrafica e alle loro capacità. Infatti, attraverso le proposte si suggerisce ai bambini la possibilità di esplorare il proprio corpo e le sue capacità come modalità conoscitiva, comunicativa ed espressiva e sulla base della quale ricercare, a seguire, risposte più efficaci e funzionali rispetto alle proprie possibilità e potenzialità.

Evidentemente, la maturazione conoscitiva rispetto al proprio sé implica la chiave di riferimento per l'acquisizione della consapevolezza. L'insegnante, perciò, deve attivare proposte stimolo efficaci e di qualità rispetto all'età dei bambini e alla loro maturazione intra ed interpersonale.

Per svolgere attività propriocettive, senso percettive e di ascolto attivo bisogna organizzare il setting in maniera da favorire una situazione immersiva e rilassante.

Gli **strumenti e attrezzi** funzionali: { tappettini, materassi, coperte, cuscini in gommapiuma, impianto audio

Le attività possono essere combinate dall'ascolto della musica, che rappresenta un canale per favorire l'educazione emotivo- affettiva, dando una maggior impulso alla esternazione di sensazioni, emozioni e pensieri interni. L'esternazione può avvenire sia attraverso il canale verbale- comunicativo che attraverso il non verbale, perciò la gestualità, la mimica, l'espressione attraverso il corpo ed il movimento, oppure attraverso il disegno. Ecco che, la musica ed il corpo rappresentano le due forme espressive e comunicative attraverso le quali i bambini possono far passare emozioni e sensazioni. L'insegnante, invece, deve sapere proporre situazioni stimolo che permettano l'espressione dei bambini e sapere osservare ogni manifestazione, comportamento ed atteggiamento che i bambini metteranno in gioco.

L'ascolto consapevole di sé implica, infatti, la capacità di ascolto, recupero dei pensieri interni così da promuoverne la comprensione e poterli manipolare e rielaborare, se negativi, in accezione positiva. Solo attraverso l'esternalizzazione delle esperienze e dei vissuti si possono rintracciare le ragioni di comportamenti ed azioni che, inevitabilmente, sono dettati da pensieri automatizzati a seguito di esperienze pregresse (sia in accezione positiva che negativa).

Lavorare sulla riflessione metacognitiva, la propriocezione e autoconsapevolezza significa favorire il benessere emotivo affettivo dei bambini, comprendere i fattori a rischio rispetto a questa dimensione, sia legati alla sfera individuale che familiare e socio ambientale, così che limitandoli si possa promuovere la salute e lo star bene.

Spazio, tempo ed abbigliamento nelle proposte di rilassamento.

Lo spazio rappresenta un luogo riconosciuto dove sentirsi liberi di esprimere o palesare emozioni e sentimenti, come tale sarebbe meglio potere predisporre uno spazio comodo, definito anche morbido, riconosciuto dai bambini e sempre presente nel luogo definito per tali attività.

Lo spazio gioco dev'essere organizzato con l'utilizzo di oggetti morbidi: cuscini, coperte, gommapiuma, tappetini, materassini e via dicendo, dove il bambino si possa muovere liberamente, coricare o rilassare.

Materiali ed attrezzi simbolici che permettano al bambino di riconoscere un luogo che richiami stati emotivi, emozionali e simbolici che stimolino la dimensione affettiva e la fantasia del bambino, anche, attraverso l'uso di mediatori come pupazzi e personaggi che richiamano il suo vissuto. Questi spazi dovranno potere essere utilizzati sia individualmente che relazionandosi con gli altri compagni, con i quali condividere l'esperienza.

Il tempo gioco legato al rilassamento deve essere scandito in maniera tale da permettere un percorso disteso ed in sicurezza, attento ai ritmi di ciascuno studente e adattato alle esigenze e necessità differenti ed ai tempi necessari per tirar fuori serenamente le proprie risposte emotive, senza forzature.

Spazi e tempi sono subordinati alla necessità di sostenere, per gradi, gli studenti alla presa di consapevolezza della propria identità corporea, intesa come conoscenza e comprensione dello schema corporeo e della sua relazione con il mondo e gli altri, e della propria identità emotiva, intesa come capacità di comprendersi, gestirsi e regolarsi a livello emotivo affettivo.

Gli spazi possono essere ampliati rispetto alla valenza emotiva attraverso l'utilizzo della musica, chiave per un lavoro di discriminazione, di ascolto attivo e sviluppo senso percettivo e di equilibrio emotivo affettivo. Il linguaggio sonoro raffigura lo strumento e risorsa privilegiata per i bambini con Bisogni Educativi Speciali, per i quali rappresenta spesso una risorsa per uscire dal buio e silenzio comunicativo sociale, come nel caso di bambini con un disturbo del neurosviluppo.

La programmazione della musica deve essere ragionata e legata alla conoscenza iniziale dei bambini, così da utilizzarla intenzionalmente come risorsa per l'espressività individuale, sulla base delle capacità comunicative dei singoli studenti. Il linguaggio sonoro ha diverse ricadute a seconda della tipologia di musica scelta e delle possibilità di comunicazione non verbale che sottintende. Si può fare una scelta relativa:

- alla frequenza del suono, ossia basata sulla quantità di vibrazioni che i bambini percepiscono nel corpo, suoni più o meno forti o deboli;
- al timbro, determinando il riconoscimento e la percezione uditiva e tattile dei diversi strumenti musicali.

Educare al linguaggio sonoro rappresenta una competenza linguistico espressiva e trasversale essenziale che, combinata alla percezione ed alle emozioni che provoca nel corpo ed al movimento, crea una maturazione personale, identitaria e relazionale.

I diversi generi musicali comportano il raggiungimento di obiettivi da programmare in ragione della maturazione propriocettiva ed esterocettiva, come ad esempio:

- la musica classica

OBIETTIVO	APPRENDIMENTO
propriocettivo	- ascolto e comprensione delle emozioni interne; - ascolto ed interpretazione del linguaggio sonoro; - ascolto attivo; - attenzione e concentrazione; - rilassamento ed ascolto di sé stessi; - visualizzazioni (immagini mentali che richiamano vissuti emotivo affettivi o creativi ed immaginari, ma fonte di benessere per la possibilità di evasione); - lettura e gestione della respirazione; - rilassamento e riduzione dello stress.
esterocettivo	- sviluppo senso percettivo; - ascolto attivo delle diverse caratteristiche del linguaggio sonoro e degli strumenti musicali; - educazione dell'udito all'ascolto di tutte le sonorità e dei silenzi; - attenzione ed incremento dei tempi.

- la musica della natura e rilassante

OBIETTIVO	APPRENDIMENTO
propriocettivo	- percorso di consapevolezza delle emozioni; - rilassamento e benefici psicofisici, a livello biologico (cuore, respiro) e mentale; - attenzione e concentrazione; - ascolto attivo e comprensione dei suoni del mondo circostante;

	- educazione dell'udito; - ascolto consapevole di sé stessi.
esterocettivo	- ascolto attivo; - lettura, ascolto e comprensione dei suoni della natura e dell'ambiente; - stare bene con gli altri.

- la musica ritmata e movimentata

OBIETTIVO	APPRENDIMENTO
propriocettivo	- promozione della dimensione metacognitiva; - consapevolezza delle proprie capacità e limiti; - percezione interna di emozioni derivanti dalla sonorità; - ascolto delle vibrazioni e sonorità nel proprio corpo
esterocettivo	- relazione con gli altri; - condivisione di emozione e sensazioni; - presentazione della propria identità agli altri; - accettazione degli altri; - comprensione e gestione delle modalità di interazione con gli altri.

L'abbigliamento deve essere comodo e adatto alle attività: tuta comoda oppure pantaloni larghi e magliette che non stringano e arrechino fastidio; le scarpe dovrebbero essere tolte e, eventualmente, indossare le calze antiscivolo. La temperatura dev'essere funzionale allo star bene, non troppo freddo, né troppo caldo.

Definizioni

A seguire una serie di definizioni relative alla dimensione motoria:

Motricità	Per motricità si intende la capacità di eseguire movimenti attraverso il corpo, per entrare in relazione con il mondo e con gli altri.
Recettori esterni ed interni	I recettori sensoriali su cui si può lavorare nell'arco della scuola dell'infanzia si suddividono in: esterocettori, i canali d'accesso delle informazioni dall'esterno rappresentati dagli organi di senso ed indispensabili per entrare in contatto con il mondo e gli altri (è indispensabile, perciò, favorire lo sviluppo di tutti gli organi non solo quelli vicarianti); propriocettori, le modalità per rendersi consapevoli di sé stessi, esplorando e comprendendo il proprio corpo (favorendo attività senso percettive, di consapevolezza e rilassamento). Inizia, poi, la consapevolezza degli enterocettori, così da comprendere le sensazioni e stimoli provenienti dall'interno del proprio corpo (battito del cuore, respirazione...).
Schema corporeo	Lo schema corporeo raffigura l'immagine del corpo, che matura man mano in una rappresentazione mentale. L'immagine, in primis, la si deve percepire e rendere conscia, attraverso una sempre maggiore consapevolezza di sé stessi. Il percorso alla scuola dell'infanzia mira allo sviluppo senso percettivo di tutto il corpo. L'acquisizione dello schema corporeo è una componente chiave dello sviluppo identitario, del processo di socializzazione e nell'interazione con gli altri e con il mondo.
Sviluppo psicomotorio	Lo sviluppo psicomotorio rappresenta il percorso di maturazione a livello motorio e cognitivo: come capacità di organizzare, pianificare e gestire il proprio corpo in risposta degli stimoli ambientali e sociali. Lo sviluppo

		psicomotorio rappresenta una maturazione per tappe, che implicano l'evoluzione nelle capacità motorie, coordinative, del controllo tonico e della differenziazione motoria. Ogni tappa rappresenta la maturazione rispetto ad ogni dimensione di sviluppo, tra loro interrelate: motorio- prassica, cognitiva, psicologica ed emotivo-affettiva.
	Tappe dello sviluppo motorio nel periodo della scuola dell'infanzia	Le tappe rappresentano l'evoluzione del movimento, dell'equilibrio, della coordinazione. Nel percorso della scuola dell'infanzia le tappe evolutive più importanti sono riferite alla maturazione della motricità grossolana e fine: • verso i 2/3 anni il bambino corre in avanti, salta sul posto con entrambi i piedi, cammina sulle punte, calcia, sa stare in piedi su un piede; in riferimento alla motricità fine ha una buona prensione, gira le pagine senza problemi, sa disegnare i simboli grafici (cerchi, linee...); • verso i 3/ 4 anni il bambino sa camminare seguendo una linea, sa correre intorno a degli ostacoli, saltare su entrambi e su un piede e l'altro, trascinare, spingere, rotolare, lanciare; nella motricità fine riesce a elaborare delle rappresentazioni grafiche su copiatura; • verso i 4/5 anni il bambino cammina all'indietro in qualsiasi andatura, saltella, sale e scende senza difficoltà, fa le capovolte; mentre in riferimento alla motricità fine il bambino affina la capacità di tagliare con le forbici senza problemi e seguendo una linea, riconosce i simboli grafici e li ripropone, copia e riesce a coordinarsi per rappresentare figure geometriche; • verso i 5/6 anni affina la coordinazione, saltare, stare in equilibrio anche in elevazione, alternando i piedi, saltare con la corda; mentre nella motricità fine la capacità di scrivere, autonomamente, segni grafici e

	simbolici, la lateralizzazione strutturata, l'abilità di tagliare ed incollare in maniera efficace.
Lateralizzazione	La lateralizzazione rappresenta la scelta nell'utilizzo della mano e del piede in maniera dominante; comincia durante il primo anno, ma si stabilizza intorno ai 2/ 4 anni. La lateralizzazione rappresenta un prerequisito per l'organizzazione spaziale e per acquisire sicurezza rispetto alla propria immagine e all' interazione con gli altri. Alla scuola dell'infanzia, però, è essenziale favorire esercitazioni nell'utilizzo sia della parte destra che sinistra del corpo, soprattutto a livello di segmenti corporei (mani, piedi), dove maggiormente si tende a non utilizzare la parte predominante.

TAVOLA 1	ATTIVITÀ SENSOPERCETTIVE	SC. PRIMARIA
FINALITÀ	Sviluppo dell'identità e dell'autonomia; dell'autostima, intesa come riconoscimento del proprio talento; la relazione e la comunicazione; la motivazione; le conoscenze, abilità e competenze.	ATT. MANIPOLATIVE & DI MOVIMENTO
CONOSCENZE	La grosso- motricità e la fino motricità, la coordinazione, la percezione, i ritmi, l'espressione con il corpo.	
ABILITÀ	Usare le mani per manipolare, seguire percorsi, seguire ritmi e successioni, organizzarsi e riconoscere il movimento delle varie parti della mano, sviluppare abilità visuo motorie; agire in maniera pertinente ed efficace, adattiva e costruttiva nel confronto con gli altri.	
COMPETENZE	Individuare collegamenti e operare scelte con creatività e consapevolezza, trovare soluzioni ai problemi, osservare le parti del corpo e riconoscerne l'utilizzo corretto, riconoscere le diverse forme espressive, sviluppare la coordinazione occhio-mano; sviluppare la discriminazione visiva; sviluppare l'attenzione; collaborare e confrontarsi in maniera costruttiva.	

Descrizione delle attività:

Le attività sensopercettive rendono il bambino consapevole degli stimoli ambientali che provengono dai diversi organi di senso e dall'interno di sé stessi, dando l'opportunità di una lettura corretta, di un'adeguata discriminazione e della maturazione delle risposte più corrette rispetto all'input e allo stimolo.

Le attività sensopercettive alla scuola primaria fanno riferimento alla progettazione strutturata nel corso della scuola dell'infanzia, con un'evoluzione degli obiettivi che fanno riferimento a giochi ed attività per:

- il movimento delle mani e dei piedi (dominante e non);
- il movimento dei diversi segmenti degli arti superiori e inferiori;
- il movimento dell'intero corpo;
- attività con la parte destra e la sinistra;
- attività percettive con le mani e i piedi.

I primi due obiettivi vanno a promuovere la consapevolezza rispetto all'utilizzo dei diversi segmenti del corpo, non solo quelli dominanti, lo sviluppo della coordinazione e di conseguenza la fino motricità. L'affinamento del movimento della mano e della manualità rappresenta un prerequisito indispensabile per favorire la fino motricità, il controllo tonico per equilibrare la forza nella prensione degli strumenti grafici. Il potenziamento della mobilità con esercizi di flessione ed estensione delle dita, per la coordinazione e segmentazione, come capacità di movimento fine e coordinato di ciascun singolo dito della mano, e la capacità di inibizione e controllo motorio, inteso come abilità nel controllo dei movimenti e dei gesti della mano nell'utilizzo degli strumenti grafici e nell'orientamento rispetto allo spazio e al tempo.

Le esercitazioni isolate per la mano, attraverso attività di manualità e movimento, vanno a beneficio della scrittura sostenendo l'obiettivo della maturazione grafo motoria, un bagaglio conoscitivo ed esperienziale poco diffuso tra i bambini che, sempre più, manifestano difficoltà importanti nel processo operativo della scrittura.

Nel corso del primo periodo della prima primaria è utile quindi avviare un percorso di promozione della fino motricità e dell'utilizzo consapevole dei diversi segmenti degli arti superiori, sia all'interno della classe con attività manipolative, sia all'interno della palestra con giochi ed attività tese all'organizzazione del proprio corpo in funzione del corretto utilizzo degli arti superiori, come dimensione essenziale della pre-scrittura. La coordinazione e motricità globale è funzionale, infatti, alla coordinazione dei diversi segmenti degli arti superiori e inferiori. Per muovere la mano è necessario utilizzare in maniera funzionale il polso, l'avambraccio, il braccio, la spalla che, inevitabilmente, sono collegati al corpo e guidati da questo e dalla sua organizzazione, per muoversi in funzione di uno scopo.

L'abilità di controllare i movimenti del corpo sincronizzando le diverse parti permette l'equilibrio del corpo e l'agire intenzionale dei bambini in risposta alle necessità ambientali e al comportamento con gli altri, con gli oggetti, con gli strumenti ed attrezzi che devono manipolare. Lavorare a questa età sul movimento del corpo a livello grosso e fino motorio rappresenta la chiave di successo per l'acquisizione di comportamenti motori e grafo motori corretti e alla successiva costruzione di schemi mentali del gesto, dei movimenti e delle posture e la successiva automatizzazione del comportamento e degli atteggiamenti corretti.

Le attività rispetto al corpo e la maturazione della funzione motorio prassica dev'essere promossa attraverso **proposte multilaterali e polivalenti**, così da incrementare il bagaglio esperienziale dei bambini e la maturazione sia della parte destra che sinistra del corpo, così come della capacità di risposta consapevole con il proprio corpo.

L'espressività del corpo come promotore di comportamenti ed atteggiamenti dipende da una corretta immagine del sé ed è la chiave del successo nella relazione e comunicazione efficace con gli altri, nella manifestazione di risposte comportamentali rispetto agli stimoli ambientali, nella espressione di stati d'animo ed emozioni interne in maniera corretta e adattiva.

Le attività devono, perciò, essere programmate con attenzione avendo cura di favorire proposte:

- per la funzione senso percettiva, intesa come abilità di lettura e discriminazione degli input provenienti dai diversi sensi e rispondere in maniera adeguata e corretta;
- per lo schema corporeo, promuovendo l'organizzazione del corpo, l'orientamento spazio- temporale, la rappresentazione del sé rispetto all'ambiente e agli altri, che comporta la corretta rappresentazione di gesti e comportamenti consapevoli, lo sviluppo dell'identità personale differente rispetto agli altri;
- per la memoria corporea, favorendo la giusta rappresentazione mentale del proprio sé e l'interiorizzazione consapevole delle proprie capacità, limiti e potenzialità, la memorizzazione e recupero dei gesti e atteggiamenti motori pregressi, così da poterli utilizzare all'occorrenza e successivamente modificarli per renderli sempre più efficaci ed adattivi;
- per la relazione, promuovendo la consapevolezza del linguaggio del corpo, non verbale, prossemico e para verbale, per entrare in relazione e comunicare con gli altri, per maturare atteggiamenti corretti nel rapporto con gli altri e l'eventuale gestione adeguata dei conflitti;
- per la maturazione dell'autonomia, dell'autostima, intesa come adattamento delle risposte motorie, comportamentali e degli atteggiamenti, riconoscendo le proprie capacità e limiti e capaci di migliorarsi a seguito delle esperienze maturate;
- per la consapevolezza delle regole, sia quelle condivise per la vita, che quelle del gioco, promotrici della consapevole e corretta esperienza tecnica e tattica del gioco, seguendo le regole specifiche, e del fairplay.

Attività con gli arti superiori senza attrezzi:

Le attività e i giochi manipolativi per favorire la fino motricità della mano si possono proporre in classe, nel percorso iniziale di pre-scrittura e grafo motricità. Le attività possono essere distinte in esercizi di mobilità sia per la mano che per l'intero segmento superiore:

- <u>esercitazioni sulla segmentazione delle dita della mano</u>: chiedere ai bambini di muovere le dita individualmente; di chiudere a pugno ed estendere le mano e le dita; di unire la punta delle dita della mano con il pollice in successione ordinata oppure secondo una sequenza data dall'insegnante; di misurare gli oggetti con la massima estensione della mano, contando la quantità tra pollice e mignolo e procedendo andando a richiudere il pollice sul mignolo e riaprendo in estensione la mano spostando nuovamente il mignolo in avanti e così procedere; poggiare la mano al banco oppure alla parete e tenendo il palmo della mano ben aderente alla superficie chiedere ai bambini di alzare tutte le dita insieme oppure individualmente, scoprendo quanto l'escursione e la mobilità vari a seconda del dito della mano; rappresentare con le dita della mano le zampette del ragno che si muovono sopra una superficie; tenere la mano poggiata su una superficie e far chiudere le dita della mano, ad una ad una, all'interno della mano, così da ottenere un pugno e, sempre con la mano poggiata, riaprire ad una ad una le dita della mano.

- <u>Esercitazioni con ritmi</u>: far rappresentare ai bambini, con la tempera creando l'ombra delle nocche, delle dita singole, delle dita di una o di entrambe le mani, del palmo e di tutta la mano, far ritagliare e disporre le diverse impronte, una volta asciutte, a distanza l'una dall'altra in una striscia di carta in ordine casuale e sparso. I bambini potranno agire in questa striscia come fosse un pianoforte ed a seconda dell'immagine rappresentata dovranno poggiare la parte della mano corrispondente all'impronta sopra l'ombra procedendo nella striscia gioco. Lo stesso gioco ritmico può essere predisposto, ad hoc, dall'insegnante progettando diverse rappresentazioni secondo una ritmicità e sequenzialità che potrebbe, anche, essere combinata ad una sonorità da rispettare (MUSICA), secondo le ombre che rappresentano un gesto della mano, secondo una sequenza da seguire con la mano battendo sul simbolo dato e via dicendo.

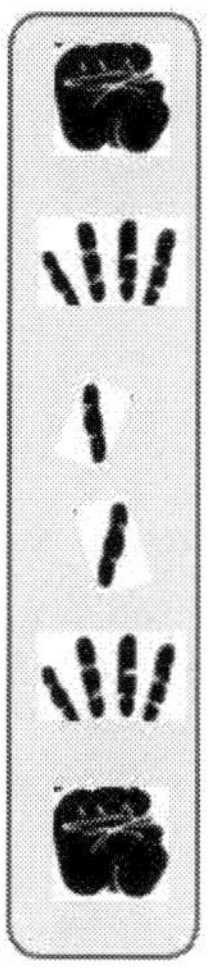

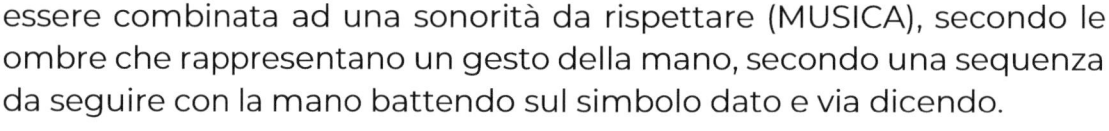

- <u>Esercitazioni simboliche</u>: permettere ai bambini di rappresentare con la mano i normali simboli del linguaggio gestuale, "OK!... NO!... Cosa?... LI!... QUI!... VIVA!... il cuore...", e le ombre cinesi, organizzando e coordinando il movimento delle mani al fine di rappresentare un animale.

- <u>Esercitazioni di percussione</u>: passando dalla sonorità solo con la mano ad entrambe le mani da battere sopra una striscia di carta predisposta con le orme delle mani e da variare a piacimento, creando sempre ritmi differenti.

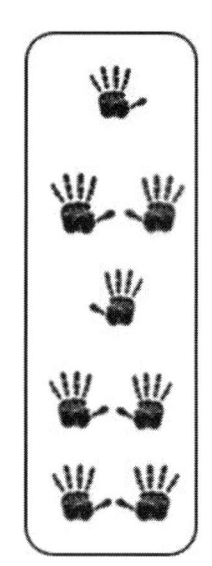

    La stessa proposta potrà essere presentata anche con variabili differenti come la dimensione e il colore: aumentare la forza del battere osservando la proporzione della mano disegnata (piccola/ piano, grande/ forte); rispetto al colore, invece, chiedere di battere solo alternando un ritmo. In un secondo momento si potrà aggiungere delle difficoltà attraverso il corpo e come attività di gruppo: usare le mani e le diverse parti della mano per rappresentare suoni attraverso il movimento e la percussione degli stessi che i bambini dovranno ripetere per imitazione.

    Lo stesso gioco potrà essere strutturato in cerchio in cui i bambini, in successione dovranno ripetere l'ultima sequenza oppure tutta la sequenza delle proposte date dai compagni precedenti: la difficoltà della proposta prevede una progettazione per task, partendo dal semplice al più complesso, con solo un suono a testa, ad inizio, per poi con l'incrementare dell'età e della maturazione dell'esperienza con più suoni. L'attività favorisce la lettura visiva, la consapevolezza del proprio corpo, la sequenzialità, il ritmo, l'attenzione, la memorizzazione e il controllo motorio.

In considerazione dei bambini con BES bisognerà curare l'organizzazione dello spazio e del tempo, così da variare l'attività in funzione delle necessità di ciascun bambino e delle loro capacità. Nel caso di bambini con difficoltà di memorizzazione fare predisporre i bambini ad inizio della catena, magari essere loro stessi i promotori del ritmo iniziale, oppure permettere la memorizzazione della sequenza facendo ripetere più volte il gioco. In caso di bambini con difficoltà del comportamento si potrà prevedere di svolgere l'attività con i bambini seduti sopra delle palle fitness dove possano muoversi e scaricare la tensione determinata dal rispetto di una turnazione e dal mantenimento dell'attenzione.

- <u>Esercitazioni per le braccia e le spalle</u>: l'attività, sia pur dinamica, può essere svolta anche in classe chiedendo ai bambini di mettersi dietro la sedia e fare esercitazioni di mobilità ed escursione del movimento delle spalle. La scelta è importante per allentare le pressioni, le tensioni e la stanchezza determinata dallo stare a scrivere troppo fermi nel banco.

→ Muovere le braccia su e giù dall'alto al basso in avanti, fuori e lateralmente: insieme oppure in maniera alternata; unite insieme con le mani intrecciate tra di loro;
→ spingere le braccia in avanti insieme, verso l'alto, verso il basso e verso dietro, poi eseguire in maniera alternata;
→ circonduzioni delle braccia in avanti e all'indietro: belle ampie portando bene le braccia dritte in alto vicino al corpo, tanto da toccare le orecchie poi continuare i movimento in avanti, in basso e all'indietro del corpo e viceversa;
→ con le mani a pugno fare il gesto della remata in avanti e all'indietro, con un movimento ampio del braccio e le braccia che si muovono insieme oppure alternando il gesto. Il gesto potrà essere accompagnato, anche, dal movimento coordinato del corpo;
→ far rappresentare l'elica e con le braccia dritte in alto sopra la testa le mani vicine a pugno fare una leggera torsione delle braccia a destra e a sinistra e così via secondo la propria iniziativa e creatività.

L'importante è permettere ai bambini di attivare la mobilità dei distretti superiori e l'escursione delle braccia, spesso poco sviluppata. Una buona mobilità, infatti, è la chiave per un movimento coordinato, fine e poco dispendioso anche nell'attività di scrittura e nella grafo motricità.

Attività con gli arti superiori con attrezzi:

Gli attrezzi o il materiale di facile consumo rappresentano una risorsa per favorire obiettivi legati alla manipolazione, alla coordinazione, alla percezione occhio- mano, all'orientamento, al controllo visivo e motorio, all'inibizione ed il controllo tonico. Le esercitazioni servono per incrementare l'abilità motoria e coordinativa della mano dominante e vicariante, implicando miglioramenti nella gestione della forza, del dimensionamento dei caratteri e nel controllo della mano, nell'esecuzione grafica, nella capacità di prestare attenzione alle diverse situazioni dell'azione.

Le attività manipolative rappresentano una risorsa, ancor più importante, con i bambini con disabilità motorie di diverso tipo, bambini cerebrolesi, ritardi psicomotori e difficoltà di coordinazione. Per sviluppare le abilità grosso e fino motorie dei bambini con bisogni educativi speciali è necessario predisporre un ampio ventaglio di proposte, così da favorire la motivazione, il perdurare dell'attenzione e concentrazione, l'incontro, inteso come consapevolezza, del proprio corpo e delle sue capacità e del proprio corpo come modalità di relazione con gli altri. L'organizzazione delle proposte e la loro eventuale semplificazione deve tener conto delle capacità residue e delle potenzialità di ciascun bambino.

Tra gli strumenti e materiale che si può proporre: pezzi di stoffa di diverso spessore e materiale; bastoncini di diverso spessore; palline di diverse dimensioni e formati; das e plastilina; nastri e lana; carta di diverso formato, strumenti musicali diversificati.

- <u>Esercitazioni con pezzi di stoffa</u>: avendo cura di tagliarla a strisce di diversa larghezza e lunghezza, chiedere ai bambini di poggiare la mano sul banco sopra la parte iniziale della striscia, messa trasversalmente nel banco, con le dita posizionate in maniera tale da avere la striscia di tessuto tutta oltre la mano. Il bambino dovrà avvolgere la striscia di tessuto dentro la mano tirando a sé il tessuto solo con le dita e tenendo la mano ben poggiata al banco.

Il lavoro mira ad esercitare il polso, la mano e le sue diverse parti con una proposta mirata di segmentazione tesa alla modulazione tonica necessaria a svolgere l'attività, esercitando una corretta estensione e flessione delle dita in funzione del movimento necessario per compiere il gesto motorio e con la giusta forza; sviluppare la coordinazione visuo spaziale e visuomotoria, con un'adeguata inibizione, ossia controllando le risposte automatiche rispetto al comportamento che renderebbe difficoltoso compiere il gesto in maniera adeguata, quali ad esempio imprimendo un'eccessiva forza presi dalla frenesia; ampliare l'attenzione sostenuta verso un'attività con controllo visivo e recupero in memoria delle informazioni necessarie per ogni singola sequenza del comportamento. L'obiettivo è quello di promuovere la prensione adeguata degli strumenti grafici, rinforzando la presa a pinza e il controllo fino motorio, indispensabile per la scrittura.

- <u>Esercitazioni con bastoncini o stecche</u>: i diversi giochi di prensione con bastoni di diverso spessore e lunghezza possono essere l'occasione per creare, in primis, con i bambini le attività gioco che, poi, rimarranno come gioco di socializzazione e confronto con gli altri compagni. I bastoncini possono essere presi, fatti rotolare, lanciati, messi uno sopra l'altro oppure in sequenza. Queste proposte favoriscono l'autonomia e la creatività dei bambini, la capacità d'iniziativa personale e di organizzazione, promuovendo una modalità di lavoro per problematizzazione.

Ad esempio, può essere costruito lo "Shangai", colorando degli stecchini lunghi oppure delle stecchette del gelato, da utilizzare per inserirle all'interno di una scatola oppure nel polistirolo ed utilizzare per giochi visuo motori e visuo spaziali, oppure ancora per attività di costruzione. Le attività possono essere proposte attraverso giochi motori di prensione e di movimento oppure ancora, per attività percettive, con la combinazione di un ritmo cromatico.

Nel caso di bambini BES le attività sono particolarmente importanti perché vanno a stimolare la maturazione motorio prassica, le abilità visuo spaziali e visuo motorie, la coordinazione grosso e fino motoria, l'analisi e lettura visiva e la capacità di shifting motorio, inteso come flessibilità cognitiva e motoria permettendo lo svolgimento di diversi compiti insieme, l'attenzione e l'integrazione bilaterale.

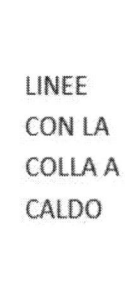

LINEE CON LA COLLA A CALDO

Nel caso vi siano bambini con **disabilità sensoriali**, della vista, la percezione sensoriale può essere favorita predisponendo i ritmi creando dei disegni o linee con la colla a caldo, creando così uno spessore a rilievo che si può percepire con il tatto, oppure incollandovi diversi tipi di tessuto (liscio, ruvido, scivoloso, morbido...). L'esperienza stimolo per i bambini potrà essere molto stimolante per tutta la classe, bendando i bambini e chiedendo loro di "ascoltare" con il tatto e discriminare attraverso quest'organo di senso assai poco sviluppato.

La promozione di queste attività oltre a motivare all'apprendimento e favorire l'interesse, la partecipazione e la maturazione delle competenze motorio prassiche promuove, anche, la socializzazione ed il gioco di gruppo, con la possibilità di stimolare le abilità sociali e la gestione delle situazioni che, oltre all'esperienza di condivisione comporta anche la gestione delle conflittualità. Gli obiettivi trasversali, alle diverse discipline, promossi attraverso le attività di gioco sono: la sequenzialità, il ritmo, il problem solving, la lettura d'immagine e relativa comprensione del compito, la lettura e discriminazione sensoriale e simbolica, la posizione nello spazio, l'orientamento spaziale, la precisione, la reattività e l'esclusione dei propri stimoli comportamentali in base alla situazione ambientale.

- <u>Esercitazioni con nastri, lana, cordoncini, elastici</u>: le attività proposte attraverso questi oggetti di facile consumo rappresentano un'efficace risorsa per favorire la programmazione ideomotoria e la rappresentazione mentale dei comportamenti corretti che facilitano la prensione, il controllo tonico e la motricità grosso e fino motoria.

Il nastro carta rappresenta uno strumento versatile e pulito per disegnare tratti grafici e percorsi da far seguire con la mano, con i piedi e con il corpo, favorendo la coordinazione, l'orientamento, il controllo motorio e l'organizzazione del corpo in risposta alle attività. I tracciati grafici possono essere percorsi con le dita, con la mano, con un oggetto da fare rotolare nel tracciato (quali biglie, palline gommose piccoline...) facendogli seguire la giusta direzionalità, con controllo tonico, attenzione visiva e selettiva, coordinazione e sequenzialità nei gesti e movimenti.

La lana, le cordicelle e i nastri possono essere attorcigliati, annodati, infilati così da ampliare le esperienze ed un bagaglio conoscitivo poco sviluppato da questo punto di vista, dato che spesso a quest'età è facile trovare bambini che ancora non si sanno legare le scarpe, non sanno fare un nodo, non sanno infilare fili o oggetti dentro asole. Si possono promuovere attività singole oppure con l'utilizzo di altri attrezzi psicomotori che possono ampliare le esperienze motorio prassiche.

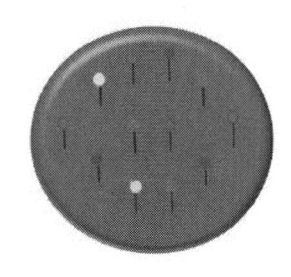

Gli elastici possono essere utilizzati con le mani per rappresentare, ad esempio, delle forme e dei simboli all'interno di un geopiano costruito dagli stessi bambini (con il polistirolo e stecchini; con un pezzo di sughero e degli spilli con la cruna tonda e via dicendo sulla base della propria fantasia e predisponendo la costruzione con i bambini stessi), oppure possono essere utilizzati con altri oggetti che modulano la capacità di prensione con l'uso di uno strumento, come pinzette, pinze, mollette ecc. Con questi strumenti si può favorire la maturazione della modulazione tonica, la prensione con coordinazione occhio- mano, fino motoria, la differenziazione motoria e lo shifting visivo, l'orientamento e organizzazione visuo spaziale.

Gli obiettivi trasversali fanno riferimento alla capacità di lettura d'immagine, di rappresentazione di una forma o di un simbolo partendo da un esempio oppure dalla propria rappresentazione mentale, l'orientamento, la sequenzialità ed il ritmo.

- <u>Esercitazioni con la palla</u>: la palla rappresenta un utilissimo attrezzo per attività che affinano l'organizzazione del corpo, l'inseguimento visivo con capacità di controllo e pianificazione dell'azione sulla base delle risposte dell'ambiente e di quanto si muove nell'ambiente, l'attenzione e l'orientamento visuo spaziale, visuo- motorio e occhio mano.

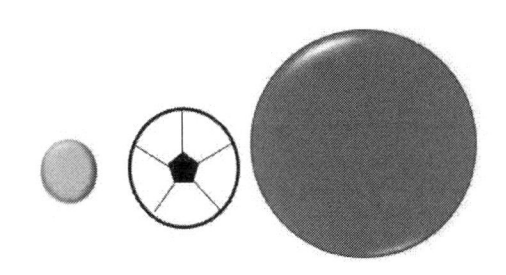

La palla, di diverse dimensioni e materiali è un attrezzo efficacissimo per la promozione della percezione ai fini della prensione e del controllo tonico. Solo attraverso l'esperienza attiva con oggetti è possibile dare al bambino l'opportunità di fare esperienza delle capacità del proprio corpo, della propria forza e delle abilità che, tramite il corpo, può esprimere nell'ambiente. La palla può essere spinta, accompagnata, rotolata, trascinata, lanciata, calciata, condivisa in tutte le direzioni e permette, quindi, una grande versatilità di proposte che possono essere svolte sia individualmente che come gruppo promuovendo la maturazione dei diversi segmenti corporei. Vediamo a seguire degli esempi con la palla:

- → la pallina piccolina può essere trascinata o fatta rotolare lungo un tracciato con le mani,
- → la pallina piccolina può essere manipolata nella mano stringendo il pugno oppure facendola ruotare nel palmo, può essere mossa con le dita in un piano, anche, variato come pendenza;
- → una palla leggermente più grande in gommapiuma oppure in gomma può essere fatta palleggiare, imprimendo la giusta forza perché la palla possa ritornare indietro per essere ripresa, può essere lanciata in alto e ripresa;
- → la palla grande da fitness può essere trascinata con le mani, i piedi e il corpo, come esercitazioni individuali;
- → la palla grande da fitness può essere trasportata insieme ad un gruppo di compagni e via dicendo.

Gli obiettivi trasversali fanno riferimento al ritmo, alla sequenzialità, alla lettura visiva, alla direzionalità, ai concetti topologici, alla fino motricità e alla grandezza.

Nel caso di bambini BES, con ***disabilità sensoriali della vista***, le esercitazioni ed i giochi con la palla possono essere proposti con diversi tipi di palla sonora e tattile che, percependosi uditivamente e con il tatto permette al bambino di giocarvi in autonomia. Per i bambini con difficoltà di prensione si possono predisporre delle asole da legare al polso o infilare nella manina e dall'altra parte collegata alla palla.

- <u>Esercitazioni con la carta</u>: la carta rappresenta uno strumento molto versatile, la cui esercitazione rappresenta un bagaglio esperienziale che ricade, trasversalmente, in tutte le discipline. La carta si può soffiare (promuovendo un lavoro sulla respirazione), si può manipolare, si può tagliare, si può piegare: tutte queste attività favoriscono la coordinazione, la fino motricità, il controllo tonico, l'attenzione visiva e sostenuta, l'organizzazione, la precisione e il controllo motorio. Rappresentano, inoltre, un'occasione per stimolare la pianificazione intenzionale delle risposte in base alle necessità della situazione, l'organizzazione e la capacità di problem solving rispetto al compito. 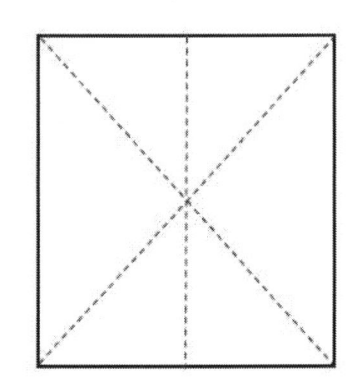
Con la carta si può raggiungere obiettivi pratico operativi per la comprensione del lessico matematico, come la quantità, la sequenzialità, la divisione, gli angoli, le figure geometriche, le linee, le diagonali, ma anche del lessico spaziale e temporale, dei concetti topologici, il lessico per la descrizione.
Permettono, inoltre, lo sviluppo della creatività e la possibilità di organizzare attività cooperative e sfide di gruppo, con la maturazione degli obiettivi sociali. La progressione delle proposte andrà programmata con attenzione all'età anagrafica dei bambini, alle loro capacità, abilità e favorendo l'autonomia dei bambini, dalle piegature agli origami più semplici e con istruzioni di semplice comprensione e esecuzione, ma che portano all'obiettivo motivando i bambini al fare indipendente, sino ad arrivare a esercitazioni di piegatura ed origami sempre più complesse.
- <u>Esercizi con gli strumenti musicali</u>: gli strumenti musicali permettono di maturare attività manipolative che favoriscono la prensione con modulazione tonica ed il dosaggio della forza; l'affinamento della segmentazione con esercitazione di estensione e flessione delle dita; la presa a pinza; la precisione e la velocità d'utilizzo. 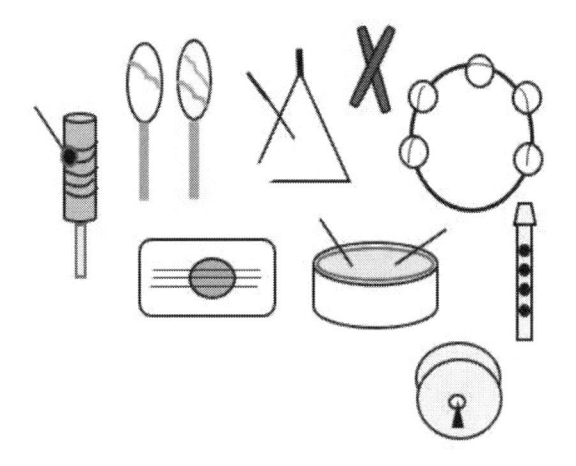
Gli strumenti rappresentano, trasversalmente, la possibilità per

lo sviluppo del lessico specifico alla musica; della percezione tattile, per la discriminazione dei materiali e della differente modalità di prensione e controllo tonico nell'utilizzo; della percezione uditiva, ossia la discriminazione dei diversi suoni, il riconoscimento delle pause e del ritmo; della percezione visiva, intesa come discriminazione di ogni attrezzo rispetto alle caratteristiche salienti che li contraddistinguono tra loro.

La programmazione deve prevedere una elaborazione per gradi delle proposte:

- o osservazione dello strumentario: mettere gli strumenti Orff oppure quelli di cui si è in possesso a scuola in un tappettino e chiedere ai bambini di mettersi in cerchio intorno al tappeto ed osservare gli strumenti;
- o chiedere ai bambini di prendere liberamente gli strumenti musicali e sperimentarli scoprendone le differenze rispetto ai criteri del peso, delle dimensioni, della forma, ma anche rispetto alle modalità d'utilizzo scoprendo, così, che ciascuno produce suoni differenti sulla base di differenti gesti e comportamenti agiti con il proprio corpo;
- o sperimentazione delle diverse possibilità sonore agendo percuotendo gli attrezzi, pizzicandoli, soffiandoci dentro, passando sopra oppure percuotendo lo strumento un altro attrezzo. Ogni gesto implica una diversa modalità di gestione, coordinazione e comportamento dei segmenti superiori del corpo. Lasciare ai bambini la possibilità di sperimentare creativamente ogni possibile interazione con gli strumenti, così come ogni possibile interazione con gli stessi attraverso le diverse bacchette a disposizione nel tappeto.

L'attività è molto interessante ed efficace come forma inclusiva: la scelta dello strumento rimanda alla capacità di riconoscimento di una sonorità che per sé risulta gradita o di uno strumento musicale che piace come forma oppure come modalità d'uso.

Un'efficace opportunità per favorire la competenza metacognitiva: come consapevolezza di sé, di ciò che piace e non piace, e di gestione della propria emotività ed atteggiamento in risposta a qualcosa che può non piacere.

- Esercitazioni con il sughero: anche il sughero rappresenta un materiale estremamente versatile e di facile manipolazione: può essere tagliato all'occorrenza dandogli le forme che meglio si crede. Con il sughero si può costruire il tangram oppure delle tavolette senso percettive da colorare o nelle quali applicare diversi elementi che possono aiutare la percezione e discriminazione tattile.

Il lavoro coordinativo con le diverse parti del tangram, da costruire con i bambini tagliando il sughero in diverse forme geometriche da organizzare nello spazio come meglio si crede, ovvero disegnando elementi concreti o astratti, promuove: lo sviluppo senso percettivo, manipolativo, la coordinazione, l'integrazione bilaterale, l'orientamento e spazialità come capacità visuo spaziale, il ritmo e sequenzialità secondo una organizzazione coerente, congruente oppure astratta, l'attenzione e concentrazione e il controllo tonico, con un lavoro specifico di coordinazione occhio mano e di prensione.

Prevede, inoltre, un lavoro trasversale d'intelligenza numerica, linguistica e antropologica: le forme appartengono al mondo che li circonda; perciò, devono essere sapute leggere nell'ambiente circostante; le forme sviluppano la capacità di problem solving; di gestione della spazialità, creando altre forme, creando dei mosaici oppure dei mandala come modalità espressiva con un linguaggio alternativo, mettendole secondo un ritmo e una sequenzialità ordinata.

L'esperienza può essere proposta sotto forma di attività libera e creativa da parte dei bambini, così come sulla base di una richiesta preordinata da riprodurre, osservandone le capacità di copia, di pianificazione delle risposte motorie in risposta al compito, di gestione, orientamento ed organizzazione; di osservazione, lettura d'immagine e rappresentazione della stessa, anche rispetto ad un lavoro di simmetrie e di riduzione in scala.

Ad ogni attività proposta con i bambini, perciò, deve far seguito la **verbalizzazione** la descrizione dei giochi e delle esercitazioni, elaborando simbolicamente quanto vissuto nell'esperienza concreta ed operativa, questo passaggio rappresenta la chiave per la successiva rappresentazione mentale delle esperienze conoscitive e delle abilità messe in atto.

A seguire si può prevedere la **rappresentazione grafica** delle esperienze, lavorando in maniera combinata sull'arte ed immagine, che raffigura la prosecuzione dell'esperienza con il corpo e della relativa elaborazione mentale, il bambino, infatti, riproduce attraverso il disegno entrambe le dimensioni. Il disegno del bambino dà riferimenti all'insegnante rispetto alla maturazione degli obiettivi, rispetto al grado di partecipazione, interesse, motivazione e al grado di comprensione e conoscenza costruita durante l'esperienza. L'osservazione deve considerare, anche, l'esperienza eventualmente mediata attraverso i canali d'accesso dell'informazione preferenziale dei bambini, le implicazioni emotivo affettive scaturite nei bambini e le eventuali difficoltà sperimentate.

L'**osservazione** dell'insegnante e seguente valutazione mira alla verifica degli atteggiamenti e comportamenti messi in atto dai bambini in riferimento agli obiettivi:

- motori specifici dell'attività proposta;
- trasversali tra le diverse discipline;
- riferiti alle competenze chiave che si sta perseguendo;
- alla partecipazione, interesse, ascolto attivo, motivazione al fare, iniziativa personale;
- al grado di autonomia, alla capacità di autodeterminazione;
- al grado di maturazione rispetto alle abilità sociali;
- alla capacità di riflessione critica ed autovalutazione delle proprie azioni e scelte.

L'importante è elaborare rispetto a ciascun obiettivo, in riferimento all'UdA, delle griglie di osservazione create ad hoc rispetto ai propri alunni, così che nel percorso di elaborazione delle proposte e di esecuzione da parte dei bambini l'insegnante possa, osservando in itinere, rilevare le osservazioni sulle griglie.

Le griglie rappresentano uno strumento versatile per il monitoraggio dei comportamenti ed atteggiamenti dei bambini, valido strumento per la successiva valutazione attraverso la rubrica di valutazione collegata all'UdA.

Vediamo a seguire un esempio di griglia, rispetto agli obiettivi motori promossi nelle attività precedentemente spiegate:

ALUNNI	OBIETTIVI MOTORI						
	Controllo tonico adeguato rispetto al compito	Prensione corretta dell'attrezzo/ strumento/ oggetto	Attenzione visiva e sostenuta	Adeguata percezione sensoriale	Coordinazione grosso e fino motoria	Direzionalità	Controllo e inibizione motoria
	Si ☐ No ☐ In parte ☐	Si ☐ No ☐ In parte ☐	Si ☐ No ☐ In parte ☐	VISIVA UDITIVA UDITIVA TATTILE TATTILE	Si ☐ No ☐ In parte ☐	Si ☐ No ☐ In parte ☐	Si ☐ No ☐ In parte ☐

Attività con gli arti inferiori con e senza attrezzi:

Gli arti inferiori rappresentano un segmento molto importante, intanto, come sostegno dell'intero corpo e poi come modalità per attivare i diversi movimenti con il corpo. Gli arti inferiori ed il movimento dei piedi e delle gambe sono essenziali per l'equilibrio dell'intero corpo, per l'andatura corretta, per il sostegno sia nella posizione statica che dinamica, per la coordinazione generale del corpo, per l'impatto a terra a seguito di un movimento evitando traumi.

Nella fase evolutiva è importante controllare la postura dei piedi dei bambini e la fase d'appoggio, così da riconoscere le eventuali difficoltà da comunicare ai genitori con preavviso, favorendo visite posturali specialistiche.

Le esercitazioni sul piede possono essere così strutturate:

- esperienze sul **movimento e segmentazione delle dita del piede**: da seduti a terra con i piedi scalzi raccogliere un fazzoletto, un panno muovendo le dita del piede ed esercitandosi sia con il destro che con il sinistro; raccogliere e spostare della stoffa da una posizione a terra ad un'altra; raccoglierlo e buttarlo in un contenitore posto sulla destra o sulla sinistra del corpo del bambino (modulando l'ampiezza e la tipologia del contenitore per aumentare le difficoltà);
- **postura sulle punte dei piedi**, sia nella posizione statica che dinamica: stare sulla punta dei piedi, lavorando sull'equilibrio e sulla stabilità del piede in una situazione di precarietà d'appoggio.

Prevedere un'alternanza della posizione posturale passando dalla posizione da intera pianta a terra sulle punte, anche, seguendo un ritmo dato (con battito mani, con uno strumento musicale o con un brano musicale in cui seguire l'alternanza rispetto al ritmo dato) → combinando trasversalmente gli obiettivi con la matematica e la musica.

La successione della proposta sarà quella di sperimentarla in dinamica: camminata sulle punte e, a seguire, la corsa sulle punte, in esercitazioni individuali, in percorsi con e senza attrezzi.

Prevedere, a seguire, la verbalizzazione delle attività in circle time: così da far riflettere i bambini rispetto alle diverse posture del piede e sulla relativa stabilità;

- **postura sui talloni**, sia in posizione statica che dinamica: chiedere ai bambini di passare dalla posizione statica con piede d'appoggio a tutta pianta a terra alla posizione sui talloni e poi ancora alla posizione sulle punte. Prevedere un'alternanza della posizione posturale passando dalla posizione da intera pianta a terra ai talloni e sulle punte, anche, seguendo un ritmo dato (come visto sopra con un ritmo musicale).

La successione della proposta in condizione dinamica, come per le punte, sarà quella di sperimentare, prima, la camminata e poi la corsa sui talloni;

- **andatura rullata**: rappresenta il passaggio tra le due esperienze posturali precedenti (tacco-punta); necessita, perciò, della maturazione delle esperienze precedenti in una andatura della posizione del piede che passi dalla posizione tacco, passando velocemente per la pianta e terminando sulle punte. Dalla posizione statica passare alla esperienza in dinamica, così da promuovere la rullata del piede ad ogni passo del piede, prima, attraverso lo schema motorio del camminare e poi del correre.

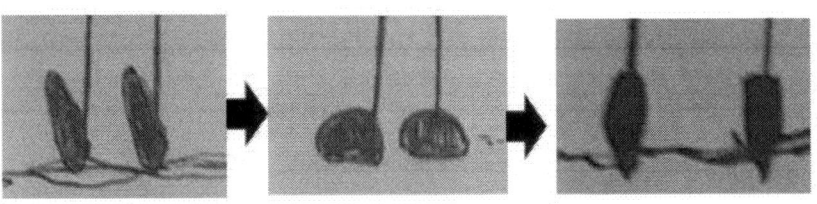

PASSAGGIO DA TACCHI A PUNTA

- **postura di pronazione ed antipronazione**, con appoggio dei piedi sulla parte laterale esterna e sulla parte interna: spostiamo la posizione del piede in statica passando dalla parte esterna alla parte interna; successivamente, passando per tutte le posizioni del piede: pianta, punta, esterno, tallone, interno. La successione potrà essere rappresentata attraverso le orme dei piedi disegnate creando dei cartelli visivi da proporre ai bambini (secondo diversi ritmi) che dovranno a seguito della lettura visiva interpretare ed eseguire la postura corretta. La stessa attività potrà essere proposta in fase dinamica, associando la posizione del piede ad un'andatura rispetto ad uno schema motorio (camminata-corsa), oppure inserendo le immagini all'interno di una griglia, nella quale muoversi secondo una legenda visiva data in carta al bambino o descritta dai compagni che guidano il bambino all'azione;

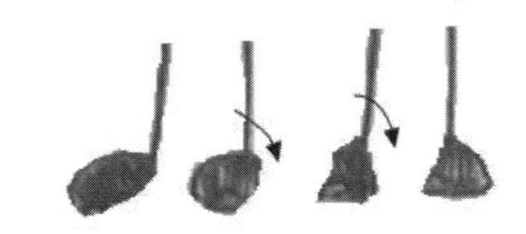

PASSAGGIO DALL'ESTERNO ALL'INTERNO

- **postura con appoggio tutta pianta a terra**: nella posizione statica come modalità di appoggio corretto per una posizione stabile e per il sostegno corretto del corpo. Le esercitazioni dovranno essere eseguite a piedi nudi, così da percepire l'intera pianta del piede a terra e, così, avviando alla consapevolezza della postura corretta e alla costruzione dell'immagine mentale corretta. A seguire potrà essere sperimentata in dinamica, nella camminata, nella corsa (sempre a piedi nudi) prestando attenzione all'appoggio del piede, nella marcia, poggiando forte tutto il piede a terra, nei saltelli, sperimentando l'importanza di tutto l'appoggio per evitare in fase di appoggio di avere dolori o traumi;

- utilizzo consapevole del piede per dare la spinta o per il movimento, attraverso **esercizi di appoggio a terra e saltelli**: sia nella posizione statica che dinamica:
    → saltelli a piedi uniti oppure alternando un piede dopo l'altro,
    → ancora mettere dei materassi di diverso spessore, così da sperimentare la camminata sul materasso e il saltello per scendere. A seguito dell'esperienza chiedere ai bambini una riflessione sulle modalità d'appoggio e le sensazioni con domande guida, come ad esempio: cosa succede? Cosa senti? È facile? È difficile? Sei riuscito a farlo bene? Sei caduto o stavi per cadere? Perché?
- Utilizzo del piede come **esperienza d'appoggio in diversi terreni**, permette di lavorare sulla consapevolezza e sulla gestione ed adattamento motorio a seconda delle caratteristiche del terreno, così da evitare problematiche e traumi. L'appoggio del piede comporta la scoperta e la sperimentazione della stabilità e dell'equilibrio maturando l'esperienza motoria e successivamente costruendo la memoria rispetto alle diverse modalità d'appoggio e di gestione del corpo in risposta alle situazioni ambientali.

Il tutto favorisce la capacità di adattamento motorio e di problem solving, intesa come capacità di sapersi organizzare e pianificare il movimento a seconda della situazione in cui ci si trova.

Con materiale di facile consumo, attrezzatura o oggetti reperibili nella natura si potrà creare, in uno spazio ampio ovvero in palestra o in giardino, delle vasche sensoriali all'interno delle quali mettere: sabbia, terra con pietre, creare dei dossi o avvallamenti, cuscini ad acqua oppure in assenza di questo materiale cuscini propriocettivi, che mettano in crisi l'equilibrio e gli appoggi, materassi di diversi formati e grandezze. Si potrà, inoltre, prevedere uscite per sperimentare l'esperienza nel territorio d'appartenenza: strada, parchi, oasi naturalistiche sono, solo alcuni, degli esempi di esperienze vissute dove trovare diverse situazioni problematiche e mettersi in gioco con il proprio corpo.

- **Attività con attrezzi propriocettivi**: con l'utilizzo di rulli, riccetti, cuscini propriocettivi, palline tattili di diversa grandezza e formato e, quando non presenti, contenitori di tessuto con dentro la sabbia, la ghiaia, il riso ecc., tutti attrezzi che possono migliorare la consapevolezza dell'uso del piede e della caviglia.

    Chiedere ai bambini di mantenere l'equilibrio in posizione statica rimanendo fermi sopra i diversi attrezzi e sviluppare la consapevolezza propriocettiva del piede (le differenze rispetto alle sensazioni tattili). Chiedere, poi, ai bambini di sperimentarli in dinamica, come ad esempio camminare a piedi nudi sopra i diversi attrezzi propriocettivi, alternandoli liberamente ed ancora secondo un percorso stabilito. La sperimentazione libera permetterà all'insegnante di osservare le risposte comportamentali dei bambini, le scelte fatte rispetto alle sensazioni che provano, anche di esclusione rispetto a determinati oggetti. L'osservazione permetterà all'insegnante di organizzare le proposte motorie sulla base dei feedback raccolti, così da incrementare il vissuto percettivo dei bambini che maggiormente palesano difficoltà.

    Nei confronti dei bambini con difficoltà in ambito percettivo questo percorso rappresenta un'opportunità formativa per la conoscenza attraverso il canale tattile. Potrebbe rappresentare, comunque una difficoltà per i bambini che possono avere un'ipersensibilità tattile; perciò, è necessario programmare con attenzione e per piccoli obiettivi la proposta motoria, partendo da tappeti e cuscini tattili predisposti ad hoc, con materiale che non possa creare difficoltà d'accettazione nei confronti della proposta.

Attività con il corpo senza attrezzi:

Con il corpo il bambino deve imparare ad esprimere comportamenti ed atteggiamenti posturali e motorio prassici in maniera sempre più coordinata e funzionale all'obiettivo. Con il corpo si comunica, si interagisce, si palesano stati d'animo ed emozioni, ci si muove nel mondo, si manifesta la propria identità, si matura capacità ed abilità che rivestono l'area senso- percettiva, coordinativa, relazionale comunicativa e emotivo affettiva.

Da qui la necessità di una proposta programmata con attenzione, rispetto all'età anagrafica e alle eventuali difficoltà presenti in classe, che permetta la progressione degli obiettivi rispetto ad ogni dimensione di sviluppo.

Dimensione cognitiva → in riferimento alle conoscenze, abilità e competenze che si possono favorire con il corpo, in maniera trasversale a tutte le discipline: l'orientamento, la percezione sensoriale, l'organizzazione spazio-temporale, i concetti topologici, i nessi causali, il ritmo e la sequenzialità, la flessibilità cognitiva, le regole condivise, l'attenzione sostenuta, la memorizzazione.

Dimensione motoria → in riferimento alle conoscenze ed abilità che si sviluppano con il bagaglio esperienziale: coordinazione dei diversi segmenti motori in funzione dell'attività, flessibilità motoria, integrazione bilaterale, coordinazione occhio mano, coordinazione grosso e fino motoria, orientamento, controllo tonico, equilibrio.

Dimensione emotivo affettiva → in riferimento all'importanza del corpo come veicolo per modulare comportamenti ed atteggiamenti definiti da emozioni e stati d'animo interni: le risposte comportamentali a seguito delle emozioni, la gestione ed autoregolazione comportamentale ed emotiva, l'equilibrio emotivo, la comprensione dei segnali automatici e delle espressioni, il percorso propriocettivo e di consapevolezza.

Dimensione relazionale comunicativa → in riferimento alla considerazione del corpo come promotore di dinamiche relazionali e comunicative che influiscono ed influenzano la comunicazione verbale e l'intonazione verbale: la comunicazione non verbale, gestuale, mimica, prossemica, il corpo per entrare in relazione con l'altro, per giocare, per relazionarsi, per chiedere.

Le attività posturali con il corpo hanno la funzione di prevenire oppure recuperare posture scorrette dei bambini, acquisite nello stare seduti in posizioni scorrette, giocando ai videogiochi oppure ancora alla televisione.

Le attività devono essere programmate accuratamente considerando:

- la valutazione del bagaglio esperienziale e motorio pregresso del bambino, attraverso il colloquio iniziale con i docenti della scuola dell'infanzia, con i genitori (conoscenza delle eventuali opportunità motorie in orario extra scolastiche, delle uscite ed esperienze con gli stessi genitori) e attraverso l'osservazione iniziale delle capacità dei bambini in esperienze stimolo e di gioco da proporre ad inizio anno scolastico con valore conoscitivo prognostico, così da verificare eventuali difficoltà. La valutazione delle capacità percettive del bambino: lettura e comprensione degli stimoli provenienti dall'ambiente e dagli altri; la valutazione della capacità di risposta alle informazioni e agli stimoli esterni; la valutazione della capacità di pianificare e organizzare il movimento secondo le sequenze che portano al risultato finale, intesa come azione consapevole rispetto al compito o esercizio. L'osservazione di queste capacità definisce il quadro delle modalità di realizzazione del movimento da parte del bambino e di conseguenza, anche, delle eventuali difficoltà presenti, determinate da disabilità che possono comportare un deficit motorio prassico, nelle funzioni esecutive ed atteggiamenti stereotipati, oppure,

ancora, difficoltà nella pianificazione di comportamenti e nell'organizzazione intenzionale e autoregolazione;
- la <u>programmazione di giochi motori e attività sia in situazione statica che dinamica</u> per acquisire sempre maggior consapevolezza rispetto all'uso del corpo in maniera da coordinare le diverse parti, da pianificare e programmare la sequenza cinetica corretta, da controllare in maniera flessibile le risposte motorie, da gestire risposte adattive e funzionali rispetto agli stimoli esterni ed interni. La programmazione deve partire dalle attività senso percettive individuali per arrivare ad attività e giochi in gruppo, che prevedono il controllo ed adattamento del proprio corpo in riferimento ed in relazione agli altri;
- la <u>considerazione del carico cognitivo, motorio ed emotivo</u> richiesto dalle proposte, così da evitare situazioni di disagio, frustrazione o stanchezza che, oltre a comportare un senso di faticabilità eccessiva comportano una riduzione della motivazione e dell'interesse, con evidente diminuzione dell'effetto della proposta. Proporre esercizi il più possibile variati in termini di quantità e qualità, così da motivare il bambino e, soprattutto, il più possibile legati alla rappresentazione di un vissuto vicino al bambino: divertenti, combinate a canzoncine, filastrocche, ad andature che richiamano vissuti accattivanti e coinvolgenti.

I giochi con il proprio corpo possono prevedere l'esecuzione da parte dei bambini **in posizione statica**: eseguire posture da fermi, fare il gioco delle statuine, proporre imitazioni attraverso il canale espressivo del viso e del corpo, ma senza alcun movimento. Le proposte di atteggiamenti e comportamenti senza movimento sono un'abilità che di rado i bambini riescono a mettere in pratica, a quest'età, data la loro naturale risposta istintiva alle situazioni attraverso il movimento. Perciò, l'attività dovrà essere programmata con attenzione al fine di avere, da parte dei bambini, le risposte desiderate, eventualmente valutando di proporre il gioco a seguito di un'attività di movimento, oppure come alternativa ad una proposta didattica con un carico cognitivo particolarmente gravoso, così da spezzare ed alternare con un'attività pratico operativa attraverso il corpo.

Se, in classe, si sta lavorando sui simboli, siano essi numerici oppure alfabetici, si potrà dopo una prima parte di lavoro sul quaderno oppure sul libro, chiedere ai bambini di alzarsi dal banco e rappresentare i simboli con il proprio corpo. Se si sta narrando una storia, drammatizzarla subito dopo con i bambini, così da permettere loro di rappresentare personaggi ed azioni operativamente e, così facendo, permettere all'insegnante di osservare la comprensione, la capacità di manipolazione delle conoscenze da parte del bambino, la capacità di attivare delle inferenze a seguito del richiamo in memoria di vissuti ed esperienze concrete già esperite.

La mimica rappresenta il canale non verbale che maggiormente accompagna l'espressività verbale dei bambini, lavorarci significa ampliare la loro consapevolezza rispetto ad un canale espressivo e comunicativo che dev'essere reso cosciente per poterlo rimodulare in accezione adattiva e funzionale rispetto alle situazioni. Il canale dell'espressione non verbale risente, infatti, di automatismi e maschere sociali inculcate sin da piccoli o determinate dai vissuti che, possono manifestarsi in maniera palese ed incontrollata comportando risposte differenti da parte dell'ambiente.

Insegnare ai bambini a riconoscersi e leggere le proprie manifestazioni non verbali è una delle chiavi dell'autoconsapevolezza e del lavoro propriocettivo su sé stessi che li guiderà a presentarsi al mondo secondo le proprie capacità comunicative che rappresentano, comunque e sempre, un messaggio. Questa considerazione acquisisce un valore fondante in considerazione dei linguaggi altri per la relazione e comunicazione dei bambini con bisogni educativi speciali il cui canale non verbale rappresenta la modalità preferenziale: volendo pensare alla comunicazione aumentativa alternativa, attraverso immagini; alla comunicazione attraverso i linguaggi altri.

❖ GIOCO DELLE POSTURE

In classe o in ogni altro spazio scolastico, ivi compresi l'andito, l'atrio, la palestra, il cortile, chiedere ai bambini di assumere la posizione degli animali sui quali si sta lavorando e descriverla, ampliando le conoscenze ed il lessico correlato alla descrizione delle caratteristiche rappresentative di ciascun animale richiesto. Le diverse posture degli animali rappresentano un percorso in continuità con la scuola dell'infanzia, dove maggiormente si sperimentano queste proposte gioco.

Le posture, in posizione statica, possono essere organizzate con posizioni a terra, da sdraiati, oppure a quattro zampe, da coricati sia proni che supini ed ancora in piedi, come esempi:

POSTURA	DESCRIZIONE
rana	accovacciati con le gambe divaricate e le braccia in mezzo alle gambe poggiate a terra;
elefante	solo piedi e mani poggiati a terra, arti superiori ed inferiori tesi e corpo sospeso in alto;
cagnolino/gatto	posizione a quattro zampe con le ginocchia e le mani poggiati a terra;
cammello	posizione a quattro zampe con le ginocchia e le mani poggiati a terra, ma la schiena inarcata con la gobba in alto;
farfallina	seduti a terra, gambe piegate e piante dei piedi che poggiano l'una sull'atra, muovere le gambe su e giù tenendo le piante dei piedi sempre unite e poggiate a terra;

granchio	mani e piedi a terra e posizione del corpo supina, cioè pancia in su, il corpo dev'essere sollevato da terra;
serpente	tutto il corpo poggiato a terra in posizione prona e la testa con le spalle sospesi in alto;
gru	in piedi reggersi solo con una gamba, mentre l'altra è sospesa piegata con il piede poggiato sul ginocchio della gamba d'appoggio, le braccia sono in alto con le mani unite sopra la testa.

Così come queste se ne possono inventare tante altre di proposte in base al vocabolario sul quale si sta lavorando, ed inoltre possono essere pianificate in qualsiasi spazio e tempo scuola. Il setting, infatti, non prevede organizzazione di spazi e tempi, poiché prevede solo l'utilizzo del proprio corpo da parte dei bambini, la consegna deve sostenere la capacità del bambino di organizzarsi come meglio riesce, sulla base della propria capacità, coordinazione e forza naturale.

I bambini con **bisogni educativi speciali** le cui aree deficitarie ricadono nello sviluppo psicomotorio, nella coordinazione, nel mantenimento dell'attenzione e concentrazione sostenuta e nelle funzioni esecutive possono avere difficoltà a eseguire questo tipo di gioco. In questo caso è indispensabile guidare il bambino a gestire la situazione gioco in maniera da comprendere, ad esempio, il rispetto del tempo ben definito attraverso l'utilizzo di strumenti come una clessidra o un timer, che permettono di gestire il passare del tempo. Fare familiarizzare i bambini con le posture prima di proporle, attraverso "video modeling" ed il canale visivo, le immagini o schemi ed agende e, nel caso dei disturbi dell'autismo, presentare le proposte più articolate attraverso diversi step, le diverse azioni che compongono il gesto motorio completo, ampliando pian piano il repertorio di attività che poi dovranno eseguire simultaneamente.

Delimitare lo spazio gioco con l'uso di una fune oppure di un cerchio nel quale eseguire le posture e rinforzare l'esecuzione alternando attività che suscitano l'interesse e la motivazione del bambino. Nel caso di stereotipie motorie la presenza dell'insegnante specializzato per le attività di sostegno sarà a supporto e sostegno per limitare le stereotipie, richiamando l'attenzione e la presenza del bambino in situazione. Nel caso, invece, di difficoltà determinate da iperstimolazione sonora laddove si decidesse di svolgere le attività in uno spazio in cui l'acustica potrebbe rappresentare un limite far indossare al bambino delle cuffie. Importante, inoltre, definire nei casi di bambini con disturbi del neurosviluppo delle routine alle quali attenersi e che rendono, così, l'ambiente prevedibile, evitando comportamenti problema determinati dal disagio e frustrazione sperimentati dal bambino.

Obiettivi: l'attività gioco sulle posture permette di lavorare sulla consapevolezza del proprio corpo e sui segmenti, un percorso propriocettivo che sostiene il bambino nella lettura e comprensione delle possibilità del proprio corpo, del controllo dei movimenti e della capacità di mantenere le posture per un lasso di tempo che, man mano, va aumentato. Permette un lavoro specifico sulle funzioni esecutive, di organizzazione e pianificazione del gesto ossia di programmazione della sequenza delle azioni necessarie per eseguire la postura specifica, con maturazione della coordinazione grosso motoria e dei movimenti volontari, cioè eseguiti consapevolmente.

L'**osservazione dell'insegnante**: deve mirare ad analizzare la capacità dei bambini di organizzarsi con il corpo per assumere le posture proposte dall'insegnante, coordinando i diversi segmenti corporei, riuscendo a mantenere l'equilibrio con forza e la postura per il lasso di tempo indicato dall'insegnante. Osservare quanto i bambini riescono a mantenere l'attenzione sostenuta rispetto al compito da eseguire e concentrarsi in maniera tale da non lasciarsi condizionare dalle variabili esterne al proprio corpo. Osservare la capacità di modulare la forza tonica di ciascuna parte del corpo coinvolta nella postura al fine dell'efficacia del mantenimento della stessa. Osservare la capacità di controllo motorio, intesa come capacità di mantenere un atteggiamento o postura con adeguato controllo di tutte le parti in funzione dell'esercizio.

Si possono creare griglie elaborate ad hoc che fanno riferimento alle diverse dimensioni da osservare, come ad esempio:

	OBIETTIVO	SI	NO	IN PARTE	NOTE
1	Ricorda la sequenza corretta delle azioni da compiere per eseguire la postura				
2	Controlla e mantiene la postura per il tempo stabilito				
3	L'attenzione è sostenuta rispetto al compito				
4	È coordinato nell'esecuzione				
5	Mantiene l'equilibrio nella postura statica				
6	Si concentra nonostante gli stimoli esterni				
7	È capace di cambiare ed organizzarsi con il corpo nel passaggio da una postura all'altra				

❖ **GIOCO DELLE ANDATURE**

Il gioco delle andature è il passaggio successivo a quello delle posture statiche, poiché si articola nella dimensione dinamica e prevede, perciò, una coordinazione maggiore ed una organizzazione del corpo in risposta agli stimoli ambientali e alla presenza degli altri.

Trattandosi di un'attività di movimento il setting deve prevedere l'organizzazione del gioco in uno spazio ampio, sia al chiuso come in palestra che all'aperto come nel cortile scolastico ovvero in qualsiasi altra situazione spazio gioco in outdoor.

Le andature possono essere eseguite sia in uno spazio libero e in maniera libera da parte dei bambini, soprattutto nel primo approccio alla proposta gioco, che vincolata, incrementando man mano le difficoltà, come ad esempio uno spazio organizzato e delimitato così da limitare il movimento dei bambini ed inserendo, anche, eventualmente degli ostacoli.

L'esecuzione del compito potrà essere programmata considerando il tempo necessario al suo svolgimento evitando carichi eccessivi per i bambini, come ad esempio l'alternanza delle proposte con un maggior dispendio di energia ad altre che prevedono meno faticabilità. Prevedere, quindi, non solo l'alternanza di attività in camminata ad altre di corsa oppure con salti, ma anche la successione di posture semplici, rispetto alla coordinazione dei movimenti e all'organizzazione posturale, ad altre più complesse, con la programmazione delle diverse sequenze combinate con l'andatura dinamica.

Il gioco verrà programmato passando dallo spazio libero, in cui i bambini si potranno muovere serenamente, senza particolare attenzione all'ambiente circostante, favorendo la massima attenzione all'esecuzione dell'attività; ad uno spazio strutturato, vincolando il movimento con strisce di scotch carta, coni, asticelle o funicelle, sulla base dell'attrezzatura di cui si è in possesso, che fungano da ostacolo ai movimenti. La scelta dell'attrezzatura dev'essere valutata sulla base dell'età anagrafica dei bambini, della loro capacità di gestione del corpo rispetto allo spazio, per fare in modo che il gioco sia vissuto serenamente, senza paure o stress emotivi e, soprattutto, favorendo il benessere psicofisico.

Si possono proporre tantissime andature, meglio se legate a rappresentazioni mentali dei bambini, così da motivarli al fare autonomo e alla libera interpretazione personale e creativa. Vediamo a seguire degli esempi di andature comuni (vedasi appendice per le immagini):

ANDATURA	DESCRIZIONE
rana	Saltellare lungo lo spazio gioco come una rana, ossia passando dalla posizione a terra accovacciati con le gambe divaricate piegate esternamente e le mani dentro le gambe poggiate a terra, per poi dare la spinta con i piedi verso l'alto in avanti e ricadere nella stessa posizione di partenza. Procedere lungo il percorso saltando a rana; ma data la difficoltà della posizione evitare percorsi troppo lunghi, massimo 10 salti a rana per, poi, passare ad altra andatura. L'andatura può essere proposta in avanti, laterale, a zigo zago (slalom).

elefante	Camminare lungo lo spazio gioco solo piedi e mani poggiati a terra, arti superiori ed inferiori tesi e corpo sospeso in alto; nell'andatura dinamica dell'elefante i bambini devono coordinare, nello spostamento del corpo, l'alternanza degli arti inferiori e superiori per procedere in maniera efficace e con equilibrio. L'andatura può essere in avanti, all'indietro, a zigo zago e, a seguito della maturazione dell'esperienza anche con lo spostamento laterale.
cagnolino/ gatto	Camminare in quadrupedia, ossia posizione a quattro zampe con le ginocchia, i piedi e le mani poggiati a terra, con un'andatura variata lenta- veloce in avanti, all'indietro, zigo zago oppure con spostamento laterale. In quest'andatura dinamica i bambini devono coordinare, nello spostamento del corpo, l'alternanza degli arti inferiori e superiori per procedere in maniera efficace e con equilibrio.
granchio	Camminare con le mani e i piedi a terra e con il resto del corpo in posizione supina, cioè pancia in su, e sollevato da terra, in avanti all'indietro e con spostamento laterale. Data la difficoltà di quest'andatura che implica, non solo, un esercizio di coordinazione importante e gestione dei vari segmenti per procedere, racchiude, anche, un apporto di forza muscolare per reggere il corpo in posizione durante l'esecuzione, chiedere ai bambini un brevissimo tratto di percorso per poi passare ad un'altra andatura. Si può, ad esempio, passare dalla posizione a pancia in su a quella con la pancia in giù del cagnolino, comportando un esercizio di variazione posturale promuovendo la maturazione della coordinazione e del controllo motorio.
canguro	Procedere saltellando a piedi uniti e piegando leggermente le ginocchia così da dare la spinta per il salto in avanti, procedere con le gambe unite e le mani davanti al corpo, in avanti, all'indietro, a zigo zago oppure lateralmente. Come per la rana, data la difficoltà dell'andatura anche in termini di equilibrio, evitare percorsi troppo lunghi e passare, a seguire ad un'andatura meno pesante.
Giraffa oppure elefante	Giraffa= in piedi con le braccia tese in alto unite e con le mani strette incrociando le dita come si fosse in preghiera, spostarsi camminando eseguendo una torsione delle braccia e del busto verso destra e verso sinistra; elefante= sempre braccia tese e unite con le mani strette, ma posizionate in avanti con il busto leggermente flesso e procedere camminando tenendo la posizione.
gorilla	Pugni a terra, procedere a quattro zampe senza ginocchia a terra, andare avanti con i pugni ben poggiati a terra in posizione delle braccia aperte all'altezza delle spalle per tenere l'equilibrio, e poi avvicinare con un salto i piedi alla posizione delle mani con le gambe divaricate, così che si

	fermino all'esterno delle braccia a terra, e il sederino basso così che sia in linea con il corpo.
papera	Eseguire in accosciata, gambe piegate divaricate e sedere basso, e camminare da questa posizione, con le braccia in mezzo alle gambe e il busto che aiuta il movimento ma non eccessivamente proteso in avanti.
serpente	Strisciare lungo il percorso con tutto il corpo poggiato a terra in posizione prona, mentre la testa e le spalle sospesi in alto. Procedere strisciando con la forza delle mani e dei piedi che spingono il corpo in avanti grazie alla loro alternanza coordinata. L'andatura potrà essere in avanti oppure con spostamenti laterali.

Nella programmazione del gioco delle andature valutare le difficoltà legate alla coordinazione, alla percezione dello spazio intorno al proprio corpo, all'organizzazione e orientamento, alla gestione di spazi ampi e rimbombanti. Nel caso, perciò, di **bisogni educativi speciali** presentare le proposte delimitando lo spazio gioco con supporti visivi che circoscrivano lo spazio del movimento, con il supporto di immagini visive delle diverse attività che si andranno ed eseguire oppure delle sequenze del movimento, con l'eventuale inserimento nel percorso di impronte delle mani, dei piedi, così da guidare nella corretta postura da tenere, nella successione delle azioni in cui essa è composta. Per i bambini che possono avere difficoltà nella fase di volo, relativamente all'andatura della rana e del canguro, prevedere l'opportunità di esecuzione senza saltello, ma semplicemente come uno spostamento. Nelle diverse andature, come quella a slalom, si può prevedere la guida di un compagno tutor oppure da parte dell'insegnante.

Obiettivi: l'attività gioco sulle andature permette di lavorare sulla consapevolezza del proprio corpo in movimento, con capacità di coordinare e controllare i movimenti in funzione dello spazio gioco. Permette un lavoro specifico di lettura dell'ambiente circostante e della presenza degli altri nello spazio, prestando attenzione ai diversi stimoli ed agendo in funzione di sé stessi e dell'ambiente, sulle funzioni esecutive, di organizzazione, equilibrio e pianificazione del gesto ossia programmando la sequenza delle azioni necessarie per eseguire il movimento corretto. La combinazione delle diverse posture in movimento permette, anche, un lavoro sugli schemi motori di base.

L'**osservazione dell'insegnante**: deve mirare ad analizzare la capacità dei bambini di organizzarsi con il corpo rispetto all'ambiente e agli altri, la capacità di assumere le posture in situazione dinamica, ossia combinandole ai diversi schemi motori e, allo stesso tempo, coordinarsi riuscendo a mantenere l'equilibrio, modulando il controllo tonico delle diverse parti, la forza e la postura per il lasso di tempo indicato dall'insegnante. Osservare quanto i bambini riescono a mantenere l'attenzione sostenuta rispetto al compito da eseguire e concentrarsi in maniera tale da non lasciarsi condizionare dalle variabili esterne al proprio corpo. Osservare la capacità di eseguire un compito motorio complesso combinando più esercizi e controllando i diversi movimenti in funzione dell'esecuzione specifica. Osservare il grado di partecipazione, autonomia, organizzazione e pianificazione rispetto al compito, di problem solving trovando soluzioni adattive e sempre più efficaci rispetto alla situazione.

ALUNNI	OBIETTIVI MOTORI				OBIETTIVI TRASVERSALI		
	Organizzarsi con il corpo in risposta all'ambiente	Capacità di tenuta della postura in dinamica	Seguire gli schemi motori + postura	Equilibrio	Attenzione sostenuta	Partecipazione	autonomia
	Sì ☐ No ☐ In parte ☐	Sì ☐ No ☐ In parte ☐	Sì ☐ No ☐ In parte ☐	Sì ☐ No ☐ In parte ☐	Sì ☐ No ☐ In parte ☐	Sì ☐ No ☐ In parte ☐	Sì ☐ No ☐ In parte ☐

ALUNNI	OBIETTIVI MOTORI				OBIETTIVI TRASVERSALI		
	Esecuzione dei compiti complessi	Controllo tonico del corpo	Capacità di passare da un esercizio all'altro	Coordinazione	Concentrazione	Pianificazione	Problem solving
	Sì ☐ No ☐ In parte ☐	Sì ☐ No ☐ In parte ☐	Sì ☐ No ☐ In parte ☐	Sì ☐ No ☐ In parte ☐	Sì ☐ No ☐ In parte ☐	Sì ☐ No ☐ In parte ☐	Sì ☐ No ☐ In parte ☐

❖ GIOCHI VISUO SPAZIALI E VISUO MOTORI

La coordinazione ed organizzazione visuo spaziale e visuo motoria è una capacità propedeutica alla base delle competenze disciplinari. Le abilità appartenenti a quest'area rivestono notevole importanza nella quotidianità:

- ✓ lettura della realtà esterna e dei simboli ivi rappresentati;
- ✓ movimenti corretti ed efficaci orientandosi nello spazio in base alla direzionalità ed allo scopo che si vuole raggiungere.

Rivestono un'importanza chiave nel contesto scolastico, in maniera trasversale a tutte le discipline:

- ✓ riconoscimento e rappresentazione dei simboli grafici secondo il corretto orientamento spaziale (i grafemi in italiano e i numeri in matematica);
- ✓ riconoscimento e rappresentazione delle forme geometriche e collegamento alla realtà;
- ✓ orientamento nello spazio grafico (arte e immagine, italiano, matematica e tutte le altre discipline);
- ✓ orientamento nello spazio fisico (geografia, matematica...);

- ✓ sequenzialità e ritmo (matematica, italiano, storia, geografia...);
- ✓ lettura visiva dell'ambiente e relativa organizzazione del proprio corpo in risposta alle diverse necessità e alla presenza degli altri (discipline, ambiente scolastico, confronto con gli altri...)

Queste sono solo alcune delle abilità promosse con un lavoro specifico sulla capacità visuo spaziale e visuo motoria.

Se ne evince la necessità di promuovere esercitazioni ed esperienze significative e motivanti attraverso il canale preferenziale dell'agire e della consapevolezza spaziale: il corpo.

Nelle prime classi della primaria è importante rappresentare diversi tipi di percorsi e griglie a terra, all'interno delle quali fare esercitare i bambini in attività di orientamento e organizzazione del proprio corpo nello spazio: labirinti, tavole simboliche, coding unplugged, puzzle, completamento di immagini.

I **labirinti e le griglie** possono essere organizzati come percorsi con diversi attrezzi psicomotori oppure con il nastro carta e all'interno dei quali inserire degli elementi visivi che permettano ai bambini di orientarsi e spostarsi nello spazio delimitato, sia liberamente che seguendo le istruzioni da parte dei compagni, oppure ancora secondo indicazioni date su un foglio, una legenda o mappa, da leggere visivamente ed interpretare correttamente nello spostamento con il corpo.

Un'attività molto stimolante, che combina abilità trasversali come la sequenzialità e il ritmo, consiste nel seguire un algoritmo dato con l'attività motoria (coding unplugged). Quest'attività promuove le capacità attentiva e visuo spaziale nella lettura d'immagine, le impronte dei piedi in una griglia a terra oppure di simboli orientati in posizioni graficamente differenti tra di loro. Il bambino deve leggere visivamente il foglio, con la legenda delle indicazioni che permetteranno lui di seguire il percorso segnalato secondo diversi criteri, come l'organizzazione spaziale oppure il colore, e il bambino deve muoversi nella griglia secondo le indicazioni date.

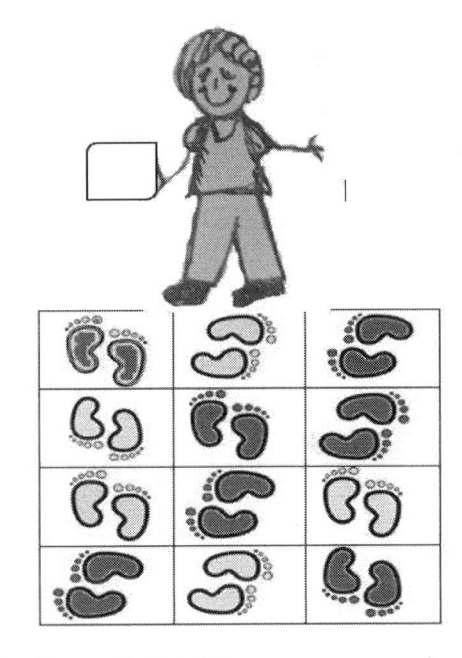

Questa attività racchiude un lavoro combinato:
- ✓ cognitivo, lavorando sull'orientamento spaziale dei simboli, sulla percezione delle forme e sull'integrazione bilaterale, che permette di collegare due diversi compiti, permettendo così di passare dall'osservazione del foglio per poi spostare l'attenzione nello spazio e

muoversi con il corpo, agendo con il comportamento corretto in base all'obiettivo, prerequisito fondante del passaggio dell'attenzione dalla lavagna al proprio foglio in riferimento alla scrittura;
✓ motorio, come rinforzo di diversi obiettivi: coordinazione visuo-motoria, visuo- spaziale, oculo/podale, spazio- temporale, attenzione selettiva e memoria visiva.

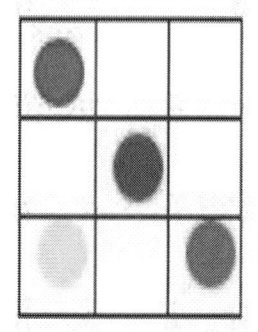

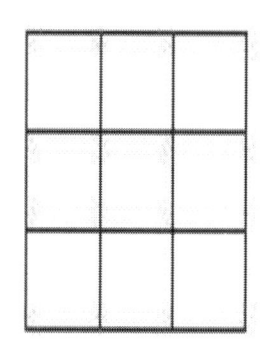

Si possono proporre diverse attività, anche, con materiale di facile consumo, come cartoni sui quali dipingere diverse immagini, simboli, forme (quali frecce direzionali) e far muovere i bambini secondo delle indicazioni date. Oppure ancora griglie dipinte su grandi cartoni da poggiare a terra, di diverse dimensioni e con una quantificazione delle celle sempre diversa, sulla base della quantità con la quale si sta lavorando con i bambini, nei quali distribuire diverse forme, immagini, simboli su cartoncino, anche, colorato e plastificato, lavorando su diversi criteri di discriminazione.

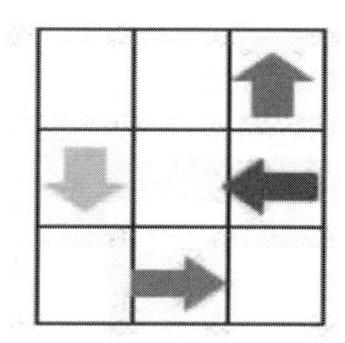

Il bambino, perciò, dovrà muoversi nello spazio della griglia seguendo le indicazioni oppure, ancora, su due griglie, una piena ed una vuota, osservando la griglia piena ed andando a riempire quella vuota spostandosi tra le celle e mettendo il disegno nella cella corrispondente all'altra griglia già completa.

Attività percettive possono essere proposte attraverso cannucce, domino delle forme, che consentono di lavorare contemporaneamente sulla discriminazione e sulla associazione tra forme uguali oppure ancora sulla quantità ed il riconoscimento visivo della stessa quantità. Lavorando, così, sulla discriminazione percettiva, sull'organizzazione visuo spaziale, sulla coordinazione occhio mano, occhio piede, sull'attenzione e sulla memoria visiva. Rinforzare la memoria visiva permette la costruzione di immagini mentali e la successiva rappresentazione mentale secondo un orientamento corretto favorendo, attraverso un canale motivante per il bambino, l'acquisizione di competenze relative all'intelligenza linguistica e logico matematica.

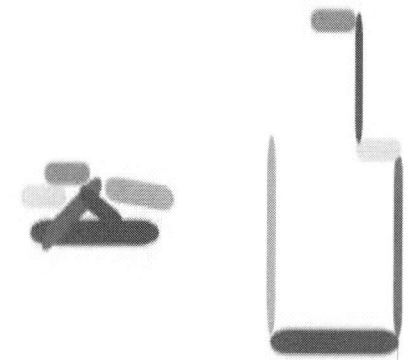

Si possono proporre con il corpo ed il movimento tante attività differenti, le stesse che spesso si propongono sotto forma di schede in A4 e attraverso le quali si lavora solo sulle abilità legate alla manualità degli arti superiori, dalle quali si evince un'organizzazione, orientamento e coordinazione che spesso risulta deficitaria, con scarso controllo motorio, scarso controllo tonico e scarsa capacità fino motoria. La necessità di partire, dal grosso motorio, dal corpo nella sua interezza, è la chiave per costruire le capacità ed abilità essenziali per, poi, operare in maniera funzionale nelle diverse abilità strumentali.

Obiettivi: le attività visuo spaziali e visuo motorie permettono di lavorare sulla consapevolezza del proprio corpo in movimento, con capacità di coordinare e controllare i movimenti in funzione dell'obiettivo del gioco. Permette un lavoro specifico di lettura dell'ambiente circostante prestando attenzione ai diversi stimoli, sulla percezione sensoriale, sulle funzioni esecutive, sull'organizzazione spaziale e temporale, sull'equilibrio, sulla pianificazione del gesto e sulla capacità di problem solving, ossia trovando le giuste risposte rispetto alla situazione stimolo da copiare, da imitare, da gestire.

L'**osservazione dell'insegnante**: deve mirare ad analizzare la capacità dei bambini di organizzarsi con il corpo rispetto all'ambiente e agli altri; la capacità di leggere la realtà esterna, utilizzando le informazioni provenienti dai canali senso percettivi, e muoversi in risposta alle necessità del compito; la capacità di discriminare i diversi stimoli, secondo differenti criteri come la forma, la dimensione, il colore, l'orientamento nello spazio; la capacità di differenziazione motoria e controllo, analizzando, pianificando ed organizzando la propria postura in base alle richieste, con capacità di risposta immediata e reattiva alla situazione problema. Si presenta, a seguire, un esempio di griglia di rilevazione sistematica degli obiettivi e della maturazione dei bambini:

	OBIETTIVO	SI	NO	IN PARTE	NOTE
1	Si sa organizzare a livello visuo spaziale				
2	Legge la realtà esterna con capacità percettiva (tutti i sensi coinvolti)				
3	È coordinato nell'esecuzione dei movimenti				
4	Discrimina secondo i criteri richiesti				
5	Riesce a spostare l'attenzione da uno stimolo ad un altro				
6	Mantiene l'equilibrio nella postura statica				
7	Mantiene l'equilibrio nello spostamento				
8	Si concentra nonostante gli stimoli esterni				
9	L'attenzione è sostenuta rispetto al compito				
10	Pianifica l'azione corretta da eseguire rispetto al compito				
11	Trova soluzione rispetto alla situazione stimolo				

❖ **Organizzazione spazio- temporale**

L'organizzazione spazio- temporale fa riferimento alla capacità di muoversi nello spazio e nel tempo in maniera consapevole, organizzando il proprio corpo in funzione di sé stessi, dell'ambiente e degli altri:

✓ muoversi nello spazio libero, con capacità di riconoscere e di muoversi in autonomia, occupando tutto lo spazio gioco a disposizione, prestando attenzione alle caratteristiche dell'ambiente e agli altri per evitare di sbattere o scontrarsi, ed agendo indipendentemente da quello che fanno gli altri con propria capacità creativa e non seguendo per imitazione quanto fatto dai compagni. La consapevolezza dello spazio aperto e libero, la capacità di agirvi ed affrontarlo in maniera indipendente e funzionale può essere limitante per i bambini con disagi nell'area emotiva, che palesano difficoltà nel gestirsi in autonomia e muoversi liberamente, senza paura e senza remore; per i bambini con deficit dell'organizzazione ed orientamento, disturbi dell'autismo per i quali lo spazio gioco aperto rappresenta un motivo di disagio e frustrazione.

In questi casi l'organizzazione del setting è molto importante: programmare spazi delimitati e meno ampi e rimbombanti di una palestra, prestando attenzione all'ipersensibilità agli stimoli sonori, prevedere cartelli visivi che indichino come e dove ci si possa muovere, oppure ancora impronte, spazi delimitati da coni o tappeti entro i quali far muovere i bambini liberamente.

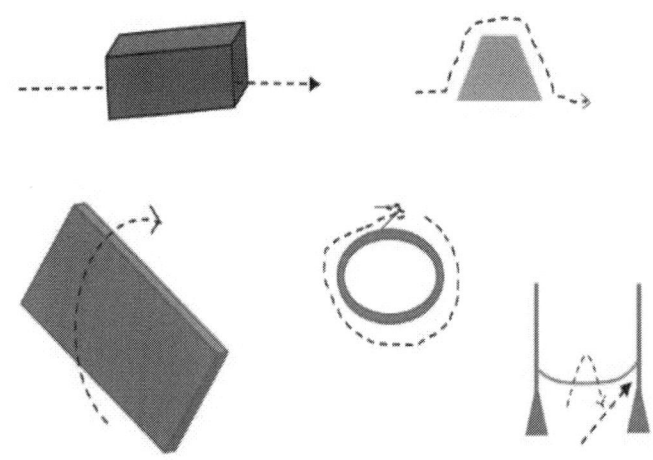

✓ Muoversi nello spazio occupato da ostacoli, oggetti disposti appositamente dall'insegnante nelle diverse parti della palestra, dimostrando attenzione all'ambiente circostante, capacità di adattamento motorio rispetto al contesto e ai diversi vincoli presenti, capacità di reattività ed iniziativa per l'eventuale superamento, passaggio, spostamento e andatura differente in base all'ostacolo presente davanti a sé; di coordinazione dei diversi segmenti corporei in base all'azione da compiere. L'insegnante in un primo momento lascerà i bambini liberi di agire e li osserverà: se si muovono nello spazio evitando oppure utilizzando gli ostacoli, le modalità di risposta motoria messe in atto, l'attenzione rispetto all'ambiente e agli altri nello spazio gioco, la creatività e flessibilità cognitiva e motoria dimostrata rispetto ad un ostacolo, le difficoltà legate alla sfera motoria e emotivo affettiva, che può essere espressa di fronte ad una situazione nuova oppure dalla paura di affrontare un'azione motoria della quale non si ha esperienza per un inadeguato bagaglio motorio ed esperienziale. Successivamente, invece, potrà chiedere loro di fronte a un ostacolo di agire come meglio credono, lasciandoli, comunque, liberi di esprimersi in autonomia e con capacità d'autodeterminazione nell'affrontare la situazione stimolo proposta.

Gli ostacoli, in assenza di materiale psicomotorio funzionale, potranno essere:

- → *scatoloni* chiusi oppure aperti in entrambi i lati, così da formare un tunnel;
- → *cerchi*, per attività ed andature secondo ritmi differenti;
- → *coni* nei quali infilare bastoni o cerchi: nell'incavo centrale del cono per formare dei pali o un ostacolo, utilizzandone due tra i quali legare il nastro bianco/ rosso, ancora infilare il bastone nei buchi laterali a formare un ostacolo ad altezze variabili a seconda del buco scelto;
- → un cerchio infilato nell'incavo superiore del cono formando, così, un cerchio di fuoco;
- → tappeti di diversi formati e spessore, nei quali muoversi secondo diverse andature;

e così via sulla base della propria fantasia e proposta che possa essere adeguata all'età e in sicurezza.

✓ <u>Muoversi nello spazio e nel tempo in maniera intenzionale e funzionale</u> attraverso attività che stimolino la reattività, l'attenzione, la lettura della situazione, l'organizzazione e controllo del proprio corpo in risposta alla situazione stimolo.

Tra le diverse proposte che si possono presentare, quelle che maggiormente catturano l'attenzione e motivazione dei bambini sono i giochi ludico motori, che rappresentano, inoltre, il canale d'accesso preferenziale per la proposta stimolo di giochi che possano avere una funzione formativa in quest'area di interesse.

Tra i tanti giochi si propone ad esempio:

"gioco delle code":

Il gioco consiste nel dare a tutti i bambini una "coda", un pezzetto di nastro bianco/rosso oppure tessuto, che i bambini dovranno infilare dietro, nel pantalone, proprio come fosse una coda.

Al via dell'insegnante i bambini si muoveranno all'interno dello spazio gioco, delimitato in maniera tale da essere visibile dai bambini, e dovranno cercare di afferrare le code dei compagni e contemporaneamente fare attenzione alla propria coda per evitare di farsela rubare dal resto dei compagni, entro il termine del gioco stabilito con un segnale dall'insegnante. Il gioco dev'essere programmato come una progressione del percorso di consapevolezza spazio- temporale a seguito del gioco libero di riconoscimento dello spazio.

L'**obiettivo** del gioco è quello di promuovere la maturazione dell'attenzione divisa, che permette ai bambini di spostare l'attenzione tra i diversi stimoli; l'integrazione bilaterale, utilizzando in maniera indifferenziata e all'occorrenza entrambe le mani per svolgere l'azione; la coordinazione motoria, intesa come capacità di organizzare il corpo in funzione del compito; l'equilibrio del corpo rispetto ai diversi movimenti e nella precarietà; il controllo motorio e la differenziazione cognitiva, come capacità di inibire i diversi comportamenti in risposta agli stimoli esterni; la reattività rispetto agli stimoli esterni, ossia la capacità di agire nel minor tempo possibile rispetto alla proposta del gioco e rispetto agli altri, prima degli altri compagni; la gestione e l'orientamento, ossia la comprensione delle distanze e della direzionalità; lo sviluppo della sfera percettiva, visiva, uditiva e tattile e della creatività rispetto alla scoperta di nuove soluzioni più efficaci.

Varianti: si possono proporre diverse varianti rispetto agli obiettivi; alle caratteristiche dei materiali da usare per l'esecuzione del gioco e allo sviluppo di strategie solutive e problematizzazione. Le diverse varianti proposte saranno utili per incrementare il bagaglio esperienziale e la capacità dei bambini, come ad esempio:

- <u>dimensione dell'area gioco</u>: da uno spazio ampio, in cui i bambini riescano a muoversi serenamente senza essere troppo vicini gli uni agli altri e quindi organizzandosi rispetto alla regola con maggior distensione ed avendo il tempo di ragionare sulla situazione; ad uno spazio più ristretto, in cui la vicinanza tra i bambini impone loro di trovare i giusti adattamenti e coordinazione del corpo, con capacità di muoversi

in maniera reattiva e contemporaneamente stimolando la pianificazione, riflessione personale e la problematizzazione;
- <u>caratteristiche dell'attrezzo mobile</u> (le code): rendendo la sfida più semplice ovvero più complicata attraverso la scelta della lunghezza delle code da apporre dietro ai bambini e del materiale scelto - il nastro bianco rosso è facilmente riconoscibile, facilmente manipolabile e sfilabile, leggero comportando una minore attenzione, coordinazione e gestione nella risposta motoria da parte dei bambini. Le proposte devono essere incrementate, con il maturare dell'esperienza gioco, come, ad esempio, riducendo la lunghezza della coda da sfilare, ampliando l'obiettivo della coordinazione e del controllo motorio. Al posto del nastro bianco rosso si potrà utilizzare code create con altri materiali come: scovolino, tessuti di vario genere dai più leggeri e sottili ai più grossi, lavorando trasversalmente sulla consapevolezza percettiva e sulla sperimentazione operativa delle caratteristiche dei diversi materiali.

Osservazione dell'insegnante: dovrà mirare alle risposte comportamentali dei bambini in riferimento al compito del gioco, perciò al grado di comprensione dell'attività e di risposta alle situazioni stimolo in maniera efficace e funzionale; al grado di attenzione visiva e di lettura della realtà rispetto al gioco, agli altri compagni e alle code da sfilare; alla capacità di coordinare i movimenti oppure controllarli e inibirli in funzione di sé stessi, degli altri e dell'attrezzo da acchiappare; al grado di reattività rispetto alla situazione, pianificando ed agendo in maniera tempestiva rispetto all'azione altrui; al grado di memorizzazione rispetto al compito; al grado partecipazione attiva con pianificazione di quanto necessario per agire efficacemente; alla capacità di risposta autonoma e creativa; al grado di riconoscimento dello spazio gioco e della direzionalità.

Attrezzatura necessaria: un pezzo di nastro bianco/rosso per ciascun bambino oppure ogni altro attrezzo mobile o materiale di facile consumo scelto; coni per delimitare lo spazio gioco.

"Gioco dell'acchiapparello":

Il gioco dell'acchiapparello consiste nell'acchiappare i compagni che scappano in uno spazio gioco, più o meno ampio, libero oppure delimitato da coni all'interno dei quali muoversi rispettandone il confine. Le modalità per acchiappare saranno definite prima del gioco e comunicate ai bambini. Il tempo gioco è stabilito dalla situazione finale in cui gli acchiappatori riescono ad acchiappare tutti i compagni, ma nel momento in cui il gioco viene variato, con la capacità di salvare i compagni salvati, data l'eventualità di protrarsi a lungo sarà l'insegnante a deciderne il tempo fischiando la fine del gioco quando vedrà che i bambini palesano eccessiva stanchezza o disinteresse a proseguire.

Lo **spazio gioco**, quando i bambini sono alla loro prima esperienza con il gioco, dev'essere delimitato in maniera da essere adeguato al numero di bambini che ne devono fruire in sicurezza e ben visibile, soprattutto se si utilizza una palestra al fine di evitare, data l'ampiezza, un carico motorio esagerato. Le modalità per rendere il gioco meno complicato e facilitare la discriminazione visiva dei bambini, rispetto al ruolo di alcuni compagni selezionati come "acchiappatori", può essere l'utilizzo delle "pettine", di nastri messi al braccio, di una collana appesa al collo e via dicendo.

Il gioco può essere predisposto secondo diverse varianti, tenendo sempre in considerazione la sicurezza, l'età anagrafica dei bambini e le loro capacità ed abilità motorie, riferite alle modalità per acchiappare i compagni e alle modalità di salvataggio, per i bambini che sono stati presi. La predisposizione delle proposte dev'essere programmata per piccoli obiettivi:

- la prima esperienza di scoperta del gioco consiste nel dare a 1- 2 bambini il compito di acchiappatore, dando loro le pettine, mentre gli altri bambini saranno dentro il campo gioco. Il gioco consiste nell'acchiappare i compagni dentro il campo, toccandoli con una mano nel corpo, e gli stessi, una volta presi, usciranno dal gioco e si dovranno sedere fuori dal campo gioco;

- aggiungere delle difficoltà sia nelle modalità per acchiappare che nella modalità di risposta alla situazione dell'essere acchiappati. Chiedere ai bambini, scelti dall'insegnante per acchiappare, di attendere il via e, poi, entrare in gioco e cercare di acchiappare i compagni toccandoli: sopra la spalla; prendendo la mano; toccando la testa e via dicendo.

I compagni che verranno acchiappati, invece, si dovranno fermare immediatamente, nella posizione in cui si trovano nel campo gioco, e acquisire una postura statica comunicata ad inizio, come ad esempio: fermarsi a gambe divaricate; seduti a gambe incrociate come gli indiani; a quattro zampe come i cagnolini; con le mani e i piedi a terra; ad elefante, e così via. Creeranno così una difficoltà aggiuntiva per i compagni in gioco, che dovranno prestare attenzione, per evitare di andare a sbattere contro i compagni, ed adattare il proprio movimento in funzione loro;

Varianti:

L'**obiettivo** di questo gioco è quello di promuovere le funzioni esecutive, la reattività ad uno stimolo ambientale, ossia l'azione dei bambini che devono acchiappare e il riconoscimento delle diverse proposte di salvataggio; la coordinazione dinamica generale, ossia l'organizzazione del corpo nei diversi movimenti, finalizzata allo spostamento tenendo in considerazione l'ambiente, i compagni e l'azione da eseguire con equilibrio dinamico; la resistenza, intesa come capacità di gestire il movimento per tutto il gioco, con capacità di accelerazione o inibizione motoria, per acchiappare o scappare e fermarsi, e di cambi di direzione repentini e ripetuti; il controllo motorio e tonico, onde evitare di esagerare con i comportamenti e fare male ai compagni; la percezione sensoriale, attenzione e discriminazione visiva, per la lettura della realtà ambientale e delle azioni degli altri per evitare di essere catturati ovvero per riuscire ad acchiappare; il problem solving come capacità di trovare le soluzioni motorie più adatte rispetto alla finalità del gioco, quella di scappare o di acchiappare, pianificando ed organizzando anche nella fase di salvataggio; l'attenzione e la flessibilità cognitiva; la memoria visiva, rispetto ai diversi stimoli visivi messi per il salvataggio; la collaborazione; la gestione delle emozioni interne e delle situazioni d'ansia legate a una competizione.

Osservazione dell'insegnante: dovrà mirare alle risposte comportamentali dei bambini in riferimento alla compito del gioco, perciò al grado di comprensione dell'attività e di risposta alle situazioni stimolo in maniera efficace e funzionale; al grado di attenzione visiva e di lettura della realtà rispetto al gioco, agli altri compagni fermi nell'area gioco nelle diverse posture, ai cerchi o altri attrezzi presenti; alla capacità di coordinare i movimenti in funzione di sé stessi, degli altri e dell'azione dell'acchiappare oppure del salvare organizzando il corpo in funzione del compito motorio; al grado di memorizzazione rispetto al compito, alle richieste e alla disposizione nello spazio degli attrezzi; al grado di reattività e partecipazione; alla capacità di risposta autonoma e creativa; al grado di riconoscimento dello spazio gioco e della direzionalità da eseguire per scappare oppure acchiappare con intenzionalità.

Attrezzatura necessaria: pettine, nastrini, cerchi per la salvezza, coni per delimitare lo spazio gioco.

"gioco del lupo e degli agnelli":

Il gioco consiste nel finalizzare l'attività dell'acchiapparello ad uno sfondo integratore rappresentato dalla storia del lupo e degli agnellini, dando voce ad un lavoro sulle emozioni che scaturiscono dalle due diverse situazioni rappresentate. Permette, quindi, un lavoro combinato sulla dimensione emotiva, sulla capacità di leggere e rievocare sensazioni ed emozioni interne, rappresentando il dominatore ed il dominato e sperimentando le emozioni che da questi ruoli ne scaturiscono, con una valenza catartica e terapeutica. Per tale motivo, a seguire dall'esperienza gioco è necessario attivare un circle time, nel quale parlare con i bambini e fare esprimere loro le emozioni provate, la ragione di tali emozioni, ma anche verso quale ruolo si sono sentiti maggiormente propensi e a loro agio ed il perché.

Nel gioco l'insegnante sceglie una quantità di bambini ai quali affidare il ruolo dei lupi che dovranno acchiappare gli agnellini, ed a ciascuno darà una pettina da mettersi per favorirle il riconoscimento da parte dei compagni. Il resto degli altri bambini della classe, invece, rappresenterà gli agnellini e starà all'interno del campo gioco delimitato dai coni. Il gioco consiste nell'acchiappare gli agnellini che, una volta presi, si devono fermare e coricare a terra nella posizione in cui si trovano con le mani ben attaccate al corpo per sicurezza, mentre i compagni continuano a correre nello spazio. Gli altri bambini che scappano dovranno, perciò, prestare attenzione visivamente ai compagni fermi a terra e ai lupi, aggiustando l'azione motoria ed il comportamento in base alla loro presenza.

Questo gioco può essere variato all'occorrenza sia come modalità di azione dei bambini che acchiappano sia dei bambini che vengono acchiappati e su come si devono posizionare una volta acchiappati, come ad esempio:

- I bambini acchiappati si devono fermare a gambe divaricate e braccia aperte, aumentando le difficoltà per i bambini che scappano;

- i bambini acchiappati si devono fermare raggomitolati a terra con la testa tra le braccia e i bambini che scappano possono eventualmente anche nascondersi dietro il compagno oppure passarlo superandolo come fosse un ostacolo;
- i bambini acchiappati si fermano, ma ogni bambino preso, dopo il primo, deve velocemente andare ad attaccarsi al primo compagno con le mani, creando così una barriera che, oltre a limitare lo spazio gioco permette anche agli agnellini di nascondersi dietro la fila dei compagni.

Può essere proposta ogni variante si ritiene efficace rispetto agli obiettivi sui quali si vorrà lavorare con i bambini.

Osservazione dell'insegnante: dovrà mirare alle risposte comportamentali dei bambini in riferimento alla compito del gioco, perciò al grado di comprensione dell'attività e di risposta alle situazioni stimolo in maniera efficace e funzionale; al grado di attenzione visiva e di lettura della realtà rispetto al gioco, agli altri compagni fermi nell'area gioco nelle diverse posture; alla capacità di coordinare i movimenti in funzione di sé stessi, degli altri e dell'azione dell'acchiappare oppure del salvare organizzando il corpo in funzione del compito motorio; al grado di memorizzazione rispetto al compito e alle richieste; al grado di reattività e partecipazione; alla capacità di risposta autonoma; al grado di riconoscimento dello spazio gioco e della direzionalità.

<u>**Attrezzatura necessaria**</u>: coni per delimitare il campo, pettine.

"Gioco il lancio delle palline nel campo avversario":

Il gioco consiste nel dividere i bambini della classe in due squadre e a ciascuna assegnare lo stesso numero di palline di plastica leggera colorate, che verranno messe all'interno di un cerchio. La linea di demarcazione che dividerà i due campi potrà essere organizzata con scotch carta, con una lunga corda, con delle asticelle in successione e così via, sulla base di quanto si ha a disposizione. Il gioco consiste nel lanciare le palline nel campo avversario e di continuare a liberare il proprio campo da gioco dalle palline di plastica lanciate dagli avversari rilanciandole dall'altra parte. Al fischio dell'insegnante termina il gioco e vince la squadra che ha meno palline in campo al segnale di fine gioco. Il gioco implica un lavoro sulle emozioni e sul riconoscimento ed accettazione delle regole del gioco: un approccio ludico alla consapevolezza di sé stessi, al percorso propriocettivo di accettazione delle emozioni di rabbia, per la perdita, o di gioia, per la vincita, senza eccessive e spropositate risposte comportamentali, così come di rispetto delle regole del gioco, evitando comportamenti scorretti, quali ad esempio rilanciare palline dopo il fischio di termine gioco (come spesso capita di vedere).

L'obiettivo del gioco è la promozione dell'organizzazione del proprio corpo, con controllo ed inibizione motoria all'occorrenza, in base alle necessità del compito e dell'ambiente; la coordinazione grosso e fino motoria, ossia la capacità di agire con il corpo in funzione del compito motorio, spostandosi, correndo, piegandosi, invertendo la direzionalità dello spostamento e contemporaneamente prendendo le pallina di plastica e dandole la giusta direzionalità nel lancio per andare nel campo avversario; il controllo tonico, nella prensione e tenuta in mano della pallina e nella fase di lancio, per dare la giusta forza perché arrivi dall'altra parte; la lettura visiva del campo gioco e di tutte le variabili in esso presente, i compagni per evitare di scontrarsi, le palline per evitare di schiacciarle, la linea di demarcazione del campo per evitare di superarla; la reattività, ossia la capacità di agire il quanto più velocemente possibile pianificando le giuste soluzioni in maniera veloce, eseguendo cambi di direzione repentini, accelerare e fermarsi all'occorrenza; la memoria visiva rispetto al tutto il campo gioco e a tutte le regole; l'organizzazione del corpo, rispetto alla situazione stimolo.

Osservazione dell'insegnante: dovrà mirare alle risposte comportamentali dei bambini in riferimento alla compito del gioco, ossia sul come si muovono in maniera intenzionale e finalizzata; al grado di attenzione visiva e di lettura della realtà rispetto al gioco, alla presenza dei compagni presenti nel campo e al loro movimento, alle palline presenti nelle varie parti dello spazio gioco; alla capacità di coordinare i movimenti in funzione di sé stessi, degli altri e dell'azione del fermarsi, recuperare la pallina e rilanciarla acquisendo la giusta direzionalità e potenza; al controllo tonico, inteso come capacità di tenuta, di forza nella prensione e manipolazione delle palline; al grado di memorizzazione rispetto al compito e alle richieste; al grado di reattività e partecipazione, muovendosi velocemente ed in maniera proficua; alla capacità di risposta autonoma, creativa, intesa come continuo agire intenzionale nel campo gioco senza fermarsi; al grado di riconoscimento dello spazio gioco e della direzionalità, intesa sia come spostamenti all'interno del campo gioco che come traiettoria da dare alla pallina nel lancio; utilizzo dei diversi schemi motori di base.

Attrezzatura necessaria: coni per delimitare il campo quando lo spazio è troppo ampio, corda oppure scotch ovvero ogni altro attrezzo si scelga per delimitare i due campi, palline di plastica leggere colorate, due cerchi.

"Gioco dei cerchi":

Il gioco consiste nell'organizzare il setting gioco mettendo tanti cerchi quanti i bambini, in uno spazio marginale della palestra, al via dell'insegnante chiedere ai bambini di correre lungo lo spazio gioco libero, senza passare sopra i cerchi, e al fischio di correre ad occupare un cerchio e fermarvisi dentro. Una volta sperimentata l'esperienza e capito il gioco, togliere ad uno ad uno i cerchi, così da spronare i bambini ad arrivare nel più breve tempo possibile ad occupare lo spazio del cerchio prima di qualche altro compagno, mentre chi resta fuori dal cerchio deve uscire dal gioco e sedersi da una parte.

Il gioco può essere variato in tanti modi, sia relativamente allo spazio dove mettere i cerchi che rispetto al segnale uditivo o visivo per avviare alla corsa verso i cerchi ed ancora rispetto alle andature richieste prima della corsa al cerchio. In riferimento allo spazio dove mettere i cerchi si potrà, a seguire dalla prima esperienza, mettere i cerchi in ordine sparso per tutto lo spazio della palestra, mantenendo la stessa regola del non passare dentro i cerchi ma solo nello spazio libero, creando difficoltà nell'organizzarsi nello spazio. Rispetto al segnale da proporre per il via alla corsa ai cerchi, potrà essere qualsiasi input senso percettivo, lavorando sulla discriminazione percettiva, sul riconoscimento di suoni, sull'attenzione sostenuta selettiva e sostenuta, così da agire in maniera quanto più celere possibile allo stimolo. Le andature che si potrà proporre possono essere tutte quelle già sperimentate nei giochi con il corpo oppure i diversi schemi motori, camminare, correre, strisciare, rotolare, favorendo la reattività allo stimolo da qualsiasi posizione occupata nello spazio.

L'**obiettivo** del gioco è la promozione dell'organizzazione del proprio corpo, con controllo ed inibizione motoria all'occorrenza, in base alle necessità del gioco, gli spostamenti, il cambio di andatura in maniera repentina; la coordinazione motoria, ossia la capacità di agire con il corpo in funzione del compito motorio; la lettura visiva del campo gioco e di tutte le variabili in esso presente, i compagni per evitare di scontrarsi, i diversi cerchi disposti a terra per evitarli nelle andature iniziali e verso i quali correre a seguito del segnale; la reattività allo stimolo senso percettivo; la discriminazione dei suoni rispetto agli stimoli; la memoria visiva rispetto al tutto il campo gioco e a tutte le regole; l'organizzazione del corpo, rispetto alla situazione stimolo.

Osservazione dell'insegnante: dovrà mirare alle risposte comportamentali dei bambini in riferimento alla compito del gioco, ossia sul come si muovono in maniera intenzionale e finalizzata; al grado di attenzione visiva e di lettura della realtà rispetto al gioco, alla presenza dei compagni presenti nel campo e al loro movimento, ai cerchi nello spazio gioco; alla capacità di coordinare i movimenti in funzione di sé stessi, degli altri e del compito motorio, anche quello di fermarsi; al grado di memorizzazione rispetto al compito e alle risposte motorie; alla capacità di discriminazione percettiva; al grado di reattività e partecipazione, muovendosi velocemente ed in maniera proficua; al grado di riconoscimento dello spazio gioco e della direzionalità, intesa come spostamenti all'interno del campo gioco; utilizzo dei diversi schemi motori di base.

Attrezzatura necessaria: coni per delimitare il campo quando lo spazio è troppo ampio, tanti cerchi quanti i bambini, segnali visivi/uditivi scelti.

Ognuno di questi giochi oltre a promuovere abilità di orientamento e di organizzazione rispetto allo spazio e al tempo, permettono di lavorare sulla memoria visiva e spaziale, sul riconoscimento degli stimoli provenienti dall'esterno, sul ritmo e sull'equilibrio, sulla direzionalità e sulla posizione.

Potenziare queste abilità significa guidare gli studenti, attraverso il canale preferenziale ed emotivamente significativo del corpo e del movimento, alla consapevolezza dello spazio come vissuto rispetto alla quotidianità, perciò, all'interno dei diversi settori di vita e relazione dei bambini, permettendogli di muoversi in maniera intenzionale ed adattiva, di variare la propria direzionalità coordinando il corpo così da non perdere l'equilibrio, non sbattere da nessuna parte, reagendo in maniera efficace e funzionale ad ogni situazione problematica. Significa, anche, capacità di gestire le abilità strumentali indispensabili nel contesto scolastico, con intenzionalità, partecipazione, problem solving.

Il vissuto emotivo affettivo e relazionale comunicativo che si promuove con l'attività attraverso il corpo ed il movimento permettono l'incremento dell'autostima, dell'autodeterminazione e del senso d'autoefficacia. Indispensabili per la maturazione di un'identità forte, per tutti i bambini e, ancor più, per i bambini con bisogni educativi speciali.

Le attività senso percettive una volta sperimentate con il corpo possono essere vissute come esperienza manipolativa prevedendo, quindi, un setting differente, all'interno della classe. Gli obiettivi dell'attività manipolativa vanno a rimodularsi nell'accezione della differente tipologia di attività: un'organizzazione differente del corpo rispetto alla posizione del corpo statica, all'utilizzo di fogli con uno spazio grafico ridotto, alla modalità di prensione e di controllo tonico differente, con strumenti grafici più piccoli, alla posizione statica del corpo.

SCHEMI MOTORI	ABILITÀ SOCIALI	COMPETENZE TRASVERSALI	ATTREZZATURA materiale
Camminare, correre, saltare, strisciare.	Collaborazione e confronto con gli altri; riconoscimento della propria corporeità ed altrui; riconoscimento dell'espressione attraverso il corpo; accettazione delle diversità altrui.	Imparare ad imparare; capacità organizzativa e imprenditoriale;	materiale di facile consumo; stoffa, bastoncini; palle; das e plastilina; nastri, lana, cordoncino; carta e cartoncino. stereo: per la musica; tamburello;

LUOGO	FASI & MODALITÀ	TEMPO
Classe-spazi comuni-palestra	In successione, rispetto all'età anagrafica, alle capacità di ogni singolo bambino: - utilizzo dei segmenti corporei e delle loro diverse parti; - attività di consapevolezza e propriocezione a corpo libero; - manipolazione tattile e sviluppo senso percettivo come lettura e comprensione della	Intero anno

| | realtà oppure come rappresentazione della realtà con l'uso delle mani e del corpo;
- utilizzo del corpo come modalità per lo sviluppo prassico motorio;
- utilizzo e coordinazione del corpo con attrezzi o oggetti;
- coordinazione e rappresentazione della realtà attraverso il corpo. | |

TAVOLA 2	SVILUPPARE GLI SCHEMI MOTORI STATICI E DINAMICI	SC. PRIMARIA
FINALITÀ	Sviluppo dell'identità e dell'autonomia, delle conoscenze e competenze.	ATT. INDIVIDUALI E DI GRUPPO
CONOSCENZE	I diversi schemi motori di base: camminare, correre, marciare, saltare, lanciare, strisciare, rotolare.	
ABILITÀ	Usare il corpo per muoversi in base alle necessità dell'ambiente; coordinare ogni parte del corpo in base allo schema motorio; riconoscere i diversi attrezzi psicomotori in funzione di una risposta motoria secondo lo schema motorio da rappresentare.	
COMPETENZE	Individuare collegamenti e operare scelte consapevoli rispetto al comportamento motorio; trovare soluzioni funzionali ai problemi; leggere la realtà ed attivare risposte comportamentali ed atteggiamenti; riconoscere le diverse forme espressive con il corpo; sviluppare la coordinazione; sviluppare l'ambito percettivo e sensoriale; muoversi con sicurezza in ogni ambiente e situazione.	

Descrizione delle attività:

Nelle prime due classi della scuola primaria si deve lavorare per consolidare gli schemi motori di base, come conoscenza e coordinazione del corpo rispetto alle diverse posture già avviata nell'arco della scuola dell'infanzia, perciò, in continuità con il bagaglio esperienziale maturato.

Gli schemi motori stanno alla base del movimento e di ogni altra disciplina sportiva, devono, perciò, essere esercitati prima di tutto in questa fascia d'età, anche perché la chiave dei comportamenti, azioni e atteggiamenti che il bambino mette in atto in ogni contesto di vita.

Gli schemi motori devono essere programmati con un ampio ventaglio di proposte:

- specifiche sullo schema motorio di riferimento, con esercitazioni a carattere individuale con gli attrezzi psicomotori che meglio danno l'opportunità di sperimentare e scoprire il proprio corpo in situazione rispetto allo schema motorio;
- combinate tra i diversi schemi motori, così da lavorare, contemporaneamente, su proposte efficaci per un repertorio di competenze motorie e la maturazione del bagaglio conoscitivo del bambino; variando, perciò, le proposte e le situazioni stimolo secondo il principio della multilateralità;

- di qualità rispetto alla dimensione personale e sociali, perciò come maturazione dell'autostima e capacità di fare, con evidenti ripercussioni per la costruzione dell'identità, e di comportamenti sociali adeguati, nel rapportarsi agli altri con rispetto e fairplay;
- che permettano la maturazione della dimensione emotivo-affettiva, come capacità di riconoscere e gestire la propria emotività, affrontando le attività e le situazioni gioco in maniera propositiva, efficace e positiva. Gestire l'emotività significa maturare atteggiamenti consapevoli, capacità organizzative, di pianificazione funzionale rispetto alle proprie capacità e all'obiettivo previsto, di problem solving, ragionando con flessibilità cognitiva e motoria rispetto al compito e alla propria emotività.

Gli schemi motori di base rappresentano una parte significativa di qualsiasi proposta motoria, che andrà ad esprimersi attraverso questi schemi, perciò rappresenta un obiettivo trasversale. A seguire verranno proposte diverse situazioni gioco, individuale e di gruppo, rispetto a ciascuno schema motorio di base che andranno a lavorare nello specifico dello schema permettendone la graduale acquisizione, con le correzioni corrette rispetto all'esecuzione, e la costruzione dell'immagine mentale dello schema permettendone l'automatizzazione corretta.

CAMMINARE

Il camminare rappresenta il primo schema motorio appartenente al vissuto esperienziale naturale del bambino, uno schema che si sviluppa a seguire della stazione eretta che porta inevitabilmente al camminare su due piedi.

Alla scuola primaria questo schema è già acquisito da lungo tempo, la progettazione della sperimentazione, perciò, dev'essere proposta secondo altre varianti, che mirano alla specializzazione dello schema rispetto ad altri obiettivi:

1. il tempo, secondo ritmi differenti da gestire nell'azione motoria;
2. le variazioni di direzionalità, con conseguente organizzazione del corpo in funzione dell'esercizio;
3. la combinazione dei movimenti e degli esercizi, abbinando lo schema motorio ad altri movimenti;
4. la tipologia di percorso per l'esecuzione di diverse esercitazioni, con organizzazione del corpo rispetto allo spazio;

5. l'utilizzo o meno di attrezzatura psicomotoria o di oggetti di facile consumo.

Rispetto alla tipologia di percorso si può sperimentare l'andatura del camminare nelle diverse posizioni del corpo nello **spazio**: in avanti, all'indietro, lateralmente, a slalom, incrociando i piedi, calciata; sia in riferimento al **tempo**: camminare piano, veloce ovvero ancora a passi piccoli piccoli, come una formichina, oppure grandi e lunghi, come una giraffa. La rappresentazione in questa fascia d'età è fondamentale per guidare gli studenti all'esecuzione autonoma e al riconoscimento di un'andatura particolare, guidandoli alla riflessione delle componenti che meglio lo aiuteranno a capire il ritmo, come successione di passi che, a seconda dell'ampiezza, possono avere una diversa ritmicità. La stessa esperienza può svilupparsi poi con la marcia, sia in termini di gestione dello spazio che del tempo.

In funzione della variazione di **direzionalità** e **dell'utilizzo di attrezzi** che combinino diverse esperienze le proposte servono per la promozione della reattività, della flessibilità cognitiva e motoria in risposta agli eventi, del problem solving inteso come organizzazione del proprio corpo efficace ed adattiva rispetto all'esercizio e alle diverse situazioni, della coordinazione dinamica generale.

Rispetto alla direzionalità si può lavorare nelle dimensioni spaziali, camminando in avanti, all'indietro, lateralmente, a slalom con la guida di supporti visivi che rappresentino l'input alla variazione della proposta motoria.

Le proposte, quanto più ricche possibile a corpo libero e con attrezzi, devono essere strutturate con diverse partenze, così da dividere i bambini e permettere un'esecuzione più celere possibile, evitando che si annoino attendendo troppo e si disperda la motivazione e attenzione rispetto all'attività:

- ***camminata libera nello spazio, le "calamite"***: chiedere ai bambini di camminare liberamente nello spazio, utilizzando tutto lo spazio a disposizione e senza incrociarsi con nessun compagno, anzi alla visione del compagno cambiare direzione immediatamente per evitare di incontrarlo da vicino, come le calamite dei poli uguali che si respingono.
Dalla camminata libera nello spazio senza toccarsi, chiedere ai bambini di camminare nello spazio e quando si incrocia il compagno, fermarsi e fargli un inchino per poi riprendere a camminare. Le richieste, poi,

potranno essere quelle di salutare il compagno che si incrocia con la mano, salutarlo stringendogli la mano, salutarlo dandosi un calcetto piede contro piede, salutarlo abbracciandolo.

La progressione delle proposte deve partire dal riconoscimento dell'altro, all'accettazione dell'altro sino all'avvicinamento: il percorso ha una valenza importante a livello emotivo affettivo e nella gestione della socializzazione e del primo approccio ad una coesione come gruppo classe.

Il rispetto dei tempi e dei ritmi di ciascun bambino è la chiave per il benessere psicofisico dei bambini, perciò l'avanzamento delle proposte con un maggior grado di avvicinamento dev'essere programmato sulla base dei feedback dei bambini e dell'eventuale presenza di bambini con bisogni educativi speciali.

L'insegnante dovrà osservare, invece, le azioni motorie dei bambini rispetto allo schema motorio, la capacità di coordinare il movimento degli arti superiori rispetto a quelli inferiori, la direzionalità e la capacità di gestione del cambio di direzione, l'attenzione visiva e la lettura della situazione ambientale e della presenza degli altri così da muoversi nello spazio in maniera funzionale, la reattività rispetto alla richiesta.

Serve, anche, per osservare il grado di accettazione della presenza di altri bambini, di esclusione volontaria oppure scelta rispetto a qualche compagno, di capacità propositiva rispetto al compito, di pianificazione ed organizzazione.

A L U N N I	OBIETTIVI MOTORI				OBIETTIVI TRASVERSALI		
	Cammina muovendosi in tutto lo spazio	Cammina coordinando il movimento delle braccia	Osserva l'ambiente e gli altri	Segue una direzione in autonomia	Attenzione sostenuta	Partecipazione	autonomia
	Si ☐ No ☐ In parte ☐	Si ☐ No ☐ In parte ☐	Si ☐ No ☐ In parte ☐	Si ☐ No ☐ In parte ☐	Si ☐ No ☐ In parte ☐	Si ☐ No ☐ In parte ☐	Si ☐ No ☐ In parte ☐

A L U N N I	OBIETTIVI MOTORI				OBIETTIVI TRASVERSALI		
	È reattivo nel cambio di direzione	Controlla il proprio corpo nel movimento	Combina la camminata alle altre azioni chieste	Mantiene l'equilibrio	Organizzazione e pianificazione	Accettazione dell'altro	Attenzione all'altro
	Si ☐ No ☐ In parte ☐	Si ☐ No ☐ In parte ☐	Si ☐ No ☐ In parte ☐	Si ☐ No ☐ In parte ☐	Si ☐ No ☐ In parte ☐	Si ☐ No ☐ In parte ☐	Si ☐ No ☐ In parte ☐

- ***camminata tra due coni***, disposti ad una certa distanza l'uno dall'altro, chiedere ai bambini all'andata, ossia sino al primo cono, di camminare in avanti e al ritorno all'indietro. Le varianti potranno essere riferite:

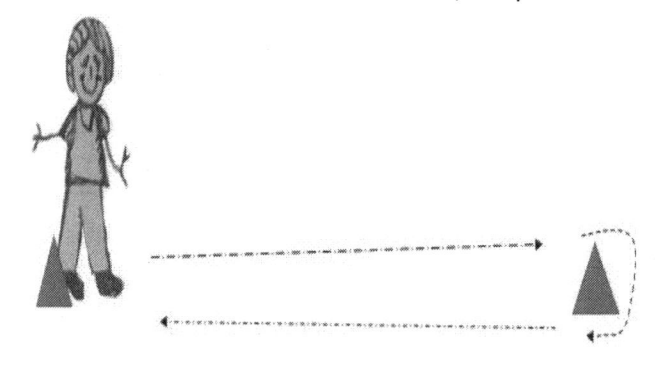

    → diverse andature di camminata (avanti, indietro, laterale, calciata, ginocchia alte – skip-),

    → esperienze di camminata secondo ritmi differenti: passi lunghi ed ampi, passi corti e stretti; nell'arco della prima primaria, data l'età, la difficoltà ad organizzarsi nell'esperienza motoria e nel caso di bambini con difficoltà nell'organizzazione spaziale secondo un ritmo dato, si può favorire l'esperienza con dei cerchi, inseriti secondo un ritmo differente, chiedendo ai bambini di camminare solo dentro i cerchi e, perciò, imponendo loro nel passaggio da uno all'altro la variazione dell'ampiezza del passo.

    Attrezzatura necessaria: coni o qualsiasi altro input visivo di cui si è a disposizione, anche in base allo spazio che si utilizza; cerchi; il gioco può essere eseguito in tutti gli ambienti scolastici.

- ***Camminata in successione***: disporre cinque coni in successione uno dopo l'altro secondo una distanza sufficiente per sperimentare l'andatura richiesta e comunicare, ad inizio gioco, ai bambini cosa dovranno fare, come ad esempio:

    → tra il primo ed il secondo cono camminare normalmente,

    → tra il secondo e il terzo camminata a passi lunghi,

    → tra il terzo ed il quarto camminata lenta, con piccoli passettini,

    → tra il quarto ed il quinto cono camminata a passo spedito.

    A seguire dell'esperienza permettere ai bambini un lavoro di recupero in memoria dell'esperienza e la riflessione rispetto al tempo impiegato tra un cono e l'altro, con domande quali: "quale tra questi modi di camminare vi è sembrato più veloce; quale più lento?" e via dicendo a seconda di quanto si sta lavorando.

    Attrezzatura necessaria: 5 coni per ciascuna partenza, il gioco prevede uno spazio sufficiente per poterlo svolgere in sicurezza.

- *Camminata rispetto ad una direzionalità* specifica a occhi bendati, a piedi nudi seguendo una pedana di tessuto o tappeto, in quadrupedia oppure camminando, uniti ad un compagno ovvero seguendo le indicazioni di un compagno che guida il movimento.

L'esperienza senso percettiva guida i bambini alla consapevolezza della direzionalità e ad un lavoro di consapevolezza di sé stessi e del proprio movimento senza l'utilizzo vicariante della vista, ma esclusivamente della propria consapevolezza propriocettiva.

Rappresenta, inoltre, un'opportunità di percorso senso percettivo in assenza dell'uso vicariante della vista con una grande valenza per lo sviluppo degli altri sensi e per un percorso inclusivo in presenza di disabilità sensoriali.

Il percorso tattile può essere organizzato disponendo ad esempio:

→ tappeti sensoriali, da seguire con le mani andando in quadrupedia o con i piedi scalzi,

→ "riccetti" propriocettivi,

→ stecche di legno che disegnano i confini entro i quali ci si deve muovere, dando al piede la consapevolezza dello spazio libero entro il quale muoversi

e con qualsiasi altra orma, impronta disegnata con tessuti che possiamo organizzare con i bambini.

Al termine dell'attività proporre un circle time di rielaborazione della proposta gioco e di comunicazione delle sensazioni ed emozioni sperimentate, delle soluzioni trovate e delle eventuali difficoltà incontrate nello svolgimento del compito motorio. I bambini devono avere l'opportunità di manifestare e tirar fuori le emozioni che spesso sperimentano e mascherano dietro atteggiamenti e comportamenti che, a seguito dell'esperienza emozionale di paura o incertezza, non costruiscono in maniera funzionale ed adattiva, preferendo la scelta di non vivere più la sensazione oppure nascondendola. La possibilità di tirar fuori quanto esperito, invece, permette loro di comprendere che la paura appartiene a tutti e ognuno ha difficoltà nel cimentarsi in ogni nuova esperienza.

Il percorso di consapevolezza è essenziale per la comprensione dei propri limiti, delle proprie capacità e potenzialità con un forte richiamo alla naturale ed istintiva capacità di adattamento e ricerca di soluzioni, schema ancestrale che si sta perdendo nella società odierna.

Variante: la stessa proposta può essere presentata con l'utilizzo della sonorità, sempre da bendati i bambini dovranno seguire i rumori, dati dal rotolamento di una palla sonora, dal ritmo di un tamburello suonato dall'insegnante oppure da un compagno che li accompagna e guida in un percorso di movimento sonoro. La stessa proposta può essere variata secondo tracciati diversi da seguire da bendati, unendo input sensoriali differenti ed eventualmente, anche, ostacoli, inseriti lungo il percorso per aggiungere una difficoltà e lavorare.

Obiettivi: lavoro specifico motorio sull'organizzazione spazio-temporale; sulla coordinazione; sull'adattamento motorio in presenza di difficoltà ambientali e personali; sullo sviluppo senso- percettivo globale; di memorizzazione e flessibilità cognitiva. Lavoro specifico sulla sfera emotivo affettiva in riferimento alla capacità di problem solving rispetto ad ogni situazione di difficoltà trovando le risposte più efficaci; di accettazione, riconoscimento e gestione delle paure e delle emozioni in generale.

Attrezzatura necessaria: tappeti di diverso tipo, tappeti puzzle, pedane tattili; stoffa per bendaggio; eventuali ostacoli in sicurezza (cartoni; coni; palline...); palline sonore; strumenti musicali; musica.

- *Camminata ritmata* preparare il setting gioco con tanti bolloni di cartoncino colorato attaccati a terra, con lo scotch biadesivo, creando dei percorsi che i bambini dovranno seguire, all'inizio abbinando allo stesso colore uno stesso ritmo e poi, pian piano, a seguito del maturare dell'esperienza, variando i colori senza alcuna associazione simbolica alla rappresentazione mentale legata al ritmo e all'ampiezza del passo.

Distribuire i bolloni lungo tutto lo spazio gioco permettendo, all'inizio, ai bambini di scoprire e provare liberamente a muoversi nello spazio gioco, per poi, in un secondo momento, passare ad un lavoro vincolato proponendo una scelta rispetto all'ordine, alla partenza e al tempo da impiegare nell'esecuzione.

I bambini si dovranno muovere dentro i bolloni, leggendo visivamente il percorso e di conseguenza organizzando il corpo e pianificando l'ampiezza del passo in ragione della distanza tra un bollone e l'altro.

Varianti: organizzazione di percorsi secondo ritmi differenti, anche secondo tracciati grafici da seguire non necessariamente bolloni (a spirale, a elle, a zigo zago combinati ai bolloni. Utilizzo combinato di musica scelta per dare un ritmo all'esecuzione delle diverse variabili ritmiche disegnate: musica classica; musica ritmata (lenta, veloce, alternando il ritmo). Modifica del formato dei bolloni per associazione ad un passo ritmato lento/veloce, forte/piano.

Obiettivi: specifici in ambito motorio sul ritmo, sulla sequenzialità dei diversi ritmi e gestione dell'azione del passo in maniera, sempre più, volontaria, sull'attenzione sostenuta, sulla coordinazione e controllo motorio, sulla flessibilità cognitiva e motoria e sul problem solving. Lavoro trasversale sulla lettura e memoria visiva ed organizzazione visuo spaziale e visuo motoria; sulla sequenzialità e ritmo;

Attrezzatura necessaria: cerchi di cartoncino colorato plastificati, scotch biadesivo e scotch carta per le diverse rappresentazioni grafiche.

- *Camminata in sfida tra più bambini*: predisporre il setting organizzando più partenze, a seconda del numero di bambini, delimitando la partenza con un cerchio, dentro il quale si disporrà il primo bambino della fila e così di seguito si disporranno i bambini. Alla partenza del primo compagno, i bambini avanzeranno, ad uno ad uno, entrando nel cerchio in ordine per partire.

Al lato opposto, rispetto alla partenza, in base alla distanza che l'insegnante riterrà opportuno sulla base dell'esercizio, della faticabilità che comporta e del carico motorio, si metterà un cono con un bastone infilato nell'incavo centrale e nel bastone inserirà dei cerchi. I bambini al fischio dell'insegnante devono partire e procedere camminando, secondo l'andatura richiesta, arrivare all'altra parte, sfilare il cerchio e ritornare indietro con il cerchio secondo la stessa oppure secondo altra andatura di camminata scelta. All'arrivo del bambino alla zona di partenza partirà il bambino successivo e così sino all'ultimo compagno della fila. Vince la squadra che per prima termina i cerchi.

Rispetto al gioco si possono prevedere diverse varianti, rispetto all'attrezzatura da recuperare:
- coni da sfilare da una pila di coni infilati uno dentro l'altro,
- cinesini, cerchi e cilindri noodle da sfilare dal bastone,
- palline da prendere, di diversa dimensione, forma e materiale, da un contenitore;

così come si può anche prevedere la richiesta di portare gli attrezzi dalla partenza alla parte opposta, sistemarli e tornare indietro:

- coni da infilare uno dentro l'altro,
- cinesini da infilare dentro un bastone,
- cerchi, di diverse dimensioni e spessore, da infilare dentro il bastone,
- palline da ping-pong, da tennis, di plastica, in gommapiuma di diverse forme da mettere dentro una scatola,
- cilindri di gommapiuma "noodle", forata internamente, da infilare in un bastone oppure da mettere uno sopra l'altro, creando una torre,
- bastoncini, di diverse dimensioni, da infilare in fori creati sopra una scatola o del polistirolo.

E via dicendo sulla base della propria fantasia e della programmazione degli obiettivi motori e trasversali, combinando la dimensione dinamica alla manipolazione, favorendo lo sviluppo globale, grosso e fino motorio.

Varianti: rispetto al gioco si può variare il ritmo d'esecuzione dell'andatura, lavorando sull'ampiezza del passo, attraverso i bolloni predisposti nel percorso (come nel gioco precedente); e si può variare, anche, il tempo d'esecuzione, lavorando in questo caso sulla reattività e sulla organizzazione veloce del corpo in risposta all'azione motoria da compiere.

Obiettivi: la coordinazione grosso e fino motoria; l'organizzazione del corpo e la pianificazione rispetto all'esecuzione del compito dato; la percezione e memoria visiva; la capacità visuo spaziale e visuo motoria; sul controllo tonico; sul controllo motorio. Rispetto agli obiettivi trasversali si sta lavorando sull'organizzazione spazio- temporale; sulla lettura visiva; sull'attenzione e memorizzazione; sulla sequenzialità e ritmo

Attrezzatura necessaria: coni, cinesini, cerchi di diverse dimensioni e spessore, palle e palline di diverse dimensioni, forme e materiale, cilindri "noodle" in gommapiuma forata, bastoncini di diverso spessore e lunghezza, scatole di cartone grosso, pezzi di polistirolo, fischietto per l'insegnante.

- *Gioco dei tracciati*: predisporre il setting gioco tracciando delle linee con lo scotch carta, di diverso spessore per aumentare la difficoltà, lungo le quali i bambini si devono muovere, in base all'andatura di camminata richiesta. Questi percorsi, ad inizio, possono essere tracciati lungo tutto lo spazio della palestra dove i bambini liberamente possano muoversi e, in autonomia, sperimentare i tracciati. In un secondo momento possono essere creati in fila, così da permettere la sperimentazione in gruppo con partenze vincolate dall'insegnante e da alternare, dopo averlo eseguito tutti, passando dall'uno all'altro nelle diverse andature.
I tracciati che possono essere proposti potranno essere: retti, curvilinei, a zigo zago, a elle; lavorando con il corpo, soprattutto in prima primaria, sulla organizzazione e riconoscimento della direzionalità e successione dei tratti grafici tipici del pregrafismo, permettendo la costruzione dell'immagine mentale di un percorso che sperimentato con il corpo lo si vive attraverso i canali senso percettivi, gli stessi che, a seguire, utilizzerà per rappresentare sul quaderno gli stessi simboli e tracciati grafici in maniera intenzionale.

Obiettivi: stimolare l'organizzazione occhio piede e visuo spaziale; lo sviluppo percettivo; il controllo tonico e motorio, inteso come flessibilità e capacità di problem solving per seguire bene i tracciati senza perdere l'equilibrio oppure uscire dagli stessi, coordinando bene il movimento del corpo.

Obiettivi trasversali: organizzazione spazio- temporale; lettura e memoria visiva; sequenzialità e ritmo; memorizzazione ed attenzione.

Attrezzatura necessaria: scotch carta, carta gommata colorata di diverso spessore.

Queste attività rappresentano la chiave per l'intervento con studenti **BES**, disabilità e disturbi specifici dell'apprendimento, dove si evidenziano deficit nell'area senso percettiva, di organizzazione spazio- temporale, coordinazione dei movimenti rispetto allo scopo finale e reattività ad uno stimolo.

L'**obiettivo** delle diverse proposte è la promozione dell'organizzazione del proprio corpo, con controllo ed inibizione motoria all'occorrenza, in base alle necessità del gioco; il controllo tonico; la lettura visiva con capacità di coordinarsi a livello visuo spaziale; la reattività allo stimolo senso percettivo; la capacità di problem solving per agire in vista dell'obiettivo; la coordinazione globale e fino motoria, sviluppando l'integrazione bilaterale, l'uso di entrambe le mani in maniera combinata; l'attenzione selettiva e sostenuta; la cooperazione in funzione dello scopo; le emozioni.

Osservazione dell'insegnante: dovrà mirare alle risposte comportamentali dei bambini, ossia sul come si muovono in maniera intenzionale e finalizzata; al grado di attenzione; alla capacità di lettura dell'ambiente; alla capacità di coordinare i movimenti in funzione di sé stessi, degli altri e del compito motorio; al grado di reattività e partecipazione, muovendosi velocemente ed in maniera proficua; al grado di riconoscimento dello spazio gioco e della direzionalità, rispetto a vincoli dati con controllo motorio; utilizzo dello schema motorio del camminare secondo le diverse andature.

CORRERE

La corsa, così come la camminata, rappresenta uno schema motorio già presente nei bambini alla scuola primaria e il cui bagaglio esperienziale è piuttosto ricco.

Così come per la camminata, perciò, alla scuola primaria si devono promuovere esercitazioni per favorire le varianti dello schema, rispetto a:

1. tempo, secondo ritmi differenti da gestire nell'azione motoria;

2. variazioni di direzionalità, con conseguente organizzazione del corpo in funzione dell'esercizio;
3. combinazione dei movimenti e degli esercizi, abbinando lo schema motorio ad altri movimenti;
4. tipologia di percorso per l'esecuzione di diverse esercitazioni, con organizzazione del corpo rispetto allo spazio;
5. utilizzo o meno di attrezzatura psicomotoria o di oggetti di facile consumo.

Rispetto alle esercitazioni dello schema in riferimento allo **spazio**: corsa in avanti, all'indietro, corsa calciata dietro, calciata in avanti, corsa a ginocchia alte, corsa incrociata (incrociando i piedi in avanti), con cambi di direzione, corsa laterale, corsa curvilinea, corsa slalom.

Rispetto al **tempo** si devono proporre variazioni di ritmo, così da rendere consapevole i bambini della differenza, in termini di faticabilità, ampiezza del passo e organizzazione del corpo in base alla diversa proposta ritmica: corsa lenta, corsa veloce, corsa a rallentatore, corsa balzata.

Le esercitazioni possono essere variate, anche, rispetto **all'organizzazione del setting**: corsa libera nello spazio (occupando tutti gli spazi liberi dell'area gioco), corsa libera nello spazio delimitato da coni e di dimensioni sempre diverse; corsa tra diversi attrezzi; corsa tra ostacoli disposti nello spazio.

Le diverse esperienze promuovono il bagaglio conoscitivo dei bambini e rafforzano conoscenze implicite, ossia del vissuto esperienziale, rendendole consapevoli e, perciò, generalizzabili a diversi contesti: la corsa balzata è la stessa che sin da piccoli si rinforza andando a superare una pozzanghera, ma che rinforzata in maniera consapevole con capacità di organizzazione e coordinazione del corpo rispetto alla situazione, di controllo tonico motorio e reattività va ad essere un gesto tattico efficace per superare, ad esempio, avversari che, all'improvviso, si possono trovare a terra mentre si sta correndo con la palla (come nel gioco del calcio), ovvero ancora per balzare in avanti con una maggior agilità e direzionalità finalizzata, come necessario nel gioco del tennis e via dicendo.

La corsa, perciò, va allenata ed esercitata nelle diverse andature così da, renderle consapevoli, organizzate e finalizzate per arrivare a automatizzare i gesti. Il lavoro propriocettivo e nella dimensione metacognitiva rende i bambini capaci di gestire i diversi movimenti, ossia li rende capaci di modificarli in risposta alle necessità delle diverse situazioni, come nei giochi sportivi. Si ribadisce con ciò la necessità di lavorare, in primis, sulle capacità di base, essenziali per la maturazione e costruzione del gesto tecnico specifico e dei gesti motori funzionali alla disciplina, che avverrà successivamente. Le discipline sportive prevedono la specializzazione di capacità motorie che, prima, devono essere ben strutturate e rafforzate fornendo un bagaglio esperienziale ampio e saldo negli apprendimenti, solo allora si potrà specializzare il movimento.

A seguire alcune proposte sullo schema motorio del correre da modularsi all'occorrenza in base alle necessità e ai feedback dei bambini:

- ***esercitazioni di corsa libera con cambi di direzionalità*** nell'intera area gioco: chiedere ai bambini di muoversi liberamente correndo e al fischio dell'insegnante cambiare direzione di marcia, maturando nella coordinazione, nella reattività ad uno stimolo percettivo, nell'attenzione all'ambiente e agli altri evitando nello spostamento e cambio di direzionalità di sbattere, e nell'equilibrio, determinato dal cambio di direzione repentino che, mette in crisi il sistema limbico.

Varianti: l'esercitazione potrà essere variata in termini di spazio, limitandolo con dei coni, che incrementano le difficoltà di organizzazione e coordinazione, in funzione degli altri presenti nello spazio; in termini di input sonoro o visivo per il cambiamento della risposta comportamentale.

Obiettivi: stimolare l'organizzazione spazio- temporale; lo sviluppo percettivo, inteso nella capacità di ascolto uditivo rispetto all'input sonoro per l'inversione della marcia; il controllo motorio, inteso come flessibilità e capacità di problem solving per spostarsi coordinando il movimento del corpo negli spostamenti; la reattività e l'attenzione.
Obiettivi trasversali: organizzazione spazio- temporale; lettura e memoria uditiva; sequenzialità e ritmo; memorizzazione ed attenzione.

Attrezzatura necessaria: fischietto per l'insegnante; coni per la delimitazione dello spazio.

A L U N N I	OBIETTIVI MOTORI					OBIETTIVI TRASVERSALI		
	Corre in maniera coordinata	Corre coordinando il movimento delle braccia	Osserva l'ambiente e gli altri	È reattivo rispetto ai cambi di direzione	Attenzione sostenuta	Partecipazione	autonomia

Si ☐	Si ☐	Si ☐	Si ☐	Si ☐	Si ☐	Si ☐
No ☐	No ☐	No ☐	No ☐	No ☐	No ☐	No ☐
In parte ☐	In parte ☐	In parte ☐	In parte ☐	In parte ☐	In parte ☐	In parte ☐

- *Andature di corsa vincolate dai coni*: organizzazione del setting→ predisposizione di diverse partenze così da limitare il tempo d'attesa dei bambini in fila, che a quest'età crea evidenti situazioni di disagio, poiché i bambini si annoiano facilmente, si demotivano rispetto all'attività e creano disturbo. L'insegnante, perciò, deve programmare, sulla base della dimensione dell'area gioco, la fattibilità rispetto alla quantità delle diverse partenze.

Mettere due coni, uno della partenza e l'altro ad una distanza tale da permettere ai bambini di eseguire l'andatura richiesta serenamente e per un lasso di tempo sufficiente a sperimentarla ed organizzarsi consapevolmente per rendere l'azione motoria sempre più efficace, ma senza carico motorio. Chiedere, quindi, ai bambini di eseguire le andature di corsa nello spazio tra i coni.

Varianti: se ne possono programmare diverse, sia in termini di richieste di andature che di esecuzione della proposta, come ad esempio adottare la stessa sia all'andata che al ritorno oppure diversa tra l'andata e il ritorno.
Può essere variata, anche, la richiesta all'arrivo, come ad esempio chiedere ai bambini di partire immediatamente al passaggio del proprio compagno oppure partire solo dopo che il compagno batte loro il cinque.

Obiettivi: stimolare l'organizzazione spazio-temporale; lo sviluppo percettivo, negli spostamenti visivi e nel battere il cinque; il controllo motorio, inteso come capacità di adattamento delle risposte comportamentali coordinando il movimento del corpo; la reattività e l'attenzione.
Obiettivi trasversali: organizzazione spazio-temporale; lettura visiva della situazione gioco; sequenzialità e ritmo; memorizzazione ed attenzione.

Attrezzatura necessaria: coni (in quantità sufficiente perché ve ne siano due per ciascuna partenza).

- ***Esercitazioni con i coni in successione*** uno dopo l'altro a distanze variabili: chiedere ai bambini di muoversi variando, tra un cono ed il successivo, lo schema motorio di base richiesto, variando la proposta, come ad esempio

    - tra il primo e il secondo cono camminata a passo veloce, dal secondo al terzo, corsa velocissima: essendoci uno scatto di corsa questa esercitazione dev'essere eseguita a seguito di un buon riscaldamento per evitare che i bambini si facciano male.
    - tra il primo e il secondo cono calciata indietro e, poi, tra il secondo ed il terzo corsa; 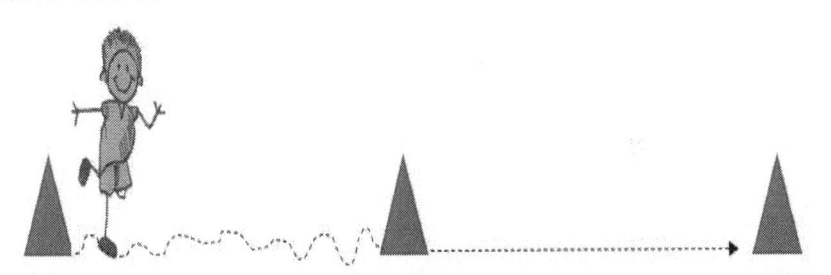
    - tra il primo e il secondo cono calciata avanti (pinocchietto) e, poi, tra il secondo ed il terzo corsa;
    - tra il primo e il secondo cono ginocchia alte (skip) e, poi, tra il secondo ed il terzo corsa;
    - tra il primo e il secondo cono saltelli e, poi, tra il secondo ed il terzo corsa 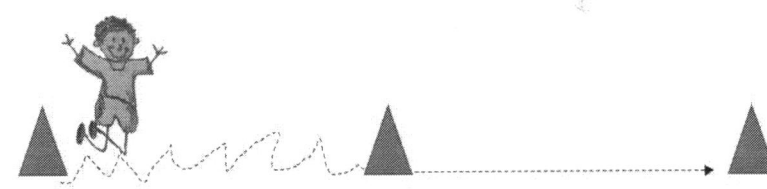
    - tra il primo e il secondo corsa all'indietro e, poi, tra il secondo ed il terzo corsa in avanti;
    - tra il primo e il secondo cono galoppo laterale e, poi, tra il secondo ed il terzo corsa... e così via.

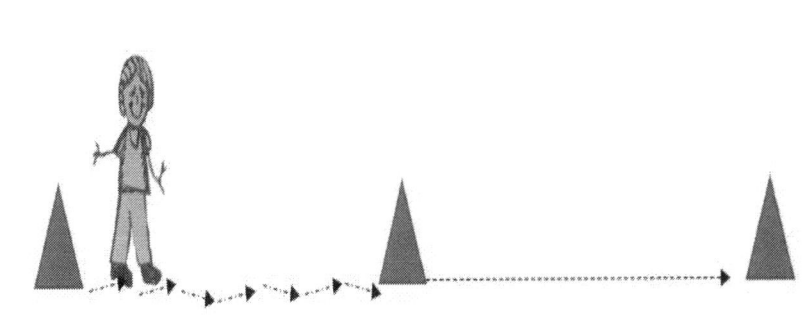

Varianti: con l'incremento della maturazione degli obiettivi si possono organizzare diverse partenze associando diverse andature, anche inserendo diversi attrezzi ad ostacolare il movimento; con gli anni si può creare un'attività come percorsi a serpentina, in cui nel passaggio da una situazione ad un'altra i bambini cambino, non solo direzione, ma anche recuperino in memoria la sequenzialità delle diverse andature da proporre.

Obiettivi: stimolare l'organizzazione spazio- temporale; il controllo motorio, inteso come capacità di adattamento delle risposte comportamentali coordinando il movimento del corpo; la reattività; l'attenzione e memorizzazione; la sequenzialità delle diverse azioni e compiti motori.

Obiettivi trasversali: organizzazione spazio- temporale; lettura visiva della situazione gioco; sequenzialità e ritmo; memorizzazione ed attenzione.

Attrezzatura necessaria: coni oppure cinesini (in quantità necessaria perché ve ne siano 3 per ciascuna partenza).

- ***Esercitazioni di corsa finalizzata, sfida alla "caccia al tesoro"***: il lavoro specifico mira alla capacità di finalizzare la corsa ad un obiettivo finale, il recupero di oggetti, modulando l'andatura e le strategie di recupero in maniera tale da agire nel minor tempo possibile, con reattività e capacità di problem solving.

L'organizzazione del setting gioco prevede la predisposizione di diversi contenitori distribuiti nelle diverse posizioni dello spazio gioco e di diverse immagini plastificate da inserire all'interno dei contenitori. Chiedere ai bambini al segnale, dopo avere ascoltato l'indicazione da parte dell'insegnante, di correre verso le scatole disposte nelle diverse parti dello spazio gioco nel più breve tempo possibile, recuperandone il contenuto richiesto e riportandolo alla posizione di partenza. Si potrà programmare il gioco sulla base delle diverse conoscenze, creando degli indovinelli che portino i bambini ad andare verso la scatola corretta per recuperare l'oggetto o l'immagine giusta all'interno, tra le tante presenti. Le scatole, perciò, dovranno avere un'immagine o descrizione che identificherà il contenuto all'interno dei contenitori, la macrocategoria sulla quale si sta lavorando.

Varianti: il gioco può essere organizzato rispetto ad obiettivi oppure indovinelli inerenti tutte le discipline scolastiche, da recuperare in diversa maniera, favorendo attività manipolative e lo sviluppo fino motorio. A livello grosso motorio, invece, si potranno richiedere diverse andature ai bambini per raggiungere l'obiettivo.

Obiettivi: rispetto agli obiettivi motori la lettura visiva degli stimoli presenti, con maturazione della discriminazione senso percettiva; l'organizzazione spazio- temporale, ossia la capacità di muoversi in funzione della direzione giusta per la ricerca; la reattività, rispetto alla capacità di raggiungere il contenitore nel più breve tempo possibile; l'organizzazione del corpo con capacità adattiva rispetto ai cambi di direzione e ritmo; l'attenzione e problem solving per muoversi in maniera finalizzata, efficace rispetto all'ambiente e agli altri.
Obiettivi trasversali: capacità di organizzazione, pianificazione e gestione delle dinamiche di confronto con gli altri compagni; consapevolezza di sé stessi e degli altri; problem solving e attenzione ai diversi stimoli; la dimensione emotiva.

Attrezzatura necessaria: contenitori o scatole; immagini plastificate all'occorrenza rispetto all'obiettivo cognitivo sul quale si vorrà lavorare.

- *Esercitazioni di corsa finalizzata, sfida il "cane e il gatto"*: predisporre il setting gioco con due coni, uno opposto all'altro nello spazio gioco ed al centro mettere un cerchio, con un pallone dentro. Chiedere ai bambini di disporsi nei due lati opposti, così da essere suddivisi in due squadre, e al fischio i primi delle file devono partire e correre per raggiungere nel più breve tempo possibile, prima dell'altro compagno, il cerchio posto al centro. Il primo che arriva a toccare la palla vince e, a seguire, partono tutti gli altri compagni della fila.

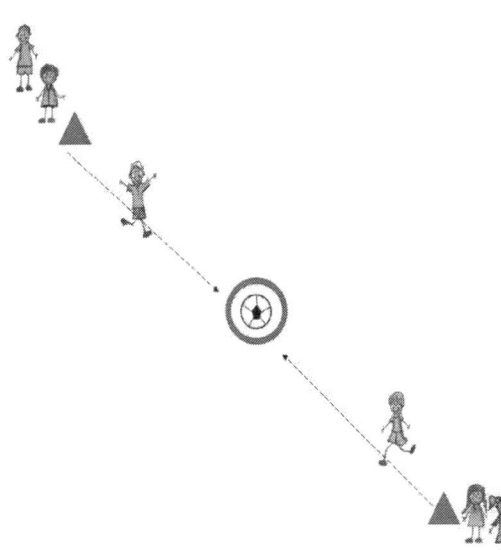

Variante: cambiare il tipo d'attrezzo e la modalità di azione che deve avvenire con l'oggetto secondo l'indicazione data dall'insegnante, anche finalizzandola ad un punteggio laddove l'esecuzione abbia successo, come ad esempio:
→ il primo che arriva al cerchio prende i cerchietti e li infila su un bastone nel cono, anche, secondo un criterio dato dall'insegnante, come ad esempio una determinata sequenza di colori, oppure con cerchi di diverso formato dal più piccolo al più grande o viceversa;

→ il primo che arriva calcia la palla che sta dentro il cerchio per cercare di colpire un gruppo di coni posti ad una certa distanza: PROPEDEUTICO al calcio;
→ il primo che prende la palla la lancia con le mani a seconda dell'indicazione data (da sopra la testa, dal petto, con una mano) per colpire un gruppo di coni posti ad una certa distanza: PROPEDEUTICO alla pallavolo;
→ il primo che prende la pallina di gommapiuma oppure da tennis e la lancia con le mani dentro il cerchio di fuoco disposto a una certa distanza dalla posizione centrale e così via: PROPEDEUTICO al lancio finalizzato ad un canestro.

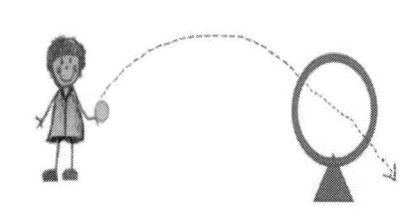

Una variante può essere, anche, quella di inserire all'arrivo due cerchi rispettivamente per ciascuna squadra, così che entrambi debbano eseguire la stessa azione richiesta come sopra. In questo caso vincerà chi prima riesce a completare la consegna data, nel più breve tempo.

Obiettivi: rispetto agli obiettivi motori la coordinazione ed organizzazione del corpo, rispetto alle attività da eseguire; il controllo motorio e tonico rispetto alle attività manipolative; lo sviluppo senso percettivo, come capacità di agire rispetto all'ambiente, alla direzione da prendere; l'attenzione; la direzionalità e la precisione nel lancio.
Obiettivi trasversali: sviluppo della lettura e memoria visiva; dell'organizzazione e pianificazione; dei concetti topologici; della manualità; della sequenzialità e ritmo; l'attenzione; l'adesione al compito secondo una consegna data.
Attrezzatura necessaria: 2 coni, un cerchio oppure 2 a seconda della proposta, diversi attrezzi psicomotori oppure oggetti che si intende inserire all'interno del cerchio per lo svolgimento delle attività all'arrivo.

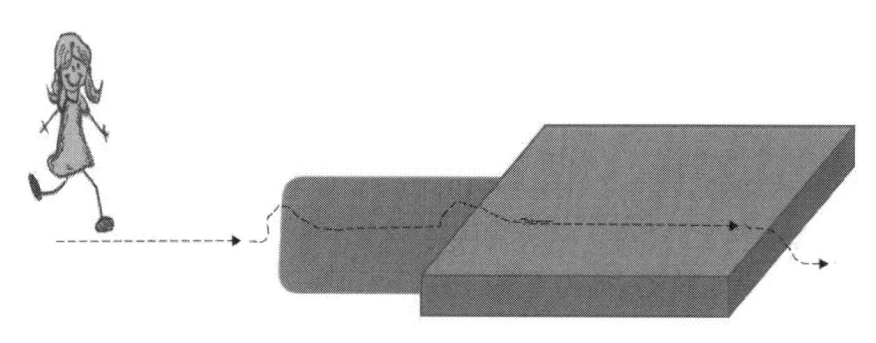

- *Esercitazioni di corsa su diverse superfici d'appoggio*: predisporre il setting gioco con dei contenitori o pedane di diverso materiale per favorire la promozione senso percettiva: superfici dure, come il pavimento, il parquet e il cemento, oppure morbide, come tappeti, erba e terra, permettono ai bambini di sperimentare, in sicurezza, le diverse superfici d'appoggio, che mettendo in crisi la stabilità danno diverse sollecitazioni al piede.

All'interno degli ambienti scolastici si possono organizzare con tappetini e materassi di diverso spessore esercitazioni che facendo cambiare il passo ai bambini e creando diverse pendenze (mettendo i materassi uno sopra l'altro) permettono al bambino di sperimentare diverse opportunità d'appoggio e stabilità del piede.

- → Chiedere ai bambini di correre passando dal pavimento duro dello spazio gioco al tappetino sottile per poi arrivare ai materassi, prima, in maniera libera. Rispettando, così, i tempi e la sperimentazione dell'esercitazione in autonomia, in maniera tale da limitare le paure oppure la frustrazione dello sperimentare un esercizio di fronte agli altri e non riuscire.
- → Chiedere ai bambini di correre passando dal pavimento duro dello spazio gioco al tappetino sottile per poi arrivare ai materassi in maniera vincolata dalla richiesta dell'insegnante, anche sotto forma di percorso associato, perciò, ad altra attrezzatura psicomotoria.

L'attività non dev'essere proposta, nei primi anni della scuola primaria, come sfida e confronto, poiché, data l'instabilità si rischierebbe che i bambini presi dall'agonismo per arrivare prima non prestino attenzione ai cambiamenti di livello e agli appoggi con il rischio di farsi male.

Mentre con il maturare dell'esperienza, negli anni successivi della scuola primaria, si può pensare di organizzare squadre differenti che si confrontino in percorsi con diverse pendenze e basi d'appoggio.

A seguito dell'esperienza è efficace disporre i bambini in cerchio e chiedere loro di esprimere sensazioni ed emozioni provate e di autovalutarsi, ragionando sulle proprie capacità e difficoltà nell'esperire la situazione specifica.

Il piede rappresenta la parte del corpo più importante sia per il movimento che, con un adeguato appoggio, per la coordinazione di tutto il corpo e l'equilibrio: determinati dalla stabilità o meno del terreno, dall'appoggio e posizione dei piedi, dalla capacità di risposta immediata rispetto agli stimoli percepiti, alla capacità di problem solving rispetto ad ogni situazione sperimentata, all'attenzione rispetto al compito e all'ambiente.

Questa tipologia d'esperienza dev'essere supportata da una progettazione di attività in outdoor education con proposte significative nel territorio d'appartenenza e non, che offrono spunti per situazioni stimolanti.

Varianti: modificare la pendenza sia in salita che in discesa della attività di corsa:

→ mettendo un materasso spesso, così da variare l'ampiezza del passo di corsa e la capacità di sollevare il ginocchio per facilitare la salita sul materasso e successiva corsa sopra il materasso per, poi salire nuovamente e scendere di corsa nella pendenza acquisita del materasso e, alla fine, scendere nuovamente nel pavimento duro;

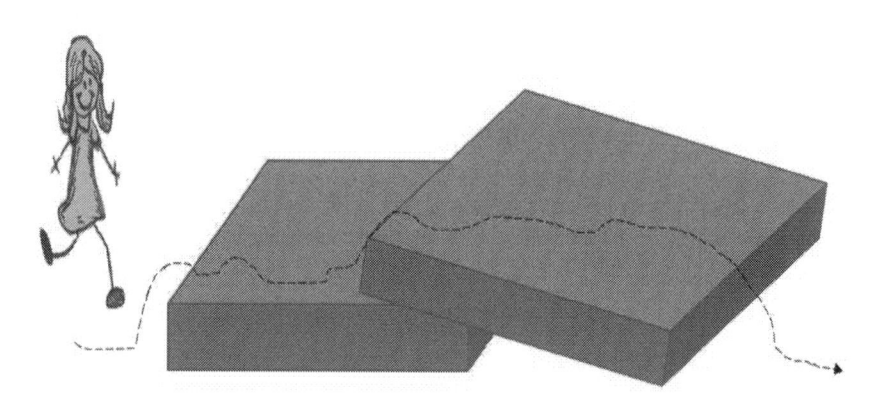

→ mettendo un materasso spesso, così da variare l'ampiezza del passo di corsa e la capacità di sollevare il ginocchio per facilitare la salita sul materasso e successiva corsa sopra il materasso in salita per, poi scendere nel successivo materasso e di nuovo di corsa nel materasso per poi, alla fine, scendere nuovamente nel pavimento duro.

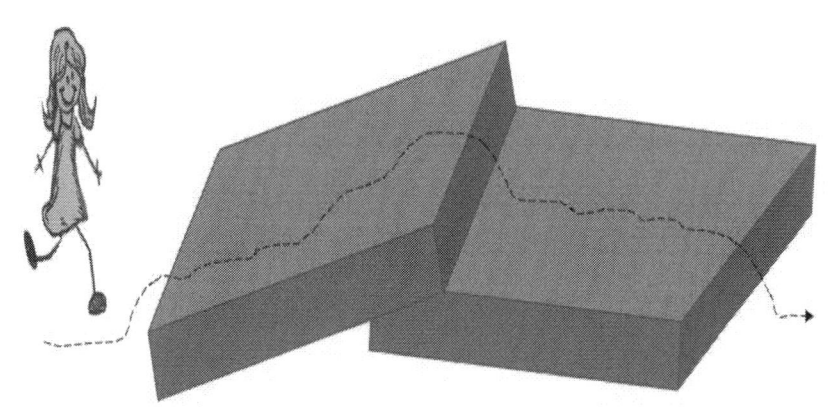

Obiettivi: rispetto agli obiettivi motori la coordinazione ed organizzazione del corpo, rispetto alle attività da eseguire; il controllo motorio rispetto all'appoggio dei piedi in ogni situazione e nel passaggio dalla stabilità all'instabilità; lo sviluppo senso percettivo, come capacità di risposta immediata rispetto agli stimoli percepiti, alla direzione da prendere e all'appoggio del piede; l'equilibrio, come capacità di gestire con i piedi l'instabilità della superficie d'appoggio; l'attenzione; la direzionalità e la capacità di problem solving rispetto ad ogni situazione sperimentata.

Obiettivi trasversali: sviluppo della lettura e memoria visiva; dell'organizzazione e pianificazione; della sequenzialità e ritmo; l'attenzione e memoria, intesa come recupero di informazioni utili per agire in maniera adattiva.

Attrezzatura necessaria: materassi di diverso spessore, tappetini sottili.

- ***Esercitazione di corsa variata*** così come per la camminata anche per la corsa si devono proporre esercitazioni che permettano ai bambini di sperimentare diversi ritmi e, quindi, diverse ampiezze del passo durante la corsa. Per facilitare l'esperienza di consapevolezza del passo l'insegnante deve predisporre il setting gioco con gli stessi bolloni colorati plastificati adottati durante le attività di camminata, che disporrà a terra per far in modo di formare diversi ritmi d'appoggio per i piedi.

Preparare il setting e chiedere ai bambini di organizzarsi con il corpo in risposta alla posizione dei cartoncini che trovano a terra nel percorso.

La disposizione dei bolloni può essere strutturata a distanza ravvicinata, da seguire con passettini piccoli, oppure variando la distanza così da prevedere l'esecuzione con passi lunghi oppure balzati.

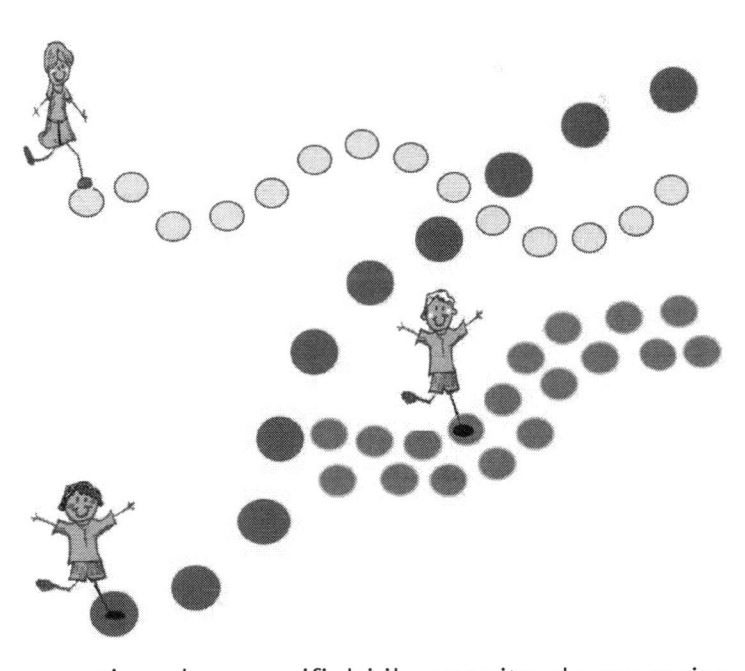

Il passaggio esperienziale successivo, con l'incremento della consapevolezza, sarà quello di intrecciare i percorsi tra loro ed organizzarli, anche, con bolloni senza l'input della variazione cromatica che specifichi il compito da eseguire, ma permettendo ai bambini di riconoscere il ritmo sulla base dell'osservazione visiva dei bolloni plastificati poggiati a terra. La scelta d'incrociare i tracciati grafici comporta una maggiore attenzione rispetto al compito da eseguire e la capacità di variare la velocità in funzione dell'osservazione del comportamento, anche, degli altri compagni impegnati nel gioco nei diversi percorsi.

Varianti: i percorsi possono essere variati rispetto alla quantità di cartoncini da inserire nel percorso, rispetto alla direzionalità: curvilinea, passi laterali, come superamento di oggetti disposti tra i diversi cartoncini, sperimentando nella corsa, anche, la fase di volo rispetto ad un passo più lungo: attività PROPEDEUTICA al salto in lungo.
Si può variare, anche, rispetto alla velocità chiedendo ai bambini di eseguire una corsa veloce oppure una corsa lenta, esercitando le diverse andature di corsa.

Obiettivi: rispetto agli obiettivi motori la coordinazione ed organizzazione del corpo, rispetto alle attività da eseguire; il controllo motorio rispetto all'ampiezza del passo da strutturare rispetto agli input visivi; lo sviluppo senso percettivo, come capacità di lettura visiva della situazione gioco e della presenza degli altri; la direzionalità da pianificare in risposta agli stimoli e la capacità di problem solving rispetto alla situazione e alla comprensione del ritmo corretto da seguire con attenzione rispetto agli altri.
Obiettivi trasversali: sviluppo della lettura e memoria visiva; dell'organizzazione e pianificazione; del ritmo; dell'attenzione sostenuta e divisa.

Attrezzatura necessaria: cartoncini colorati plastificati in quantità sufficiente per organizzare, eventualmente, diversi percorsi; eventuali oggetti da inserire nel percorso come ostacoli.

- *Gioco a "Staffetta"* il setting delle staffette prevede l'organizzazione dello spazio gioco in maniera da predisporre lo spazio gioco con due coni, a distanza variabile a seconda di quella che l'insegnante riterrà opportuna sulla base dell'età dei bambini e del carico motorio dell'attività. I bambini si dovranno muovere nella staffetta, con le relative modalità di azione motoria richieste, con un testimone, da passarsi l'un l'altro.
Il testimone, ossia l'oggetto da tenere in mano e trasportare con sé nel movimento dev'essere, poi, consegnato al successivo compagno disposto nella postazione di passaggio. Il testimone è un attrezzo psicomotorio, ma può essere sostituito, nei primi due anni della scuola primaria, da un bastoncino in gommapiuma oppure un pezzo di cilindro noodle (tubo della piscina), così che nelle prime esperienze non si facciano male nella fase di passaggio. Nelle classi successive, invece, la proposta potrà essere avvallata dall'utilizzo di altri attrezzi psicomotori,

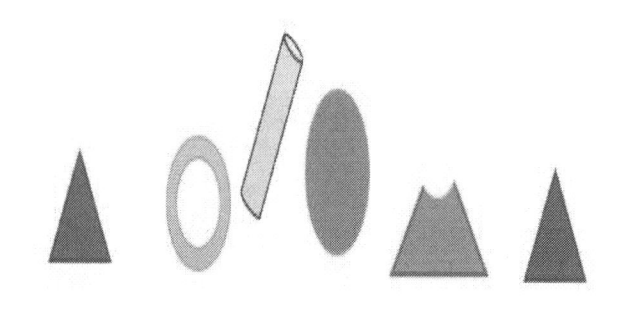

come piccoli cerchi, palline di diverse dimensioni e materiali, cinesini ed infine del testimone vero e proprio del gioco a staffetta.

La staffetta può essere organizzata nello spazio gioco programmando diverse proposte, dalla più semplice alla più complessa come obiettivi e difficoltà, così che l'obiettivo per task potrà essere proposto con il maturare dell'esperienza, nei diversi anni della scuola primaria, come esempi di seguito riportati.

- **Primo step**: da proporre nelle prime fasi di proposta dell'esperienza e nel primo anno della scuola primaria. Chiedere ai bambini di partire dal cono, girare intorno al secondo cono e rientrare, consegnare il testimone al primo compagno della fila che partirà, a sua volta, per il giro, mentre il bambino che ha consegnato il testimone si disporrà dietro la fila. Trattandosi delle prime esperienze gioco con i bambini utilizzare testimoni in gommapiuma facili da tenere in mano e leggeri, così da evitare, data la goffaggine iniziale determinata dall'inesperienza, di farsi male oppure far male al compagno nel passaggio.

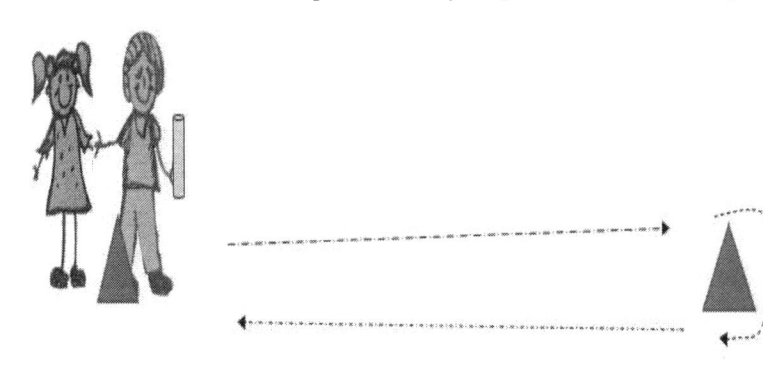

    Obiettivi: organizzazione spazio- temporale; direzionalità; ritmo; controllo tonico e motorio rispetto al muoversi con un attrezzo da tenere in mano, organizzandosi con il corpo, con una prensione corretta e passaggio controllato nel movimento onde evitare di far male al compagno; reattività, intesa come partenza immediata a seguito del passaggio del testimone.

    <u>**Attrezzatura necessaria**</u>: 2 coni e 1 testimone, di facile tenuta e materiale leggero per bambini piccoli.

- **Secondo step**: disporre due coni, uno di fronte all'altro, e dietro a ciascun cono far suddividere i bambini; solo al primo di un cono verrà dato il testimone, come sopra esposto.

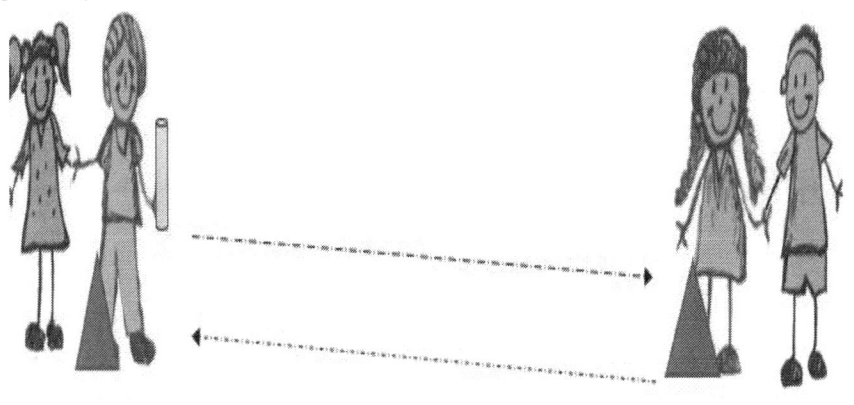

    Chiedere al bambino con il testimone, al fischio del via, di partire e correre verso il compagno del cono di fronte e passargli il testimone ed a seguire andarsi a disporre dietro la fila del

pag. 117

compagno al quale si è passato. Il compagno che avrà preso il testimone, invece, non appena ricevuto correrà verso l'altro cono dove consegnerà il testimone al primo della fila e andrà a disporsi alla fine della fila e via dicendo.
Obiettivi: organizzazione spazio- temporale; direzionalità; ritmo; controllo tonico e motorio rispetto al muoversi con un attrezzo da tenere in mano e nella fase di passaggio; reattività; attenzione, rispetto al gioco, all'arrivo del compagno e nell'atto di passaggio per rispondere correttamente rispetto alla situazione.
Attrezzatura necessaria: 2 coni e 1 testimone, di facile tenuta e materiale leggero per bambini piccoli.

- **Terzo step**: queste proposte, per il carico e la difficoltà si potranno proporre con i bambini più grandicelli.
Mettere due coni nell'area gioco, in posizione opposta l'uno rispetto all'altro e ad una certa distanza, e chiedere ai bambini di disporsi nei due coni opposti. I primi due bambini nelle rispettive partenze partono, ciascuno con il testimone in mano, e portano il testimone al primo bambino della posizione opposta andando, poi, a sistemarsi dietro l'ultimo bambino di quella fila.
In questa proposta le partenze sono molto veloci e si crea un continuo movimento; perciò, bisognerà programmare bene i tempi d'esecuzione con attenzione alla faticabilità dei bambini, al carico motorio e all'attenzione sostenuta per evitare scontri o di far male ai compagni.
Obiettivi: organizzazione spazio- temporale; direzionalità; ritmo; controllo tonico e motorio; reattività; attenzione, rispetto al gioco, all'arrivo del compagno e nell'atto di passaggio per rispondere correttamente rispetto alla situazione; percezione ed attenzione visiva, per evitare di scontrarsi con i compagni che corrono in direzione opposta alla propria.
Attrezzatura necessaria: 2 coni, 2 testimoni.

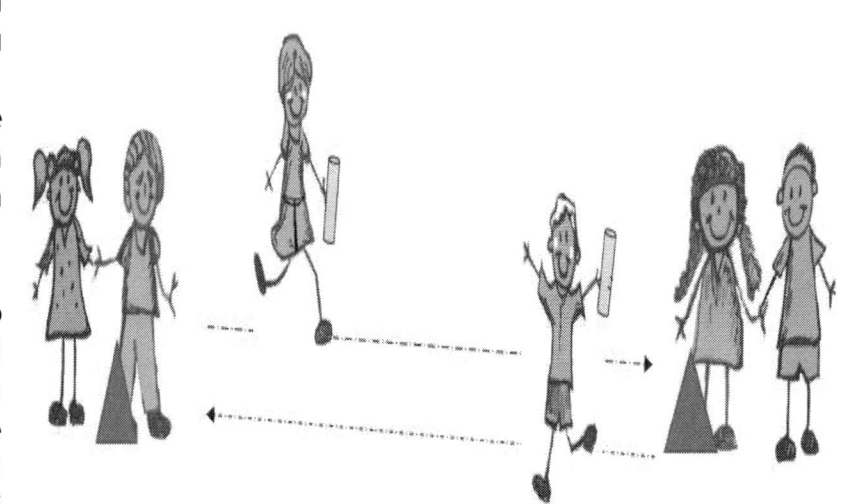

- **Quarto step**: la tipologia di staffetta, data la difficoltà della proposta, dev'essere prevista con i bambini più grandi. Organizzare il setting dello spazio gioco a forma quadrata con quattro coni oppure rettangolare e distribuire i bambini nei quattro coni. Le partenze avverranno in diagonale, ossia i bambini di un cono si dovranno dirigere verso il cono opposto tra i due coni di fronte a sé.

Il testimone lo avranno solo i primi due bambini dei due coni paralleli nella stessa posizione spaziale che, al via dell'insegnante, dovranno dirigersi verso il cono opposto rispetto alla propria posizione e così si muoveranno, anche, tutti i successivi compagni. I bambini che avranno consegnato il testimone andranno a disporsi dietro la fila di consegna.

Obiettivi: organizzazione spazio- temporale; direzionalità; ritmo; controllo tonico e motorio; reattività; attenzione, rispetto alla posizione del compagno che si muove verso la parte opposto della propria; percezione ed attenzione visiva, per evitare di scontrarsi con i compagni che corrono in direzione opposta alla propria.

Attrezzatura necessaria: 4 coni, 2 testimoni.

- *Gioco del semaforo*: il setting del gioco è piuttosto semplice ed implica la scelta dello spazio libero nel quale chiedere ai bambini di muoversi secondo andature di corsa differenti, mostrando loro degli input visivi o uditivi. Il nome del gioco fa riferimento all'associazione simbolica dei colori del semaforo abbinati alle andature motorie, che verranno attribuite ad inizio gioco dall'insegnante cosicché, in presenza del segnale, i bambini mettano in atto le risposte comportamentali.

I colori del gioco, verde, giallo e rosso, possono veicolare ad una variazione delle andature di corsa, programmando con attenzione la proposta in funzione della capacità di passare dall'una all'altra in sicurezza.

Varianti: si può cambiare l'attività in base al compito motorio ed al segnale per il cambio dell'andatura, come ad esempio:

→ rosso= fermarsi,
   giallo= corsa lenta,
   verde = corsa veloce
→ rosso= fermarsi con due piedi uniti,
   giallo = corsa calciata dietro,
   verde = corsa calciata avanti (Pinocchietto);
→ rosso= fermarsi con un piede piegato come il fenicottero,
   giallo = corsa skip (ginocchia alte),
   verde = corsa veloce;
→ rosso= fermarsi seduti a terra con un le gambe incrociate,
   giallo = corsa balzata,
   verde = corsa veloce

e così via.

Rispetto al segnale, la sua variazione comporta un lavoro specifico sulla discriminazione e percezione visiva oppure uditiva. Gli input visivi sono più efficaci con il target dei bambini più piccoli, mentre quelli sonori si possono proporre con i bambini più grandi d'età. Esempi di input percettivi sono:

- 3 cerchi colorati (rosso, giallo e verde) da alzare sopra la testa oppure da far cadere a terra;
- cartoncini dei tre colori plastificati da mostrare ai bambini;
- numero di fischi per segnalare il cambio delle diverse andature (1 fischio corrisponderà, ad esempio, al rosso, 2 al giallo e 3 al verde); ovvero con un tamburello;
- lunghezza del suono: suono lungo rosso, suono corto giallo, più suoni veloci e ripetuti verde e così via.

Rispetto alla discriminazione sonora abbinata ai colori: un fischio lungo= rosso, due fischi protratti= giallo; tre fischi veloci= verde e via dicendo. Il segnale può essere presentato secondo un ritmo variabile in ragione dell'esercizio motorio e della difficoltà a passare dall'uno all'altro, evitando automatismi e variando costantemente l'alternanza della proposta e la velocità d'esecuzione.

Obiettivi del gioco permette di lavorare sull'organizzazione spazio-temporale e controllo motorio rispetto al movimento efficace, organizzato e pianificato del corpo, sulla percezione, discriminazione ed attenzione visiva rispetto al colore, con capacità di risposta sensoriale, e a quanto accade nell'ambiente e alla presenza degli altri nello spazio gioco, evitando di scontrarsi, sulla coordinazione, sulla direzionalità, sulla reattività, come capacità immediata di cambio dell'andatura in risposta al segnale, sulla memorizzazione, intesa come riconoscimento, rievocazione e comprensione di simboli o suoni dati e abbinamento della relativa azione.

Osservazione dell'insegnante: dovrà mirare alla rilevazione delle risposte comportamentali dei bambini in riferimento alla richiesta, perciò al grado di comprensione e di elaborazione di risposte motorie congrue ed in maniera coordinata rispetto allo spazio; al grado di attenzione visiva o uditiva al segnale associandovi il significato corretto; al grado di memorizzazione rispetto alle differenti richieste del gioco; al grado di reattività e partecipazione; alla capacità di risposta autonoma e immediata rispetto alla richiesta; al grado di equilibrio, rispetto alle diverse andature e ai passaggi posturali.

Attrezzatura necessaria: cerchi dei tre colori, cartoncini dei tre colori plastificati; altri attrezzi psicomotori scelti per i segnali; fischietto oppure tamburello.

- *Il gioco "ruba bandiera"*: il setting gioco prevede uno spazio ampio dove disegnare, nelle prime esperienze in prima primaria, due linee lunghe con lo scotch carta: lo spazio dove si disporranno in riga i bambini. Il gioco consiste nel dividere i bambini in due squadre, e farli disporre nelle due righe parallele, a distanza gli uni dagli altri e in maniera tale che ciascuno abbia un compagno di fronte. Assegnare a ciascun bambino un simbolo oppure un numero in ordine progressivo che li identifichi per coppia di bambini delle due squadre (posti uno di fronte all'altro con lo stesso simbolo). L'insegnante si deve disporre ad una certa distanza dalle righe di alunni con un oggetto lungo in mano, come ad esempio una sciarpa, un fazzoletto, una fune, una busta e così via sulla base dell'esperienza percettiva tattile che vuole favorire, e chiamare i bambini in base al simbolo identificativo.

Alla chiamata risponderanno i bambini in possesso del simbolo che, subito, dovranno correre dirigendosi verso l'insegnante per prendere, prima dell'altro compagno, l'oggetto da questo tenuto. Il primo bambino a prendere l'oggetto deve riuscire a tornare al proprio posto con l'oggetto in mano, così da guadagnare il punto, mentre l'altro bambino deve, sino all'ultimo, cercare di inseguire il compagno ed acchiapparlo, così che riuscendo a farlo, prima che arrivi al proprio posto, non permetta a quest'ultimo di fare punto.
A quel punto una volta riportato all'insegnante l'oggetto riparte il gioco.

Varianti: possono essere apportate sia in riferimento all'andatura da richiedere ai bambini nel percorso; sia di simbolo per riconoscere le diverse coppie di bambini (lavorando sul vocabolario; sulla discriminazione visiva ed uditiva; sui grafemi; sui numeri e via dicendo).

Con il maturare dell'esperienza e dell'età dei bambini si può fare in modo di modificare la reattività in fase di partenza, dalle diverse posizioni del corpo: da coricati supini e proni; da seduti in avanti, all'indietro, con gli occhi chiusi.

Obiettivi: favorire la reattività ad uno stimolo ambientale, ossia l'azione quanto più veloce possibile rispetto alla chiamata prima del compagno, il recupero dell'oggetto e la pianificazione della scelta migliore rispetto al percorso di ritorno per evitare di essere presi, così come al contrario di reagire con tattica per riuscire a prendere il compagno; il problem solving e controllo motorio rispetto alla scelta delle azioni motorie più efficaci rispetto alla situazione gioco, lo scatto e l'evitamento del compagno; il controllo tonico per il recupero e la tenuta dell'oggetto, così da evitare che cada; la coordinazione delle diverse parti del corpo in risposta all'ambiente e agli altri; le funzioni esecutive: l'attenzione, la memorizzazione; l'orientamento spazio- temporale e lo sviluppo percettive, visivo, uditivo e tattile, inteso come ascolto attivo, lettura uditiva dello stimolo, lettura visiva rispetto all'oggetto e alla sua posizione, lettura visiva ed uditiva della situazione gioco.

L'**osservazione** dell'insegnante deve mirare alla rilevazione degli obiettivi; della comprensione della consegna data; della capacità dei bambini di rispondere con reattività, della risposta intenzionale ed autonoma; del grado di partecipazione attiva; della capacità di gestione responsabile dei propri atteggiamenti e comportamenti in risposta al compito e all'altro, onde evitare di fare male ai compagni; della capacità di gestione della propria emotività in risposta alla riuscita o meno del compito.

Attrezzatura necessaria: nastro carta, per le linee a terra; +oggetti necessari per il recupero dei bambini, di diverse dimensioni, materiale e spessore così da favorire un lavoro sulla corretta prensione e sul controllo tonico.

- **Gioco dei cerchi**: il setting gioco necessita di uno spazio ampio all'interno del quale organizzare una porzione con dei cerchi disposti a terra, tanti quanti ciascun bambino della classe. Il gioco, molto semplice, consiste nel chiedere ai bambini di correre liberamente nello spazio gioco senza sconfinare nello spazio dei cerchi e, al segnale dell'insegnante, dirigersi immediatamente verso i cerchi e fermarsi ciascuno dentro un cerchio per poi, al nuovo segnale, uscire dal cerchio e correre nello spazio libero.

La difficoltà consiste nel fatto che, man mano, l'insegnante andrà a togliere un cerchio dall'area così che, uno alla volta, i bambini che non riusciranno ad entrare nel cerchio saranno eliminati dal gioco.

Vince, ovviamente, il bambino che riesce ad arrivare ad occupare l'ultimo cerchio rimasto.

Varianti: possono essere apportate sia in riferimento all'andatura da richiedere ai bambini nello spostamento all'interno dello spazio libero; sia nella richiesta, con il maturare dell'esperienza e dell'età, di un'azione obbligatoria da compiere al segnale prima di correre all'area dei cerchi per occuparli, come ad esempio:
- correre verso la parete opposta all'area cerchi, toccarla e andare a occupare l'area cerchi;
- fare 10 grandi saltelli in avanti prima di dirigersi verso i cerchi;
- fare 2 giri intorno a sé stessi prima di correre verso i cerchi;
- fermarsi mettersi pancia in giù a terra ed eseguire un rotolo prima di rialzarsi e correre verso i cerchi;

ci si potrà sbizzarrire con l'incremento dell'esperienza motorie dei bambini quanto meglio si crede chiedendo loro di eseguire diversi esercizi prima di andare verso i cerchi.

Altra variante può essere quella di chiedere ai bambini di osservare bene l'area cerchi e disporsi in:
- 2 per ciascun cerchio
- 3 per ciascun cerchio

limitando di conseguenza l'area dei cerchi alla quantità sufficiente per lo svolgimento del gioco come gruppo; la programmazione della proposta deve tenere in considerazione i tempi di svolgimento, poiché, riducendo celermente i cerchi e la quantità di bambini ha un tempo di esecuzione piuttosto breve ed intenso.

Ancora, aumentando il grado di difficoltà in base all'età dei bambini, chiedere ai bambini di correre nello spazio libero individualmente poi, al segnale, di cercarsi darsi la mano ed andare correndo ad occupare insieme il cerchio.

La variante rispetto al segnale fa riferimento al lavoro che l'insegnante intende progettare per la discriminazione sensoriale e per la maturazione dell'attenzione e concentrazione ad uno stimolo, più o meno evidente nella sua proposta.

In caso di bambini con **BES** la proposta del peer tutoring nello svolgimento del gioco è essenziale in presenza di bambini con disabilità sensoriali o di organizzazione nello spazio gioco e con difficoltà nelle funzioni esecutive. In questi casi la programmazione del gioco deve tenere in considerazione le necessità degli studenti e semplificare le scelte dei compiti complessi ovvero accompagnare il percorso con segnali visivi (frecce verso l'area cerchi) oppure con cartellini con immagini che specifichino le diverse posture, andature o azioni motorie da eseguire.

Obiettivi: favorire la reattività ad uno stimolo uditivo o sonoro, ossia l'azione quanto più veloce possibile rispetto al segnale dato dall'insegnante per dirigersi verso i cerchi ovvero compiere un'azione prima di farlo; il problem solving e controllo motorio rispetto alle diverse richieste motorie, che implicano cambi di direzione, scatti oppure andature e esercitazioni da eseguire con il corpo; la coordinazione delle diverse parti del corpo in risposta all'ambiente e agli altri; le funzioni esecutive: l'attenzione, la memorizzazione della sequenza dei comporti da compiere; l'orientamento spazio- temporale e lo sviluppo percettive, visivo, uditivo e tattile, inteso come ascolto attivo del segnale, lettura visiva della situazione gioco e della disposizione dei compagni, ricerca dei cerchi liberi;

L'**osservazione** dell'insegnante deve mirare alla rilevazione degli obiettivi; della comprensione della consegna data; della capacità dei bambini di rispondere con reattività; del grado di partecipazione attiva ed autonoma al gioco; della capacità di problem solving rispetto ai diversi compiti e alle diverse situazioni gioco; della capacità di gestione della propria emotività in risposta alla eliminazione dal gioco per non essere riuscito ad entrare dentro un cerchio; del grado di attenzione e memorizzazione, rispetto alla successione dei compiti da eseguire.

Attrezzatura necessaria: cerchi, tanti quanti le necessità del gioco; segnali visivi ed uditivi (oggetti da far cadere a terra- fischietto- cartellini da mostrare- tamburello e via dicendo).

STRISCIARE

Lo schema motorio dello strisciare ha una valenza filogenetica, poiché è la prima fase di movimento intenzionale del bambino piccolo. Alla scuola primaria questa abilità si è quasi persa, infatti, osservando i bambini si vede quanto con difficoltà riescano a rappresentarla, esprimendo il movimento con goffaggine ed in maniera scoordinata.
Recuperare il gesto motorio specifico significa riconoscersi ed acquisire consapevolezza rispetto ad un'azione posturale statica e dinamica che, sia pur venga rappresentata di rado nella quotidianità, rappresenta un bagaglio esperienziale essenziale.
L'outdoor education è un'esperienza chiave per la presentazione di situazioni stimolo che possano dare adito alla presentazione di questo schema motorio: l'attività di gioco libero all'aperto, in mezzo alla natura, spesso da l'occasione del presentarsi di situazioni in cui necessariamente ci si debba mettere a quattro zampe oppure addirittura strisciare per superare degli ostacoli naturali, all'interno di una grotta, sotto dei rami e vegetazione piuttosto rigogliosa, per gestire una situazione d'equilibrio incerto in cui più è basso il baricentro più si riesce a superare la circostanza.

Così come per gli altri schemi proposti, anche questo dev'essere promosso alla scuola primaria così da recuperarne il gesto specifico e favorirne le varianti rispetto a:

1. il tempo, capacità di organizzarsi secondo ritmi differenti per l'esecuzione dell'azione motoria;
2. le variazioni di direzionalità ed organizzazione del corpo in funzione dell'esercizio;
3. la combinazione dei movimenti e degli esercizi, abbinando lo schema motorio ad altri movimenti e schemi motori;
4. la tipologia di percorso per l'esecuzione di diverse esercitazioni, con organizzazione del corpo rispetto allo spazio;
5. l'utilizzo o meno di attrezzatura psicomotoria o di oggetti di facile consumo.

Le proposte, perciò, devono essere diversificate rispetto allo spazio, al tempo e alla combinazione dei movimenti, così da permettere ai bambini di sperimentare e riscoprire i movimenti del proprio corpo, rispetto ad uno schema che dev'essere recuperato in memoria e riadattato per specializzarlo alle diverse altre situazioni.

Il passaggio propedeutico alla posizione dello strisciare può essere senz'altro il gattonare, poiché in questo gesto si presenta la stessa organizzazione del corpo con la coordinazione ed alternanza tra arti superiori ed inferiori che ritroveranno, anche, nello strisciare.

- ***esercitazioni per strisciare liberamente*** nell'intera area gioco, chiedere ai bambini di rappresentare l'andatura del "serpente" ed osservare come riescano ad organizzarsi con il corpo e coordinare il movimento strisciando. Si vedrà, sicuramente, diversi tipi di rappresentazione, poiché l'esecuzione di questo schema è faticoso, per cui accadrà di vedere bambini che invece di strisciare vanno a quattro zampe, oppure organizzarsi per l'esecuzione del movimento nell'avanzare solo con l'uso delle gambe e dei piedi, ma senza alternare e coordinare gli arti superiori, e viceversa utilizzando le braccia e le mani come perno per avanzare, ma non i piedi e le gambe.

A L U N N I	OBIETTIVI MOTORI				OBIETTIVI TRASVERSALI		
	Striscia coordinando braccia e gambe	Striscia mettendo la giusta forza rispetto ai diversi segmenti	Rotola spostando il corpo	Rotola organizzando i diversi segmenti corporei	Attenzione sostenuta	Partecipazione	autonomia
	Si ☐ No ☐ In parte ☐	Si ☐ No ☐ In parte ☐	Si ☐ No ☐ In parte ☐	Si ☐ No ☐ In parte ☐	Si ☐ No ☐ In parte ☐	Si ☐ No ☐ In parte ☐	Si ☐ No ☐ In parte ☐

- ***esercitazioni per strisciare liberamente*** chiedere ai bambini di strisciare, nell'intera area gioco, modificando la richiesta che i bambini dovranno eseguire mentre sono a terra, come ad esempio:
    - strisciare tenendo le mani ben poggiate a terra e le dita aperte come un camaleonte;
    - strisciare con la testa tenuta in alto;
    - strisciare con le gambe piegate e i piedi tenuti sospesi in alto, perciò, aiutandosi solo con gli arti superiori e le gambe, ma senza i piedi;
    - strisciare come un vermetto, con il sederino che sale su per dare avvio al movimento propulsivo in avanti;

- strisciare con i gomiti a terra, senza l'uso dell'avambraccio e delle mani;
- strisciare senza l'uso delle braccia e delle mani, ma solo muovendo le gambe e i piedi;
- strisciare usando solo un arto superiore, oppure solo un arto inferiore;

e via dicendo sulla base delle esperienze di consapevolezza sull'utilizzo delle diverse parti del corpo che si vuole promuovere.

- ***esercitazioni per strisciare in maniera vincolata*** organizzare l'area gioco segnalando lo spazio con dei coni, per favorire il riconoscimento della zona d'arrivo e soprattutto veicolare la distanza del percorso in riferimento alla faticabilità dell'esercizio rispetto all'età o alle eventuali difficoltà dei bambini. Le richieste specifiche guideranno i bambini ad acquisire consapevolezza sulle diverse parti del corpo interessate: arti superiori e arti inferiori; ma soprattutto comprendere quanto la combinazione di entrambi i segmenti possa rendere il movimento più fluido ed economico.

    - Chiedere ai bambini di strisciare lasciando ferme le gambe ed utilizzare nell'esecuzione solo gli arti superiori, organizzando diverse partenze in base allo spazio a disposizione, così da non fare attendere troppo i bambini e non annoiarsi.

    La proposta potrebbe essere resa più semplice da gestire chiedendo loro, sotto forma di gioco- sfida, di trasportare in mezzo alle gambe un cuscinetto o una palla di gommapiuma ben stretta, ed avanzare con le braccia sino all'arrivo all'altro cono dove si troverà un contenitore nel quale depositare l'oggetto trasportato.

    La proposta comporta un lavoro di forza a carico degli arti superiori, come tale nella organizzazione del percorso in termini di spazio dev'essere valutato il carico motorio, che può andare aumentando con il passare degli anni.

    Attrezzatura necessaria: oggetti vari in gommapiuma (palla, cuscini di diverse dimensioni e formati ecc.), per non far del male al bambino, poiché il controllo tonico delle gambe non è ancora

acquisito; 2 coni per ciascuna partenza (uno per delimitare la partenza ed uno per delimitare l'arrivo).

- Chiedere ai bambini di strisciare solo con l'uso degli arti inferiori, tenendo fermi gli arti superiori, e come sopra, la proposta può essere agevolata predisponendola sotto forma di gioco- sfida chiedendo loro di tenere in mano un oggetto ovvero un attrezzo psicomotorio da trasportare strisciando solo con l'uso delle gambe e dei piedi.

La proposta gioco specificata può essere complicata rispetto all'organizzazione del corpo tenendo le mani impegnate: programmare quindi un'esecuzione per task così da passare da oggetti semplici da tenere, anche solo, con una mano, per poi man mano che si evolve con l'esperienza e si matura nell'organizzazione del corpo presentare oggetti e attrezzi che prevedono maggiori difficoltà. Tali oggetti possono essere, in base alle difficoltà dei bambini, anche delle striscioline di tessuto, dei fazzoletti, delle palline piccole in gommapiuma e via dicendo.

Come nel caso della proposta precedente, anche questa, comporta un lavoro di forza a carico degli arti inferiori, come tale nella organizzazione del percorso in termini di spazio dev'essere valutato il carico motorio, da aumentare con il passare degli anni.

Attrezzatura necessaria: oggetti vari passando da quelli di facile prensione a quelli più ingombrati (di diverse dimensioni e materiale); 2 coni per ciascuna partenza (uno per delimitare la partenza ed uno per delimitare l'arrivo).

Obiettivi: lavoro di consapevolezza delle diverse parti del corpo, del loro movimento e dell'importanza della combinazione, inteso come movimento coordinato, di ogni parte del corpo per potere procedere in maniera efficace.

- *esercitazioni per passare dallo strisciare al rotolare:* il setting gioco dev'essere uno spazio ampio e libero, in cui i bambini possano muoversi autonomamente, spostandosi ed organizzando il proprio corpo nello spazio. Chiedere, perciò, ai bambini di muoversi nell'intera area gioco, sperimentando il passaggio dallo strisciare, quindi da pancia in giù, a pancia in su e lasciare loro sperimentare il gesto che gli permetterà di spostarsi con il corpo da una posizione all'altra. Lasciare i bambini sperimentare l'attività ed osservare le risposte comportamentali, alcuni riusciranno senza problemi mentre altri si alzeranno sulle mani per mettersi a sedere e, a quel punto, coricarsi in posizione supina, pancia in su.

- Chiedere ai bambini di coricarsi proni, pancia a terra, e mettere le braccia tese in alto sopra la testa, unite insieme e poggiate a terra, dopodiché chiedere loro di spostarsi di posizione, così da mettersi con la schiena a terra e la pancia in su, senza spostare le braccia dalla posizione in cui sono messe.
- Chiedere ai bambini di provare a rotolare, continuando a spostare ricorsivamente la posizione del corpo nelle diverse posizioni nello spazio, come fossero tanti tronchi che rotolano giù dalla collina. L'esperienza verrà modulata nel corso del tempo, a seguito della maturazione dell'espressione dello schema motorio nello spazio:
  - rotolare in uno spazio delimitato (tappeto/ materassini/ pavimento delimitato da corde...);
  - rotolare uno vicino l'altro tutti verso la stessa direzione, per gruppi, organizzando il corpo in maniera tale da non invadere lo spazio del proprio compagno;
  - rotolare tutti uniti insieme, cercando di tenere la stessa distanza tra di loro in movimento;
  - rotolare sopra i compagni.

Obiettivi: organizzazione spazio temporale del corpo, controllando il movimento, perché sia finalizzato rispetto all'obiettivo; consapevolezza rispetto a sé stessi, al proprio movimento; sviluppo della percezione sensoriale rispetto agli stimoli ambientali; sviluppo delle funzioni esecutive: problem solving (aggiustamento del corpo, risposte comportamentali consapevoli e orientate); attenzione selettiva rispetto al compito; flessibilità motoria, intesa come adattamento e coordinazione delle diverse parti rispetto al compito; memorizzazione delle diverse azioni da compiere nello spostamento di posizione nello spazio.

- *esercitazioni per strisciare e rotolare con attrezzi* organizzare il setting gioco con diversi attrezzi psicomotori che permettano al bambino di scegliere quale azione motoria eseguire, come gattonare, strisciare, rotolare, in base all'osservazione degli attrezzi presenti nello spazio.

Ad esempio, inserire nello spazio i seguenti attrezzi psicomotori:

tunnel oppure, in assenza, uno spazio basso costruito con i coni alti bucati lateralmente, paralleli a due a due alla stessa distanza, all'interno dei quali inserire i bastoni alla stessa altezza così da poggiarvi sopra dei materassini per formare un tunnel;
ostacoli oppure, in assenza, dei coni paralleli a due a due con i bastoni infilati nell'incavo superiore, uniti tra loro da un pezzo di nastro bianco/rosso ad altezza variabile, così da affinare la lettura visiva e sulla base delle altezze e proporzioni mettere in essere risposte comportamentali efficaci, come:

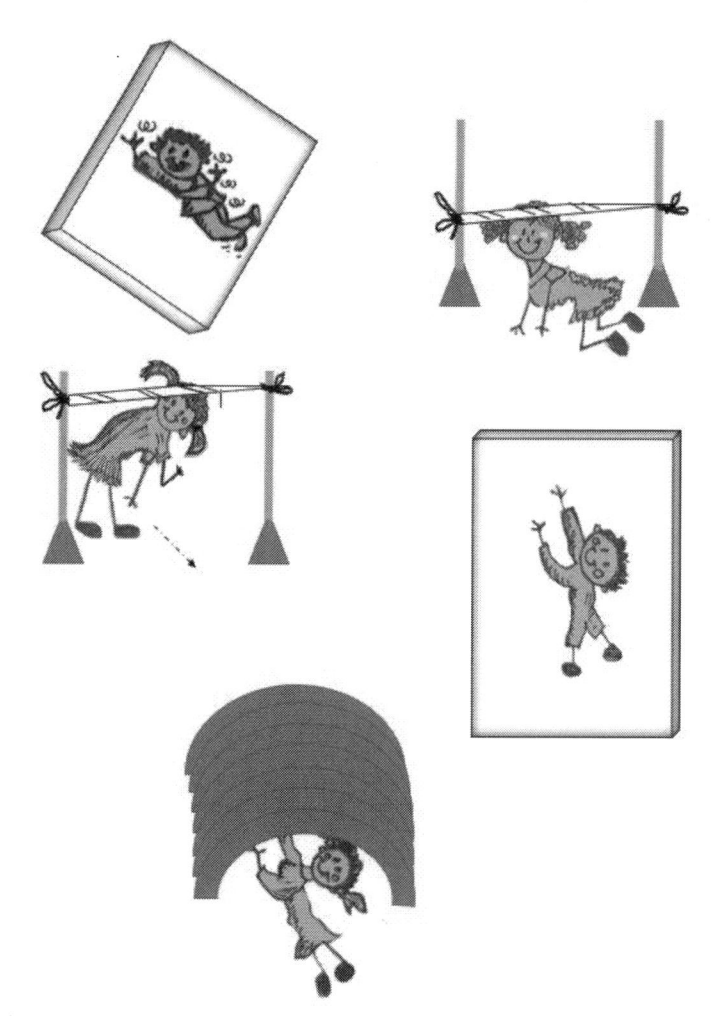

- passare sotto, inchinandosi leggermente se abbastanza alto
- andare sotto carponi, se la larghezza è stretta, oppure rotolando, se la larghezza è ampia tanto da farci stare tutto il corpo;

materassini dove i bambini potranno scegliere quale azione svolgere, se andare a quattro zampe, rotolare oppure strisciare.

Le proposte, dapprima libere, potranno essere successivamente vincolate inserendo le diverse attività in un percorso dato senza alcuna richiesta esplicita ai bambini, ma osservando le risposte comportamentali, ossia le risposte motorie, scelte dai bambini nell'organizzazione e pianificazione del movimento nel passaggio tra i diversi attrezzi, disposti nel percorso. Le risposte

- *Giochi-sfida del serpente e dell'armadillo* consistono nel far muovere i bambini secondo le diverse andature:

• chiedere ai bambini di rappresentare, all'interno dell'area gioco libera, il serpente quando sentono un fischio e l'armadillo quando sentono due fischi. Il serpente striscia, mentre l'armadillo va a quattro zampe implicando, perciò, il passaggio da una andatura ad un'altra in maniera celere.

Obiettivi: il gioco rappresenta l'occasione di sperimentare i due schemi motori, di rispondere con reattività rispetto ad uno stimolo percettivo, di focalizzare l'attenzione agli stimoli ambientali, discriminare quelli più importanti rispetto al gioco e rispondere, in maniera immediata, con coordinazione ed organizzando il proprio corpo in funzione del cambio posturale, di sviluppare il controllo motorio per riadattare atteggiamenti e risposte motorie come risposta al nuovo schema da eseguire.

Varianti: il gioco può essere variato in termini di stimolo senso percettivo da proporre per il cambio posturale; oppure rispetto allo spazio, mettendovi all'interno degli ostacoli che vincoleranno il movimento, limitando lo spazio a disposizione e obbligando i bambini a trovare i giusti adattamenti e compensazioni, organizzando ed orientando nello spazio il proprio movimento.

Attrezzatura necessaria: fischietto, oppure ogni altro oggetto sonoro o visivo si voglia proporre come stimolo; attrezzatura o oggetti che si vogliono inserire nello spazio per creare degli ostacoli.

- Organizzare il setting inserendo un cono alla partenza ed uno all'arrivo e chiedere ai bambini, al fischio, di sfidarsi a due a due lungo il tragitto segnalato, in cui una fila dovrà procedere strisciando come il serpente e l'altra rotolando come l'armadillo quando chiuso a palla per difesa. La prima fila a completare il percorso con tutti i componenti vince la sfida.

Attrezzatura necessaria: 2 coni, nastro per segnalare i percorsi.

- *La sfida della carriola* il setting gioco dev'essere libero da ostacoli e i bambini disposti a due a due: uno di loro starà in piedi mentre l'altro, davanti al compagno in piedi, sarà coricato a terra a pancia in giù, in posizione per strisciare. Al fischio dell'insegnante il compagno in piedi prende le gambe del bambino a terra tenendolo per le caviglie così da reggerlo con le gambe sospese, mentre il bambino a terra si tirerà su con le braccia e inizierà a muoversi in avanti con le mani, indirizzando lo spostamento nel percorso.

La sfida termina quando si arriva al lato opposto e si invertono le parti tra i due compagni per il ritorno all'arrivo. Vince la coppia che per prima finisce il percorso.

Variante: la proposta, con l'incrementare dell'esperienza e dell'età, può essere presentata attraverso percorsi più lunghi, con la presenza di ostacoli da deviare e con la turnazione tra i due compagni, così che, una volta arrivati alla posizione di cambio si invertano i ruoli della carriola, organizzandosi nel più breve tempo possibile per ripartire.

Attrezzatura necessaria: coni o cinesini per segnalare i diversi percorsi, oppure gli spazi di cambio ruolo, fischietto, eventuali ostacoli da inserire nel percorso.

- *La sfida dello schiacciasassi* il setting gioco dev'essere libero ed ampio, giacché il gioco consiste nel suddividere i bambini a gruppi di 3 che insieme dovranno eseguire l'attività richiesta. Il gioco consiste nell'organizzazione di diversi ruoli tra i componenti del gruppo: due di loro staranno in piedi mentre il terzo, disposto davanti ai compagni in piedi, sarà coricato con la schiena a terra e la pancia in su, al fischio dell'insegnante i compagni in piedi si devono organizzare per spingere e far rotolare il compagno a terra.

Mentre rotola il bambino deve afferrare gli oggetti che trova nel percorso, quanti più riesce, per poi, all'arrivo disporli nel contenitore disposto a termine del percorso. Dopodiché uno dei due bambini in piedi darà il cambio al bambino a terra e riparte il gioco, sempre raccogliendo da terra mentre rotola quanto troverà, ed infine toccherà al terzo ed ultimo compagno coricarsi a terra e ripartire per l'ultima volta per il percorso.

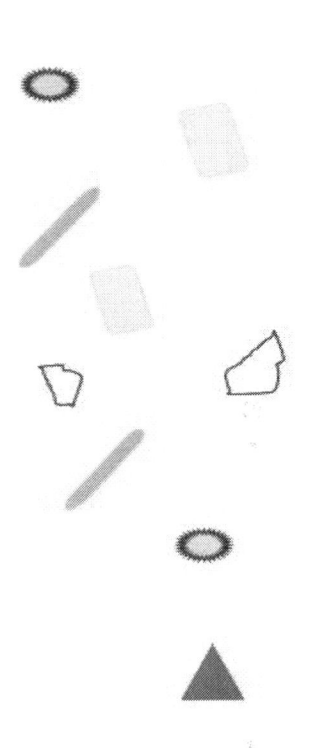

Vincerà la squadra che porterà più oggetti al completamento del percorso da parte di tutti i componenti della squadra.

All'interno del percorso potranno essere inseriti in ordine sparso tanti oggetti, in quantità sufficiente nella considerazione dei tre diversi componenti delle squadre, in considerazione dell'esecuzione in sicurezza per il bambino che rotola e della capacità di prensione, con oggetti di facile tenuta: pezzi di stoffa, di gommapiuma, stecchette del gelato, pom pom, palline di cotone ecc.

Attrezzatura necessaria: coni o cinesini per segnalare i diversi percorsi; fischietto; scatole nelle due diverse posizioni per buttarvi gli oggetti recuperati nel percorso; tanti oggetti leggeri e in sicurezza da recuperare.

- *Rotoliamo insieme*: il setting gioco dev'essere ampio e libero per l'esecuzione dell'attività in sicurezza; dividere i bambini in coppie che dovranno giocare insieme; predisporre un input visivo per l'arrivo. Chiedere ai bambini di disporsi in coppia coricati a pancia in su, con le braccia tese sopra la testa, uno speculare all'altro, facendo in modo che le mani siano vicine tanto da potersi tenere per mano.

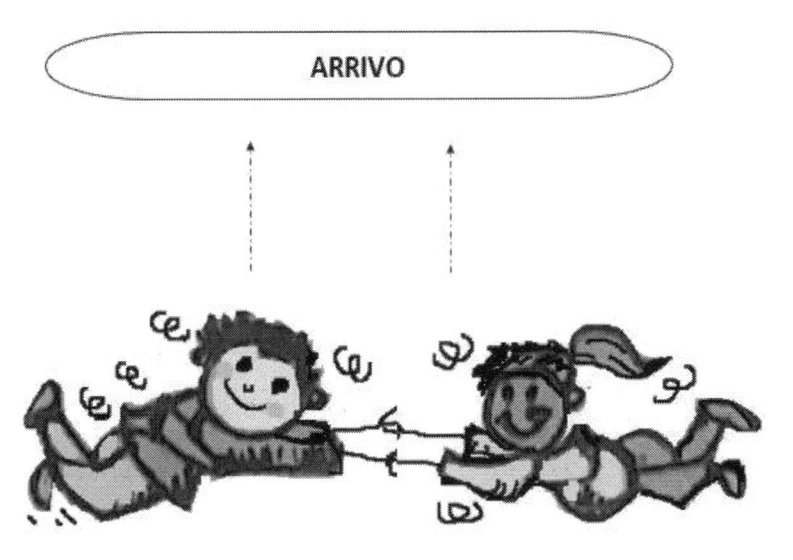

Il gioco consiste nel muoversi rotolando insieme nello spazio sino al punto di arrivo, segnalato, senza staccarsi con le mani. Nel momento in cui si rendono conto di andare storti rispetto alla posizione spaziale rettilinea, devono riadattarsi con il corpo per rimettersi in linea per l'arrivo, senza lasciare le mani.

Obiettivi: rispetto agli obiettivi motori la coordinazione del proprio corpo, anche, in riferimento ad un altro; la percezione visiva, come lettura dell'ambiente e dell'altro, e propriocettiva, rispetto ai punti di riferimento; il controllo tonico rispetto alla forza di tenuta delle mani del compagno, per evitare di perdere la presa oppure di far male; l'orientamento. Rispetto agli obiettivi trasversali le funzioni esecutive: l'attenzione, il problem solving, l'organizzazione e pianificazione dell'azione; la memorizzazione delle azioni. Rispetto agli obiettivi sociali: la socializzazione e coesione di gruppo; il rispetto; la capacità di lavorare e agire con un altro compagno.

Varianti: l'organizzazione del corpo nelle diverse posizioni nello spazio con una gestione e pianificazione del movimento insieme:

- strisciamo insieme (uniti gli uni agli altri come un gran serpente, coordinando i movimenti per potere procedere uniti uno agli altri);
- spostiamoci di posizione coordinandoci in coppia senza essere uniti, ma sempre posizionati speculari così che nel passaggio tra le diverse posizioni, pancia in giù e pancia in su, alzando le mani sopra la testa possano battersi il 5; e via dicendo.

- *Dorsali con saluto*: il setting gioco dev'essere ampio e libero per le attività a corpo libero sui dorsali. Chiedere ai bambini di coricarsi in coppia a pancia in giù, lasciando lo spazio al centro per il movimento delle braccia, sollevarsi con la testa e le spalle e battere il cinque con le mani al compagno di fronte.

Varianti: cambiare il movimento da eseguire con gli arti superiori:
- chiedere ai bambini di rimanere in posizione, alti con il busto e la testa, di battersi le mani e contare quanti battiti riescono a fare;
- chiedere ai bambini di battere i pugni;
- chiedere ai bambini di battere le mani alternate oppure incrociate;

- chiedere ai bambini di battere il gomito con l'avambraccio e via dicendo;
- chiedere ai bambini di battere le diverse parti delle mani e del braccio secondo un ritmo dato;
- chiedere ai bambini di inventare un saluto elaborato da loro, una serie di azioni in sequenza organizzate con le diverse posizioni delle mani.

LANCIARE

Il gesto del lanciare è un'abilità che si sperimenta sin da piccoli in maniera inconsapevole e senza alcun fine per, poi, diventare sempre più finalizzata imprimendo al lancio un'intenzionalità, una direzionalità e una forza specifica. Queste caratteristiche devono essere costruite nel corso della scuola primaria e rappresentano un'opportunità formativa per la vita e per l'attività motoria e sportiva.

L'abilità del lanciare implica capacità coordinative, perché nel lancio si deve orientare il corpo in direzione di lancio, organizzarlo in maniera tale da mantenere l'equilibrio nello spostamento per il lancio e il rientro in posizione, dare la giusta spinta e forza al movimento dell'arto interessato all'azione perché vada nella direzione prevista e verso l'obiettivo, avere un'integrazione visiva e senso-percettiva, tale da favorire anche il movimento corretto occhio-mano.

Ognuna di questi obiettivi che compongono il grande schema motorio del lanciare devono essere costruiti e li si deve esercitare alla scuola primaria, permettendo ai bambini di sperimentare e scoprire, per tentativi ed errori, la risposta più efficace e funzionale all'obiettivo. L'età di riferimento è, infatti, quella più efficace per un lavoro consapevole e duraturo, per la capacità di rappresentarsi mentalmente i diversi schemi posturali e motori che portano al gesto specifico e per descriverne ed analizzarne la successione così da renderlo sempre più efficace e funzionale. Si costruirà, così, la memoria visiva e verbale del comportamento, prerequisito per la ritenzione in memoria del gesto motorio e per il successivo recupero, sulla base dell'esperienza pregressa.

Le proposte vedono la costruzione della capacità coordinativa attraverso esercitazioni per gradi ed in sicurezza, sia in riferimento agli spazi interni che esterni, sulla capacità di afferrare che di lanciare e passare.

Afferrare significa recuperare l'oggetto in arrivo su di sé ovvero intercettandolo rispetto alla traiettoria con le diverse parti del corpo, riconoscendone la direzionalità, pianificando ed organizzando il corpo in funzione dello spostamento efficace per l'azione del prendere, attivando il controllo tonico giusto in base all'oggetto da recuperare.

Lanciare significa dare all'oggetto una direzionalità e forza tale da esprimere un'azione intenzionale rispetto ad uno scopo. Il lancio può avvenire con le mani, con la testa, con i piedi, con il ginocchio, in base alla posizione dell'oggetto e al gioco. Lanciare implica controllo motorio ed organizzazione del corpo in funzione della giusta posizione per potere colpire la palla, capacità visuo percettive, visuo spaziali, coordinazione occhio- mano o occhio-piede con integrazione visiva bilaterale, equilibrio ed orientamento.

Passare significa dare la giusta direzionalità e forza all'oggetto in maniera tale che rappresenti un passaggio efficace tra due persone, come ad esempio il palleggio o il passaggio tra due compagni vicini, lo spostamento dell'oggetto rispetto ad una direzione.
Alla scuola primaria bisogna programmare con attenzione questo schema così da recuperarne il gesto specifico e favorirne le varianti rispetto a:

1. oggetti di diverse dimensioni, formati, peso per incrementare il bagaglio conoscitivo e le differenze rispetto alla prensione ed il controllo del corpo nel lancio;
2. obiettivi del lancio: la precisione, la lunghezza, la direzionalità;
3. modalità di lancio: rispetto alle diverse parti del corpo interessate nello specifico dell'azione del lancio.

Le esercitazioni devono essere organizzate per gradi, con la sperimentazione di diverse esercitazioni stimolo, secondo il principio della multilateralità, ossia con la combinazione delle proposte rispetto alle diverse capacità motorie, polivalente, ossia sostenere le diverse dimensioni di sviluppo, e rispetto alla lateralizzazione, promuovendo la maturazione delle diverse parti e dei due emisferi cerebrali.

- *Esercitazioni sul lanciare per la direzionalità, la forza ed il recupero* consistono nelle esperienze con i diversi attrezzi o oggetti che promuovano nei bambini la consapevolezza e lo sviluppo propriocettivo rispetto alla trasformazione del lancio in base alla dimensione, al peso e al materiale di un oggetto.

L'esperienza deve partire dal proprio corpo, con attività individuali ed esercitazioni sempre differenti rispetto al proprio corpo, in primis, poi come interazione con altri attrezzi o spazi ed infine nello scambio con gli altri compagni.

Le diverse esperienze devono partire dalla consapevolezza del lanciare la palla, prima in posizione statica e poi aggiungendo il movimento, nelle diverse direzioni. In posizione statica disporre i bambini nello spazio palestra in maniera tale da essere distanti gli uni dagli altri e chiedere loro:

- di prendere la palla e lanciarla in alto con due mani per poi riacchiapparla;
- di lanciarla verso il basso sempre con due mani e riacchiapparla.

In posizione dinamica: chiedere ai bambini di agire e muoversi liberamente nello spazio camminando o correndo e, contemporaneamente, eseguendo l'esercizio di lancio verso l'alto oppure verso il basso.

Osservazione dell'insegnante: deve considerare la reattività del bambino; la capacità di organizzarsi con il corpo per afferrare la palla oppure per coordinarsi con la palla in movimento con capacità di controllo motorio e problem solving; l'attenzione visiva rispetto all'ambiente e alla traiettoria del lancio; il controllo tonico messo rispetto alla forza del lancio e alla capacità di prensione adeguata perché riesca a recuperarla e tenerla salda nelle mani, senza che gli cada; la capacità d'equilibrio rispetto alle diverse posizioni in vista del recupero della palla:

A L U N N I	OBIETTIVI MOTORI				OBIETTIVI TRASVERSALI		
	Lancia la palla e riesce a recuperarla	Organizza il corpo per adattarsi alla traiettoria della palla	Ha capacità di tenuta della palla	Riconosce la direzione della palla	Attenzione sostenuta	Partecipazione	autonomia
	Sì ☐ No ☐ In parte ☐	Sì ☐ No ☐ In parte ☐	Sì ☐ No ☐ In parte ☐	Sì ☐ No ☐ In parte ☐	Sì ☐ No ☐ In parte ☐	Sì ☐ No ☐ In parte ☐	Sì ☐ No ☐ In parte ☐

A L U N N I	OBIETTIVI MOTORI				OBIETTIVI TRASVERSALI		
	È reattivo nello spostamento per afferrare	Lancia con controllo tonico rispetto alla forza	Combina la camminata / corsa all'azione del lancio	Mantiene l'equilibrio nell'azione del lanciare e afferrare	Organizzazione e pianificazione	Accettazione dell'errore	Attenzione all'altro nello spazio

				dei movimenti		
Si ☐ No ☐ In parte ☐	Si ☐ No ☐ In parte ☐	Si ☐ No ☐ In parte ☐	Si ☐ No ☐ In parte ☐	Si ☐ No ☐ In parte ☐	Si ☐ No ☐ In parte ☐	Si ☐ No ☐ In parte ☐

La consapevolezza del **lanciare** dev'essere sperimentata, poi, con **diversi oggetti**, così da maturare la differenza determinata dalle caratteristiche dell'oggetto che li porti ad imprimere una forza differente nel lancio al fine della sua efficacia rispetto all'obiettivo. Più si proporranno esperienze stimolo differenti, più si incrementerà il bagaglio conoscitivo e motorio del bambino. Le esperienze possono essere proposte sia all'interno, in palestra, con maggiori vincoli in termini di spazio e sicurezza, che all'aperto, promuovendo maggiori consapevolezze, rispetto all'organizzazione del corpo e alla direzionalità e forza del lancio. Chiedere, perciò, ai bambini di sperimentare il lancio di diversi attrezzi o oggetti che si prestino al lancio in sicurezza ed in base all'età, come **palline, cinesini, cerchietti, cordicelle, vortex** tutti di diverse dimensioni e peso. In un primo momento lasciare i bambini liberi di sperimentare il lancio di questi oggetti ed osservare la loro capacità di organizzarsi con il corpo per eseguire l'azione.

L'organizzazione del setting deve considerare la sicurezza per il benessere dei bambini, spazi ampi e liberi. La predisposizione dei bambini dipenderà dallo spazio di cui si è a disposizione:

- mettere i bambini in riga distanziati tra loro e suddividere gli altri compagni in fila dietro ciascuno di loro, chiedere ai bambini in riga di lanciare di fronte a loro, nello spazio libero e, solo al fischio oppure al via dell'insegnante, andare a recuperare l'attrezzo lanciato per portarlo al compagno successivo della fila, per poi andare a disporsi dietro la fila;

- mettere i bambini in cerchio oppure in forma quadrata e distanziati l'uno dall'altro; chiedere loro di disporsi con il corpo rivolto verso l'esterno del cerchio o del quadrato, perciò verso lo spazio esterno libero e chiedere a ciascuno di lanciare di fronte a sé, attendere poi il via dell'insegnante per andare a recuperare l'attrezzo lanciato e disporsi nuovamente nella propria posizione.

Le esperienze di lancio con i bambini, **sino alla terza primaria**, si devono organizzare in spazi ampi ed in posizione statica con gli attrezzi più pesanti, per i quali è sufficiente far loro sperimentare il controllo tonico e del corpo, la coordinazione e la reattività.

Con attrezzi, come cordicelle ed il vortex si può permettere loro di sperimentare il gesto del lancio associato al movimento per un breve tratto, utile per dare una maggiore spinta all'attrezzo in fase di lancio.

In questo caso è necessario predisporre un segnale visivo che li guidi a riconoscere lo spazio entro il quale lanciare.

Con la maturazione delle capacità dei bambini e dell'età anagrafica si possono proporre diverse esperienze di lancio, anche, con attrezzi più complicati e pesanti. Le attività saranno proposte secondo una programmazione degli obiettivi che, partendo dall'esperienza in posizione statica, porti poi i bambini con la maturazione del gesto e la tenuta in sicurezza dell'attrezzo ad eseguirlo, anche, associandovi il movimento, come un leggero tratto di rincorsa prima del lancio.

Le proposte, perciò, potranno essere man mano promosse co l'utilizzo dei seguenti attrezzi psicomotori propedeutici ad attività sportive specialistiche:

- pallone più pesante (pallone da calcio o da pallacanestro);
- palla medica (massimo 1- 2 chili in quinta primaria): attività PROPEDEUTICHE AL LANCIO DEL MARTELLO;
- cerchi di diverso formato, tenendoli bene dentro la mano e poi lanciandoli: PROPEDEUTICO AL DISCO;

- bastoni di plastica e di legno, da lanciare in lunghezza in avanti, in posizione statica e successivamente creando una parabola verso l'alto in lunghezza, dopo una breve rincorsa: attività PROPEDEUTICHE AL LANCIO DEL GIAVELLOTTO.

Queste ultime attività possono essere proposte solo negli ultimi due anni della scuola primaria, poiché rappresentano un percorso di consapevolezza e controllo motorio e tonico maggiore, oltre che a rappresentare un lavoro sulla forza.

Le **fasi dell'attività**: la prima fase implica la scoperta dell'esperienza stimolo da parte del bambino e la sperimentazione pratico operativa, successivamente si può attivare un circle time per la condivisione delle sensazioni vissute e per la descrizione delle situazioni e delle emozioni vissute, oltre che per una riflessione metacognitiva rispetto alle proprie capacità o difficoltà, anche, attraverso domande guida come ad esempio: cosa hai fatto? Quali strumenti hai usato? Quale gioco è stato eseguito per primo? E per ultimo? Com'erano gli oggetti? È stato facile lanciarli? Sei riuscito? Quale ti è piaciuto di più e perché? E così via.

Obiettivi rispetto alle abilità motorie, acquisizione della consapevolezza dello schema specifico del lanciare; coordinazione del corpo per permettere l'azione del lancio; reattività; controllo tonico e motorio, ossia con capacità di presa corretta, di organizzazione della tenuta rispetto all'obiettivo; orientamento e direzionalità; organizzazione visuo spaziale e visuo motoria; sviluppo della percezione e della integrazione bilaterale. Obiettivi trasversali: attenzione; memorizzazione dei gesti e delle azioni necessarie rispetto al compito; problem solving, capacità di organizzazione e pianificazione; flessibilità cognitiva.

- La consapevolezza del gesto del lancio dev'essere sperimentata sia in maniera libera che vincolata dalla richiesta dell'insegnante, lavorando sulla direzionalità del lancio e sulla posizione del corpo ovvero sulla promozione delle diverse parti del corpo interessate al gesto specifico del lancio.

    Chiedere ai bambini di lanciare in posizione statica: **palla/ cerchietti /cinesini/cordicelle/ vortex**:

    - in avanti, in alto, verso il basso, all'indietro;
    - lanciarli da sotto le gambe,

da sopra la testa, dal petto, con una mano e poi con l'altra, con entrambe le mani;
- o muovendo le parti del corpo dal basso verso l'alto e dall'alto verso il basso, da destra a sinistra e viceversa (in torsione), da sotto le gambe, piegando le gambe e dando la spinta risalendo, saltando e riscendendo con la forza della discesa verso il basso.

Chiedere ai bambini di lanciare associando un breve tratto di percorso in movimento lanciando: **palla/ vortex/ bastoncini o bastone di plastica/ cerchi**:

- o in avanti, in alto verso avanti;
- o con una mano e con l'altra, con due mani.

- *Esercitazioni sul lanciare per la direzionalità e la forza ed il recupero contro la parete* predisporre il setting gioco con una palla per ciascun bambino, il cui peso e formato dipenderà dall'età anagrafica e dalle abilità già strutturate dai bambini. Chiedere ai bambini di disporsi davanti al muro ed eseguire esercitazioni individuali ed in gruppo contro la parete, come:
  - lanciare con due mani da dietro la testa verso il muro, imprimendo una forza sufficiente perché la palla torni indietro alla propria posizione (lasciare i bambini liberi di sperimentare le diverse possibilità per imprimere maggior forza e la coordinazione del corpo in risposta all'azione);
  - lanciare con due mani dal petto verso il muro;
  - lanciare con due mani dal basso verso il muro;
  - lanciare con due mani raso terra;
  - lanciare facendo rimbalzare una volta la palla a terra e, poi, in lunghezza contro il muro;
  - lanciare la palla con una mano e poi con l'altra;
  - lanciare la palla in posizione con la schiena verso il muro all'indietro;

- lanciare la mano con i piedi... e via dicendo.

Obiettivi: il muro rappresenta, infatti, l'occasione per sperimentare il rimbalzo in base alla forza impressa nel gesto del lanciare, perciò, andando a lavorare sul controllo tonico rispetto alla forza da imprimere nel lancio per ricevere la palla di nuove nelle mani; per sperimentare la direzionalità, affinando la coordinazione e la posizione delle mani e dei piedi per mandare la palla verso il muro; per l'affinamento dell'attenzione sostenuta al compito; per l'attenzione e memoria visiva dell'esperienza, intesa come riconoscimento dello spazio e della traiettoria più efficace, in considerazione dei punti di riferimento.

Varianti:

- **Io contro il muro**: l'insegnante organizza, a priori, delle celle disegnate alla parete, con lo scotch carta, con il nastro bianco/rosso oppure mettendo dei cerchi vicino al muro, bloccati ad un supporto, e chiede ai bambini di cercare di centrare con la palla le celle.

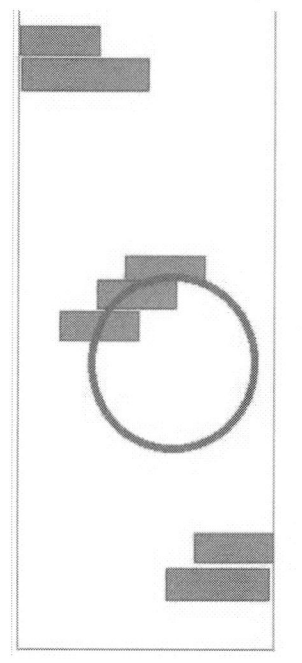

Il gioco dev'essere programmato per micro-task prevedendo l'incremento, graduale, delle difficoltà:
- disegnare una cella di grandi dimensioni nella parete di fronte al bambino e chiedere al bambino, ad una certa distanza dentro un cerchio, di lanciare e centrare la cella, recuperare la palla e rimettersi in posizione per un nuovo lancio.

    In base alla dimensione dello spazio a disposizione fare in modo che ciascun bambino possa lavorare individualmente ad una distanza tale dagli altri per potere eseguire l'attività in sicurezza, diversamente organizzare il gioco posizionati in più partenze con i compagni in fila, in questo caso chiedere ai bambini di lanciare la palla centrando la cella, recuperarla, darla al primo compagno primo ed andare a mettersi dietro la propria fila, così che si proceda con gli altri.

Obiettivi: il gioco permette di lavorare sulla direzionalità e sulla precisione del gesto motorio; sulla coordinazione globale e fine;

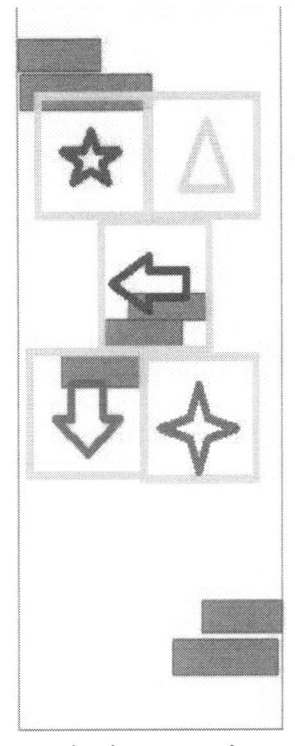

sulla reattività rispetto ad uno stimolo e sull'attenzione selettiva; sulla percezione sensoriale; sulla integrazione bilaterale; sul controllo tonico, rispetto alla forza impressa per il lancio; sull'organizzazione visuo spaziale e motoria ed orientamento.

La **variante** potrebbe essere quella di incrementare la distanza della posizione di tiro, così da aumentare la difficoltà rispetto alla coordinazione, all'attenzione, alla precisione di tiro e alla forza impressa per raggiungere il muro; modificare il formato delle celle (più piccole per aumentare la difficoltà); proporre l'utilizzo delle diverse parti del corpo per effettuare il lancio: solo una mano, sia destra che sinistra, due mani da sopra la testa, dal petto, dal basso, con i piedi e via dicendo.

<u>**Attrezzatura necessaria**</u>: palloni per ciascun bambino o partenza, scotch carta per le celle oppure cerchi, in quantità sufficiente sia a delimitare la partenza per il lancio che per formare le celle.

- **Il gioco del quadro**: disegnare <u>più celle al muro</u> in diverse posizioni e chiedere ai bambini di riuscire, partendo da una certa distanza segnalata da un cerchio, a lanciare la palla e colpire tutte le diverse celle raffigurate, recuperando la palla o facendo in modo che con il rimbalzo al muro ritorni a sé e lanciando nuovamente. Il gioco può essere reso più accattivante e trasversale creando la sfida dei punti. L'insegnante, in questo caso inserirà all'interno delle celle dei valori simbolici (collegati ad una quantità numerica associata) o numerici in base all'età di riferimento e chiederà ai bambini di sommare i punti che riescono a fare centrando le celle entro un tempo stabilito dall'insegnante.

Obiettivi: coordinazione, attenzione, precisione, controllo tonico, rispetto alla forza impressa per il lancio, reattività, lettura visiva e senso percettiva, organizzazione visuo spaziale, direzionalità ed orientamento; **obiettivi trasversali**: funzioni esecutive, attenzione e memoria, riconoscimento percettivo dei simboli, calcoli a mente, problem solving.

Varianti: l'incremento della difficoltà, aumentando per gradi la distanza della posizione di tiro; l'utilizzo delle diverse parti del corpo per effettuare il lancio: solo una mano, sia destra che sinistra, due mani da sopra la testa, dal petto, dal basso, con i piedi e via dicendo; il formato delle celle (più piccole per aumentare la difficoltà); il tempo a disposizione per effettuare i lanci.

Attrezzatura necessaria: palloni per ciascun bambino o partenza, scotch carta per le celle, oppure cerchi, in quantità sufficiente sia a delimitare la partenza per il lancio che per formare le celle, cartoncini plastificati per i simboli oppure i numeri da inserire nelle celle, fischietto.

- **La sfida di gruppo**: suddividere la classe in maniera tale da formare diverse partenze, con almeno 3/4/5 componenti ciascuna, in base al numero dei bambini della classe e anche alla dimensione dello spazio a disposizione. Organizzare il setting disegnando diverse celle di fronte alle diverse partenze ed inserirvi all'interno cartoncini con i numeri. Il gioco consiste nel chiedere ai bambini di lanciare verso una cella e se centrata ricordarsi il numero rappresentato nella cella, a seguire recuperare la palla, darla al compagno primo in fila ed andare dietro l'ultimo compagno della fila. Terminati i lanci da parte di tutti i bambini del gruppo: in autonomia i bambini si mettono in cerchio dicono i numeri ad uno ad uno e contano insieme per raggiungere la somma totale dei tiri, che sarà, poi, comunicata all'insegnante. Vincerà la squadra che ottiene il punteggio maggiore e a parità, quella che vi ha messo meno tempo.

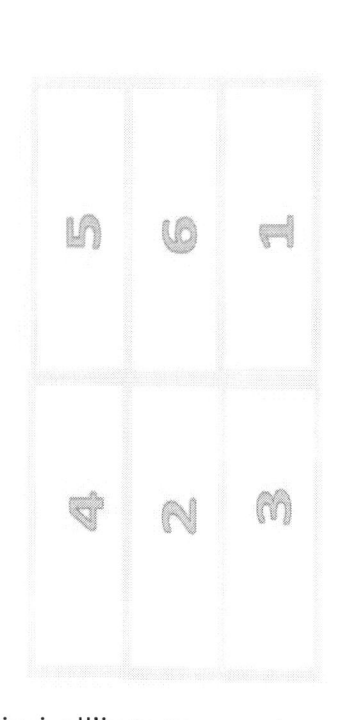

Varianti: incrementare la distanza della posizione di tiro; l'utilizzo delle diverse parti del corpo per effettuare il lancio: solo una mano, sia destra che sinistra, due mani da sopra la testa, dal petto, dal basso, con i piedi e via dicendo; il formato delle celle (più piccole per aumentare la difficoltà).

Varianti legate alle richieste relativa **alle diverse discipline**: per esempio, l'insegnante inserisce nelle celle dei simboli differenti (uno per ciascun bambino del gruppo) che i bambini devono riconoscere percettivamente e disegnare, dopo averlo centrato nel lancio, in un foglio dato a disposizione oppure segnare con una croce nel foglio in cui sono già rappresentati. Ogni bambino dovrà, in questo caso, centrare un diverso simbolo rispetto a quello/i già centrato/i dal/dai compagno/i precedenti e in gruppo completare la tavola dei simboli delle celle. In questo caso vincerà la squadra che avrà centrato tutti i simboli oppure a parità avrà terminato prima degli altri.

Si potrà inserire, perciò, all'interno delle celle:
- delle lettere (iniziali e finali di parole) e dei cartoncini con immagini collegate alla lettera;

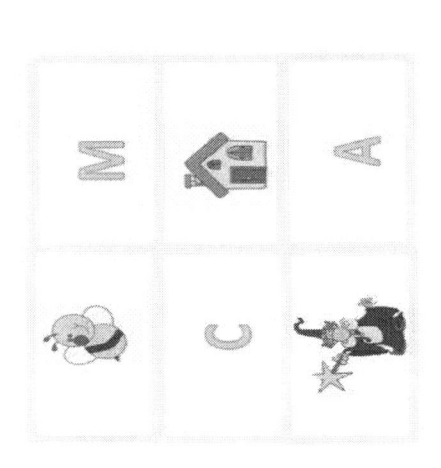

- delle sillabe oppure parole, in base all'età anagrafica dei bambini, chiedendo ai bambini di centrare la cella necessaria per collegare la lettera all'immagine, iniziare a comporre e costruire una parola oppure una frase e via dicendo. Ogni bambino dovrà, in questo caso, centrare un diverso simbolo rispetto a quello/i già centrato/i dal/dai compagno/i precedenti in maniera tale da creare l'associazione oppure costruire la parola o frase, ed in gruppo completare tutte le possibilità date dalle celle. Vincerà la squadra che riesce a associare tutte le celle, oppure a costruire più parole, sillabe o frasi;
- associare le diverse parole alle parti del discorso oppure operazioni a risultati, per il calcolo a mente; frazioni alla rappresentazione; forme geometriche al nome oppure alle regole e così via;

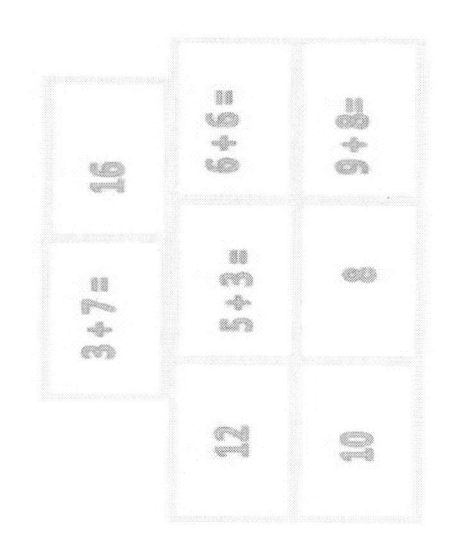

- associare nome ad immagine rispetto al lessico della geografia o della storia, ai segni o lessico della matematica e via dicendo.

Obiettivi: coordinazione, attenzione, precisione, controllo tonico, rispetto alla forza impressa per il lancio, reattività, lettura visiva e senso percettiva, organizzazione visuo spaziale, direzionalità ed orientamento; **obiettivi trasversali**: funzioni esecutive, attenzione e memoria, riconoscimento percettivo dei simboli e relativa rappresentazione grafica, calcoli a mente, associazione, fusione, organizzazione della frase, problem solving, collaborazione di gruppo, abilità sociali e coesione.

Attrezzatura necessaria: palloni per ciascun bambino o partenza, scotch carta per le celle, oppure cerchi, in quantità sufficiente sia a delimitare la partenza per il lancio che per formare le celle; cartoncini plastificati per gli elementi da inserire nelle celle; fischietto.

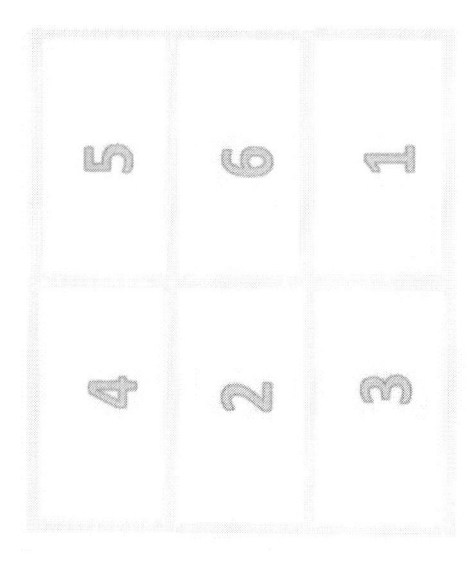

- *Esercitazioni sul lanciare in lunghezza e controllo della forza* l'insegnante organizza lo spazio gioco con degli spazi disegnati a terra in un reticolato rettangolare, ad una distanza variabile a seconda dell'età dei bambini e della loro esperienza, a ciascuna cella vi associa un numero in ordine crescente in base alla distanza. Metterà i bambini in fila oppure, se lo spazio lo permette, predisporrà diverse partenze, per evitare troppa attesa per i bambini, ma considerando il fattore sicurezza.

Al primo della fila darà un cerchio (di piccola dimensione, per bambini delle prime classi, tale che possa prenderlo in mano facilmente) e chiederà al bambino di lanciarlo raso terra così da raggiungere le celle disegnate nello spazio davanti alla propria fila. Una volta lanciato, andrà a recuperare il cerchio di corsa e lo riporterà al compagno primo in fila, andando poi a disporsi dietro l'ultimo compagno.

Obiettivi: coordinazione di tutto il corpo rispetto alla presa e alla modalità di lancio, piegando leggermente il corpo così da effettuare il lancio raso terra; attenzione agli altri e agli stimoli presenti nell'ambiente; precisione nel lancio per evitare che vada dove non è efficace rispetto all'esercizio; controllo tonico rispetto alla presa efficace, al rilascio della presa nell'atto del lancio e alla forza da imprimere al lancio perché sia efficace; reattività rispetto al movimento di organizzazione, spostamento per il recupero del cerchio e rientro in fila; lettura visiva, organizzazione visuo spaziale ed occhio mano per orientare il lancio e inviare il cerchio nella direzione giusta rispetto al compito.

Varianti: si possono strutturare rispetto al <u>formato e grandezza</u> degli spazi della griglia a terra; rispetto <u>all'oggetto da lanciare</u>, come ad esempio cinesini, palline di carta, di polistirolo e via dicendo; rispetto <u>alla proposta</u> per l'incremento della precisione, come ad esempio:

- lanciare i cerchietti/ palline e centrare uno scatolone disposto ad una certa distanza dall'area lancio; quando i bambini sono piccoli segnalare la zona entro la quale devono lanciare per centrare la scatola;

- lanciare diversi formati di palline di carta all'interno di un cerchio disposto ad una certa distanza nello spazio così da finalizzare il lancio, la precisione di tiro e l'attenzione rispetto all'esercizio. Si può permettere ai bambini di giocare liberamente oppure dare loro il limite entro il quale lanciare la palla, disegnato con lo scotch carta;

- lanciare delle piccole palline, di polistirolo oppure di carta create accartocciando la carta, dagli stessi bambini, all'interno di un cono oppure di cinesini disposti a terra, posizionati con l'apertura verso l'alto, così da rappresentare un incavo nel quale accogliere le palline lanciate; 
- centrare con la palla dei coni disposti a terra ad una certa distanza dall'area lancio colpendoli (bowling), chiedere ai bambini di piegarsi per riuscire a lanciare la palla raso terra e imprimere la forza necessaria per colpire i coni disposti ad una certa distanza dalla zona lancio, segnalata con una linea disegnata a terra oppure da coni disposti per segnalare lo spazio limite.

Attrezzatura necessaria: cerchietti in quantità sufficiente per le diverse partenze, scotch carta per disegnare a terra la griglia, cartoncini plastificati con i numeri; coni per il bowling, palloni, palline di carta, di plastica o di polistirolo, cinesini ed altro materiale si ritiene opportuno per l'esperienza di lancio.

- *Esercitazioni sul lanciare in lunghezza, precisione e controllo della forza* l'insegnante organizza lo spazio gioco disegnando con lo scotch carta oppure il nastro bianco/rosso 4 lunghe strisce a diversa distanza, così da segnalare lo spazio dove potranno rimanere i giocatori e lo spazio centrale solo per il rimbalzo della palla.

Dividere i bambini in coppie e dare a ciascuna coppia

una palla, chiedere loro di saltare e lanciare la palla con due mani, imprimendo con la forza del salto una maggior potenza al lancio a terra della palla, così che rimbalzi nella zona centrale e vada dopo il rimbalzo verso il compagno dalla parte opposta. Il compagno dalla parte opposta dovrà cercare di recuperare la palla dopo il rimbalzo nella zona centrale e, a sua volta, saltare e lanciare la palla in maniera tale che rimbalzi nella zona centrale e ritorni al compagno e via di seguito.

Le due strisce che segnalano lo spazio dove stanno i bambini servono come input visivo dell'area che non dev'essere superata per effettuare il lancio ed anche per il recupero della palla lanciata dal compagno.

Obiettivi: coordinazione di tutto il corpo rispetto al salto e alla modalità di lancio in fase di volo per dare maggiore spinta alla palla; attenzione sostenuta allo stimolo presente nell'ambiente, lo spazio centrale in cui deve rimbalzare la palla; precisione nel lancio perché rimbalzi nella zona centrale in direzione del compagno così che il rimbalzo della palla sia verso il compagno; controllo tonico rispetto alla presa efficace, al rilascio della presa nell'atto del lancio in fase di volo e alla forza che devono imprimere al lancio perché sia efficace; reattività rispetto al movimento di organizzazione della successione delle azioni motorie da compiere e allo spostamento per il recupero della palla non in direzione, per poi rientrare di fronte al compagno e ripartire; lettura visiva, organizzazione visuo spaziale ed occhio mano per orientare il lancio nella giusta direzione perché vada dopo il rimbalzo al compagno.

Varianti: si possono strutturare rispetto al formato e grandezza degli spazi delle linee disegnate a terra, così da lavorare non solo sulla precisione ma anche sulla forza del lancio per potere andare dall'altra parte; rispetto all'oggetto da lanciare, come ad esempio dimensione, forma e peso della palla; rispetto alla proposta per l'incremento della precisione: lancio da fermi; lancio dopo una breve rincorsa, in base allo spazio a disposizione e via dicendo.

Attrezzatura necessaria: palloni in quantità sufficiente per le diverse partenze (1 a coppia), scotch carta o nastro bianco/rosso per disegnare a terra le linee.

- *Gioco della palla mangia tutti* l'insegnante predispone un campo dividendolo con input visivi (coni/ cinesini) in due sezioni, ciascuna per ognuna delle due squadre in cui dividerà la classe.
Chiede ai bambini che avranno la palla in mano di lanciarla in direzione della squadra opposta così da cercare di colpire un compagno. I bambini della squadra opposta, invece, dovranno muoversi nell'area gioco per schivare il lancio e, successivamente, recuperare la palla per lanciarla a loro volta alla squadra opposta. I bambini colpiti usciranno dal gioco e si siederanno da una parte.

Si può modificare il gioco all'occorrenza, così da ampliare le difficoltà della proposta, sulla base delle capacità e bagaglio esperienziale maturato dai bambini:

- chiedere ai bambini di recuperare la palla e lanciarla immediatamente per colpire i compagni della squadra opposta;
- chiedere ai bambini di recuperare la palla, fare due passaggi tra i compagni della stessa squadra, contando ad alta voce, e terminati i passaggi l'ultimo bambino ad avere la palla la lancia velocemente verso la squadra opposta per colpire un compagno. Incrementare, man mano, il numero dei passaggi tra i compagni, sino ad arrivare a tutti i componenti della stessa squadra prima del lancio; compito dell'altra squadra, invece, dovrà essere quello di controllare tutti i singoli passaggi per intercettare l'ultimo e quindi riuscire a non essere colpiti (PROPEDEUTICO ai diversi giochi di SQUADRA).

Obiettivi: coordinazione di tutto il corpo rispetto al movimento nell'area gioco, alla capacità di gestire lo spostamento e le diverse parti per schivare oppure per lanciare in maniera repentina e ben orientata allo scopo; attenzione sostenuta alla presenza dei bambini nell'area gioco, alla palla che si muove nello spazio e all'ambiente; reattività nel recupero palla sia da terra che nella fase di passaggio e precisione nel lancio perché colpisca i compagni; controllo tonico rispetto alla presa efficace in fase di movimento, di passaggio e di lancio, con aggiustamento motorio e controllo della forza rispetto alle diverse azioni; reattività rispetto al movimento di organizzazione della successione delle azioni motorie da compiere e allo spostamento per il recupero della palla non in direzione per poi rientrare di fronte al compagno e ripartire; lettura visiva della situazione gioco,

organizzazione visuo spaziale ed occhio mano per orientare il lancio nella giusta direzione per il passaggio e per colpire.
Varianti: si possono strutturare rispetto al formato e grandezza dello spazio gioco in cui i bambini si possono muovere per giocare e schivare la palla degli avversari; rispetto all'oggetto da lanciare, come ad esempio dimensione, forma e peso della palla; rispetto alla proposta con l'aggiunta dei passaggi tra i compagni della stessa squadra.

Attrezzatura necessaria: 1 pallone, scotch carta o nastro bianco/rosso o cinesini/coni per disegnare o segnalare a terra il campo gioco.

- *Esercitazioni sul lanciare in altezza, precisione e controllo della forza*
l'insegnante deve programmare diverse proposte per facilitare la consapevolezza del bambino riguardo all'organizzazione del corpo rispetto alle diverse tipologia di lancio, per esprimere la forza e orientare correttamente il lancio verso l'alto, al fine di raggiungere l'obiettivo; come ad esempio:

- *Gioco del vado a canestro* il gioco dev'essere adattato all'età anagrafica dei bambini nei primi due anni della scuola primaria, per affinare la destrezza, la precisione, la motivazione, l'attenzione e la coordinazione.
Disporre lungo l'area gioco dei canestri, organizzandone uno per ciascun bambino ovvero, in assenza di spazio a sufficienza, disporre diverse partenze sufficienti per evitare ai bambini di stare troppo fermi ad attendere il turno dei compagni precedenti. I canestri devono essere costruiti con due coni forati nella parte superiore e uniti insieme da un bastone di plastica infilato tra i due. Il canestro, così creato, dev'essere disposto in posizione verticale, così che il cono superiore sia posizionato dalla parte incava nella parte superiore e diventi, perciò, il canestro.
Chiedere ai bambini di disporsi davanti al canestro a distanze variabili, in base alle capacità acquisite e all'esperienza maturata, e dire loro di provare a fare canestro lanciando all'interno del cono delle palline di plastica leggera, di polistirolo e da ping pong che troveranno dentro un cerchio vicino alla posizione di lancio. Ogni tipologia di palla darà l'occasione di promuovere l'esperienza di lancio con diversi materiali, dimensioni e pesi, incrementando il bagaglio conoscitivo dei bambini.

La quantità delle palline dev'essere sufficiente per permettere ai bambini di sperimentare il gioco, qualora la palla non entri dentro il cono chiedere ai bambini di recuperarla e riportarla nel cerchio. Il gioco può essere organizzato per micro- obiettivi:

- lanciare diversi formati di palline all'interno di un cerchio disposto ad una certa altezza (PROPEDEUTICO AL BASKET), avvalendosi di altri attrezzi psicomotori come cono, bastone e ganci per bloccare il cerchio al bastone. Si può permettere ai bambini di giocare liberamente oppure dare loro il limite entro il quale lanciare la palla, disegnato con lo scotch carta;
- Chiedere ai bambini di prendere la rincorsa, prima di lanciare, il tragitto dev'essere segnalato dalla fase di partenza in cui si esegue l'andatura di corsa sino al punto da non superare per il lancio, nel quale fermarsi e, subito, lanciare. Le andature richieste nel tragitto possono essere variate in base alle esperienze sulle quali si vuole lavorare: camminata a passo veloce, saltelli, corsa all'indietro per, poi, girarsi e lanciare, corsa calciata e via dicendo.
- Gioco "lancio dentro": chiedere ai bambini di riuscire a centrare con la pallina un cerchio disposto ad una certa distanza; l'esperienza può essere variata in termini di distanza dal cerchio entro il quale lanciare ed in termini di materiale delle palline (plastica, polistirolo, pelle...), lavorando sulla precisione e sul controllo tonico.
- Gioco di gruppo, creando diverse partenze con i bambini in fila dietro ciascun canestro: il gruppo che prima termina le palline a disposizione facendo canestro vince, oppure a tempo chi ha imbucato più palline nel canestro.

- Disporre i diversi canestri in posizioni differenti dello spazio gioco, disegnare con lo scotch carta un cerchio, oppure diversi cerchi a distanze variabili, intorno al canestro, come limite da non dover superare per il lancio. Chiedere ai bambini di correre nello spazio gioco libero con la pallina in mano e al fischio dirigersi verso il primo canestro vicino alla propria posizione e lanciare la pallina a canestro.

Obiettivi: coordinazione di tutto il corpo rispetto al movimento nell'area gioco e alla modalità di lancio ben orientato allo scopo; attenzione sostenuta; reattività nel recupero della palla e nella capacità di mettersi in posizione rispetto alla richiesta, allo stimolo sonoro per la variazione dell'andatura e alla capacità di passare da uno schema motorio ad un altro celermente; controllo e modulazione tonica rispetto alla presa efficace in base all'attrezzo e del gesto del lanciare, con aggiustamento motorio e controllo della forza; lettura e analisi visiva della situazione gioco, organizzazione visuo spaziale ed occhio mano per orientare il lancio nella giusta direzione per fare canestro; capacità di integrazione bilaterale come capacità di svolgere un compito coordinando le diverse parti del corpo.

Varianti: si possono strutturare rispetto alla distanza dalla quale lanciare e dalla combinazione dei diversi schemi motori; rispetto all'oggetto da lanciare, come ad esempio dimensione, forma e peso della palla.

Attrezzatura necessaria: 2 coni forati nella parte superiore + 1 bastone di plastica per creare il canestro; diverse palline leggere di diverso formato e tipologia; fischietto o altro stimolo, sonoro o visivo, si voglia proporre.

SALTARE

Lo schema motorio del saltare lo si esercita solo a seguito della maturazione, da parte dei bambini, della coordinazione grosso motoria, poiché prevede la capacità di organizzarsi con il corpo rispetto alla fase di spinta, di volo e di atterraggio come conclusione del gesto del salto; l'equilibrio del corpo nella fase di volo e di successivo rientro in posizione senza farsi male in fase d'appoggio; la reattività rispetto alla situazione e all'appoggio dei piedi. Ciascuna di queste azioni, in successione, comporta una organizzazione differente delle diverse parti del corpo e la capacità di pianificarle ed organizzarle in successione.

Rappresentando un compito complesso, l'azione del salto deve essere presentata per gradi, in considerazione delle difficoltà del gesto che prevede: fase di rincorsa se in mobilità, fase di volo, superamento di ostacoli, fase di atterraggio in sicurezza. Perciò, è essenziale programmare l'attività con attenzione all'età del bambino, agli eventuali disagi emotivi affettivi che individuano paure reali, determinate da traumi pregressi, oppure dovute ad inesperienza e poca consapevolezza delle proprie capacità che comportano paure ed ansie incontrollate.

Per questa ragione bisogna lavorare sulla sfera emotiva permettendo al bambino di fronteggiare le situazioni di difficoltà per gradi così che sperimentando la riuscita, capiscano di potere fronteggiare la situazione e, man mano, superare disagi, paure e frustrazioni, procedendo poi ad affrontare positivamente gli step successivi.

La programmazione delle proposte per micro- obiettivi con il passaggio successivo in base al grado di difficoltà deve tenere in considerazione che sino alla seconda primaria i bambini stanno, ancora, maturando le capacità coordinative. All'atto della predisposizione delle attività suddividere le proposte:

1. in base all'esecuzione con il proprio corpo: da fermi e in movimento;
2. in base all'esecuzione con attrezzi da superare, passare o saltare;
3. in base alla tipologia di salto: in altezza e in lunghezza;
4. in base alla combinazione motoria con altri schemi motori.

- *Esercitazioni di salto a corpo libero* l'insegnante chiede ai bambini di saltare liberamente nello spazio gioco rappresentando, ad esempio, le andature degli animali oppure rispondendo alle consegne date. Le proposte potranno essere, poi, progressivamente incrementate nella difficoltà rispetto all'esecuzione dell'azione del salto, sia in situazione statica che dinamica:
    o **Esercitazioni in posizione statica**, organizzare il setting gioco con diversi cerchi disposti nello spazio, tanti quanti i bambini della classe e chiedere ai bambini di entrare ciascuno dentro un cerchio ed eseguire le diverse proposte qui di seguito sintetizzate, come evoluzione della spinta propulsiva che porta, poi, alla fase di salto e sulla fase dii atterraggio in sicurezza:
        o ***gioco "up and down"*** chiedere ai bambini di rispondere ai comandi. "giù", abbassandosi in accosciata e "su" passando dalla posizione di accosciata alla posizione in piedi. I comandi potranno essere sostenuti con un comando verbale ed accompagnati, in caso di bambini con BES dal comando con immagini rappresentative delle azioni da compiere.
        Rendere accattivante la proposta gioco e l'alternarsi delle azioni modulando il ritmo, da lento a veloce, così da osservare la loro reattività rispetto all'input di cambiamento; ovvero proponendo dei cambi nell'alternanza dei comandi, proponendo più di una volta lo stesso ed osservando la capacità dei bambini di rispondere all'input non in maniera automatica, ma come reale risposta ala decodifica dell'azione da compiere.
        Obiettivi: il gioco permette di esercitare la spinta propulsiva verso l'alto che si deve sviluppare nel salto, si osserverà infatti come i bambini nel momento in cui eseguono il gioco sempre più velocemente tenderanno a produrre un saltello con la fase di volo, determinato dalla velocità di risposta. Nel gioco si lavora sulla reattività; sulla coordinazione del corpo; sull'equilibrio; sullo sviluppo percettivo, come discriminazione in vista della risposta agli stimoli ambientali per modificare il proprio agire; sulla

capacità di pianificare, organizzarsi e risolvere problemi; sull'attenzione; sulla memorizzazione; sul ritmo e sequenzialità e sui concetti topologici.
Varianti: in riferimento alla proposta degli stimoli:
- uditivi, utilizzando in maniera combinata la disciplina della musica, trovare una musica ritmata con variazioni di velocità repentine e chiedere, ad esempio, ai bambini di scendere in accosciata quando la musica è lenta mentre di alzarsi quando veloce;
- visivi, seguendo un ritmo dato con dei pallini disegnati in un foglio con una riga nel mezzo e disposti spazialmente sopra e sotto il rigo; chiedere, perciò ai bambini allo scorrere dell'indicazione con il dito sul foglio di scendere in accosciata quando si indica un pallino sotto il rigo, salire quando invece sopra il rigo.

Con l'incremento dell'età dei bambini e dell'esperienza questo lavoro rappresenta un utile spunto per lo sviluppo delle funzioni esecutive proponendo ai bambini, ad esempio, di eseguire il movimento opposto a quello specificato: ossia se il pallino è disposto sopra il rigo oppure la musica è veloce scendere in basso in accosciata, se il pallino è disposto in basso nel rigo oppure la musica lenta salire e mettersi dritti in piedi. L'attività visiva e uditiva potrà, anche, essere proposte combinando i due input.

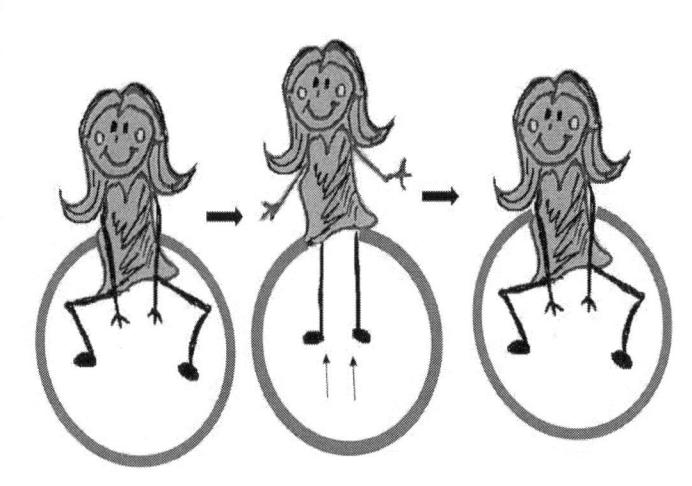

o il ***salto della rana*** sul posto, chiedere ai bambini di muoversi dentro il cerchio come se fossero tante rane sopra le foglie di ninfea dello stagno: piegandosi sulle gambe divaricate e mettendo le mani a terra dentro le gambe poi darsi la spinta verso l'alto in salto e ritornare di nuovo in posizione piegati con le gambe. La proposta potrà, successivamente, combinarsi con una richiesta dinamica, disponendo i cerchi non troppo distanti tra loro, così che in fase esecutiva dei salti, in risposta ad uno stimolo sonoro dell'insegnante si spostino in un altro cerchio vicino libero;

- il ***salto del canguro*** sul posto, chiedere ai bambini di muoversi dentro il cerchio come se fossero dei canguri, partendo da gambe unite, piegandole leggermente per darsi la spinta in alto e ritornare, successivamente con i due piedi a terra e le gambe leggermente piegate.
La proposta, come sopra, potrà essere modificata combinando la dimensione dinamica ed uno stimolo sonoro al quale fare seguire il cambio del cerchio;

- il ***salto dall'alto verso il basso***, per eseguire l'attività l'insegnante deve predisporre il setting avvalendosi di una panca nella quale far salire i bambini oppure di una sedia, ma facendo in modo che l'esecuzione avvenga in sicurezza, ovvero con la presenza dell'insegnante affianco a supporto e guida. Il gioco consiste nel chiedere ai bambini di salire e di scendere con un salto, con la specifica che nell'atto di atterraggio non blocchino il movimento non appena appoggiati i piedi a terra, ma accompagnino la discesa piegando le ginocchia, come se dovessero scendere in posizione rana.

Obiettivo: l'attività mira ad aiutare il bambino ad acquisire consapevolezza del gesto del salto in maniera corretta, senza farsi male, accompagnando la conclusione della spinta del salto verso il basso, ed evitando di bloccare gambe e ginocchia facendosi male. Obiettivi trasversali: i concetti topologici, il problem solving, l'attenzione, il lavoro sulle emozioni.

Varianti: il gioco può essere proposto con i <u>materassi</u>, costruendo il setting unendo due materassi, quello più spesso e quello più sottile (materassino), così che si permetta ai bambini di combinare l'azione del passaggio con un salto dal materasso più alto a quello più basso, ed il percorso con appoggio dei piedi su una superficie instabile, lavorando sulla consapevolezza dell'appoggio;

o il **salto dal basso verso l'alto**, facendo sperimentare la spinta propulsiva degli arti inferiori, da fermi, tale da permettere di saltare sopra qualcosa. L'esperienza, dato il fattore emotivo, dev'essere proposta per gradi, programmando la scelta degli attrezzi su cui salire, stimolando il riconoscimento della forza necessaria per imprimere la spinta del proprio corpo ed organizzare il proprio corpo in funzione dell'azione.

Le esercitazioni guidano il bambino a prendere consapevolezza delle proprie capacità propulsive, come movimento del corpo finalizzato al salto in altezza e, di conseguenza, alla capacità di organizzare il corpo, con la successione di gesti necessari per l'esecuzione: piegare le gambe unite insieme, oppure piegare la gamba di stacco verso l'alto per poi farla seguire dall'altra, muovere le braccia in maniera da accompagnare il gesto del salto, dal basso verso l'alto, spingere con i piedi per la spinta in alto.

Il primo anno della scuola primaria sperimentare il salto da fermi verso l'alto, predisponendo il setting gioco con un materasso che permetta al bambino di eseguire l'azione attraverso il passaggio dal pavimento al materasso, partendo da quelli meno spessi in cui non si tratterà proprio di un salto ma di un passaggio.

La chiave per maturare nella consapevolezza dello schema motorio del salto è quella di lavorare sull'**equilibrio**, proponendo attività per gradi, che accompagnino i bambini da piccoli a svilupparlo.

Per sperimentare l'equilibrio, in posizione statica, chiedere ai bambini di rappresentare il fenicottero, fermi su di una gamba e con l'altra tenuta piegata (con il piede dietro al corpo, davanti al corpo). Nelle prime esercitazioni è necessario permettere ai bambini di sperimentare l'esperienza con entrambi i piedi e sviluppare, così, la consapevolezza propriocettiva rispetto alla differenza d'appoggio e stabilità del piede dominante oppure di quello complementare.

La promozione dell'equilibrio è rilevante per scoprire le proprie capacità, per affinare ed adattare il movimento in funzione di una maggiore o minore precarietà, per compensare una situazione di disequilibrio aggiustandosi, con adattamento motorio, e coordinandosi oppure sperimentando nuove posture per raggiungere l'equilibrio.

Il percorso propedeutico dell'equilibrio segue tutta la fase di esercitazione degli schemi motori di base, poiché, come la coordinazione dev'essere allenato in questa fascia d'età.

- **Esercitazioni in dinamica** le stesse esercitazioni proposte nella dimensione statica possono essere proposte nello spazio gioco chiedendo ai bambini, liberamente, di muoversi secondo diversi schemi motori ai quali combinare esperienze di salto.

  Come, ad esempio, chiedere ai bambini di camminare oppure correre e al fischio dell'insegnante saltare:
  - come rane;
  - come canguri;
  - saltelli con un piede;
  - saltelli con due piedi;
  - saltelli di Pierino;
  - saltelli da sciatore a destra e sinistra

  rispetto ad una linea disegnata a terra con lo scotch carta;
  - saltelli un piede avanti ed uno dietro;
  - galoppo laterale, saltelli passando da una posizione laterale a gambe divaricate, a laterale a gambe chiuse e così procedendo in successione con il corpo rivolto verso destra e poi verso sinistra;
  - corsa calciata dietro, con i piedi al sederino;

- corsa calciata in avanti con le gambe tese... e via dicendo.
- salto dall'alto al basso, proposto con i materassi oppure da una superficie nella quale salire e poi scendere, come una sedia, una panca, un'asse, ancora con dei materassi messi uno sopra l'altro, così da creare una pendenza nella quale salire e poi scendere con un salto. L'attività dovrà essere collegata ad una fase di camminata/ corsa prima dell'esecuzione del salto;
- Salto dal basso verso l'alto, per la spinta propulsiva degli arti inferiori, dopo una fase di camminata a passo veloce oppure corsa. Si possono inserire diversi ostacoli, ma prestando attenzione alla sicurezza e alla dimensione emotivo affettiva dei bambini, evitando la frustrazione del non riuscire oppure la paura nello sperimentare.

Per tale motivo si possono utilizzare attrezzi da saltare per gradi, dal passaggio sino al salto, così da comprendere man mano il gesto specifico e l'azione da eseguire dando forza nella spinta con gli arti inferiori e aiutandosi con le braccia nell'esecuzione della sequenzialità che lo porterà a superare o saltare sopra qualcosa.

<u>**Attrezzi**</u>: scatoloni pieni, cubi di gommapiuma oppure legno, panche e via dicendo.

Tutte queste esercitazioni affinano la coordinazione del corpo in una situazione di precarietà determinata da una, sia pur minima, fase di volo.

Obiettivi: capacità di affinare la combinazione del movimento degli arti superiori a sostegno del movimento di quelli inferiori; consapevolezza dell'appoggio del piede e riconoscimento delle diverse sollecitazioni provenienti dalle diverse basi d'appoggio; equilibrio del corpo nella successione delle diverse fasi del salto; controllo ed adattamento motorio rispetto all'avanzamento e all'appoggio dopo la fase di volo; percezione ed organizzazione visuo motoria; capacità di risposta reattiva ad ogni situazione con capacità di problem solving; coordinazione globale e combinazione dei movimenti (camminata/salto; corsa/salto...).

Obiettivi trasversali capacità di organizzarsi, di pianificare risposte motorie efficaci e adattive; di rispondere in maniera funzionale alle difficoltà; di promuovere un atteggiamento positivo rispetto alle situazioni complicate imparando ad affrontarle; di promozione dell'autostima e del senso di autodeterminazione.

Varianti inclusive (BES) e per lo sviluppo delle abilità sociali si possono programmare al fine di promuovere la collaborazione, la cooperazione e un atteggiamento di supporto, tutoring, nei confronti dei bambini che possono avere difficoltà ad organizzarsi e a gestire la fase di volo a livello emotivo. Ogni proposta può essere organizzata come attività da svolgere in coppia, così da promuovere l'expertise rispetto alle capacità motorie e così facendo favorire l'autonomia e il senso d'autoefficacia, oppure ancora come gioco di gruppo classe, in questo caso sarà necessario programmare con attenzione le diverse variabili che potrebbero mettere in discussione la sicurezza, rispetto al movimento contemporaneo di un gruppo ampio.

Un esempio di griglia di osservazione e successiva valutazione formativa potrebbe essere così elaborato:

A L U N N I	OBIETTIVI MOTORI				OBIETTIVI TRASVERSALI		
	Salta con una fase di volo	Organizza il corpo in risposta al salto	Coordina arti inferiori e superiori	Ha coscienza delle diverse parti del corpo	Attenzione sostenuta	Partecipazione	autonomia
	Si ☐ No ☐ In parte ☐	Si ☐ No ☐ In parte ☐	Si ☐ No ☐ In parte ☐	Si ☐ No ☐ In parte ☐	Si ☐ No ☐ In parte ☐	Si ☐ No ☐ In parte ☐	Si ☐ No ☐ In parte ☐

A L U N N I	OBIETTIVI MOTORI				OBIETTIVI TRASVERSALI		
	È reattivo nella successione delle diverse parti del salto	Atterra appoggiando bene i piedi a terra	Combina la camminata / corsa all'azione del salto	Mantiene l'equilibrio nell'azione del salto e rientro	Organizzazione e pianificazione dei movimenti	Atteggiamento positivo e propositivo	Attenzione all'altro nello spazio
	Si ☐ No ☐ In parte ☐	Si ☐ No ☐ In parte ☐	Si ☐ No ☐ In parte ☐	Si ☐ No ☐ In parte ☐	Si ☐ No ☐ In parte ☐	Si ☐ No ☐ In parte ☐	Si ☐ No ☐ In parte ☐

- ***Esercitazioni di salto a corpo libero in lunghezza*** l'insegnante predispone il setting gioco in maniera tale da proporre l'esperienza stimolo del salto in lunghezza per gradi, in considerazione dell'impatto emotivo rispetto alla fase di volo e alle paure che potrebbero creare disagio e frustrazione.

  Favorendo, quindi, il percorso di abbassamento dell'emotività rispetto alla situazione, così che le esperienze stimolo siano realmente significative e permettano ai bambini di sperimentare in sicurezza, evitando di minare l'autostima ed imparando, di conseguenza, a gestire le situazioni problematiche con maggiore propensione, consapevoli della propria capacità di riuscita.

  L'insegnante deve, perciò, monitorare costantemente le risposte dei bambini, così da prevenire situazioni di disagio e stress e far vivere l'esperienza gioco in maniera sempre positiva, anche quando sfidante.

La programmazione per gradi può essere così organizzata:
- strutturazione del **setting**, nei primi due anni della scuola primaria, in maniera da essere un'esperienza **immersiva**, attraverso la rappresentazione di una storia che faccia da sfondo integratore delle situazioni gioco proposte. A seguito della lettura della storia, organizzare lo spazio gioco inserendo ad esempio:
  - dei materassini, che rappresenteranno nell'immaginario del bambino un fiume pieno di coccodrilli che devono superare con un salto. Laddove ci fossero delle difficoltà evidenti rispetto alla serena esecuzione da parte di alcuni bambini creare delle pietre, con della carta da imballaggio o della gommapiuma, da poggiare dentro il tappettino cosi da fornire una possibile via di passaggio piuttosto che non di salto; 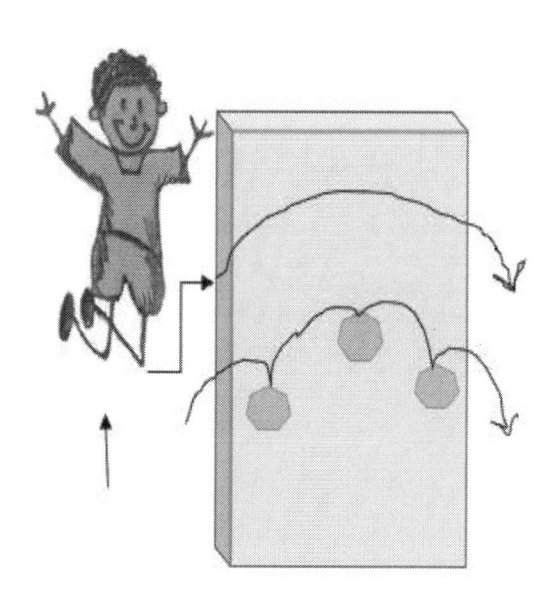
  - dei cerchi di fuoco lungo l'area gioco, che rappresentano le porte magiche da superare con lo stacco del piede, l'organizzazione del corpo e il passaggio dell'ostacolo. Il cerchio di fuoco è organizzato con un cono o due ed un cerchio infilato all'interno dell'incavo superiore, così da permettergli di rimanere sospeso; 
  - il ponte tibetano da passare superando degli ostacoli messi sopra, creare il ponte con una panca sopra la quale poggiare pedane, ostacoli o cerchi da superare (attenzione all'età anagrafica).

pag. 162

Il bambino deve sperimentare, sempre, il successo e non sentirsi a disagio o mortificato rispetto ad una difficoltà che non riesce a superare; perciò, l'insegnante ha il dovere di trovare tutti i possibili adattamenti per far vivere serenamente l'esperienza, così da approcciarsi successivamente con fiducia e positività.

- Attaccare delle **strisce di nastro carta** a terra, a distanza variabile a seconda dell'esperienza che si vuole far sperimentare, e chiedere ai bambini di correre nello spazio gioco e, quando incontrano le strisce, superarle come meglio ritengono. I bambini potranno, perciò, superarle come meglio riescono senza paura di niente, poiché non vi è alcun ostacolo o pericolo.
  Le linee potranno essere più o meno spesse e più o meno distanti le une dalle altre, variando, anche, la distanza tra l'una e l'altra all'interno di uno stesso gruppo.
  Osservazione dell'insegnante: la capacità dei bambini di muoversi nello spazio, organizzarsi a livello visuo spaziale, leggere gli stimoli presenti, con attenzione percettiva visiva, trovando i giusti adattamenti del corpo e la coordinazione necessaria per passare o saltare. Osservare il grado d'equilibrio e la flessibilità cognitiva rispetto alla richiesta, alla fase d'attacco dell'ostacolo da superare passandolo/ saltandolo e di recupero e rientro in posizione dopo la fase di volo.
  Le strisce possono essere disposte secondo un'organizzazione progressiva della larghezza, tale da permettere ai bambini di osservare e analizzare la distanza e trovare il giusto passo per superarle, sino ad arrivare, gradualmente, alla fase di volo in risposta alla distanza (PROPEDEUTICO AL SALTO IN LUNGO).

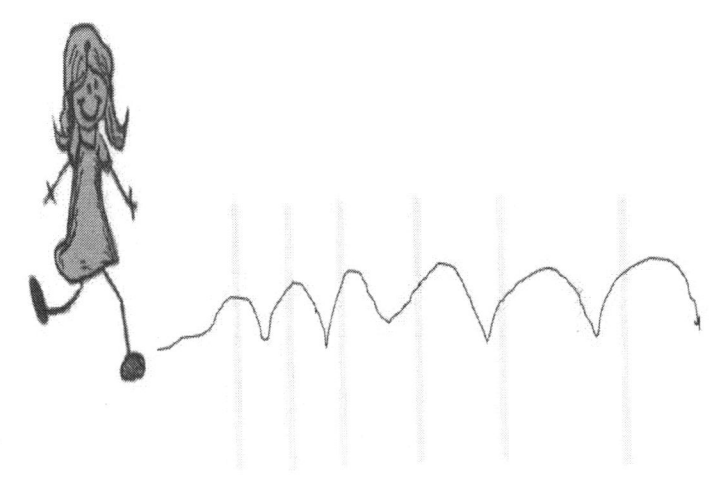

- **Tiro a segno** con **strisce di nastro carta:** predisporre il setting creando a terra dei grandi cerchi in maniera tale da rappresentare un tiro a segno e all'interno delle diverse sezioni inserire dei numeri in ordine crescente. Il gioco sfida, in primis verso sé stessi e poi nel confronto con gli altri, consiste nel chiedere ai bambini di saltare in lunghezza cercando di raggiungere la sezione più distante possibile.

I giochi sfida aiutano i bambini a confrontarsi, a mettersi in discussione con sé stessi osservando gli altri, oppure migliorarsi eseguendo i comportamenti per imitazione.

Comportano, inoltre, un percorso nella dimensione emotivo affettiva, poiché forieri di stati d'animo differenti che devono essere considerati per evitare confronti in accezione negativa, motivo di frustrazione, svalutazione o disagio.

Il gioco dev'essere promosso per gradi:

- il primo step di acquisizione del gesto corretto: rincorsa, spinta propulsiva nel salto, osservazione e adattamento dell'ampiezza del passo in funzione dello spazio, controllo del corpo in fase di volo e atterraggio.

Questo step è indispensabile, poiché, in occasione delle sfide i bambini, presi dalla voglia di vincere ovvero superare il compagno con cui sono in sfida, tendono a non prestare attenzione al compito pur di vincere;

- il secondo step prevede l'organizzazione di sfide di coppia: suddividere i bambini in due gruppi, uno da una parte ed uno dall'altro della rappresentazione, così che nell'azione del salto i due componenti non si disturbino.

Chiedere ai bambini di eseguire una staffetta: saltare guardare il numero dove si è atterrati, ritornare in fila e dare il cinque al compagno successivo per la partenza, mettersi in fila per ultimi e segnare nel foglio il numero della sezione nel quale si è saltato. La suddivisione dei bambini nelle squadre dev'essere programmata intenzionalmente dal docente così da equilibrarle sulla base delle capacità motorie e delle eventuali difficoltà presenti; vincerà la squadra che avrà totalizzato più punti.

Le sfide devono, perciò, essere organizzate solo a seguito della maturazione dell'esperienza da parte di tutti i bambini.

In presenza di **bambini con BES** e disabilità tale da non permettere lo svolgimento sereno delle attività di salto a causa di difficoltà motorie, coordinative, di controllo motorio e d'attenzione fare sperimentare i giochi e le esercitazioni in maniera da eseguire ogni situazione stimolo, senza forzare la fase di volo e semplificando ogni ostacolo o attività riducendo l'obiettivo oppure valorizzando capacità già acquisite. In taluni casi, ove si renda impossibile l'azione dello schema motorio del salto, sostituirlo con l'azione del lanciare, andando a compensare l'eventuale compromissione della funzionalità degli arti inferiori.

- *Esercitazioni di salto in lunghezza con attrezzi* le stesse attività proposte a corpo libero devono essere, successivamente, sperimentate attraverso l'utilizzo di attrezzi, come esempi:
    o Disporre nello spazio gioco dei **cerchi** organizzando diverse distanze:
        o disposti singolarmente, a distanze variabili, per lavorare sull'organizzazione del corpo e sulla variazione del passo, in funzione della distanza tra i cerchi, dell'azione motoria corretta e funzionale e dell'esecuzione del compito;

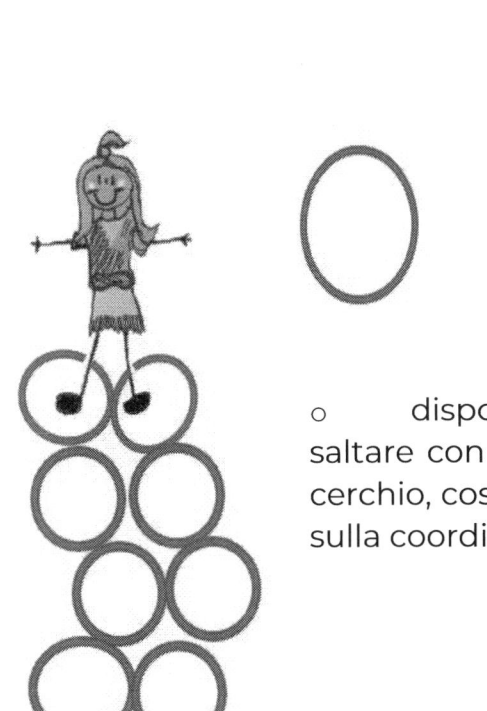

        o disposti a due a due, chiedendo ai bambini di saltare con le gambe divaricate, un piede in ciascun cerchio, così da lavorare sull'organizzazione del corpo, sulla coordinazione, sull'equilibrio.

o Disporre nello spazio gioco uno o più **materassi** in posizione verticale, prestando attenzione allo spessore in base all'età del bambino, così da evitare un'altezza esagerata con i bambini di prima e seconda, ma tale da attutire l'atterraggio. Chiedere ai bambini di correre ed in prossimità del materasso sollevare bene il ginocchio verso l'alto, dandosi con l'altra gamba la spinta per attaccare il materasso, saltare e atterrarvi sopra in posizione da seduti con le gambe in avanti.

Fare sperimentare, per diverse volte, il gioco ai bambini ed osservare la loro capacità di comprendere l'azione da eseguire, adattare il movimento ed aggiustare il corpo, coordinandosi, nelle diverse sequenze dell'azione del salto.

Una volta presa confidenza con l'attività, tanto da avere superato ogni paura, si può chiedere ai bambini di provare a spingere maggiormente in maniera tale da andare sempre più lontano nel salto sopra il materasso. A seguire si potrà proporre, anche, delle sfide tra i bambini.

Quest'attività è un prerequisito alla specialità della disciplina dell'atletica, il salto in lungo: poiché i bambini sperimentano l'attacco per il salto, la direzionalità, la spinta in lunghezza e l'atterraggio in avanti.

Nel caso di **bambini BES** o semplicemente bambini che mostrano difficoltà emotive, tali da mettere in discussione la capacità di pianificare le diverse sequenze ed organizzarsi in funzione delle diverse azioni oppure di riconoscerle ed agire in autonomia, per paura, si deve predisporre:
- diverse immagini visive che specifichino la sequenza dei comportamenti corretti;
- l'aiuto fisico, dando la mano ai bambini per guidarli nell'azione del salto ed accompagnarli sino all'atterraggio. L'aiuto fisico dovrà essere programmato e ridotto man mano, onde evitare dipendenza, così da favorire l'autonoma esecuzione.

- La stessa attività, qualora non si avesse a scuola l'opportunità, si dovrebbe proporre in "***OUTDOOR***", programmando un'uscita guidata presso un campo d'atletica del proprio territorio d'appartenenza così da sperimentare il salto in lungo nella **BUCA di sabbia** presente all'interno dei campi.

L'esperienza nella buca della sabbia permette all'insegnante di programmare attività specifiche per la stabilità del piede, poiché rappresenta una superficie d'appoggio instabile, e nella quale il bambino ha l'opportunità di incrementare il bagaglio esperienziale.

Proporre, perciò, una progressione delle attività per favorire l'esperienza in sicurezza e arrivare, alla fine, al salto corretto:  
- esercitazioni di camminata, corsa, saltelli all'interno della buca;
- salti del canguro, della rana e le altre andature;
- galoppo frontale e laterale;
- corsa dall'esterno della buca, ad una certa distanza decisa e programmata dall'insegnante in base all'età dei bambini evitando un carico motorio esagerato, continuando all'interno sino all'altra parte della buca;
- corsa dall'esterno della buca sino alla sabbia dove variare l'andatura (si possono proporre tutte le andature a scelta dell'insegnante);
- rincorsa in coppia o piccolo gruppo, in maniera tale da saltare in sicurezza, nella parte della larghezza della buca, partendo da una certa distanza per, poi,

appena arrivati al limitare della buca saltarvi all'interno, con un salto liberamente scelto dai bambini;
- rincorsa in coppia oppure con piccoli gruppetti per saltare in sicurezza, nella parte della larghezza della buca, partendo con una rincorsa da una certa distanza per poi, una volta arrivati alla buca saltarvi all'interno, con un salto a ranocchia;
- "**gioco sfida: chi va più lontano**": rincorsa a gruppetti e salto in buca, con caduta in posizione ranocchietto; vincerà chi riesce ad arrivare più lontano nella sabbia.

L'**obiettivo** dell'attività è quello di sperimentare diverse possibilità di salto; l'attenzione rispetto al movimento così da adattare l'andatura al fine di riconoscere la posizione dello stacco più funzionale per l'avvio dell'azione del salto; il riconoscimento delle diverse sequenze comportamentali che portano all'azione finale; la fase di appoggio al suolo e di recupero; la reattività; la consapevolezza rispetto alle diverse parti del corpo per coordinarle e controllarle a seconda della situazione esperienziale; la capacità di orientamento ed organizzazione spazio- temporale (riconoscimento dello spazio, della distanza, della vicinanza rispetto allo stimolo e dei tempi necessari per evitare di andare oltre la linea per il salto).

- *Esercitazioni di salto in altezza con attrezzi* l'insegnante deve programmare diverse attività utili per la comprensione del gesto di spinta verso l'alto: piegare l'arto inferiore e spingere con l'altro, accompagnare il gesto con le braccia, atterrare in maniera da non farsi male. Le diverse esercitazioni devono portare gli studenti a sperimentare, in sicurezza, il salto con le dovute attenzioni all'impatto emotivo rispetto alla paura del superamento.
  - **Passare cerchi:** l'attività abitua i bambini a organizzare il gesto dell'attacco all'ostacolo, piegando il ginocchio per portare la gamba verso l'alto in funzione del passaggio dell'ostacolo.
  Organizzazione del setting: mettere dei cerchi sospesi tra due bastoni ad altezza variabile a seconda dell'età anagrafica dei bambini, cosicché riescano a eseguire l'azione d'attacco

all'ostacolo piegando una gamba in alto per superarlo e facendo seguire di conseguenza l'altra per passarlo senza farlo cadere.

All'inizio alcuni bambini avranno difficoltà ad eseguire l'azione chiesta senza far cadere o toccare il cerchio, presi dalla fretta ed impulsività e dall'inesperienza, per mancata consapevolezza rispetto al gesto e al relativo controllo motorio necessario, sia a livello globale rispetto alla coordinazione di tutto il corpo nell'esecuzione dell'azione, che nella segmentazione delle diverse sequenze in maniera da essere coordinate tra loro.

Per questa ragione, l'esperienza dev'essere ripetuta nel percorso di acquisizione dello schema motorio ed organizzata per gradi, passando dalla predisposizione dei cerchi dalla posizione più bassa, in cui i bambini possano ragionare sulle diverse sequenze in cui si segmenta l'azione del salto e sulla coordinazione di tutto il corpo, senza la variabile paura per la combinazione dell'altezza. In un secondo momento con l'aumentare dell'altezza della posizione dei cerchi si può, anche, programmare l'aiuto di pedane, ceppi o mattoncini che supportino i bambini che ancora possono avere difficoltà rispetto al criterio dell'altezza. L'esercizio può essere proposto individualmente oppure all'interno di percorsi.

o **Saltare con i sacchi**: il salto con i sacchi è efficacissimo per lavorare sulla spinta degli arti inferiori e sulla forza. Essendo un oggetto che i bambini vestono lungo il corpo, avvolgendo gli arti inferiori sino alle anche per essere tenuto con le mani, non crea disagio emotivo.

Chiedere ai bambini di saltare a piedi uniti con il sacco tenuto con le mani così da supportare la fase di volo tenendo il sacco perché rimanga ben ancorato al proprio corpo.

Le esercitazioni devono essere proposte per gradi in base all'età dei bambini:

- primo step: saltare nello spazio gioco libero per prendere consapevolezza del movimento del proprio corpo combinato ad un oggetto esterno, con il quale coordinarsi;
- secondo step: inserire il salto con il sacco all'interno di un percorso nel quale i bambini dovranno indossare il sacco e muoversi secondo la direzione proposta dal percorso, anche, secondo andature date dalla presenza di ostacoli inseriti nel percorso;
- terzo step: staffetta suddivisi in squadre, in cui il testimone sarà proprio il sacco, da indossare, eseguire il percorso andata e ritorno, svestire e consegnare al compagno successivo.

Il gioco combina diversi **obiettivi**, il lavoro di coordinazione e controllo segmentario delle diverse parti coinvolte nel gioco, in maniera tale da organizzarsi con il corpo, gestire e controllare nel salto il movimento del corpo, degli arti inferiori in funzione della spinta verso l'alto per eseguire il salto e delle mani che tengono il sacco, per non perderlo, la flessibilità cognitiva, l'organizzazione e la capacità di problem solving rispetto alla capacità di adattare il movimento e la sequenzialità delle azioni per lo svolgimento del compito.

Varianti: incrementare la difficoltà chiedendo ai bambini di entrare in due nello stesso sacco, coordinandosi nelle diverse sequenze del gesto per potere procedere senza cadere; oppure sempre in coppia, ma avendo, solo, il piede opposto inserito all'interno del sacco mentre l'altro fuori.

o **Salto con la corda**: il gioco con la corda rappresenta oggi una difficoltà, poiché, i bambini non sono più abituati a sperimentarlo tra i giochi così come accadeva un tempo, ma è essenziale proporlo a scuola perché combina diversi obiettivi essenziali per il bagaglio esperienziale del bambino.

pag. 170

La corda rappresenta un ostacolo in movimento, da seguire percettivamente e rispetto al quale attivare una risposta motoria con reattività e efficacia rispetto al movimento ciclico, con una risposta coordinata, adeguata all'altezza della corda, al movimento di rotazione delle braccia, con adeguato controllo tonico della forza in vista dell'obiettivo del giro intorno al proprio corpo.

Il salto con la corda, come visto, rappresenta un compito complesso che implica il riconoscimento e l'esatta articolazione di una sequenzialità di azioni, tra le quali alcune da eseguire contemporaneamente.

Come tale, evidentemente, il percorso d'acquisizione del gesto corretto dev'essere programmato con attenzione, secondo una progressione che guidi il bambino alla presa di consapevolezza dei diversi gesti e, solo alla fine, unendo le diverse componenti riesca ad eseguirlo per intero.

Vediamo la progressione:

- *salto del cerchio*, con i bambini della prima primaria rappresenta la prima esperienza per la comprensione del gesto di rotazione intorno al corpo, propedeutica alla corda. Dare ad ogni bambino un cerchio e chiedere loro di entrare dentro il cerchio e di farlo passare intorno al corpo, saltandolo quando deve passare dalle gambe, guidando i bambini alla comprensione del gesto di rotazione delle braccia in funzione dell'obiettivo dello spostamento del cerchio intorno al proprio corpo e del passaggio dell'oggetto;
- *passaggio alla corda e comprensione del movimento rotatorio*, in posizione statica, per la comprensione della necessità di rimodulare il controllo tonico del movimento degli arti superiori rispetto ad un oggetto non più rigido, ma morbido, leggero e lungo da dover spostare intorno al corpo, coordinando il movimento globale del corpo. Si

noteranno, ad inizio, grandi difficoltà nella gestione della corda con le braccia: movimento scoordinato, braccia che eseguono la rotazione non in maniera simmetrica, avvicinamento delle braccia in avanti nel gesto del passaggio davanti al corpo della corda, braccia rigide che non accompagnano il gesto. Le difficoltà sono determinate dall'inesperienza motoria ed esperienziale dei bambini; perciò, è importante proporre attività multilaterali e polivalenti.

Lasciare i bambini, all'inizio, liberi di sperimentare e scoprire questo nuovo gesto motorio, poiché l'attività per scoperta permette di incrementare l'esperienza ed il bagaglio conoscitivo con interesse e motivazione.

Il lavoro per task permette la maturazione dell'esperienza attraverso diverse fasi:

- **prima fase**: incentrata sul movimento di rotazione delle braccia e sul passaggio della corda sotto i piedi una volta che, dopo la rotazione, la corda è poggiata a terra. Far eseguire, prima, ai bambini il movimento in avanti e all'indietro del corpo, così che con il movimento rotatorio delle braccia riescano a spostare la corda senza che si impigli nei capelli; poi aggiungere il passaggio dei piedi, con la corda ferma a terra davanti al corpo. Il passaggio qui descritto, in posizione statica, dà l'opportunità ai bambini di prestare attenzione alla fase di rotazione delle braccia, alla lettura visiva del movimento così da organizzarsi per il salto quando la stessa risulta in posizione idonea.
- **Seconda fase**: una volta acquisito il gesto i bambini potranno sperimentare, serenamente, il salto a seguito della rotazione. Sempre in posizione statica i bambini possono affinare il gesto eseguendo salti con un piede, con due piedi uniti, oppure come il cavallino;
- **terza fase**: l'esperienza a questo punto può essere combinata con l'andatura secondo degli schemi

motori. Il salto con la corda in movimento, ossia avanzando camminando o correndo, rappresenta un compito complesso, perciò, dev'essere proposto con attenzione rispetto alle capacità motorie dei bambini.

L'esperienza del salto con la corda implica un lavoro di programmazione dell'esperienza ripetuto nel tempo, con la richiesta di lavorarci in continuità anche nel contesto familiare. Date le difficoltà, spesso, il lavoro della corda può rappresentare un motivo di frustrazione e demotivazione all'attività, perciò, dev'essere programmato come un'attività da svolgere per un breve lasso di tempo, magari unendola ad altre attività giocose, come, ad esempio, inserita in un percorso come modulo attività, una corda lunga attaccata ai due capi a elementi stabili e perciò da saltare in corsa; oppure con i bambini più grandi, tenuta da due compagni che la facciano muovere in movimento ondulatorio oppure girare, chiedere ai bambini di saltarla con la rincorsa, anche contemporaneamente più bambini insieme.

L'**obiettivo** del salto con la corda è quello di maturare la coordinazione dinamica globale del proprio corpo insieme ad un attrezzo da guidare e contemporaneamente saltare; di maturare il controllo del proprio corpo, controllo tonico rispetto alla prensione dell'attrezzo e alla forza perché la corda ruoti in maniera ciclica intorno al corpo; il controllo bilaterale; la direzionalità e ritmo; la lettura visiva, la discriminazione percettiva rispetto ai diversi stimoli ambientali e sensoriali e reattività ad uno stimolo dato; la sequenzialità delle diverse azioni combinandole tra loro; la flessibilità cognitiva e motoria e il problem solving rispetto al compito.

Attrezzi: una corda per ciascun bambino (quelle più grosse, pur essendo più pesanti, rappresentano il passaggio più efficace per i bambini che non hanno acquisito ancora consapevolezza del gesto, perché più semplici da gestire).

- Gioco per il **superamento di ostacoli**: nella progressione didattica finalizzata al superamento in altezza c'è la sperimentazione del passaggio dell'ostacolo e, a seguire, del salto in altezza per il superamento. La programmazione delle esercitazioni deve considerare, perciò, la seguente progressione della proposta per gradi:

- passaggio di **asticelle disposte a terra**, che si possono superare, anche, senza necessariamente inserire la fase di volo; infatti, il fatto di essere a terra può comportare anche solo il passaggio lavorando sull'ampiezza del passo per il superamento dell'asticella. Questo passaggio è essenziale in presenza di bambini con difficoltà emotive nella gestione delle situazioni nuove o per le quali è in possesso di un bagaglio esperienziale ridotto. Le stecche con l'incremento dell'esperienza si possono variare rispetto alla distanza l'una dall'altra, anche all'interno della stessa fila, così da permettere un lavoro sull'ampiezza del passo, anche variata nel passaggio tra l'una e l'altra;
- passaggio di **cuscini semicilindrici di gommapiuma** fini, ma di diversa altezza e di diversa lunghezza, da superare scavalcandoli poggiandovisi sopra oppure direttamente con la fase di volo.

I cuscini possono essere inseriti nello spazio gioco in maniera tale da essere sparsi lungo tutta la superficie e secondo posizioni differenti. Chiedere ai bambini di muoversi nello spazio secondo diverse andature (combinando gli schemi motori), e al fischio ovvero, alla presentazione di altro stimolo percettivo (lavorando contemporaneamente sulla discriminazione percettiva e sull'attenzione), devono dirigersi verso il cuscino più vicino rispetto alla propria posizione saltandolo.

In un secondo momento la ricezione dello stimolo sensoriale di avvio all'attività del salto può essere combinata ad un secondo stimolo per la conclusione dell'attività del salto, perciò, i bambini dovranno continuare a muoversi nello spazio continuando a saltare i diversi cuscini sino allo stimolo percettivo successivo che ne decreta la conclusione dell'attività.

Obiettivi: l'esercitazione dei diversi schemi motori; l'organizzazione del corpo; la coordinazione ed il controllo dei movimenti in risposta allo spazio e alla presenza degli altri bambini; la lettura visiva dell'ambiente; la discriminazione percettiva rispetto ai diversi stimoli ambientali e sensoriali; la reattività agli stimoli; la sequenzialità e ritmo rispetto alla capacità di cercare e dirigersi in maniera progressiva verso ogni cuscino in successione, orientandosi con il corpo ed il movimento; il controllo motorio, in riferimento alla capacità di inibire un'andatura per eseguirne un'altra, come il salto; l'attenzione rispetto alla situazione, al compito, all'alternanza delle diverse sequenze, allo stimolo; la flessibilità cognitiva e motoria, intesa come capacità di adeguare il comportamento ed il movimento per l'efficacia dell'azione.

Per i **bambini con BES** che palesano difficoltà si può dare loro la possibilità di passare l'ostacolo sedendosi e organizzandosi per passarlo semplicemente spostando, una volta seduti, le gambe da una parte all'altra per poi rialzarsi e riprendere con l'andatura prevista oppure andando a superare gli altri cuscini. L'attività potrebbe, anche, variata in termini di aiuti, inserendo bastoni stabili oppure corde che i bambini possano tenere per una maggiore sicurezza nel passaggio, andando a rinforzare l'autoefficacia e l'autonomia operativa.

Varianti del gioco: creare una lunga fila di cuscini semicilindrici, unendoli insieme, così da proporre giochi collaborativi di gruppo o come classe, come ad esempio:
- strisciare sopra (se i cuscini sono larghi) passando uniti uno alle caviglie dell'altro;
- muoversi a cavalcioni con le gambe e dandosi la spinta con i piedi per avanzare con il

sederino sul cuscino, uniti insieme tenendosi con le mani alle spalle.

Gioco *"sfide in cuscino"*: organizzare il setting gioco con dei cuscini cilindrici tanti quanti i gruppi in cui dividerò la classe; organizzare a terra una linea di partenza ed una linea d'arrivo con il nastro carta ed eventualmente, anche, in base all'età dei bambini le linee di confine entro le quali ciascuna squadra dovrà muoversi per arrivare all'arrivo (il confine segnalato visivamente rappresenta un input nella consapevolezza dello spazio e del movimento). Dividere i bambini in gruppi e chiedere a ciascun gruppo di mettersi dietro il cuscino e spingere con le mani il cuscino verso l'arrivo ed oltrepassare la linea.

Varianti: le varianti da proporre faranno riferimento alla posizione dei bambini rispetto ai cuscini e alla fase di spinta, come ad esempio:

- bambini a terra, con la pancia in giù, in posizione perpendicolare rispetto al cuscino cilindrico e con il capo dalla parte del cuscino; chiedere ai bambini di spostare il cuscino con le mani e muoversi strisciando con il corpo sino all'arrivo. Data la difficoltà dell'esercizio nei primi anni si deve valutare attentamente gli spazi di esecuzione ed i tempi; 
- bambini a terra a quattro zampe, spostare il cuscino, tutti insieme, con la testa;
- bambini a terra, pancia in su in posizione a

barchetta, mani a terra e movimento con la spinta in avanti del sederino, spingere il cuscino con i piedi.

Le sfide oltre ad essere motivanti per i bambini rappresentano un lavoro efficacissimo per la coesione di gruppo, per l'attenzione ad un'organizzazione che favorisca il lavoro comune per il raggiungimento dell'obiettivo in maniera efficace, imparando a coordinarsi per mantenere tutti lo stesso passo e dando, perciò, una direzionalità corretta all'oggetto. Il lavoro, in quest'accezione, rappresenta un'attività propedeutica al lavoro cooperativo.

Gli **attrezzi** previsti: cuscini semicilindrici o cilindrici di gommapiuma di diverso spessore e altezza; fischietto ovvero qualsiasi altro stimolo sensoriale si voglia proporre (tamburo, altro strumento, cartoncini colorati, cerchi...); attrezzi necessari per gli studenti con BES.

o Passaggio di **ostacoli** creati con **nastro bianco/rosso** da legare a due bastoni inseriti dentro i coni, oppure, se bassi, legato tra i buchi dei coni. L'insegnante può predisporre i diversi ostacoli, così creati, lungo lo spazio gioco in maniera libera, secondo un ritmo variato oppure all'interno di un percorso.

La scelta del nastro da oltrepassare nella fase di salto rappresenta un passaggio sicuro e visivamente evidente: i bambini avranno modo si sperimentare il gioco senza paura di un ostacolo rigido che potrebbero farli cadere oppure con il quale farsi male.

Varianti: organizzazione di più ostacoli di diversa altezza e lunghezza, così da promuovere il lavoro in coppia oppure in gruppo, utile nei casi di bambini che manifestano difficoltà ad eseguire il compito in autonomia, rinforzando un percorso di peer tutoring e modeling rispetto all'azione compiuta dal compagno. L'esecuzione in coppia, sia nella fase di salto che strisciando, implica un adattamento e riorganizzazione del corpo rispetto al fatto di essere in due ad eseguirlo piuttosto che da soli.

L'**obiettivo**: lavoro combinato sugli schemi motori; sulla coordinazione e controllo motorio rispetto ad un ostacolo; sulla pianificazione ed organizzazione del comportamento da eseguire; sulla consapevolezza delle proprie capacità: sul problem solving, inteso come risposta adattiva all'ambiente, di scelta in risposta alla discriminazione percettiva; sull'attenzione e recupero in memoria rispetto al gesto più corretto.

Gli **attrezzi** necessari: nastro bianco/ rosso, 4 coni + 2 bastoni per ciascun ostacolo da costruire.

o **Salto degli ostacoli**, con gli attrezzi psicomotori, partendo da quelli più bassi, nominati over, per poi incrementare man mano l'altezza e il ritmo degli ostacoli nella proposta. La proposta degli ostacoli dev'essere la fase finale della progressione didattica rispetto al salto, così da evitare frustrazioni e disagi che comprometterebbero il benessere psicofisico da parte dei bambini.

Gli ostacoli possono essere programmati

secondo una progressione della proposta per gradi: camminare e alzare la gamba per superare l'ostacolo e poi a seguire l'altra; prendere la rincorsa e saltare l'ostacolo; inserire gli ostacoli secondo un ritmo che permetta di avere lo spazio sufficiente, tra l'uno e l'altro, per riorganizzare il corpo e predisporlo al nuovo salto; inserire gli ostacoli in un percorso organizzandoli secondo diversi ritmi.

Varianti: modifica dell'altezza degli ostacoli così da lavorare sulla differenza di controllo tonico e motorio rispetto alla forza e spinta da imprimere per il superamento dell'ostacolo in base all'altezza.

Obiettivo riconoscimento ed organizzazione visuo spaziale e visuo motorio funzionale al muoversi in maniera consapevole rispetto agli ostacoli da superare; lettura percettiva per meglio rapportarsi all'ostacolo, coordinando il movimento globale del corpo; capacità di segmentazione degli arti inferiori, riconoscendo nel passaggio dell'ostacolo le diverse azioni da compiere: ginocchio alto della gamba che supera per prima l'ostacolo, spinta della gamba di stacco, rientro in affondo a terra della prima gamba per evitare traumi; ritmo e direzionalità; equilibrio nella fase di volo e nel rientro; reattività rispetto ad una situazione problematica; memorizzazione dei diversi compiti che portano ad agire in maniera fine e adattiva; problem solving, con flessibilità cognitiva e motoria, capacità organizzativa e di pianificazione del gesto.

Attrezzi necessari: ostacoli psicomotori in plastica con la possibilità di variare l'altezza in funzione dell'esperienza e dell'incremento delle capacità dei bambini.

SCHEMI MOTORI	ABILITÀ SOCIALI	COMPETENZE TRASVERSALI	ATTREZZATURA materiale
Camminare (poggiando corretta-mente), correre, strisciare, saltare, lanciare.	Riconoscimento della postura e del movimento: - come modalità espressiva e comunicativa - come modalità relazionale. Condivisione di attrezzi ed organizzazione del corpo in funzione degli altri nell'ambiente. Esercitazioni e giochi di coppia, gruppo in funzione di un obiettivo.	Competenza personale, sociale e imparare ad imparare; capacità organizzativa; spirito d'iniziativa e imprenditorialità; competenza di cittadinanza.	Materiale di facile consumo; oggetti di uso comune; attrezzi psicomotori; stereo: per la musica; attrezzi musicali;

TAVOLA 3	COORDINAZIONE STATICA E DINAMICA DEL CORPO	SC. PRIMARIA
FINALITÀ	Sviluppo dell'identità, dell'autonomia e delle competenze	**ATT. PERCETTIVE E SENSORIALI**
CONOSCENZE	Il corpo, i diversi organi, la coordinazione grossa e fine, la percezione, l'espressione con il corpo, l'equilibrio, il salto, il lancio, il rotolo, lo strisciare.	
ABILITÀ	Usare il corpo per sentire, esprimere, seguire percorsi, seguire ritmi; organizzarsi e riconoscere il movimento delle varie parti del corpo, coordinandole; riconoscere il corpo, le diverse parti, i segnali e l'interazione tra loro, saltare, strisciare, rotolare, lanciare.	
COMPETENZE	Individuare collegamenti e operare scelte con creatività e consapevolezza, trovare soluzioni ai problemi, osservare le parti del corpo e riconoscerne l'utilizzo corretto, riconoscere le diverse forme espressive, sviluppare la coordinazione; muoversi con sicurezza in ogni ambiente e situazione.	

Il corpo raffigura la modalità per entrare in contatto con il mondo e con gli altri, rappresentando il canale preferenziale per l'accesso delle informazioni e per la promozione della conoscenza (canale sensopercettivo esterocettivo), per la comprensione e l'ascolto di sé stessi (propriocettivo) e delle risposte dei propri organi interni (enterocettori).

In virtù di questa considerazione è evidente quanto il lavoro sul corpo e sulla corretta rappresentazione espressiva, sugli atteggiamenti ed il canale non verbale, e sulla più efficace ed adattiva modalità d'azione che si esplica con il comportamento attraverso il movimento, siano le chiavi per lavorare con i bambini sin dai primi anni della scuola primaria.

In continuità con il lavoro alla scuola dell'infanzia, alla primaria si deve tenere in considerazione la migliorata capacità dei bambini di essere consapevoli di sé stessi, di ragionare sulle proprie capacità e potenzialità andando a valutare meta-cognitivamente le proprie modalità d'azione, in risposta alle situazioni stimolo del contesto scolastico, per poi generalizzarle a livello adattivo al contesto di vita reale e alle situazioni problematiche che ivi si possono trovare.

La programmazione delle attività, per gli obiettivi di seguito specificati, deve essere strutturata con un'idonea organizzazione dello spazio, del tempo e delle proposte in funzione dello scopo finale, delle eventuali necessità formative dei bambini e degli attrezzi psicomotori e di uso quotidiano utili per facilitare il percorso di sperimentazione da parte dei bambini:

- organizzazione e coordinazione del corpo nella sua dimensione globale e segmentaria, ossia nelle sue diverse parti;
- controllo tonico rispetto alla percezione tattile, nella prensione dei diversi strumenti ed attrezzi, utilizzandoli in maniera adeguata al compito, orientandoli in maniera funzionale, gestendoli con attenzione rispetto a sé stessi e agli altri, imprimendo la giusta forza nel tenerli o nell'agire con essi;
- comprensione della dimensione espressiva, comunicativa e relazionale del proprio corpo e del movimento, come modalità per agire e rapportarsi nell'ambiente e con gli altri, collaborando positivamente ed in maniera inclusiva, costruendo le abilità sociali;
- riconoscimento dei diversi attrezzi, delle loro potenzialità per l'espressione attraverso il corpo e per i giochi di gruppo e di squadra; capacità di pianificazione del gesto in funzione dell'attrezzo, dell'ambiente e degli altri; capacità di organizzazione del corpo in funzione dell'attrezzo, con controllo motorio, flessibilità cognitiva e motoria.

Gli attrezzi rappresentano un bagaglio conoscitivo aggiuntivo rispetto a sé stessi, al movimento del corpo e alla coordinazione che portano i bambini ad acquisire maggior consapevolezza delle proprie capacità con l'uso di attrezzi. L'attrezzo, però, implica una difficoltà aggiuntiva da considerare all'atto della programmazione, così da prevedere la strutturazione per task delle proposte, con attenzione rispetto ai disagi emotivo-affettivi e ai BES per i quali si possono prevedere delle semplificazioni del compito oppure attività di peer tutoring, così che i compagni possano accompagnarli, attraverso il modeling, all'esecuzione in autonomia.

Con il cerchio.

Il cerchio rappresenta uno strumento psicomotorio efficace nella progettazione delle diverse proposte motorie, sia in funzione di esercitazioni individuali per la sperimentazione dell'azione motoria, per lo sviluppo degli schemi motori di base, che dei giochi motori, rispetto ai diversi obiettivi.

Con il cerchio l'insegnante, soprattutto nei primi due anni della scuola primaria, può programmare:

- proposte di **esercitazioni e giochi con il corpo**:
    o il cerchio nella *dimensione simbolica*, permette ai bambini di rappresentare un volante (tenuto davanti al corpo con le mani, muovere le mani con una torsione tale da far spostare a destra e a sinistra il cerchio); un'elica (stesso esercizio precedente ma con il cerchio tenuto sopra la testa); una macchinina (con il cerchio in

mezzo al corpo tenuto con le mani vicino al bacino); una corda (con il cerchio che passa intorno al corpo da dietro a davanti per essere passato dai piedi e iniziare nuovamente il giro) → tutti i lavori combinati a camminata oppure corsa nello spazio gioco.

- Nella *dimensione motoria* e spaziale i cerchi possono rappresentare un riferimento visivo per correrci intorno, per lavorare sui concetti topologici, fuori e dentro il cerchio, per riconoscere uno spazio oltre il quale non andare ovvero uno spazio nel quale andare per ripararsi o fermarsi. In questi casi il cerchio ha una valenza formativa rispetto agli obiettivi e di lettura visiva e comprensione dello spazio, organizzando ed orientando il proprio corpo di conseguenza.
- Nella dimensione corporea rispetto allo *sviluppo degli schemi motori di base*: il cerchio rappresenta l'attrezzo più semplice, perché disposto a terra, per promuovere lo schema motorio del salto in sicurezza, rispetto alla paura della fase di volo, e dello schema motorio del lancio, sempre programmando l'esperienza in sicurezza.

La proposta può essere variata rispetto al ritmo e alla direzionalità, incrementando le capacità visuo spaziali e motorie, l'organizzazione del corpo e l'equilibrio:
mettendo i cerchi uno dopo l'altro, singoli, per saltare un piede dopo l'altro singolarmente; a piedi uniti; come se si fosse un cavallino; si può, a seguito dell'esperienza, modificare il ritmo rispetto alla posizione che permette di incrementare l'ampiezza del passo per saltarvi sopra; mettendone due vicini per saltare con le gambe divaricate (un piede in uno e il secondo nell'altro cerchio);
mettendo tanti cerchi insieme e nei quali muoversi tra l'uno e l'altro secondo l'indicazione data dall'insegnante oppure seguendo una griglia data con le istruzioni da seguire nello spazio: combinando l'attività trasversale di *coding unplugged*, con l'obiettivo di favorire l'obiettivo della direzionalità; della lettura visiva d'immagine e relativa comprensione; del controllo motorio, rispetto alla capacità di organizzarsi nello spostamento e fermarsi; del ritmo, rispetto alla comprensione della consegna; all'organizzazione e orientamento visuo spaziale, passando dalla rappresentazione scritta all'azione.

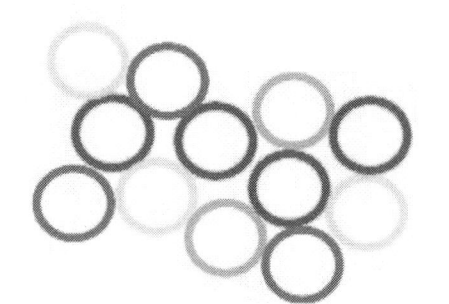

- o Nella dimensione corporea rispetto alla *respirazione*, quindi, attenzione alla consapevolezza cardio vascolare per l'incremento delle capacità polmonari in occasione, soprattutto, dei giochi, esercitazioni e attività di avviamento sportivo in cui vi può essere una maggiore espressione aerobica.

Con la corda.

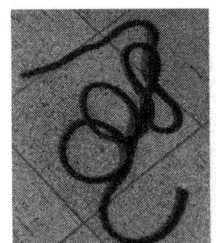

La corda rappresenta un attrezzo molto utile per la promozione di attività sulla coordinazione dinamica e segmentaria, rappresenta un'attività ed esercitazione da proporre sin dai primi anni della scuola primaria, così da favorirne l'acquisizione per gradi.
Essendo un compito complesso implica la programmazione della proposta per gradi:
- proposte di **esercitazioni e giochi con il corpo**:

    o la corda nella *dimensione simbolica e creativa* permette di lavorare sulla rappresentazione creativa comprendendo i diversi possibili movimenti che si possono rappresentare con l'attrezzo, il controllo tonico rispetto all'impugnatura e alla forza da dare all'attrezzo. Le attività possono essere sia individuali che di coppia oppure di gruppo. Rappresentiamo con la corda un serpente che si muove per lo spazio, trascinando la corda; rappresentiamo le onde del mare, muovendo gli arti superiori in maniera tale da imprimere un movimento ondulatorio; rappresentare una frustra che sferza decisa a terra.

    o Nella *dimensione motoria* e spaziale si può chiedere, ad esempio, ai bambini di manipolare la corda in maniera tale che, dati degli attrezzi disposti nello spazio, si organizzino per disporre nello spazio la corda disegnando delle figure geometriche, oppure da attaccare ad un cerchio in sospensione con delle mollette per disegnarne la circonferenza.
    Nella dimensione spaziale lavorare sui concetti topologici, chiedendo ai bambini di lanciare la corda nelle diverse parti dello spazio, organizzandosi per dare alla corda la giusta forza per farle raggiungere l'obiettivo, anche, attraverso sfide di lancio in lunghezza, creando un target a terra con il nastro carta dove si segnalano le diverse posizioni nello spazio con relativo punteggio.

La corda rappresenta, anche, un riconoscimento visivo per attività di riconoscimento di uno spazio delimitato e specifico, oppure per creare il confine entro il quale muoversi.

- Nella *dimensione collaborativa relazionale* si possono promuovere attività di coppia o di gruppo, sia in statica che dinamica.

  In attività di coppia possono muoversi nello spazio uniti con una corda prestando attenzione alle altre coppie di compagni, a loro volta uniti insieme, così da organizzarsi, pianificando le risposte motorie e l'orientamento nello spazio rispetto alla lettura visiva dell'ambiente e della posizione degli altri.

  Ancora, in coppia, in posizione statica creare delle sfide come, ad esempio, chiedere ad uno dei bambini di infilare nella corda ad uno ad uno i cinesini da fare scorrere da una parte all'altra della corda, dove il compagno li recupererà e li metterà all'interno di una scatola. Alla fine del tempo previsto dall'insegnante vince la coppia che è riuscita a fare passare più cinesini.

  In attività per piccoli gruppi la corda può essere l'attrezzo da trasportare insieme mentre si esegue un percorso con altri attrezzi, ampliando le difficoltà rispetto all'organizzazione del corpo e al controllo motorio in considerazione del movimento come gruppo.

- Nella dimensione corporea rispetto allo *sviluppo degli schemi motori di base*: la corda può rappresentare un utile attrezzo sia per esercitazioni di salto che di lancio.

  Rispetto al lancio abbiamo già visto come si possa lanciare nelle diverse posizioni dello spazio e con diverse modalità di lancio, lavorando sulla precisione, sulla reattività, rispetto alla fase di recupero, sull'orientamento spaziale e sul controllo tonico, dando la giusta forza al movimento per il raggiungimento dell'obiettivo, sulla percezione e consapevolezza tattile, sul problem solving.

  Rispetto al salto, la corda offre la possibilità di sperimentare, in sicurezza e non traumatica, le proposte motorie del salto sia in lunghezza che in altezza. Per stimolare le proposte si può usare la corda come strumento atto a favorire il superamento in lunghezza dello spazio gioco, mettendo le corde a terra secondo una distanza variabile, a seconda del bagaglio motorio che si vuole promuovere e dell'esperienza maturata da parte dei bambini.

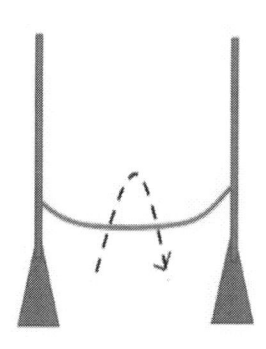

  Mentre per lavorare sul salto in altezza si possono predisporre degli ostacoli con la corda.

Con i coni

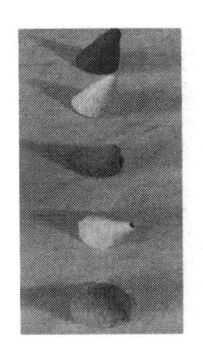

I coni rappresentano attrezzatura psicomotoria versatile ed in sicurezza per esercitazioni individuali e di gruppo, nonché per attività simboliche.
Le attività progettate con questo attrezzo prevedono la programmazione della proposta in base agli obiettivi che ci si prefigge di raggiungere con i bambini, in continuità con il bagaglio esperienziale maturato alla scuola dell'infanzia e in base alla loro età anagrafica:
- proposte di **esercitazioni e giochi con il corpo**:

    o i coni nella *dimensione simbolica e creativa* permettono un lavoro sulla rappresentazione mentale associata alla forma dell'attrezzo: chiedere ai bambini di muoversi, secondo diverse andature come camminare a passo lento o veloce, correre e saltare in ultima istanza, con il cono tenuto sopra la testa come un cappello, davanti alla faccia come se fosse il naso di Pinocchio oppure il becco di un uccellino.

    o Nella *dimensione motoria* e spaziale i coni favoriscono i percorsi sull'orientamento, la direzionalità e l'organizzazione visuo spaziale e visuo motoria, la coordinazione del corpo in vista dell'andatura da eseguire; rappresentano, inoltre, la lettura, percezione e memoria visiva per muoversi liberamente nello spazio riconoscendone gli elementi presenti nel campo visivo (i coni); la maturazione globale o fino motoria; lo sviluppo delle funzioni esecutive rispetto al movimento.

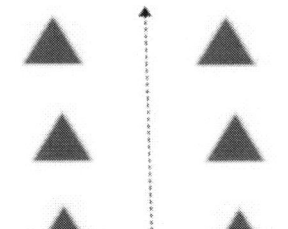

    I **coni** inseriti nel setting gioco **in successione** danno l'opportunità di promuovere il movimento in rettilineo, formando una stradina segnalata visivamente all'interno della quale muoversi in andature a corpo libero oppure con attrezzi. Possono, anche, promuovere il movimento curvilineo, a zigo zago, in attività di esercitazioni individuali oppure di coppia e di gruppo. Le attività potranno essere promosse nelle diverse andature, sia camminando che correndo: in avanti, all'indietro, procedendo lateralmente, seduti procedendo con il sederino a terra e spingendosi con le mani e i piedi, strisciando.

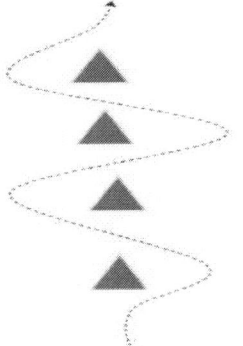

I **coni** inseriti nel setting gioco **secondo una distribuzione geometrica** (quadrato- rettangolo...) danno l'opportunità di promuovere il riconoscimento visivo di uno spazio delimitato all'interno del quale chiedere ai bambini di muoversi oppure come campo visivo da utilizzare solo per azioni di salvataggio: disporre nello spazio un insieme di coni in successione per giochi di movimento, tutti insieme, all'interno dello spazio delimitato, riconoscendolo e rispettandolo (prerequisito al riconoscimento dello spazio del campo da gioco sportivo); oppure con giochi all'esterno dell'area, come nel caso dell'acchiapparello, per i quali l'area interna ai coni rappresenta l'opportunità di entrarvi per salvarsi;

utilizzare il tracciato dei coni come area per percorsi che si svolgono tra i coni con le diverse andature richieste dall'insegnante, come zigo zago, corsa con spostamenti laterali, galoppo, camminata all'indietro ed in avanti e via dicendo.

I **coni** inseriti nel setting gioco, **a distanze differenti tra l'uno e l'altro** danno l'opportunità di delimitare uno spazio libero in rettilineo per svolgere esercitazioni differenti procedendo nello spazio delimitato dai coni:

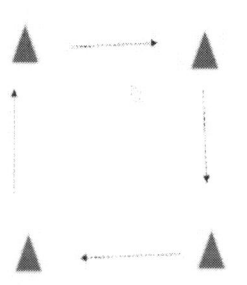

in rettilineo, per esercitazioni andando in avanti e tornando indietro, anche sotto forma di staffette; oppure rappresentando dei circuiti, all'interno dei quali chiedere ai bambini di partire da un lato dello stesso e nei diversi spazi eseguire esercitazioni differenti, per poi tornare, nuovamente, al punto di partenza.

o Nella dimensione corporea rispetto allo *sviluppo degli schemi motori di base*: i coni possono rappresentare un utile attrezzo sia per esercitazioni di salto che di lancio.

Infatti, disposti piegati a terra possono rappresentare un ostacolo da superare facilmente e da inserire in percorsi senza, necessariamente, avere altri ostacoli per spronare i bambini in situazioni stimolo visive che impongano loro di scegliere come modalità esecutiva l'azione del salto o superamento. Disposti in gruppo, uno a fianco all'altro, rappresentano un ostacolo più alto per il quale l'azione di

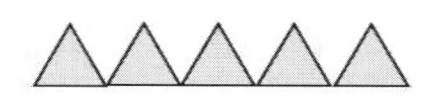

pag. 187

salto è più significativa e rappresenta la maturazione dell'esercitazione.

I coni possono rappresentare, inoltre, un supporto visivo per sperimentare l'azione del lancio, come ad esempio:

disporre nello spazio un cerchio, dove entreranno i bambini per lanciare, ed un cono a distanza programmata, aumentandola per l'incremento della difficoltà, e chiedere ai bambini di lanciare i cerchi in maniera tale da centrare il cono, lavorando sullo sviluppo dell'attenzione, della reattività, della percezione visiva, della coordinazione globale e fino motoria, visuo spaziale e occhio- mano;

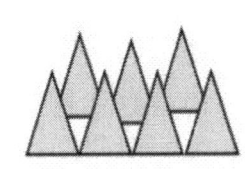

disporre nello spazio un cerchio, dove entreranno i bambini per lanciare, ed un gruppo di coni ad una certa distanza e chiedere ai bambini di lanciare la palla e colpire i diversi coni. La palla per il lancio potrà essere di diverse dimensioni e formati, così come la modalità di lancio: raso terra, con una mano, con entrambe, da sopra la testa, dal petto e via dicendo.

Con il materasso.

Il materasso rappresenta un attrezzo psicomotorio versatile e funzionale alle diverse esperienze che si possono proporre alla scuola primaria, variandone l'utilizzo per la sperimentazione di situazioni stimolo sfidanti che, mettendo in crisi il bambino gli permettano di sperimentare diverse azioni motorie, promuovendo la comprensione della sequenzialità delle azioni motorie, rispetto ai compiti complessi, la coordinazione, l'organizzazione motoria e lo sviluppo delle funzioni esecutive.

- proposte di **esercitazioni e giochi con il corpo**:

    o i materassini/materassi nella *dimensione simbolica e creativa*, permettono ai bambini di sperimentare uno spazio morbido nel quale rilassarsi, **sviluppare attività propriocettive e di ascolto consapevole di sé stessi**.

    Rispetto a questo obiettivo l'insegnante può organizzare il setting proponendo diverse attività ai bambini, in cui riconoscano lo

spazio rappresentato come momento di rilassamento, debriefing e defaticamento a seguito dell'attività svolta in precedenza.

Il percorso di riconoscimento della routine di defaticamento è indispensabile per il recupero a seguito del carico motorio o della faticabilità dell'attività fisica ed è un momento indispensabile della strutturazione dell'azione didattica. Appare evidente, perciò, quanto possa essere oggetto di programmazione di attività finalizzate con l'obiettivo della maggior consapevolezza ed ascolto di sé stessi, sviluppando l'area personale e metacognitiva, e di verbalizzazione dell'esperienza e delle sensazioni provate.

Il setting può essere combinato alla musica oppure al silenzio e dev'essere proposto partendo dalla prima primaria, così che rappresenti nel corso del tempo un momento per riprendersi e recuperare prima del rientro in classe.

o Nella *dimensione motoria* e spaziale i materassi favoriscono la consapevolezza del movimento del corpo nelle diverse parti, sia nella posizione statica che dinamica, lavorando sulla coordinazione del corpo, sulla percezione ed organizzazione, sull'apparato vestibolare e, quindi, incrementando l'equilibrio e la consapevolezza del corpo.

Proporre attività, sia in posizione statica che dinamica, con il materassino pieghevole, chiedendo ai bambini di eseguire azioni motorie con il materassino tenuto sopra la testa, davanti al corpo, dietro il corpo e via dicendo:

in **posizione statica** → chiedere ai bambini di tenere il materassino nelle diverse posizioni indicate sopra e, contemporaneamente, piegarsi con le gambe come se si stesse sedendosi in una sedia immaginaria; calciare dietro con una gamba e poi con l'altra; piegare una gamba e poi l'altra, mantenendo l'equilibrio e via dicendo.

In **posizione dinamica** → chiedere ai bambini di tenere il materassino nelle diverse posizioni indicate sopra e, contemporaneamente, muoversi secondo le diverse andature nello spazio gioco libero ovvero con attrezzi, che rappresentano gli ostacoli da superare nel movimento.

In posizione dinamica come **sfida di gruppo** → chiedere ai bambini di organizzarsi in squadre dietro il cono di partenza, organizzando più partenze contemporaneamente, il gioco procede poggiando a terra i materassini piegati e procedendo camminandoci sopra senza poggiare i piedi a terra sino alla meta di arrivo.

Il primo bambino poggia il materassino e vi sale sopra, si fa passare il materassino dal secondo bambino, lo poggerà a terra e vi salirà e il secondo compagno lo seguirà salendo sul primo materassino;

a quel punto il terzo bambino passerà il materassino al secondo che, a sua volta, lo passerà al primo che lo poggerà a terra e vi salirà sopra, dietro il secondo compagno passerà al secondo materassino ed il terzo compagno al primo materassino e così via. Quando anche l'ultimo compagno della fila avrà iniziato il percorso tracciato con i materassini passerà l'ultimo materassino così che, di mano in mano, arrivi al primo e così seguiranno, sino ad arrivare tutti alla posizione dell'arrivo. Vincerà la squadra che per prima terminerà il percorso per intero, cioè sino a quando anche l'ultimo bambino passerà il cono d'arrivo.
Le sfide rappresentano modalità per motivare i bambini con un'esperienza gioco che permetta loro di maturare la coesione di gruppo.

- Nella dimensione corporea rispetto allo *sviluppo degli schemi motori di base*: il materasso rappresenta l'opportunità per **promuovere lo schema motorio dello strisciare, dell'arrampicarsi, del rotolare e del fare capovolte.**

  Il materasso, infatti, è l'attrezzo che facilita l'accesso alle rappresentazioni mentali dei bambini già strutturate nel percorso evolutivo e che l'accompagneranno, nella maturazione degli obiettivi della primaria, alla consapevolezza di nuove opportunità di movimento, finalizzate alla scoperta delle diverse capacità del proprio corpo.
  Nel passaggio dall'infanzia alla primaria il bambino dovrebbe avere acquisito i prerequisiti per agire nei diversi schemi motori del rotolare, dello strisciare e dell'arrampicarsi, ma nel corso dei primi due anni della primaria questi schemi maturano nella coordinazione e nella comprensione del riconoscimento delle diverse sequenze che compongono il movimento, così da lavorare nelle singole espressioni che la compongono.
  Le esperienze stimolo da strutturare devono favorire:

  la comprensione delle diverse **espressioni posturali e di appoggio** rispetto ad una superficie morbida e instabile → organizzare il setting spazio motorio con un materasso, di diverse dimensioni e profondità, e chiedere ai bambini di muoversi sopra, camminando, correndo oppure saltandoci: sperimentando con il proprio corpo quanto la superficie d'appoggio possa modificare l'equilibrio e l'appoggio del piede, promuovendo il bagaglio esperienziale.
  Passare dall'appoggio sopra il materasso, all'appoggio come passaggio tra le diverse superfici d'appoggio: chiedere ai bambini di muoversi nello spazio libero della palestra/ aula/ giardino e poi salire sopra il materasso nelle diverse andature: l'esperienza

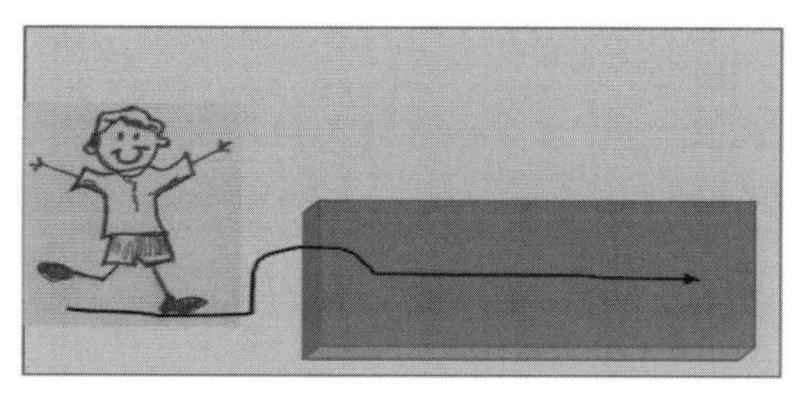

d'appoggio dovrà, perciò, essere flessibilmente modulata trovando i giusti adattamenti per evitare di farsi male nel passaggio dalla superficie stabile a quella instabile.

L'esperienza è fondamentale nella vita quotidiana, in cui l'adattamento ed il controllo motorio, insieme alla capacità di problem solving rispetto ad ogni situazione estemporanea, rappresentano gli obiettivi specifici per muoversi nello spazio senza cadere o farsi male per un semplice dislivello o modifica del marciapiede.

Il materasso permette, in sicurezza e con la combinazione alla rappresentazione mentale legata al contesto reale ovvero ad uno sfondo integratore, di sperimentare e rinforzare, soprattutto, nei primi due anni di scuola primaria lo strisciare, come un serpente oppure come una chiocciola, di rotolarsi come un cane oppure un riccio, passando dalla posizione prona a quella supina.

Il muoversi sia in posizione prona che supina, esercitando il proprio corpo nelle diverse espressioni, passaggi e spostamenti di posizione comporta un lavoro di coordinazione e di controllo motorio nei diversi schemi motori:

in **prima primaria**
- → rotolare sul materasso, come attività individuale di sperimentazione dello schema motorio; in diverse posizioni (destra, sinistra, laterale ecc.);
- → rotolare in un materasso inserito all'interno di un circuito oppure di un percorso;
- → rotolare in un materasso in gruppo: rispettando lo spazio e il tempo dei compagni che precedono, lavorando sull'attenzione e sul rispetto dell'altro;
- → strisciare sul materasso, come attività individuale di sperimentazione dello schema motorio;
- → strisciare in un materasso inserito all'interno di un circuito oppure di un percorso;
- → strisciare in un materasso in gruppo, rispettando gli altri ed organizzando gli spazi a disposizione;
- → strisciare in un materasso in gruppo, uniti uno all'altro tenuti ai piedi e procedendo insieme, in coppia, a tre a tre e via dicendo

a seconda della maturazione raggiunta dai bambini rispetto all'agire insieme;
→ andare a quattro zampe sul materasso: in avanti, all'indietro, laterale...;
→ muoversi nel materasso nelle diverse andature: serpente, bruco, riccio, cane, ranocchia e così via;
→ passare dalla posizione a quattro zampe al rotolamento e dal rotolamento allo strisciare, adattando nei diversi passaggi la coordinazione del corpo, riconoscendone la disposizione nello spazio, organizzandosi per gestire lo spostamento del corpo in funzione del nuovo schema motorio. Strutturando, così, la flessibilità cognitiva e motoria, il controllo e le funzioni esecutive;
→ arrampicarsi sul materasso, anche, mettendo un materasso sotto l'altro così da creare piani inclinati secondo diverse esperienze di pendenza, e chiedere ai bambini di riuscire a salire sul materasso sino ad arrivare alla cima e quindi passare all'altra parte e saltando scendere, oppure una volta arrivati alla cima girarsi e scivolare sul materasso per tornare giù.

A partire **dalla seconda primaria** si possono presentare le stesse proposte, ma incrementandone le difficoltà, come ad esempio combinando a compiti complessi, a proposte gioco in cui alternare i diversi schemi.

Si devono, poi, con il passare degli anni promuovere situazioni stimolo più articolate, combinando il percorso di consapevolezza degli schemi motori, di percezione e coordinazione del corpo rispetto a sé stessi e all'ambiente, di controllo motorio, di organizzazione spazio- temporale, alla consapevolezza dell'equilibrio, con capacità di riadattamento del corpo rispetto alle diverse sequenze che comprendono lo schema.

→ La **capovolta in avanti**: il percorso di acquisizione dev'essere programmato con attenzione alla sicurezza dei bambini e per micro- obiettivi, sino ad arrivare al completamento della sequenza nel gesto motorio finale, come di seguito indicato, così da evitare traumi o dolori:

1) partire dalla posizione sopra il materasso, sul quale poggiare nelle prime esperienze formative due impronte di piedini e due impronte di mani come modello per il supporto visivo alla giusta posizione nel materasso della posizione di partenza al fine della capovolta; la posizione permetterà lo sbilanciamento del corpo, così da organizzarsi nello spostamento del corpo in caduta in avanti come srotolamento lungo la schiena, evitando ai bambini di farsi male al collo, alla testa e alla schiena, oppure di cadere lateralmente. Chiedere, perciò, ai bambini una volta saliti sul materasso di mettere bene i piedi sopra le impronte, in maniera tale da averle divaricate, ed al centro delle gambe poggiare le mani sopra le impronte, sistemate leggermente in avanti ed al centro rispetto alle impronte dei piedi, anch'esse disposte in maniera da essere divaricate.

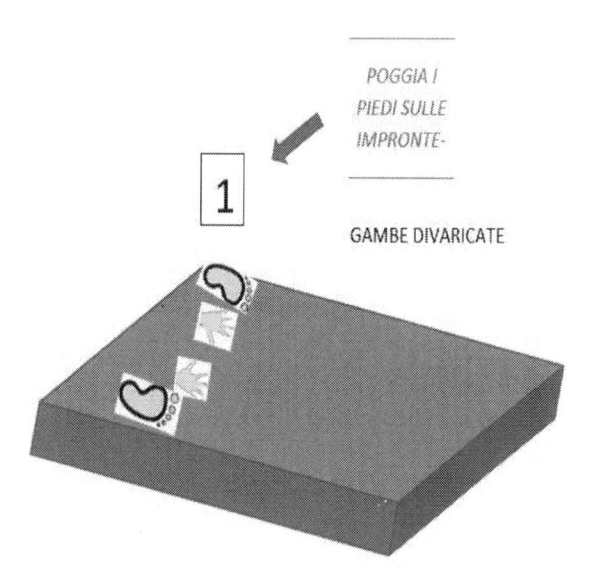

2) Guidare i bambini, attraverso la spiegazione verbale e l'aiuto fisico, a piegare le gambe in maniera tale da arrivare a mettere la testa in mezzo alle mani, permettendogli di guardare dietro di loro (portando il mento quanto più vicino al corpo) e nello stesso tempo sentire lo sbilanciamento del corpo per la caduta in avanti sul materasso.

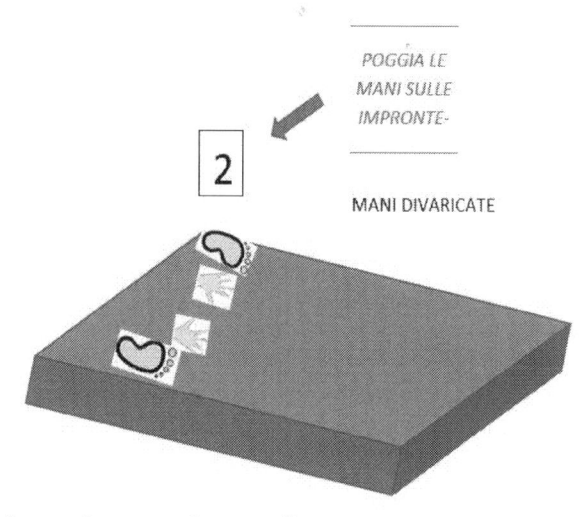

3) Accompagnare i bambini nello srotolamento del corpo in avanti sul materasso, accompagnando la testa nella corretta posizione, evitando così di farsi male al collo e dando, qualora non riuscissero, una spinta con le mani

alle loro gambe. La sequenza della capovolta, così, è terminata. 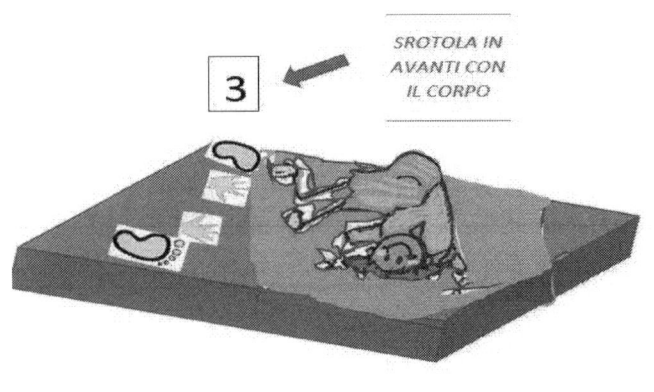
4) Predisporre, nelle prime esperienze, il materasso inclinato, poggiando un piano sotto il materasso così da creare la pendenza che faciliterà la caduta del corpo in avanti dopo lo sbilanciamento dello stesso nella posizione su descritta.

La guida fisica per la proposta in sicurezza della capovolta in avanti dev'essere, man mano, limitata per favorire la spontanea sperimentazione dei bambini, promuovendo l'autonomia e il senso d'autoefficacia. Generalmente sono gli stessi bambini a comunicare di volere fare in autonomia, perciò, in questi casi lasciare il bambino libero di agire, ma controllare ogni singola azione e ricordare le diverse sequenze obbligatorie nella fase iniziale, sinché il gesto non sarà acquisito ed automatizzato.

→ La **capovolta all'indietro**: così come la capovolta in avanti, anche, quella all'indietro dev'essere programmata con attenzione alla sicurezza dei bambini. Il gesto specifico risulta più complicato rispetto alla capovolta in avanti, perciò, necessita di una organizzazione della progressione della proposta per micro- obiettivi; ogni fase qui proposta dovrà essere organizzata rispettando i ritmi e i feedback dei bambini:

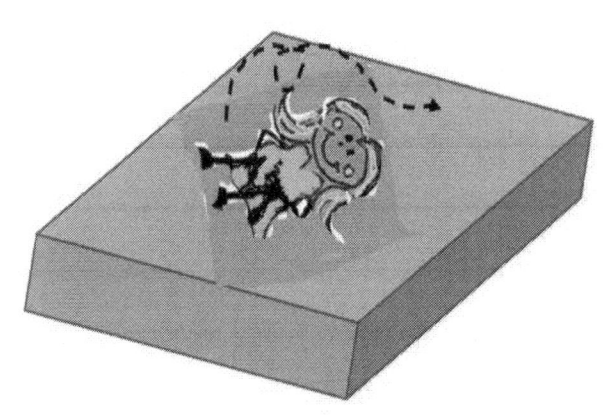

1) fare salire i bambini sopra il materasso e far sperimentare loro il dondolamento sul dorso, in posizione fetale, chiedendo loro di sbilanciarsi sia nell'arrivo dei piedi quando il busto è alzato in avanti che con la testa a terra e le gambe oltre la testa sbilanciate verso dietro. Molti bambini riescono già con questa esercitazione a rotolare con il corpo, sia pur lateralmente; perciò, lasciare

loro sperimentare il gesto poiché rappresenta il primo passo per la consapevolezza del proprio corpo e dell'azione da svolgere;
2) creare un piano inclinato, come descritto anche per la capovolta in avanti, disponendo sotto il materasso un qualsiasi oggetto che permetta di creare una pendenza del materasso; chiedere a seguire ai bambini di sperimentare lo stesso gioco del dondolamento del corpo e per via della pendenza lo sbilanciamento all'indietro comporterà la riuscita del rotolamento all'indietro, eseguendo quasi come un gesto naturale l'azione della capovolta all'indietro.

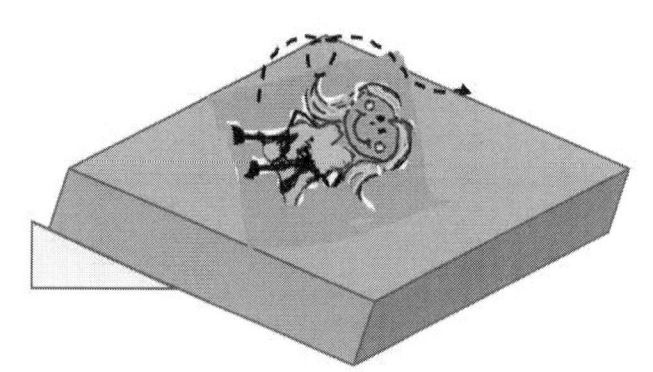

L'esperienza dovrà essere proposta più volte nel corso del tempo così da aiutare i bambini a superare la paura nell'affrontare questo gesto motorio, perciò, lasciare i bambini liberi di sperimentare senza forzare l'obiettivo finale, ma lasciando loro il tempo, rispetto ai diversi ritmi, di eseguire il compito motorio.

Le difficoltà emotive affettive determinate dalla paura di affrontare situazioni gioco dev'essere considerata con attenzione, così da evitare traumi determinati da vissuti negativi che andranno a radicare paure nei bambini e che, con il passare del tempo, li porteranno a evadere dalle attività ludico motorie oppure ad estendere tali emozioni negative ad altre proposte gioco, inficiando l'autostima, il senso d'autoefficacia, l'autonomia.

Per i bambini con **BES** che hanno difficoltà nel memorizzare le diverse sequenze di un'azione gioco è importante elaborare delle immagini visive che ricordino i diversi passaggi ed esplicitino in maniera concreta i comportamenti da eseguire. Nel caso specifico di bambini con disabilità che potrebbero inficiare la buona riuscita dell'azione motoria supportarli con una guida fisica che, oltre ad avere un valore per la dimensione emotiva, supportano il bambino dando le giuste spinte oppure trattenute per evitare problematiche.

Per i bambini con disabilità sensoriale nell'area della vista si può supportare il riconoscimento dello spazio nel quale agire, della corretta posizione delle mani e dei piedi nella capovolta in avanti e della corretta posizione nella quale coricarsi nella capovolta all'indietro, creando le sagome delle mani e dei piedi oppure dei tappettini con materiale tattile che guidi il bambino alla percezione dello spazio e all'autonoma organizzazione nelle diverse azioni, combinate con la guida uditiva e la guida fisica, laddove necessaria.

Palla di diversi tipi: dimensioni, materiali e forme diverse; palla tattile; palla fitness- Gym Ball; cuscini propriocettivi.

Tutte le palle rappresentano attrezzi essenziali per la promozione di **esperienze percettive, tattili e sensoriali**, per la coordinazione del corpo e per il controllo motorio, per la reattività rispetto a tutte le situazioni gioco.

Dalla prima primaria programmare attività gioco con l'esperienza di manipolazione, consapevolezza e comprensione dell'azione del proprio corpo insieme ad un attrezzo esterno mobile.

- proposte di **esercitazioni e giochi con il corpo**:

    o le palline/ palloni di diversa dimensione, forma e materiale sono efficaci per favorire la *dimensione simbolica e creativa*, poiché con esse si possono programmare diverse attività di percezione del proprio corpo e di organizzazione della palla a seconda della propria personale creatività. La palla rappresenta un oggetto che ha una forte carica emotiva per i bambini, poiché piace e rafforza la motivazione, deve però essere inserita la consapevolezza dell'oggetto al di là dell'utilizzo convenzionale che i bambini associano rispetto al proprio vissuto esperienziale, spesso pregiudizievole e discriminante (i maschietti solo per giocarvi a calcio, le femmine solo per giocarci con le mani).
    La palla può rappresentare il cuscino, una panca dove sedersi, Hercules che trasporta il masso sopra la testa, la pallina del gelato se disposta e trasportata poggiata su un cono; in una situazione di gioco simbolico ed emotivo che richiama l'immagine della mamma in cinta.
    La palla fitness, di grandi dimensioni, permette di coricarcisi sopra e dondolarsi, richiamando la simbologia del movimento ancestrale, l'esperienza può essere organizzata sia di pancia che di schiena.
    Le palline tattili, di gommapiuma, ovvero quelle normali, rappresentano l'opportunità per esperienze di percezione tattile su tutto il corpo: fare coricare i bambini e chiedere loro di passarsi la pallina in ogni parte del corpo, lavorando consapevolmente sul riconoscimento dello schema corporeo. L'esperienza potrà essere

guidata dalle parole dell'insegnante che accompagna i bambini nello spostamento della palla nelle parti da lui indicate oppure lasciare i bambini liberi di sperimentare l'esperienza in autonomia, magari chiudendo gli occhi, e contemporaneamente ascoltando musica. Invitare, perciò, i bambini a togliersi le scarpe e scoprire quanto più possono, a seconda della stagione, le diverse parti del corpo per favorire la percezione dell'oggetto a contatto diretto con l'apparato tegumentario.

Far seguire, sempre, l'esperienza ad un circle time per la verbalizzazione delle esperienze e delle emozioni e sensazioni sperimentate, così da permettere loro di esprimere un giudizio rispetto al piacere o meno provato nel gioco.

o Nella *dimensione motoria* e spaziale le palline/ palloni favoriscono la consapevolezza del movimento del corpo nella dimensione globale, sia nella posizione statica che dinamica, con l'uso di un attrezzo instabile, più o meno di facile manipolazione e prensione, che comporta un riadattamento costante del corpo ed il controllo motorio.
Lo sviluppo della dimensione motoria deve essere proposto, sia in attività individuali, funzionali nella fase del riscaldamento della lezione per un lavoro sulle braccia e sul corpo, di allungamento ed estensione, sia come fase centrale, nel primo approccio all'uso consapevole dell'attrezzo; sia in attività di gruppo, favorendo la collaborazione e il gioco ludico, di avviamento sportivo, nelle prime classi, per arrivare all'esperienza del gioco sportivo nelle ultime classi della primaria.

In attività individuali nelle quali esercitarsi all'uso corretto della palla, nelle diverse dimensioni e formati, sperimentando la prensione, la manipolazione, la coordinazione, il controllo motorio e la flessibilità cognitiva ed al percorso di lavoro di estensione articolare ed allungamento, si possono promuovere le seguenti proposte statiche:

ATTIVITÀ	ATTREZZO	POSIZIONE	ESERCITAZIONE
E S E R C		Statica **Da coricati**	Chiedere ai bambini di: - muovere la palla lungo il corpo (lavoriamo sullo schema corporeo; sulla lateralità; sullo sviluppo percettivo; sul controllo tonico); - poggiare la palla sulle diverse parti del corpo e muovere

ITAZIONI INDIVIDUALI ESERCITAZIONI	Palline tattili di diverse dimensioni, materiale tipologia	(lavoro senso-percettivo; propriocettivo)	quella parte con la palla: sopra la pancia (muovere la pancia senza far cadere la palla); sotto il gluteo (spostandosi con il corpo sopra); dietro la schiena (cercando di spostare la palla dietro la schiena in maniera tale da sentire la palla lungo tutta la schiena).
	Palla fitness	**Statica Da coricati** (lavoro senso-percettivo; propriocettivo; di equilibrio)	Chiedere ai bambini di coricarsi in posizione prona oppure supina sulla palla: - dondolarsi sopra la palla in entrambe le posizioni (contraendo bene il corpo ed equilibrandosi con controllo motorio); - coricarsi sulla palla supini (pancia in su), seguendo con il corpo la forma della palla, così che gli arti siano in posizione opposta rispetto alla palla (allungando la schiena, la parete addominale); - coricarsi sulla palla proni, spingersi con gli arti inferiori finché si riesca a toccare con gli arti superiori, dall'altra parte, il pavimento e man mano si scivoli con il corpo in avanti sino a scendere dalla palla.
	Palla di diverse dimensioni e materiale	**Statica Da seduti**	Chiedere ai bambini di: - sedersi sulla palla e dondolarsi con le gambe piegate o incrociate; - sedersi sulla palla e rimbalzare non perdendo il contatto con la palla. Chiedere ai bambini di sedersi a terra a gambe divaricate e: - fare rotolare la palla a terra da dentro le gambe a fuori (allungandosi e seguendo il confine del proprio corpo); - fare rotolare la palla a terra verso destra e sinistra;

I N D I V I D U A L I	Palline e palloni di diverse dimensioni e materiale	**Statica Da seduti**	- fare rotolare a terra la palla tutto attorno al corpo. Il lavoro specifico prevede un percorso di allungamento e mobilità, di coordinazione, organizzazione e controllo motorio. Chiedere ai bambini, ancora, di tenere la palla in mano, sempre da seduti a gambe divaricate, e: - allungarsi con essa spingendo le braccia verso alto e verso avanti; - allungarsi con essa spingendo le braccia in avanti verso la gamba destra e verso la sinistra; - allungarsi con essa passando da braccia tese in alto, poi verso destra, poi nuovamente in alto e quindi verso sinistra; - eseguire una torsione a destra e a sinistra, con le braccia in alto, con le braccia vicino al corpo al petto, con le braccia vicino all'addome. Chiedere ai bambini di chiudere le gambe ed eseguire gli stessi tipi di esercitazioni su descritte.
	Palline e palloni di diverse dimensioni e materiale	**Statica in piedi**	Chiedere ai bambini in piedi a gambe divaricate, busto flesso in avanti braccia giù di accompagnare e: - fare rotolare la palla dalla gamba destra alla sinistra e viceversa; - fare rotolare la palla in avanti, creando un po' di sbilanciamento del busto in avanti e poi all'indietro, passando da dentro alle gambe, sbilanciandosi leggermente, senza cadere;
	Palline e palloni di diverse dimensioni e materiale	**Statica in piedi**	- fare rotolare la palla a terra passando dentro le gambe ed esternamente alla gamba destra e sinistra creando un 8;

			- fare rotolare la palla passando avanti dalla destra alla sinistra e poi dietro da sinistra a destra, formando il giro come un cerchio intorno al corpo. Chiedere ai bambini di chiudere le gambe ed eseguire gli stessi tipi di esercitazioni su descritte.

Si possono, poi, programmare le seguenti proposte in dinamica, combinate ai diversi schemi motori di base:

ESERCITAZIONI INDIVIDUALI	Palline e palloni di diverse dimensioni, materiale tipologia	**Dinamica Da coricati** (lavoro con gli schemi motori di base)	Chiedere ai bambini di coricarsi pancia in giù a terra oppure di mettersi a quattro zampe, tenere la palla e: - strisciare, con la palla tenuta in mano, lungo un percorso a terra (lavoriamo sul controllo tonico; sull'organizzazione del corpo in base allo spostamento da effettuare; sulla coordinazione dinamica generale). Partire con palline piccoline la cui tenuta implica l'utilizzo di una sola mano, per arrivare alla palla grande così da obbligare all'uso di entrambe le mani.; - andare a quattro zampe spostando la palla con la testa, mentre ci si muove; se si utilizza una pallina piccola in polistirolo o plastica spostare la palla con il soffio. Chiedere ai bambini di coricarsi a terra pancia in su, tenere la palla e: - trasportare la palla poggiata sopra la pancia, muovendosi con la schiena sino al punto di arrivo, senza far cadere la palla; - mettersi sui gomiti oppure poggiati sulle mani e muoversi all'indietro trasportando la palla poggiata nella pancia. Queste attività possono essere proposte sotto forma di giochi a "staffetta", in questo caso si

			metteranno i bambini in fila e si chiederà loro di passarsi la palla per partire.
E S E R C I T A Z I O N I	Palline e palloni di diverse dimensioni, materiale tipologia	**Dinamica In piedi** (lavoro con gli schemi motori di base)	Chiedere ai bambini di muoversi nello spazio motorio, tenere la palla in mano e: - muoversi nello spazio con la palla in mano camminando e variando l'andatura a seconda dell'input dato, da lenta a veloce; - muoversi nello spazio con la palla in mano marciando e variando l'andatura a seconda dell'input dato, da lenta a veloce; - muoversi nello spazio con la palla in mano correndo e variando l'andatura a seconda dell'input dato, da lenta a veloce; - muoversi nello spazio ed eseguire piccoli lanci con la palla in alto per poi recuperarla immediatamente, senza farla cadere. Chiedere di muoversi secondo andature differenti: camminata lenta, camminata veloce, corsa lenta, corsa veloce, saltelli;
I N D I V I D U A L I	Palline e palloni di diverse dimensioni, materiale tipologia	**Dinamica In piedi** (lavoro con gli schemi motori di base)	- muoversi nello spazio ed eseguire palleggi con la palla verso terra per poi recuperarla immediatamente, con due mani, poi con una e con l'altra. Chiedere di muoversi secondo andature differenti: camminata lenta, camminata veloce, corsa lenta, corsa veloce, saltelli; - muoversi nello spazio ed accompagnare la palla a terra con entrambe le mani, in maniera tale che non scappi; - muoversi nello spazio e calciare la palla accompagnandola in giro, senza che scappi. Chiedere ai bambini di mettersi in riga, lungo una linea della palestra,

	Palline e palloni di diverse dimensioni, materiale tipologia	**Dinamica** **In piedi** (lavoro con gli schemi motori di base)	distanziati gli uni dagli altri, al via dell'insegnante lanciare la palla secondo indicazioni e solo dopo che tutti avranno lanciato, correre a recuperare la palla e rimettersi in riga lungo la linea. Si possono dare le seguenti indicazioni e variarle a piacere a seconda delle scelte e delle risposte dei bambini: - tenere la palla con entrambe le mani e lanciarla da dietro la testa; dal petto (entrambe con le gambe divaricate); da sopra la testa con una mano e poi con l'altra (con la gamba opposta al braccio di lancio in avanti così da imprimere la giusta forza); - lanciare la palla da dentro le gambe in avanti, con un lancio basso; lanciarla da dentro le gambe girati di spalle rispetto alla direzionalità del lancio.

La palla rappresenta, anche, un utile strumento per promuovere la collaborazione e la cooperazione, sia come attività di coppia che come piccolo e grande gruppo, così da portare gli studenti a migliorare le proprie capacità di agire consapevolmente e rispettando le regole, implicando un lavoro trasversale per l'impulso alle abilità sociali, alla competenza di cittadinanza e alla convivenza sociale. Tra le diverse esercitazioni si possono proporre diverse attività:

E S E R C I T A Z I O N I	Palline e palloni di diverse dimensioni,	**Statica** **Da seduti a gambe divaricate** (lavoro di coordinazione, controllo tonico, attenzione, sviluppo percettivo)	Chiedere ai bambini di sedersi uno di fronte all'altro a gambe divaricate, a distanza variabile a seconda dell'età e delle capacità, dare ad uno di loro la palla e dire di passarsela secondo indicazioni: - lanciarla raso terra, imprimendo la giusta forza per raggiungere il compagno di fronte; - lanciarla da sopra la testa, poi, dal petto sino ad arrivare al compagno di fronte; - lanciarla con una mano e poi con l'altra al compagno di fronte;

	materiale tipologia	Statica **In piedi** (lavoro di coordinazione, controllo tonico, attenzione, sviluppo percettivo)	- lanciarla da sopra la testa verso il basso, così che rimbalzi a terra e poi, dopo il rimbalzo arrivi al compagno di fronte; - lanciarla dal basso verso l'altro sino ad arrivare al compagno di fronte. Chiedere ai bambini di mettersi in piedi, uno di fronte all'altro a distanza variabile, a seconda dell'età anagrafica dei bambini e delle loro capacità o difficoltà, e lanciarsi la palla. Poi, man mano con il maturare dell'esperienza e dell'età anagrafica, incrementare la distanza: - come indicazioni date in precedenza, nelle attività proposte a gambe divaricate. A distanza ravvicinata, anche, come forma di allungamento e sviluppo dei riflessi e della precisione: - di schiena uno contro l'altro: passarsi la palla con torsione del busto a destra e a sinistra; - di schiena uno contro l'altro e gambe divaricate: passarsi la palla da sopra la testa e sotto le gambe.

Le attività di coppia possono essere modificate e proposte adattandole, sempre ai feedback e alle necessità che ciascun docente legge all'interno della propria classe, l'importante è promuovere la motivazione, l'interesse e la voglia di giocare insieme. I compagni dovranno essere cambiati sovente così da facilitare il confronto costruttivo, la conoscenza reciproca e leggere le differenze di ciascun compagno come un'opportunità per trovare nuove soluzioni e scelte nel mettere in atto le risposte motorie in riferimento a sé stessi e all'altro.

La palla è un'utilissima proposta motoria come avviamento sportivo, ossia in attività di gruppo ovvero come intera classe. Per avviamento sportivo si intende la possibilità di maturare i prerequisiti dei giochi di squadra con la palla, sia con le mani che con l'uso dei piedi, come attività propedeutiche alla pallavolo, basket, calcio e via dicendo. Si devono promuovere, perciò, tante attività diversificate per accrescere il bagaglio conoscitivo ed esperienziale dei bambini:

ESERCITAZIONI DI GRUPPO	Palline e palloni di diverse dimensioni, materiale tipologia	**Statica** **Da seduti a gambe divaricate oppure in piedi IN CERCHIO** (lavoro di coordinazione, controllo tonico, attenzione, sviluppo percettivo)	Chiedere ai bambini di sedersi ovvero mettersi in piedi in cerchio, a distanza variabile a seconda dell'età e delle capacità, e chiedere ai bambini di passarsi la palla secondo indicazioni: - lanciare la palla verso un compagno che dovrà acchiapparla al volo e rilanciarla ad un altro, sino a che tutti l'avranno presa senza farla cadere a terra, diversamente inizia nuovamente la conta (si può, anche, fare diversi gruppi con una sfida per cui vince il gruppo che per primo termina): lavoro PROPEDEUTICO per la capacità d'intercettamento della palla, di recupero come capacità di presa e rilancio finalizzato e preciso, sulla direzionalità e controllo della forza in base alla distanza; - la stessa attività può essere prevista con i palleggi, passarsi la palla in passaggi palleggiati continui con le mani; passarsi la palla con passaggi continui con i piedi (lavorando sulla precisione del passaggio e sul controllo della forza, per la precisione del lancio rispetto all'obiettivo) PROPEDEUTICI AI GIOCHI SPORTIVI; - passaggi con traslocazione della palla da destra a sinistra e viceversa, secondo un input sonoro dato dall'insegnante (favorendo l'attenzione e concentrazione, i riflessi, la coordinazione e il problem solving); - passaggi utilizzando una RETE bassa o alta, con passaggi/palleggi sopra la rete oppure sotto a compagni disposti in posizioni differenti: lavoro
ESERCITAZIONI	Palline e palloni di diverse dimensioni, materiale tipologia		

pag. 204

D I G R U P P O		**Dinamica In piedi giochi propedeutici** (lavoro di coordinazione, controllo tonico, attenzione, sviluppo percettivo)	PROPEDEUTICO per la direzionalità del lancio. I giochi in dinamica devono essere predisposti come gioco nello <u>SPAZIO LIBERO</u> senza attrezzi, se non che la palla e lo spazio gioco delimitato da coni/ cinesini: PROPEDEUTICO al riconoscimento, gestione e rispetto dello spazio gioco e del movimento all'interno di uno spazio delimitato. Promuovere giochi come: - suddividere i bambini in due squadre (una con le pettine dello stesso colore, così da riconoscersi) in un'area gioco ampia in base al numero dei bambini, per andare a canestro dentro uno scatolone posto al lato, chiedere loro di passarsi la palla secondo diverse varianti: ❖ fermarla e rilanciarla senza farla cadere con le mani/ piedi; ❖ senza fermarla, rilanciarla direttamente con le mani/ piedi; ❖ fermarla, palleggiando a terra muovendosi nell'area gioco, e rilanciarla; ❖ passarla ad un numero di compagni specifico prima di potere andare a canestro dentro lo scatolone. **Varianti**: modificare la dimensione del campo gioco e dello scatolone dove andare a canestro. Devono, poi, essere proposti giochi con l'utilizzo di <u>ATTREZZI</u>: RETI, CANESTRI per promuovere la coordinazione e l'azione efficace in funzione dell'attrezzo, PROPEDEUTICO ad un lavoro di avviamento tecnico- tattico

			specifico delle diverse discipline. Le reti ed i canestri in un primo momento di avviamento saranno di dimensione ridotta e organizzati con diversi attrezzi psicomotori per facilitarne l'uso e promuovere il successo dei bambini.

I **cuscini propriocettivi e "riccetti"** di diverse dimensioni, colori e forme, rappresentano un'utilissima esperienza sensoriale per i bambini, dando l'opportunità di sviluppare l'abilità percettiva, l'equilibrio ed il controllo del proprio corpo rispetto ad una situazione d'instabilità.

Obiettivi trasversali: la flessibilità motoria e cognitiva, il problem solving, la coordinazione dinamica generale, l'attenzione e l'adattamento.

Nel percorso di consapevolezza attraverso i cuscini propriocettivi o i ricetti i bambini imparano a leggere i messaggi provenienti dall'esterno, esterocettivi, come risposta agli stimoli ambientali e i messaggi provenienti dal proprio corpo, così da adattare i movimenti delle diverse parti del corpo coordinandole.

Utilizzare i cuscini in percorsi e giochi di equilibrio.

SCHEMI MOTORI	ABILITÀ SOCIALI	COMPETENZE TRASVERSALI	ATTREZZATURA materiale
Camminare, strisciare, rotolare, lanciare, correre.	Riconoscimento della postura come modalità espressiva e comunicativa; acquisire consapevolezza del proprio corpo e del proprio stare con gli altri; esplorare con gli altri il mondo e modificarlo.	Imparare ad imparare; capacità organizzativa e imprenditoriale; alfabetico funzionale; di cittadinanza; consapevolezza ed espressione culturale.	materiale di facile consumo; oggetti di uso comune; attrezzatura motoria: cerchi, coni, corde, materassini, palle differenti, palle tattili, gym ball;

TAVOLA 4	I PERCORSI	SC. PRIMARIA
FINALITÀ	Sviluppo dell'identità, dell'autonomia e delle competenze	**ATT. PROPRIOCETTIVE-COORDINATIVE**
CONOSCENZE	Il corpo, i diversi organi, la coordinazione grossa e fine, la percezione, l'espressione con il corpo, l'equilibrio, il salto, il lancio, il rotolo, lo strisciare.	
ABILITÀ	Usare il corpo per sentire, esprimere, seguire percorsi, seguire ritmi; organizzarsi e riconoscere il movimento delle varie parti del corpo, coordinandole; riconoscere il corpo, le diverse parti, i segnali e l'interazione tra loro, saltare, strisciare, rotolare, lanciare.	
COMPETENZE	Individuare collegamenti e operare scelte con creatività e consapevolezza, trovare soluzioni ai problemi, osservare le parti del corpo e riconoscerne l'utilizzo corretto, riconoscere le diverse forme espressive, sviluppare la coordinazione; muoversi con sicurezza in ogni ambiente e situazione.	

I percorsi possono essere proposti secondo diverse tipologie, con o senza l'utilizzo di attrezzi psicomotori, per lavorare sui diversi schemi motori, posturali e sulle diverse capacità motorie su cui si è lavorato nelle diverse esercitazioni e giochi sugli schemi motori e con gli attrezzi proposti in precedenza.

L'organizzazione del setting prevede una predisposizione per gradi a seconda dell'età anagrafica dei bambini e delle loro capacità e potenzialità.

Nelle PRIME due classi

Nelle classi **1° e 2° della scuola primaria** si deve programmare il setting e le esercitazioni partendo dalla presentazione di una parte del percorso per volta, con relativo attrezzo psicomotorio, così da utilizzarlo sia come fase di riscaldamento iniziale, prima della proposta dell'intero percorso con relativo carico motorio, che come attività principale della lezione. La fase di riscaldamento risulta, perciò, utile per recuperare in memoria il gesto motorio specifico legato all'attrezzo, soprattutto nel caso di compiti motori più complessi, permettendo la ripetizione reiterata delle singole porzioni di movimento che compongono il gesto finale utile, poi, per il percorso completo.

Nelle prime classi si dovrà, in primis, usare gli attrezzi a terra a corpo libero così da lavorare, in prevalenza, sulla coordinazione, sull'affinamento del gesto motorio e sulla consapevolezza dell'uso del corpo nello spazio.

OBIETTIVI motori: la coordinazione motoria generale, l'organizzazione del corpo nello spazio e nel tempo, la lettura senso percettiva e relativa risposta motoria, la flessibilità motoria, la capacità di problematizzazione;

OBIETTIVI trasversali: organizzazione, attenzione, flessibilità cognitiva, ascolto attivo, comunicazione.

PREDISPOSIZIONE DEL SETTING vediamo a seguire diverse possibilità per organizzare il setting gioco con percorsi.

Nelle prime due classi partire da semplici percorsi, che richiamino trasversalmente gli obiettivi dell'ambito linguistico espressivo e logico matematico (tracciati, organizzazione spaziale; successione, organizzazione temporale; riconoscimento dello spazio e lettura degli stimoli ambientali; organizzazione e coordinazione di tutto il corpo in dinamica); dai compiti motori più semplici a quelli più complessi:

ES. 1

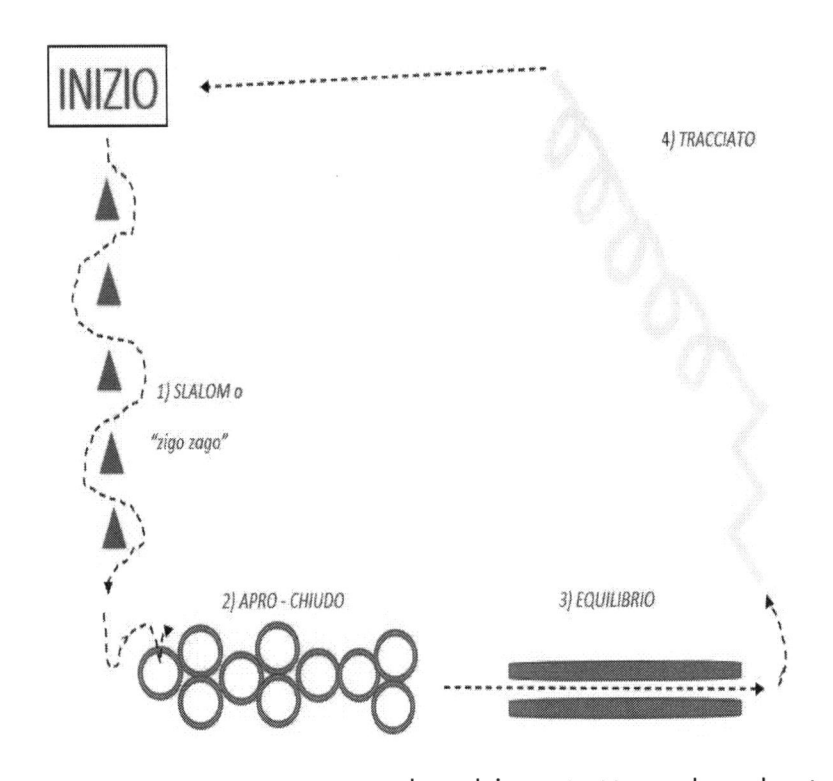

1) **SLALOM:** in un primo momento per facilitare la comprensione del movimento ovvero in presenza di bambini con disabilità, inserire le frecce a terra (con cartoncino oppure disegnate con il gesso); la distanza tra i coni e la quantità possono essere variate, così da renderlo più o meno complesso;

2) **APRO CHIUDO** prevede salti dentro i cerchi (più piccoli con bambini di prima) a gambe divaricate – apro- e a gambe chiuse tutte e due dentro il cerchio singolo - chiudo-; la disposizione dei cerchi può essere variata sia come quantità che come gesto da eseguire;

3) **EQUILIBRIO** prevede che il bambino organizzi il movimento dei piedi uno dopo l'altro in successione dentro le due stecche, mantenendo l'equilibrio e coordinandosi con il corpo;

4) **TRACCIATO** la tipologia di tracciato può essere disegnata con lo scotch carta ovvero con il gesso direttamente a terra, variandone lo spessore e la tipologia di movimento: da eseguire secondo le diverse andature (camminata in avanti/indietro; corsa in avanti/indietro; galoppo laterale e via dicendo);

5) **RIENTRO ALLA POSIZIONE DI INIZIO** secondo diverse andature (da cui ripartire).

Varianti:

TRACCIATI → possono essere predisposti secondo diverse dimensioni e traiettorie, formando anche dei labirinti ovvero incroci oppure stradine entro le quali attraverso una lettura visiva d'immagine lo studente scelga la strada più efficace per arrivare alla fine del percorso (coding).

Specifica:
Il RIENTRO IN POSIZIONE in forma circolare permette ai bambini di riconoscere immediatamente lo spazio gioco, perciò, di organizzarsi e muoversi nei diversi attrezzi in successione prestando attenzione, esclusivamente, al gesto motorio da eseguire nei diversi passaggi e non alla direzionalità del movimento. Questa attenzione permette, nel primo anno della primaria e nelle prime esperienze del bagaglio motorio specifico, ai bambini di concentrarsi e lavorare sugli obiettivi dei diversi gesti e schemi motori da promuovere.

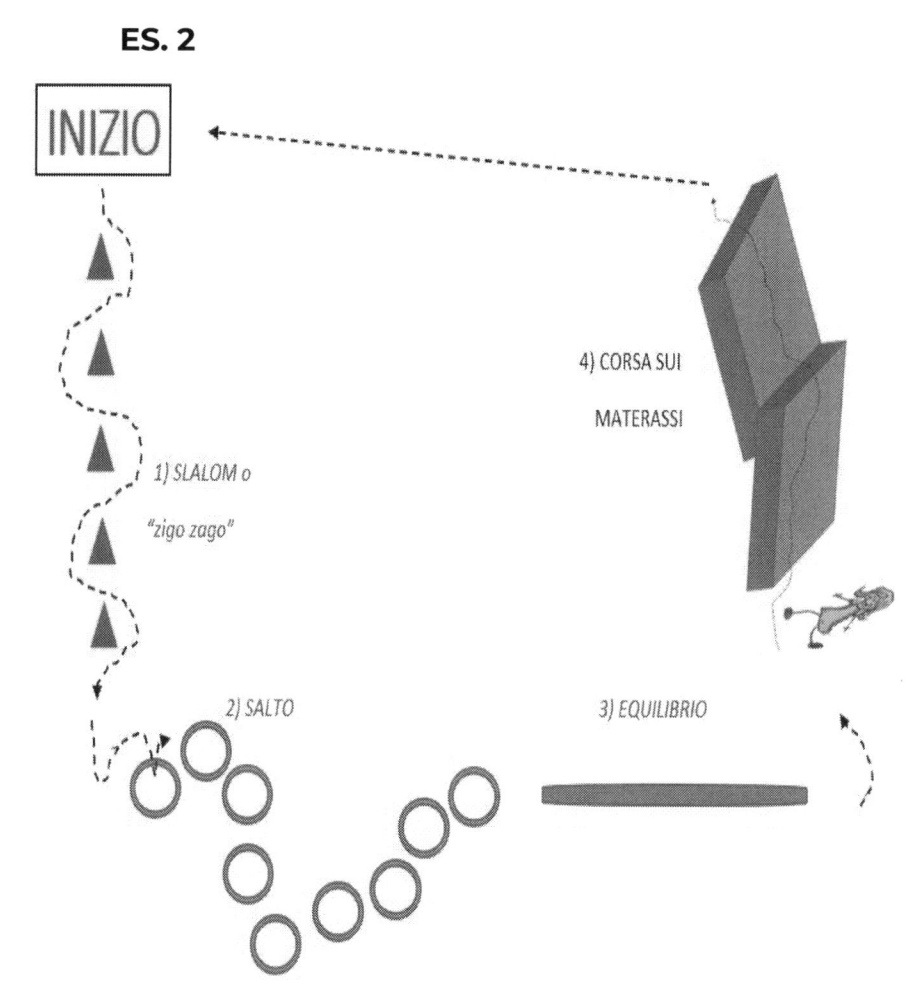

ES. 2

1) **SLALOM** secondo diverse andature: camminata, corsa (in avanti- all'indietro- laterale);

2) **SALTO** a piedi uniti (se i cerchi sono disposti vicini tra di loro); a cavallina, alternando il piede d'appoggio con saltelli, in questo caso la distanza tra i cerchi dovrà essere variata per lavorare sull'ampiezza del passo;

3) **EQUILIBRIO**: camminata sopra una stecca di legno larga poggiata a terra: in avanti, lateralmente (camminata di lato divaricando le gambe e, poi, unendo i piedi);

4) **CORSA SUI MATERASSI** disposti, in corrispondenza di un lato, uno sopra l'altro così da creare una leggera pendenza e favorire lo schema del saltello nella fase di discesa sul materasso successivo ed, infine, sulla superficie dello spazio gioco. Lo spessore dei materassi deve considerare l'età anagrafica dei bambini, così da favvorire l'autonoma esecuzione in sicurezza;

5) RIENTRO ALLA POSIZIONE DI INIZIO secondo diverse andature (da cui ripartire).

Si precisa che le esercitazioni sull'equilibrio devono essere proposte partendo dalle esperienze meno problematiche rispetto alla sfera emotivo affettiva dei bambini, utilizzando ad esempio: stecche, mattoncini, cuscini propriocettivi, tra i diversi attrezzi psicomotori, oppure qualora non in possesso, stecche di legno, panche larghe sulle quali salire e camminare.

Varianti:
CORSA SUI MATERASSI → mettendo i materassi consecutivi uno all'altro si può variare le andature: camminata veloce, all'indietro, laterale (apro e chiudo), corsetta saltellata, camminata a quattro zampe, calciata, skip (corsa a ginocchia alte), salti a piedi uniti (come i canguri).

ES. 3

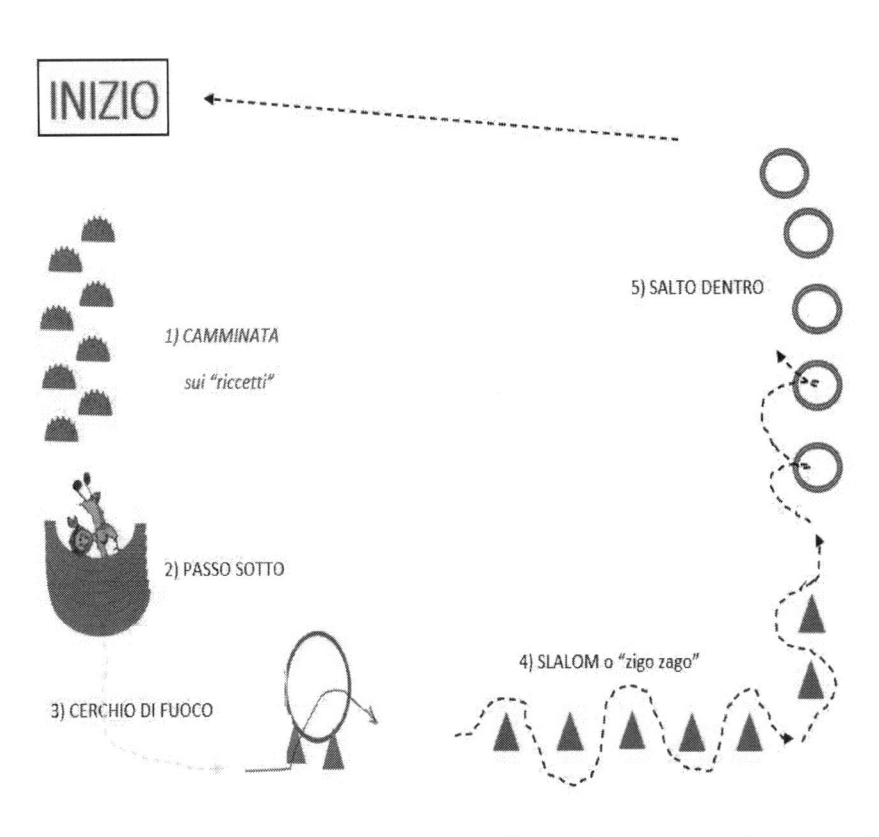

1) **CAMMINATA SUI RICCETTI** ovvero sopra i cuscini propriocettivi, che mettono in crisi l'equilibrio del corpo, alternando l'appoggio (la distanza dev'essere variata in base alle capacità dei bambini);
2) **PASSO SOTTO** il tunnel strisciando, organizzando e coordinando il corpo ed il movimento degli arti e del busto;
3) **CERCHIO DI FUOCO** passare dentro il cerchio, coordinando l'esecuzione del gesto in ingresso, in fase di passaggio del corpo attraverso il cerchio e nella relativa uscita;
4) **SLALOM** tra i coni secondo le diverse andature;
5) **SALTO DENTRO I CERCHI** il salto dal più semplice alternando in corsa il passaggio dei piedi dall'uno all'altro. Il percorso potrà essere variato aggiungendo difficoltà rispetto all'ampiezza del passo e ai diversi tipi di salto, con diverse andature: lento balzato; a cavallina, a piedi uniti,

all'indietro, laterale, con giro intorno al proprio corpo tra l'uno e l'altro. Potrà essere, poi, variato con salti più complessi come a ranochietto.;
6) **RIENTRO ALLA POSIZIONE DI INIZIO** secondo diverse andature (da cui ripartire).

Varianti:

DENTRO I CERCHI → i cerchi possono essere disposti in svariate posizioni dello spazio ed integrare diverse opportunità di lavoro sia fisico che mentale, come ad esempio:
- mettere tanti cerchi posizionati uno vicino all'altro, modificandone la disposizione nello spazio e chiedere ai bambini, attraverso comandi vocali oppure immagini visive, di saltarvi dentro o passarci intorno, variando costantemente la consegna anche con l'uso di cartoncini colorati che indichino ai bambini dove saltare tra i cerchi disposti nello spazio;
- mettere i cerchi; affiancati a due a due, creando una stradina sulla quale saltare a gambe divaricate in successione.

ES. 4

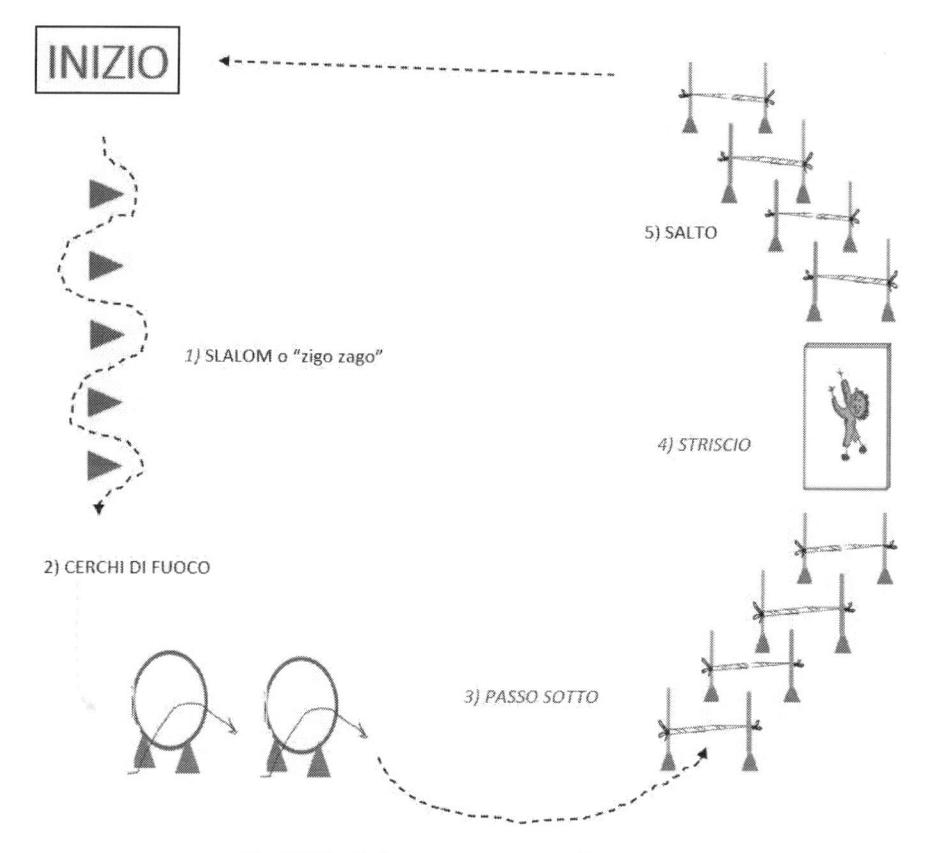

1) **SLALOM** tra i coni secondo diverse andature;
2) **CERCHI DI FUOCO** dove passare dentro i cerchi;
3) **PASSO SOTTO** strisciare sotto gli ostacoli, la cui altezza deve essere variata per aumentare la difficoltà d'esecuzione;
4) **STRISCIARE** sopra il materassino come spider man;
5) **SALTO** gli ostacoletti bassi, l'altezza può essere modificata dall'insegnante in base alle necessità;
6) **RIENTRO ALLA POSIZIONE DI INIZIO** secondo diverse andature (da cui ripartire).

Varianti:
- SUL MATERASSO: si può strisciare – andare a 4 zampe – dondolare – rotolare;
- la sistemazione degli attrezzi psicomotori può essere modificata a piacere ed adattata alle diverse necessità e feedback degli studenti della propria classe;
- in caso di studenti BES con particolari difficoltà, in cui le attività con gli attrezzi potrebbero rappresentare una barriera all'inclusione, trovare le opportune semplificazioni e declinazioni del percorso secondo quanto visto nel corso di questo libro: con input visivi, uditivi, pannelli tattili, immagini guida. L'esperienza dev'essere maturata nel corso del tempo e laddove necessaria una guida fisica prevederne l'utilizzo per un breve lasso di tempo per poi lasciare alla libera esperienza autonoma.

ATTENZIONE → gli OSTACOLI in una prima fase di sperimentazione devono essere FACILITATI e predisposti con i diversi attrezzi psicomotori: due coni, due bastoni e nastro bianco/rosso; così da modularne l'altezza a seconda delle necessità degli studenti, e per favorire un approccio all'ostacolo in sicurezza e senza traumi per i bambini.

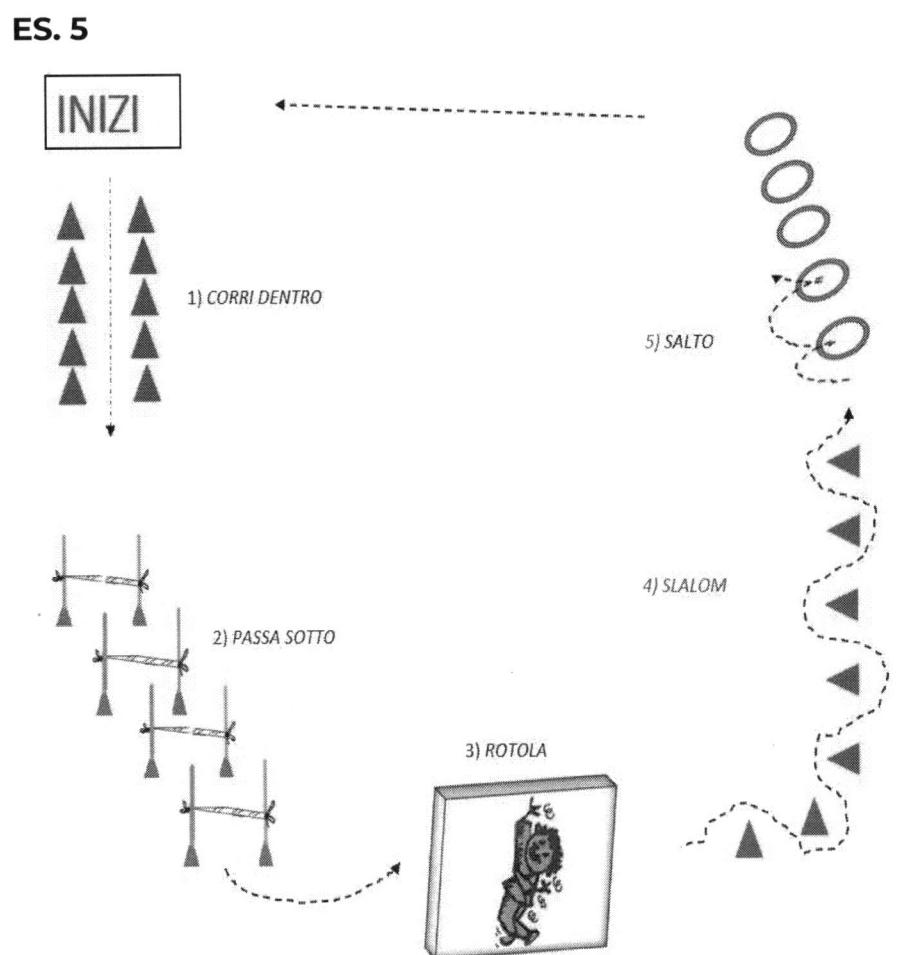

ES. 5

1) **CORRI DENTRO** partenza con corsa dentro la superficie della stradina stabilita con i coni. Può essere variata la quantità di coni, la traiettoria e la distanza tra i coni;

2) **PASSO SOTTO** gli ostacoli messi secondo diverse traiettorie, così da promuovere l'organizzazione del corpo in risposta all'organizzazione degli attrezzi;

3) **ROTOLARE** coricarsi sul materasso e rotolare sino al termine del materasso;

4) **SLALOM** curvilineo e rettilineo. Può essere variata la distanza tra i coni e la traietttoria così da lavorare sulla coordinazione ed organizzazione

del corpo, sulla lettura percettiva e sul riconoscimento spaziale della disposizione dei coni;
5) **SALTO** dentro i cerchi disposti a distanza variabile per lavorare sull'ampiezza del passo, sulla coordinazione e flessibilità motoria;
6) **RIENTRO ALLA POSIZIONE DI INIZIO** secondo diverse andature (da cui ripartire).

Varianti:

OSTACOLI → gli ostacoli, creati con il nastro bianco/rosso, possono essere facilmente variati in altezza facendo in modo, così, di lavorare non solo sulla possibilità di organizzare il corpo per strisciare oppure andare a quattro zampe (passando sotto), ma anche saltare sopra gli ostacoli;

STRADE CON I CONI → create secondo diversi tragitti in cui i bambini si muovano seguendo degli input visivi, orme oppure frecce, in cui muoversi secondo le indicazioni date ed attaccate a terra.

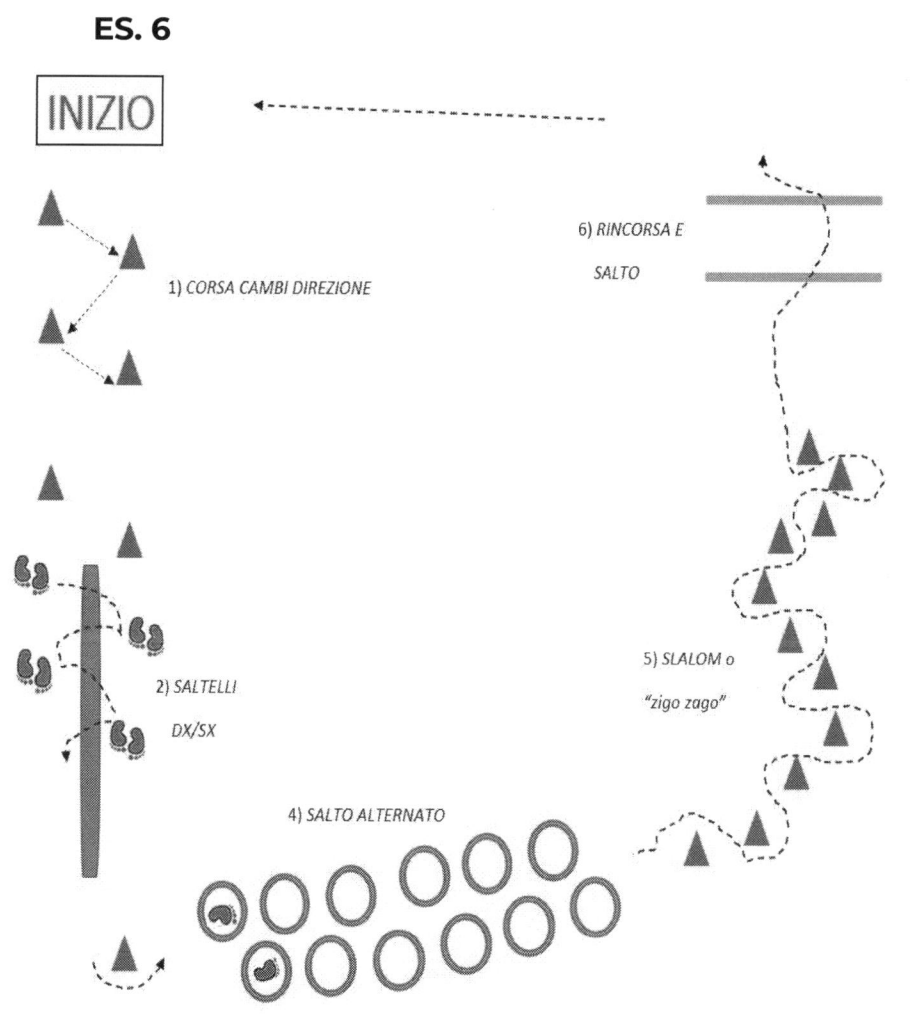

ES. 6

1) **CORSA CON CAMBI DI DIREZIONE** correre spostandosi da un cono all'altro in successione cambiando la direzione del corpo ed organizzandosi in funzione dello spostamento;

2) **SALTELLI A PIEDI UNITI A DESTRA E SINISTRA DELLA STECCA**, salti dello sciatore, lettura percettiva dell'ostacolo e organizzazione del corpo per lo spostamento da una parte all'altra;

3) **GIRO INTORNO AL CONO**, in questa posizione il cono funge da giro di boa;

4) **SALTO ALTERNANDO PIEDE DESTRO E SINISTRO NEI DIVERSI CERCHI** la distanza dei cerchi può essere modificata andando ad agire sulla capacità di organizzare il salto in funzione della distanza;

pag. 213

5) **SLALOM** tra i coni in curvilinea, con lettura percettiva del tragitto dei coni e della corretta successione;
6) **RINCORSA E SALTO IN VELOCITÀ** di una distanza data tra due linee, create con il nastro carta o con delle stecche, che può essere modificata a seconda della maturazione della capacità di salto dei bambini;
7) **RIENTRO ALLA POSIZIONE DI INIZIO** secondo diverse andature (da cui ripartire).

I percorsi in RETTILINEO

I percorsi sin qui proposti vedono un'organizzazione del setting circolare, così da permettere ai bambini di riprendere il percorso dall'inizio, secondo una successione continua.

Tali percorsi, però, possono essere predisposti anche in rettilineo, così da permettere l'organizzazione del setting in più partenze e la suddivisione dei bambini tra le stesse, proponendo delle sfide di gruppo. In questo caso si possono creare:
- percorsi in rettilineo identici, con arrivo nella parte opposta alla partenza e così, eventualmente, prevedere una partenza successiva dalla parte opposta;
- percorsi in rettilineo con parte centrale condivisa in cui uno dei due bambini riesca ad arrivare prima e terminare il percorso;
- percorsi in rettilineo con parte centrale condivisa in parte e suddivisa nella parte finale.

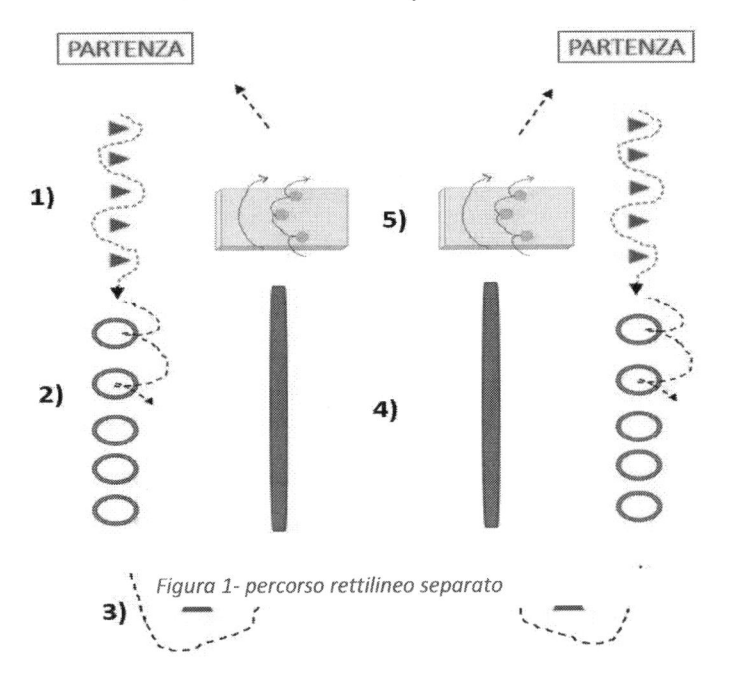

Figura 1- percorso rettilineo separato

ES. 1

1) **SLALOM** tra i coni, secondo diverse andature: camminata/ corsa/ saltelli in avanti, indietro, laterale;
2) **SALTO DENTRO I CERCHI** a piedi alternati, a piedi uniti, con un solo piede; la distanza dei cerchi potrà essere variata in base alla esperienza e capacità motorie dei bambini;
3) **GIRO INTORNO AL CONO** come giro di boa;
4) **EQUILIBRIO** sopra l'asse (stecca a terra), da eseguire camminando in avanti, alternando un piede dopo l'altro;
5) **SALTO DEL MATERASSINO/ MATERASSO BASSO** in un unico salto in velocità oppure con dei balzi sopra le impronte inserite nel materasso, per i bambini che potrebbero aver paura della fase di volo e non riuscire a superare l'ostacolo del materasso in un unico salto;

6) **RIENTRO ALLA POSIZIONE DI INIZIO** secondo diverse andature (da cui ripartire).

Varianti:
Per l'EQUILIBRIO si può incrementare il lavoro di organizzazione del corpo chiedendo al bambino mentre si muove in equilibrio con i piedi laterali di piegarsi e, contemporaneamente, poggiare a fianco a terra oppure infilare nei bastoni laterali, in successione secondo un colore stabilito, dei cerchietti piccoli.

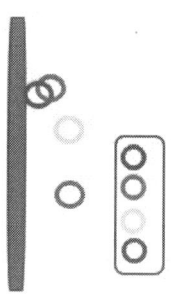

ES. 2

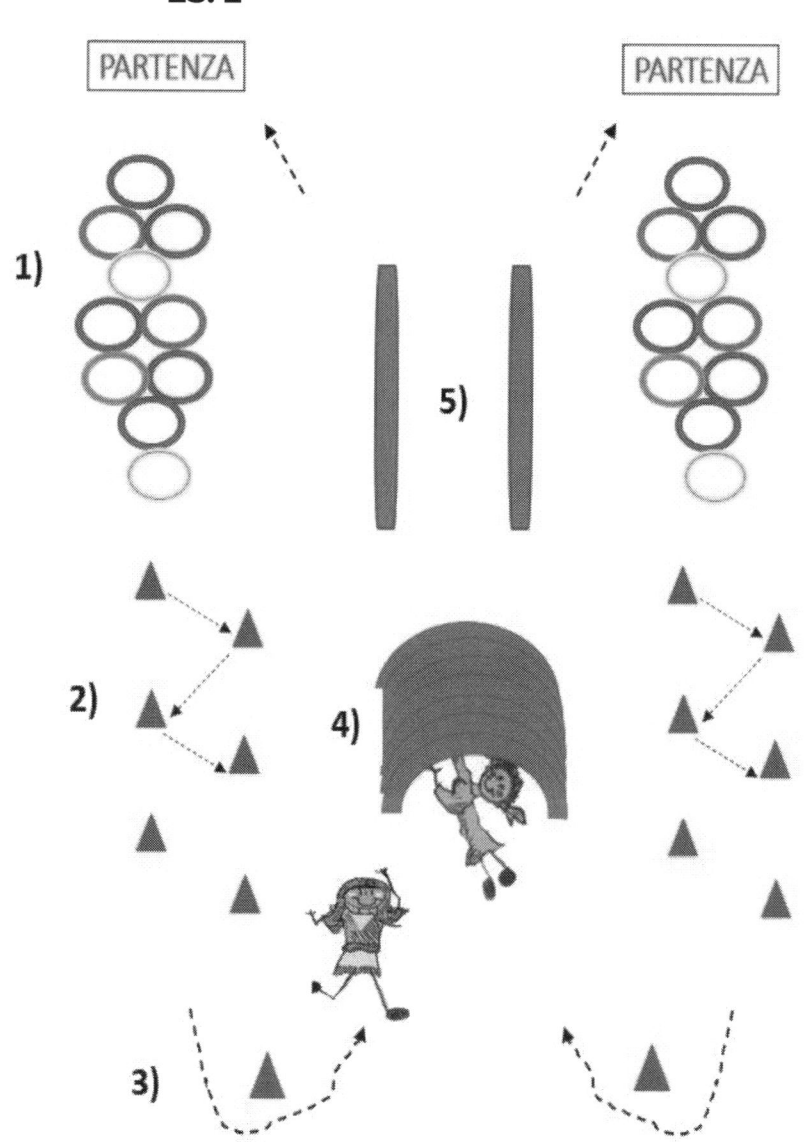

1) **APRO- CHIUDO** dentro i cerchi; chiudo, piedi uniti nel cerchio unico; apro nei cerchi affiancati, con le gambe divaricate e i piedi uno in un cerchio e l'latro nel secondo cerchio;

2) **CAMBI DI DIREZIONE** secondo diverse andature: corsa; saltelli; galoppo laterale; corsa all'indietro;

3) **GIRO DI BOA** intorno al cono;

4) **PASSA SOTTO** il tunnel nella zona centrale condivisa perciò CHI PRIMA ARRIVA PRIMA PASSA! E procede per portare a termine il percorso;

5) **EQUILIBRIO** nelle stecche a terra, secondo diverse andature: camminata/ corsa/ laterale;

6) **RIENTRO ALLA POSIZIONE DI INIZIO** secondo diverse andature (da cui ripartire).

Figura 2- percorso rettilineo in parte condiviso

pag. 215

Varianti: 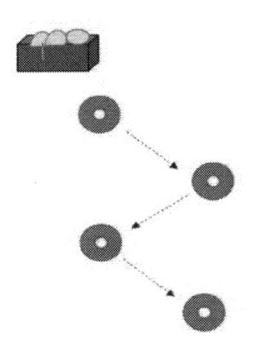
Per i CAMBI DI DIREZIONE si può prevedere al posto dei coni l'utilizzo dei CINESINI e l'inserimento di una scatolina all'inizio della 2° area attrezzi con delle palline da tennis o di gommapiuma o polistirolo da prendere e poggiare sopra/sotto i cinesini da parte del primo bambino della fila, da recuperare e rimettere nella scatola dal secondo bambino della fila e così via sino all'ultimo della fila. 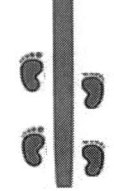 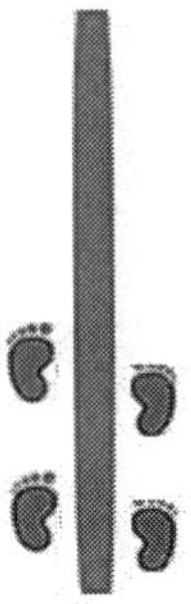
Rispetto alla zona EQUILIBRIO si può prevedere, anche, di usare la stecca come zona di delimitazione camminando con le gambe divaricate; se si utilizza un'asse di equilibrio alta usarla come se si stesse a cavallo e spostarsi con tutto il corpo oppure strisciarvi sopra.

ES. 3

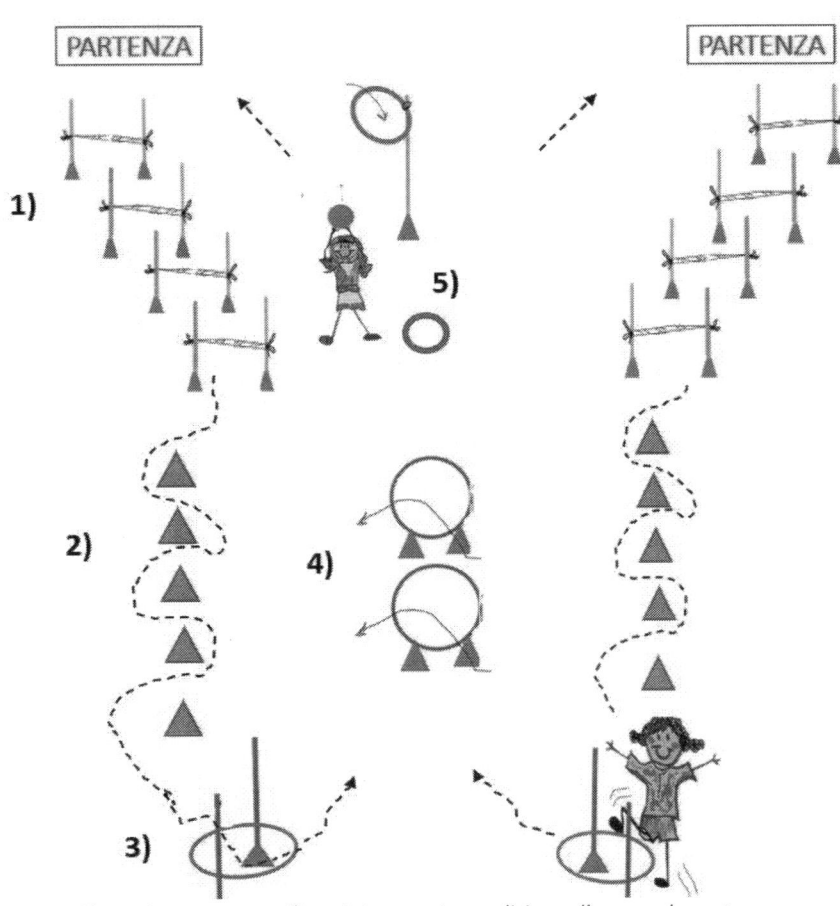

Figura 3- percorso rettilineo interamente condiviso nella seconda parte

1) **SALTA GLI OSTACOLI** facilitati, ossia creati con coni, bastoni e nastro bianco/rosso, perciò, adattando l'altezza alle necessità dei bambini;
2) **SLALOM** tra i coni secondo diverse andature ed adattando la distanza tra ogni cono;
3) **SUPERAMENTO DEL CERCHIO** organizzando il corpo in funzione del passaggio senza far cadere il cerchio;
4) **PASSAGGIO DEI CERCHI DI FUOCO** partendo dal piede d'appoggio per passare, poi, con il corpo e uscire dal cerchio;
5) **TIRO A CANESTRO** il primo bambino ad arrivare al canestro facilitato, essendo avanti nel percorso condiviso, prenderà dal cerchio di fronte

al canestro (costruito con un cerchio agganciato ad un bastone) la palla e tirerà a canestro per riuscire a fare punto;
6) **RIENTRO ALLA POSIZIONE DI INIZIO** secondo diverse andature (da cui ripartire).

A seguito dei diversi percorsi fare esperienza di "**circle time**" in cui lavorare, ad esempio, su:
- concetti topologici rispetto a sé stessi, proponendo domande stimolo che permettano ai bambini di usare le parole corrette per descrivere cosa hanno fatto (sopra il materasso; sotto l'ostacolo; dentro il cerchio e via dicendo)
- le parole del tempo e dello spazio rispetto alle azioni svolte e all'ambiente, proponendo domande stimolo (quando, quale gioco prima, quale dopo, dove era il materasso, dove i coni e via dicendo);
- concetti topologici rispetto a sé stessi, proponendo domande stimolo che guidino lo studente a rispondere consapevolmente ed utilizzando il lessico corretto (sopra il materasso; sotto l'ostacolo; dentro il cerchio e via dicendo)
- le parole del tempo e dello spazio rispetto alle azioni svolte e all'ambiente, proponendo domande stimolo che permettano ai bambini di usare le parole corrette (prima/ dopo, davanti/ dietro, vicino/ lontano e via dicendo)
- facilitare la rielaborazione dell'esperienza, favorendo la consapevolezza metacognitiva, con domande guida che permettano al bambino di ripensare al vissuto esperito e darne un giudizio (è stato facile/difficile; ti è piaciuto, quale di più/ di meno e via dicendo).

Per i bambini con **BES** si può all'occorrenza supportarlo, in base alle compromissioni organiche o psicofisiche, nelle diverse abilità motorie:
- ✓ aiuto fisico (cercando, man mano, di ridurlo), accompagnando materialmente il bambino all'esecuzione del movimento;
- ✓ guida all'orientamento nello spazio per il compimento del movimento corretto con orme a terra; nel caso di disabilità sensoriali, deficit visivo, le orme potranno essere in rilievo, con gommapiuma o tappeti senso percettivi;
- ✓ tutoring e guida, come imitazione di quanto stanno eseguendo i compagni vicini oppure come accompagnamento, giacché la componente compagni può essere un'opportunità per la promozione dell'incontro con l'altro, della socializzazione, delle abilità sociali;
- ✓ immagini visive delle diverse attività da svolgere nelle diverse parti del percorso a seconda dell'attrezzo; le immagini visive, anche in CAA, possono essere un'utile opportunità per il recupero delle diverse parti che compongono il gesto finale complesso, utilissimo per tutti i bambini (come esempi in appendice);

- ✓ la suddivisione del percorso in maniera flessibile: modulazione dei tempi d'esecuzione, delle attività da svolgere, della quantità di proposte da richiedere, così da rinforzare e canalizzare l'attenzione e la ripetizione reiterata degli esercizi per rinforzare l'acquisizione del gesto corretto. Gli esercizi proposti con attenzione permettono al bambino di iniziare a costruire la conoscenza motoria specifica creando gli schemi mentali corretti.

All'interno del PEI si dovranno definire gli obiettivi, gli esiti attesi e le evidenze da considerare per la valutazione dell'obiettivo legato alla dimensione dell'orientamento e del corpo a cui si mira.

Dalla TERZA primaria

Nelle **classi 3°, 4° e 5° primaria**, oltre a rinforzare la mobilità e gli schemi motori, come precedentemente descritto, i percorsi devono essere programmati come costruzione per gradi di un tracciato nel quale muoversi. Ogni percorso dovrà essere proposto come attività centrale della lezione, a seguire sempre dalla parte di riscaldamento, ed esercitazioni più complesse con l'uso di attrezzi mobili combinati a quelli a terra, come palle, cinesini ed altro attrezzo da tenere con le mani.

Gli <u>OBIETTIVI MOTORI</u> dei percorsi in queste fasce d'età, oltre a rinforzare gli schemi motori e l'organizzazione del corpo, devono favorire:
- la pianificazione e l'intenzionalità delle attività;
- la destrezza e reattività rispetto ad una situazione di difficoltà;
- il ritmo e la variazione di ritmo;
- la combinazione motoria, ossia la capacità di organizzarsi con il corpo per rispondere all'ambiente e contemporaneamente agire con il proprio corpo su un oggetto mobile (calciare/ palleggiare/ lanciare muovendosi nello spazio);
- la flessibilità motoria e cognitiva, intesa come capacità di mettersi in discussione rispetto ad ogni situazione problematica trovando le giuste soluzioni, con capacità di trasformazione ed adattamento motorio.

<u>OBIETTIVI trasversali</u>: organizzazione, attenzione, pianificazione, reattività, flessibilità cognitiva, ascolto attivo, comunicazione, problem solving.

<u>PREDISPOSIZIONE DEL SETTING</u> vediamo a seguire diverse possibilità per organizzare il setting gioco con percorsi complessi e la combinazione tra attrezzatura a terra ed attrezzatura mobile.

ES. 1

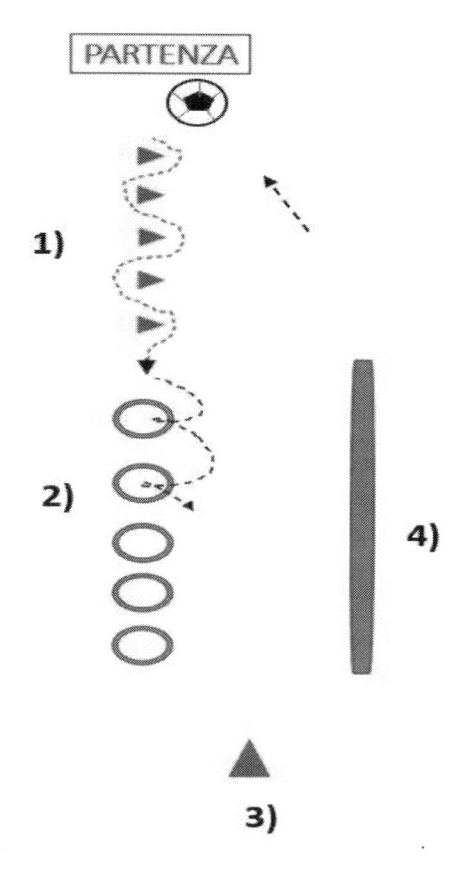

PARTENZA prendere la palla con i piedi e guidarla, senza calciare per non farla scappare, per raggiungere i coni;

1) **SLALOM** camminando/ correndo tra i coni guidando la palla con i piedi (in classe 3° utilizzare solo un piede a scelta dello studente, a partire dalla quarta; chiedere ai bambini di cambiare piede di guida a seconda della posizione della palla nello slalom); terminato lo slalom PRENDERE LA PALLA IN MANO;

2) **SALTO DENTRO I CERCHI** con la palla in mano, secondo diverse richieste: a piedi uniti/ a cavallino/ con un solo piede e con l'altro;

3) **GIRO INTORNO AL CONO** di corsa con la palla, sempre, tenuta in mano;

4) **EQUILIBRIO** camminare in equilibrio sulla stecca e, contemporaneamente, palleggiando e riacchiappando la palla, una volta a destra ed una volta a sinistra (semplificato: tenendola in alto);

5) **RIENTRO ALLA PARTENZA** poggiando la palla nella posizione corretta, segnata da una "x" con lo scotch carta, oppure dentro un cerchio, e andando a battere il cinque al compagno in fila in maniera tale che possa partire a sua volta.

Varianti:

SLALOM → la combinazione con la palla può essere proposta con diversi tipi di esercitazioni:
- piegati con il busto in avanti accompagnare con le mani (entrambe) la palla raso terra camminando;
- palleggiare con due mani; con una mano; alternando con la mano destra e sinistra;
- lanciare la palla in aria camminando/ correndo/ saltellando...

ES. 2

pag. 219

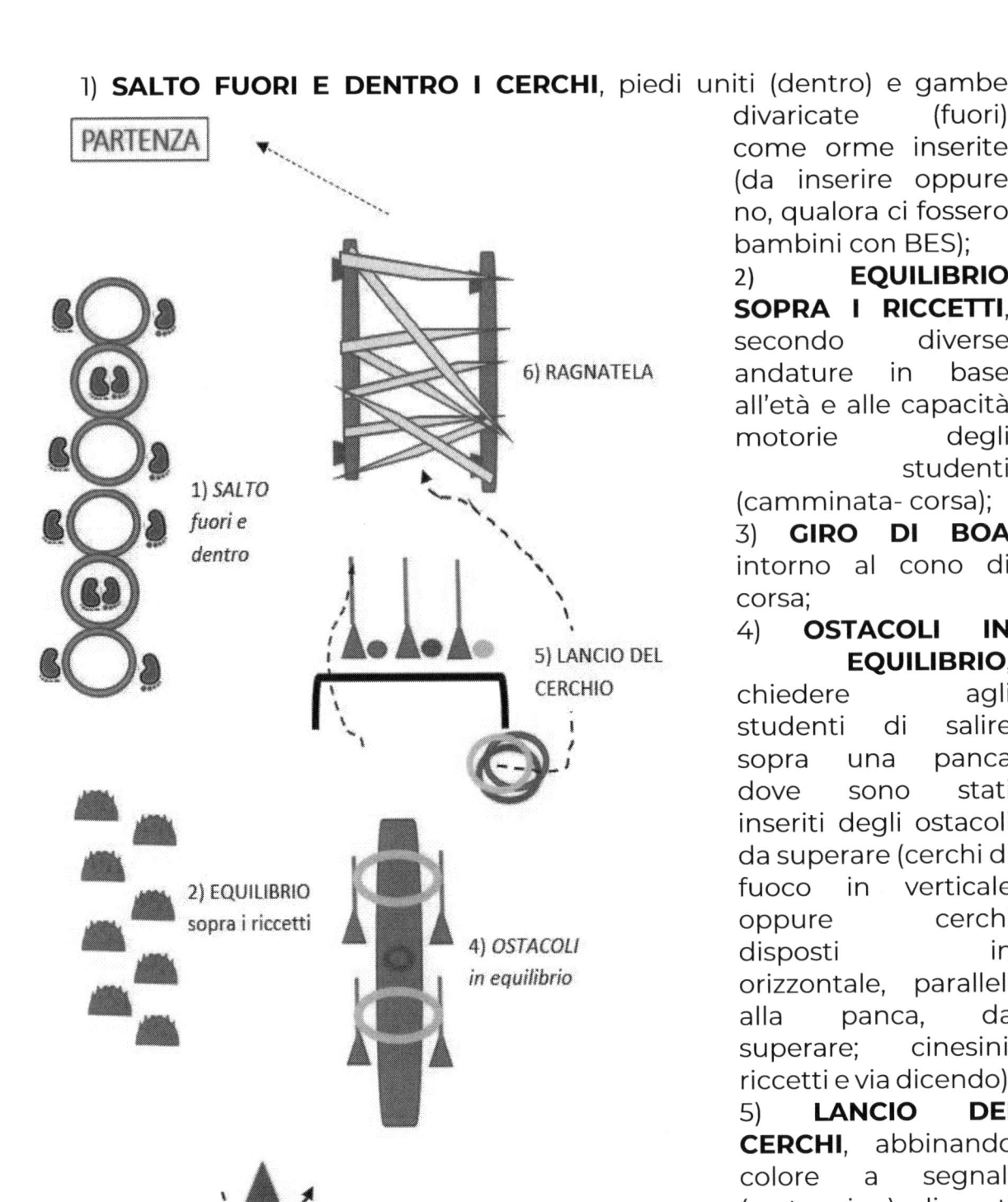

1) **SALTO FUORI E DENTRO I CERCHI**, piedi uniti (dentro) e gambe divaricate (fuori) come orme inserite (da inserire oppure no, qualora ci fossero bambini con BES);

2) **EQUILIBRIO SOPRA I RICCETTI**, secondo diverse andature in base all'età e alle capacità motorie degli studenti (camminata- corsa);

3) **GIRO DI BOA** intorno al cono di corsa;

4) **OSTACOLI IN EQUILIBRIO**, chiedere agli studenti di salire sopra una panca dove sono stati inseriti degli ostacoli da superare (cerchi di fuoco in verticale oppure cerchi disposti in orizzontale, paralleli alla panca, da superare; cinesini; riccetti e via dicendo);

5) **LANCIO DEI CERCHI**, abbinando colore a segnali (cartoncino) disposti a fianco ai bastoni nei quali cercare di infilare il cerchio/i cerchi del colore abbinato (solo un lancio o a seconda dei cerchi per bastone);

6) **RAGNATELA**, dopo aver lanciato i cerchi passare attorno all'area e andare alla ragnatela da superare passando dentro gli spazi liberi tra i nastri, per arrivare dall'altra parte (la ragnatela può essere organizzata utilizzando due assi d'equilibrio laterali ovvero due panche dove attaccare il nastro bianco/rosso formando diverse fessure nelle quali entrare; l'altezza può essere variata all'occorrenza in base alle necessità della propria classe e dei bambini).

ES. 3

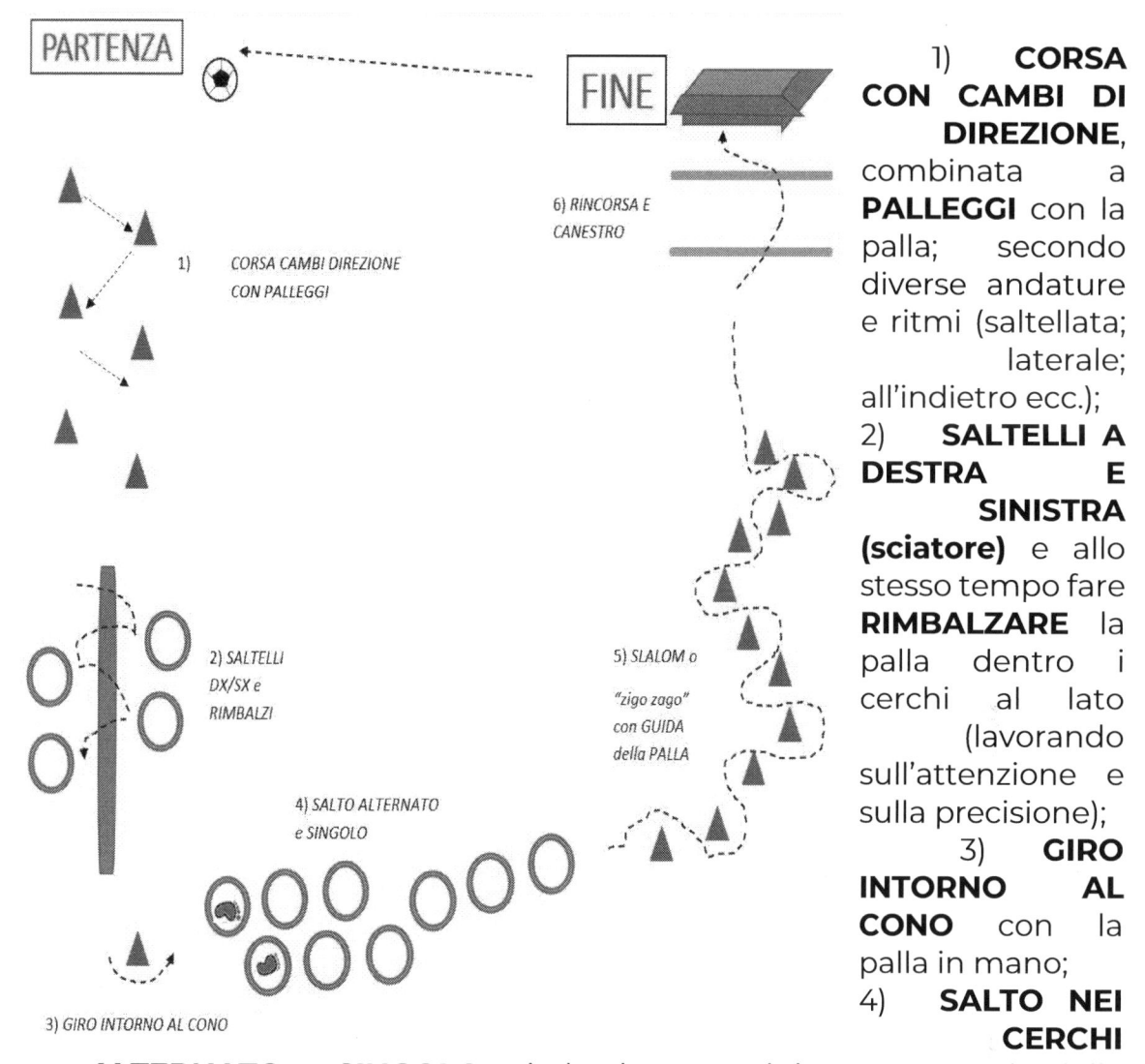

1) **CORSA CON CAMBI DI DIREZIONE**, combinata a **PALLEGGI** con la palla; secondo diverse andature e ritmi (saltellata; laterale; all'indietro ecc.);
2) **SALTELLI A DESTRA E SINISTRA (sciatore)** e allo stesso tempo fare **RIMBALZARE** la palla dentro i cerchi al lato (lavorando sull'attenzione e sulla precisione);
3) **GIRO INTORNO AL CONO** con la palla in mano;
4) **SALTO NEI CERCHI ALTERNATO e SINGOLO**, piede destro e sinistro a seconda della posizione del cerchio con la palla in mano (oppure con due piedi uniti);
5) **SLALOM,** poggiando la palla prima dei coni a terra e **GUIDANDOLA** con i piedi lungo lo slalom con diverse andature (camminata/corsa);
6) **PALLA IN MANO E RINCORSA**, per poi fermarsi prima delle linee segnate a terra con nastro carta o segnalate dalle stecche e **LANCIARE** la palla a canestro dentro lo scatolone disposto a terra a distanza variabile, a seconda dell'età e delle capacità dei bambini;
7) **RECUPERO DELLA PALLA E RIENTRO ALLA PARTENZA** per consegnare la palla al compagno successivo della fila.

Varianti:
SALTO NEI CERCHI → si può prevedere la combinazione con esercitazioni con la palla, piuttosto che solo tenendola in mano, come ad esempio lancio della palla in alto e riprendendola mentre si procede con i salti alternati oppure singoli;
CANESTRO → al posto del canestro con lo scatolone si può mettere tanti coni/cinesini per fare il bowling con un lancio raso terra; una porticina con

rete oppure due coni per segnalare un'apertura all'interno della quale fare goal e via dicendo.

ES. 4

1) **SLALOM** tra i coni; la disposizione e la traiettoria dei coni può essere variata come più piace; si possono, inoltre, richiedere diverse andature (corsetta in avanti/all'indietro, corsetta laterale...);

2) **SALTO DEGLI OSTACOLI** ad altezza differente in base all'età e alle capacità motorie acquisite;

3) **GIRO DI BOA** intorno al cono;

4) **ASSE D'EQUILIBRIO** in base all'ordine di arrivo lo studente sale sull'asse e lo percorre camminando in avanti oppure con andatura laterale;

5) **CAPOVOLTA SUL MATERASSO**, lo studente si dirige verso il materasso della propria fila ed esegue, secondo le indicazioni corrette, una capovolta in avanti oppure all'indietro;

6) **TIRO A CANESTRO** il primo ad arrivare tira a canestro la palla, la **RECUPERA** e la rimette a posto prima di rientrare;

7) **RIENTRO ALLA PARTENZA** per il cambio al compagno successivo.

Varianti:

ATTENZIONE→ il percorso con una parte unica in comune dev'essere proposto prestando attenzione alle indicazioni da dare, ad inizio, agli studenti perché rispettino l'arrivo del compagno che li precede prima di affrontare l'attrezzo condiviso.

<u>In alternativa:</u> predisporre due o più percorsi uguali, ma senza condivisione degli attrezzi.

ES. 5

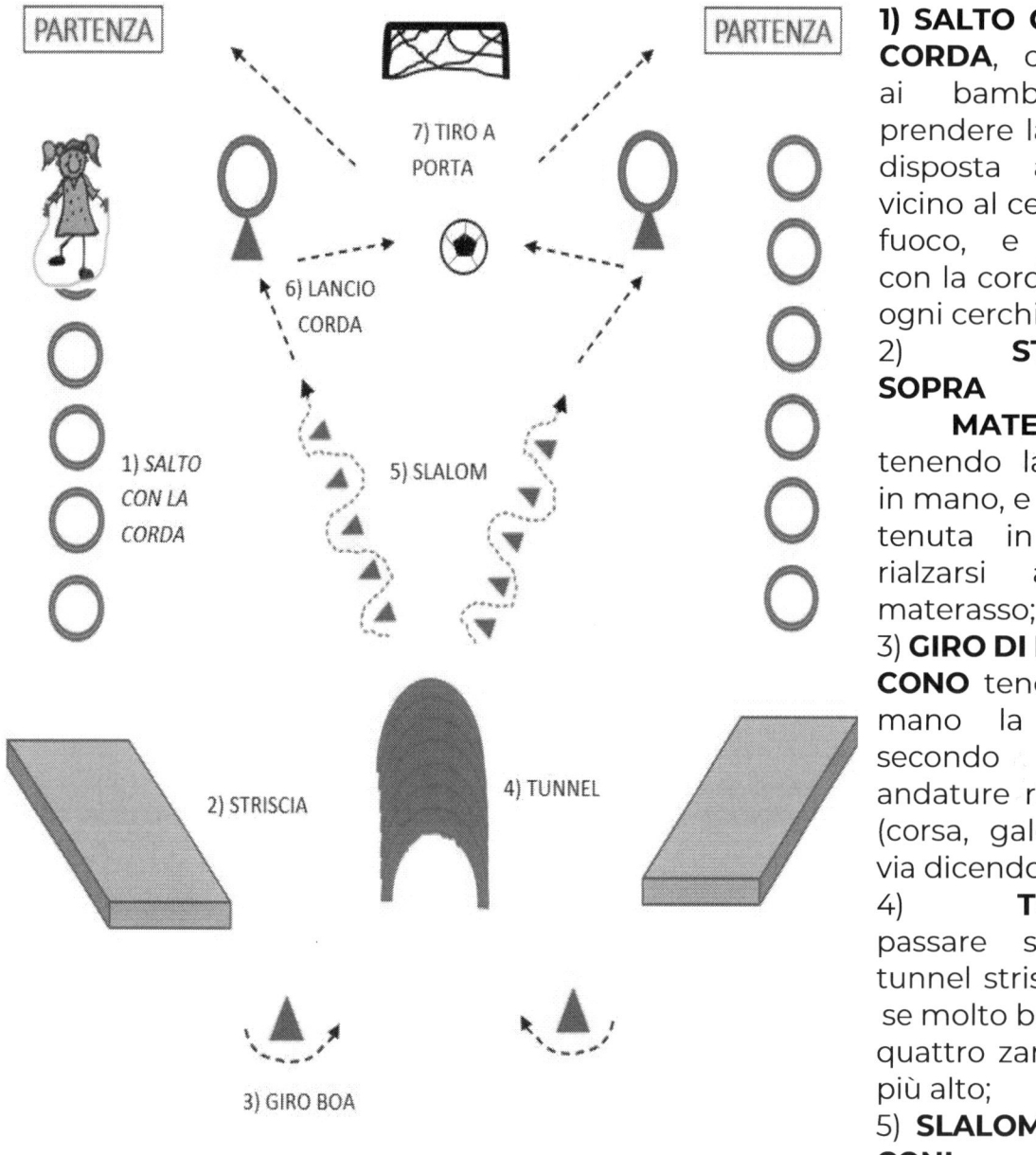

1) SALTO CON LA CORDA, chiedere ai bambini di prendere la corda, disposta a terra vicino al cerchio di fuoco, e saltare con la corda sopra ogni cerchio;

2) **STRISCIA SOPRA IL MATERASSO**, tenendo la corda in mano, e sempre tenuta in mano rialzarsi a fine materasso;

3) **GIRO DI BOA AL CONO** tenendo in mano la corda, secondo diverse andature richieste (corsa, galoppo e via dicendo);

4) **TUNNEL**, passare sotto il tunnel strisciando, se molto basso, a quattro zampe, se più alto;

5) **SLALOM TRA I CONI** secondo diverse andature, tenendo la corda in mano oppure saltando con la corda;

6) **LANCIO DELLA CORDA DENTRO IL CERCHIO DI FUOCO** finito lo slalom correre in direzione del cerchio di fuoco e lanciarvi all'interno la corda; per poi dirigersi verso la palla;

7) **TIRO A PORTA**, il primo studente che arriva alla palla tira dalla posizione in cui è disposta alla porta. La distanza della porta varierà a seconda dell'età e delle capacità degli studenti.

Varianti:
la palla la si può lanciare:
- con le mani da diverse posizioni del corpo (sopra la testa, dal petto, dal basso)
- con i piedi.

ES. 6 4
Si possono prevedere, anche, percorsi da svolgere in coppia come ad esempio: 1) **SALTO CON IL SACCO** in due, insieme ad un compagno, prendendolo dal cerchio insieme alla palla, uno tiene il sacco e l'altro il pallone;
2) **RIPORTA IL SACCO E CORRI ALLA SECONDA AREA**: il compagno senza palla riporta il sacco dentro il cerchio e, poi, corre dal compagno all'altra area;
3) **EQUILIBRIO** sulle stecche tenendo in mano il trasporta PALLA, sopra il quale avranno poggiato la palla, senza farla cadere; poi arrivati alla fine la si prende in mano e si corre alla successiva area;
4) **GIRO DI BOA** intorno al cono;

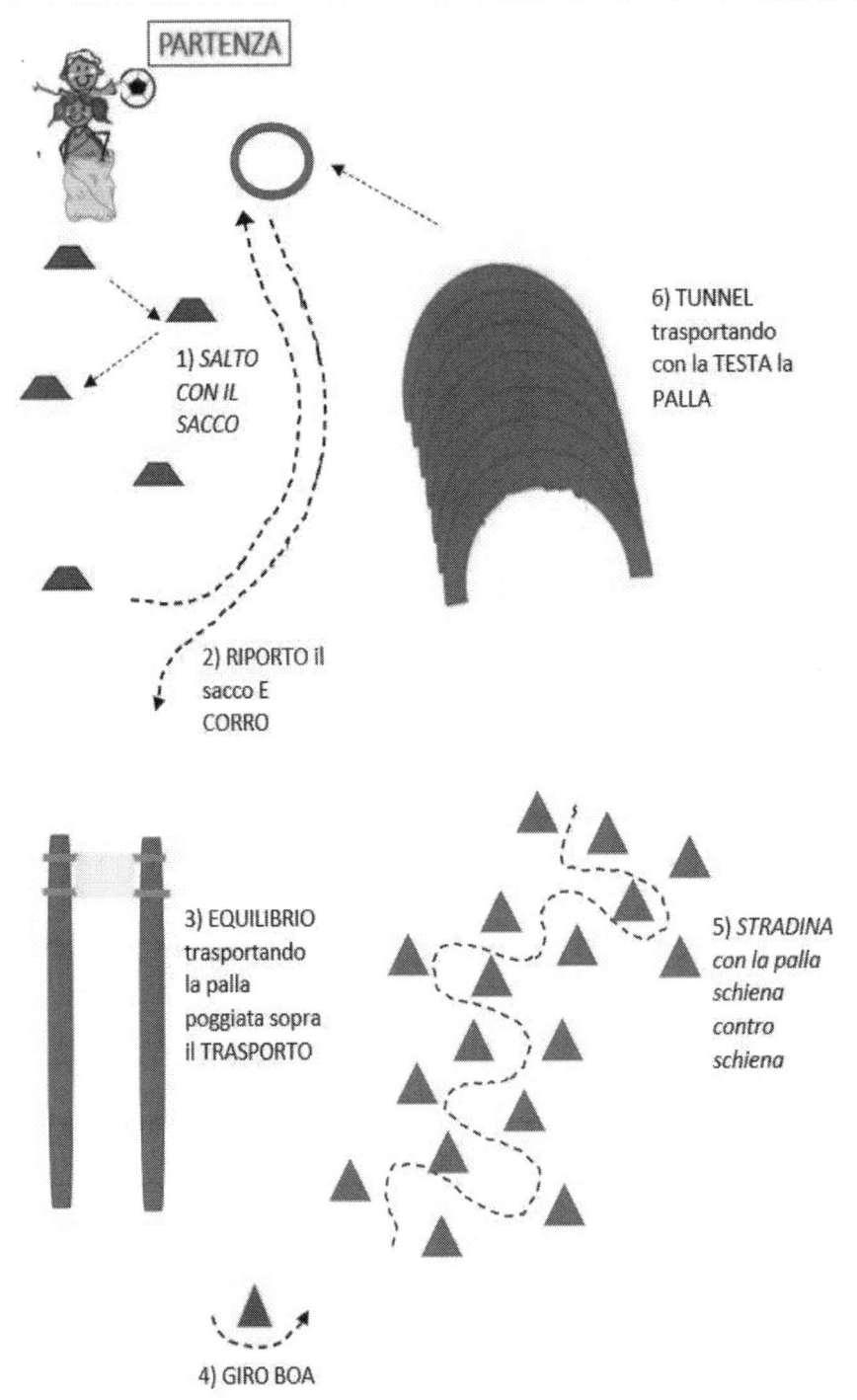

5) **STRADINA** muovendosi schiena contro schiena, tenendo la palla con la schiena senza farla cadere sino alla fine poi coricarsi a terra pancia in giù;
6) **TUNNEL** dove strisciare entrambi trasportando la palla con la testa; usciti dal tunnel lasciare la palla di nuovo al cerchio;
7) **TORNA ALLA PARTENZA** e dare il cambio ai successivi compagni.

Scelte metodologiche:

Variare ed organizzare il setting con i diversi attrezzi psicomotori come meglio si ritiene per la promozione della consapevolezza di sé stessi, degli altri, dell'ambiente; dello sviluppo dell'organizzazione del corpo, delle capacità senso- percettive, degli schemi e delle capacità motorie.
Gli attrezzi possono essere utilizzati con diverse possibilità:

ATTREZZO	A TERRA	MOBILE
cono/ cinesino	- slalom; cambi direzione; - stradine e traiettorie per attività secondo le diverse andature; schemi motorie posturali; - giro di boa; input visivi; - attività con attrezzi mobili da mettere sopra, dentro...	- da trasportare come testimone in caso di percorsi a staffetta (in cui i bambini precedenti eseguono il percorso e all'arrivo in fila consegnano il testimone al compagno successivo perché possa partire)
bastoni/ stecche	- delimitare stradine; - equilibrio;	- da trasportare insieme; - da infilare; mettere in ordine; collegare...
materasso/ materassini	- schemi motori (camminare, correre, saltare, strisciare, rotolare, gattonare); - capovolta in avanti e all'indietro; - montagna da scavalcare; tunnel;	- da trasportare insieme; - per trascinare qualcosa, qualcuno;
ostacoli	- salto sopra; - passo sotto; - tunnel; - con rete oppure nastro diventa porta	

TAVOLA 5	GIOCHI DI SOCIALIZZAZIONE & COOPERAZIONE	SC. PRIMARIA
FINALITÀ	Sviluppo dell'identità, dell'autonomia e delle competenze	**ATT. LABORATORIALI**
CONOSCENZE	Il corpo, i diversi organi, la coordinazione grossa e fine, la capacità senso- percettiva, l'espressione con il corpo, l'equilibrio, gli schemi motori, l'organizzazione spazio-temporale, la pianificazione, il problem solving, l'attenzione.	
ABILITÀ	Usare il corpo per esprimere emozioni, sensazioni; per entrare in contatto con il mondo e con gli altri; trovare soluzioni e condividere scelte; confrontarsi e comunicare in maniera efficace; consapevolezza e messa in atto delle regole condivise e delle regole di gioco.	
COMPETENZE	Individuare collegamenti e operare scelte con creatività e consapevolezza, trovare soluzioni ai problemi, osservare le parti del corpo e riconoscerne l'utilizzo corretto, riconoscere le diverse forme espressive, sviluppare la coordinazione; muoversi con sicurezza in ogni ambiente e situazione; educazione civica e di cittadinanza.	

I giochi di socializzazione e cooperativi rappresentano il veicolo, attraverso un canale preferenziale per i bambini, il gioco, capace di mobilitare le risorse e potenzialità dei bambini facilitando competenze e il percorso di socializzazione ed inclusione.

Il percorso di socializzazione, oltre a favorire la conoscenza dell'altro, come portatore di proprie caratteristiche personali, sostiene l'acquisizione delle prime regole condivise, dello stare con gli altri e del rispetto all'ambiente e agli altri.

Il processo di socializzazione è un cammino, che dovrà senz'altro accompagnare le prime fasi di accoglienza nel nuovo grado scolastico, ma dovrà essere svolta lungo l'arco degli anni poiché rappresenta l'evoluzione del cambiamento dei bambini, la comprensione delle dinamiche comunicative e relazionali, la strutturazione delle abilità sociali associate, quali ad esempio l'ascolto attivo e la comunicazione efficace. Rappresenta, inoltre, la chiave per l'inclusione scolastica nel processo di riconoscimento della propria identità e della identità altrui, come portatori di culture, esperienze, espressioni, rappresentazioni e modalità di comunicazione e confronto differenti.

La socializzazione è il focus della consapevolezza di sé e dell'altro con i quali interagire nell'ambiente, come tale rappresenta il tassello fondante per la costruzione della coesione come gruppo classe.

Questi elementi si sommano come in un puzzle per formare quei tasselli della capacità di interagire, confrontarsi costruttivamente e riconoscere la relazione come spinta alla strutturazione di un qualsiasi compito in maniera più profonda, come tale i prerequisiti per le metodologie cooperative, collaborative e di gruppo che rappresentano la buona prassi nel contesto scolastico.

Queste prime esperienze permetteranno un lavoro più specifico, negli anni, per la promozione dei giochi di squadra e di avviamento sportivo, che presuppongono la costruzione di dinamiche di gruppo, l'accettazione dell'altro, il rispetto dell'altro e dei ruoli, il riconoscimento delle diverse capacità ed abilità.

I primi giochi di socializzazione devono guidare alla conoscenza e scoperta del proprio corpo rispetto all'altro nella dimensione senso percettiva e di consapevolezza, in continuità con il percorso già avviato alla scuola dell'infanzia. Devono, inoltre, permettere all'insegnante di osservare le dinamiche relazionali già presenti e le modalità di confronto, l'empatia, la spontanea iniziativa alla partecipazione e l'interazione con l'altro oppure le difficoltà presenti nell'area, le scelte dettate dalla accettazione o meno rispetto ai compagni e la personalità da leader oppure remissiva.

I giochi vengono proposti secondo una progressione che, tenendo in considerazione l'età dei bambini e la forte impostazione egocentrica ancora presente nei primi anni della scuola primaria, li supporti ad acquisire una sempre maggiore consapevolezza dell'altro ed a comprendere, nella scoperta del confronto costruttivo e regolato, le dinamiche e le modalità per un confronto ed interazione efficace al fine del raggiungimento di uno scopo comune.

- **Giochi di gruppo e collaborativi, con la palla, da seduti.**

In posizione statica o con esercitazioni preminenti per gli arti superiori e per la mobilità del corpo, a seconda della posizione assunta. Dividere i bambini in due gruppi, seduti uno a fianco all'altro a gambe incrociate e chiedere loro di passarsi la palla con torsione del busto da destra a sinistra e/o viceversa, senza farla cadere. Se la palla cade devono iniziare nuovamente da capo con i passaggi. Il primo bambino del gruppo prenderà la palla dal contenitore e la passerà al secondo compagno, il secondo al terzo e così via sino all'ultimo bambino del gruppo che dovrà metterla nello scatolone dopo di lui: solo così sarà terminato il gioco.

OBIETTIVI: la collaborazione del gruppo per portare a termine l'attività; la coordinazione e l'organizzazione del corpo; la pianificazione delle azioni da compiere; l'attenzione; il problem solving.

ATTREZZATURA: 1 palla per gruppo; 2 scatoloni/ contenitori per gruppo, uno ad inizio ed uno alla fine di ciascun gruppo.

Potrebbe essere proposta come **STAFFETTA** → in questo caso vince il gruppo che per primo riesce a portare a termine il gioco.

VARIANTI: Il gioco può prevedere l'organizzazione del setting con la combinazione di più schemi motori oppure l'aggiunta di difficoltà:

- prendere la palla dallo scatolone falla passare tra i compagni in diverse posizioni, sempre con la torsione, ma dal basso/ dal petto/ dall'alto con due mani oppure con la dx/sx oppure a distanza con un piccolo lancio al compagno (se la si perde si deve ripartire da capo);
- prendere la palla dallo scatolone, come pocanzi descritto, e la fine del gioco sarà quando la palla ritornerà indietro al primo compagno che la ripoggerà dentro lo scatolone (si può fare, anche, come unico gruppo classe);
- con tanti palloni, di diverse dimensioni e formati, si vincerà quando si porterà a termine il passaggio di tutti i palloni, in maniera consecutiva senza sosta e senza farli cadere, diversamente si riparte da capo, e saranno tutti inseriti nello scatolone al termine della fila (si può fare, anche, come unico gruppo classe);
- prendere la palla nello scatolone disposto a distanza, correre, recuperare la palla, ritornare sedersi e passare la palla; l'ultimo della fila a ricevere la palla dovrà alzarsi subito e correre a poggiare la palla nello scatolone a distanza.

- **Giochi di gruppo e collaborativi con la palla da coricati**

In posizione statica con esercitazioni per gli arti superiori e inferiori e per la mobilità del corpo. Dividere i bambini in due o più gruppi, a seconda dell'età e delle capacità motorie dei bambini, e chiedere loro di disporsi coricati supini in fila uno dopo l'altro, in maniera tale che la testa del compagno precedente combaci con

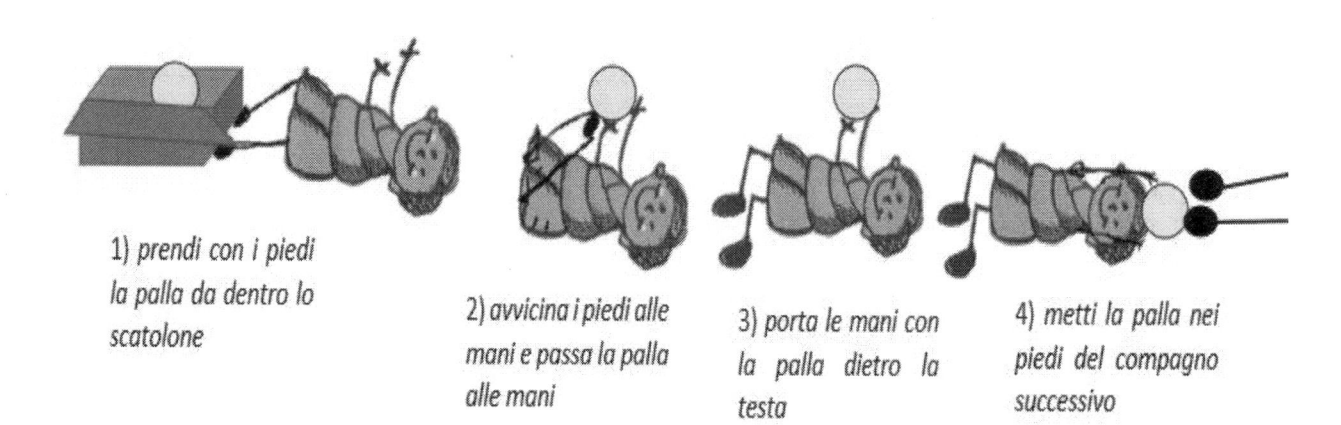

1) prendi con i piedi la palla da dentro lo scatolone

2) avvicina i piedi alle mani e passa la palla alle mani

3) porta le mani con la palla dietro la testa

4) metti la palla nei piedi del compagno successivo

i piedi del compagno successivo. Davanti al primo bambino della fila mettere una scatola bassa con delle palline e una scatola anche dopo l'ultimo bambino della fila. Al fischio dell'insegnante il primo bambino prenderà con i piedi una palla dalla scatola (1), piegherà le gambe tenendo stretta con i piedi la palla (2) per passarsi la palla alle mani (3) e poi, successivamente, la porterà con le braccia sopra la testa (4) per poggiarla nei piedi del compagno successivo che, una volta ricevuta, piegherà le gambe per passare la palla alle mani e metterla, poi, nei piedi del compagno successivo. Il gioco continuerà sino all'ultimo della fila, che la metterà, poi, dentro lo scatolone.

OBIETTIVI: la collaborazione del gruppo per portare a termine l'attività; la coordinazione e l'organizzazione del corpo; la pianificazione delle azioni da compiere; l'attenzione; il problem solving.

ATTREZZATURA: 1 palla per gruppo; 2 scatoloni/ contenitori per gruppo, uno ad inizio ed uno alla fine di ciascun gruppo.

Potrebbe essere proposta come **STAFFETTA** → in questo caso vince il gruppo che per primo riesce a portare a termine il gioco.

VARIANTI: Il gioco può prevedere l'organizzazione del setting modulando la postura del corpo ed incrementando, così, la difficoltà del gesto motorio da compiere:
  o usare solo gli arti inferiori sia per il recupero della palla, dallo scatolone, oppure dai compagni precedenti, che per il passaggio ai compagni successivi piegando le gambe e portandole sin dietro la testa per il passaggio palla al compagno oppure per poggiare la palla a terra, sopra la testa, e così essere recuperata dal compagno successivo.

- **Giochi di gruppo in dinamica in piedi, lo svuota scatola**:

Descrizione: dividere i bambini in due gruppi e disporli a coppie in posizioni ben definite nello spazio e segnalate da scotch carta disposto a terra. Ogni coppia dovrà tenere in mano insieme un contenitore e muoversi insieme nello spazio gioco come richiesto. Ai poli opposti disporre due scatoloni e riempire il primo con palline. Al fischio dell'insegnante, la prima coppia di studenti andrà insieme a prendere la prima palla dal contenitore e andrà a portarla con il contenitore alla seconda coppia di compagni, svuotando il contenitore con la pallina nel contenitore della coppia successiva che, una volta ricevuta, partiranno verso l'altra coppia per svuotare a loro volta il contenitore e così di seguito. L'ultima coppia dovrà andare, poi, a svuotare il contenitore dentro lo scatolone. Ogni coppia, una volta svuotato il contenitore, dovrà rientrare, sempre tenendo insieme il contenitore, alla propria posizione di partenza.

OBIETTIVI: la collaborazione del gruppo per portare a termine l'attività; la coordinazione e l'organizzazione del corpo; la pianificazione delle azioni da compiere in funzione del gioco; la reattività ed il problem solving; lo sviluppo senso percettivo.

ATTREZZATURA: tante palline di diverse dimensioni per gruppo; 2 scatoloni per gruppo, uno ad inizio ed uno alla fine di ciascun gruppo, tanti contenitori quanti le coppie di ciascun gruppo.

Potrebbe essere proposta come **STAFFETTA** → in questo caso vince il gruppo che per primo riesce a portare a termine il gioco.

VARIANTI: Il gioco può prevedere l'organizzazione del setting modificando l'attrezzatura da trasportare insieme e lo schema motorio da proporre insieme e l'organizzazione del corpo in fase di presa e di rilascio:
- trasportare coni/ cinesini/ bastoni o stecche/ cerchi/ materassini solo con gli arti superiori e poi disporli alla fine secondo diverse risposte motorie, come: infilare uno dentro l'altro, all'interno di un bastone, poggiare uno sopra l'altro,

mettere dentro un contenitore e così via a piacere e secondo l'obiettivo che si intende raggiungere;
- trasportare acqua, svuotandola da un contenitore all'altro, per poi, alla fine, svuotarla dentro il contenitore graduato al termine del percorso (nel periodo primaverile, estivo).

- **Gioco di condivisione, staffetta "uniti insieme si può"**

Descrizione: dividere i bambini in due gruppi e disporli in coppie in fila; organizzare il setting con diversi attrezzi disposti di fronte ad ogni gruppo con degli ostacoli da superare in coppia (perciò adatti al superamento come coppia). Dare la palla alla prima coppia che, al fischio dell'insegnante, dovrà trasportarla lungo il percorso tenendola sul fianco sino alla fine, segnalata da scotch carta, e ritornare indietro per consegnarla alla seconda coppia che, una volta disposta al fianco, partirà per il percorso ad ostacoli, così via sino alla fine.

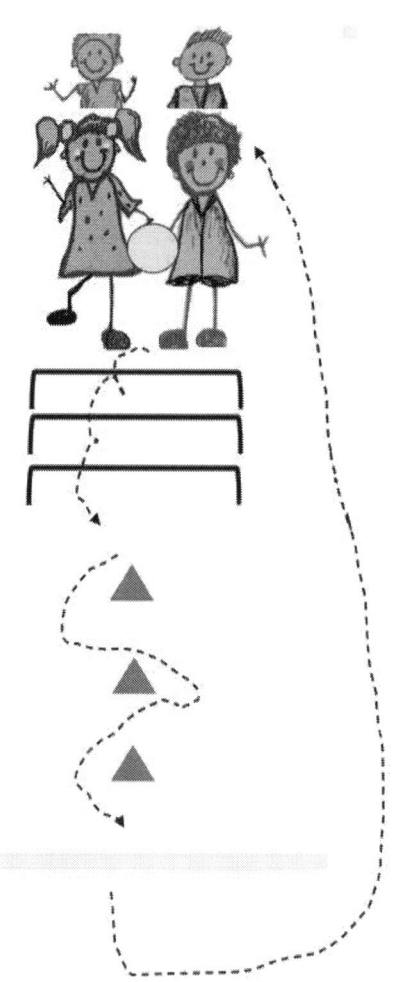

OBIETTIVI: la collaborazione del gruppo per portare a termine l'attività; la coordinazione e l'organizzazione del corpo; la pianificazione delle azioni da compiere in funzione del gioco.

ATTREZZATURA: 1 palla per ciascun gruppo; ostacoli lunghi e bassi; coni/ cinesini; cerchi ed ogni altro attrezzo che permetta ai bambini di muoversi in coppia; scotch carta (per segnalare la fine del percorso).

VARIANTI: Il gioco può prevedere l'organizzazione del setting con diversi ostacoli da superare; ma anche una diversa combinazione rispetto alle andature e schemi motori e delle parti del corpo coinvolte con le quali tenere l'attrezzo:
- camminare portando un palloncino faccia/ faccia, schiena/ schiena- braccio/ braccio e via dicendo.

- **Gioco del paracadute**

Descrizione: far disporre i bambini in piedi in cerchio e chiedere loro di tenere con le mani il paracadute, in maniera tale da rimanere teso, sospeso e senza grinziture; perciò, i bambini si dovranno organizzare con il corpo allargandosi bene così da tenerlo nella giusta posizione. Ad inizio far prendere confidenza loro con questo attrezzo, e chiedendo loro:
- di alzarlo ed abbassarlo solo con le mani;
- di alzarlo portando le mani sopra la testa e di abbassarlo scendendo in accosciata nelle gambe;
- di creare una "ola" con il telo, abbassando ed alzando in successione, un compagno dopo l'altro;
- girare con il telo in mano, facendo in modo che rimanga sempre teso.

Il gioco del paracadute consiste, invece, nel lanciare all'interno del paracadute una palla e farla muovere. Al via, quindi, l'insegnante butterà all'interno del paracadute una palla ed i bambini dovranno fare in modo, collaborando insieme ed organizzando il corpo (abbassandosi, alzandosi con tutto il busto e le braccia), che la palla non cada nel buco centrale.

OBIETTIVI: la collaborazione del gruppo per portare a termine l'attività; la coordinazione e l'organizzazione del corpo; la pianificazione delle azioni da compiere insieme in funzione dell'obiettivo; l'attenzione; la reattività ed il problem solving.

ATTREZZATURA: 1 paracadute; 1 palla (oppure più palline).
VARIANTI: una volta acquisita consapevolezza si potrà aumentare il grado di difficoltà, nella gestione del corpo ed organizzazione condivisa, inserendo più palline (di diverse dimensioni, formato e materiale) e chiedendo ai bambini di muoversi con il paracadute in maniera tale da permettere alle stesse di fare tutto il giro del paracadute prima di cadere dal buco centrale.

- **Gioco di scorrimento lento**

Descrizione: suddividere i bambini in diversi gruppi, iniziando da pochi bambini per gruppo, e chiedere loro di disporsi in riga distanziati tra loro, e di tenere in mano un telo. In un primo momento, ovvero con i bambini piccolini, inserire le posizioni, segnalandole con lo scotch carta a terra. Chiedere loro di prendere in mano un telo, lungo quanto la lunghezza della riga di bambini e stretto, liscio e resistente. Il gioco consiste nel far scorrere sopra il telo delle palline, muovendo opportunamente il telo così che le stesse si spostino da una parte all'altra del telo, per riempire il contenitore disposto alla fine del percorso.
Setting: pianificare lo spazio gioco inserendo le posizioni dei bambini in base al numero di componenti di ciascun gruppo; poggiare, all'inizio della riga, una scatola piena di palline di plastica e dall'altra parte della riga uno scatolone vuoto. Al via dell'insegnante il primo bambino della riga prenderà dallo scatolone una pallina, la poggerà sul telo e dovrà, muovendo in maniera appropriata il telo, fare in modo che la stessa si sposti verso il secondo bambino, senza cadere, e così via il secondo verso il terzo sino ad arrivare all'ultimo della riga che dovrà farla cadere dentro la scatola. Così ripartirà il gioco sino all'ultima pallina presente nello scatolone.
OBIETTIVI: la collaborazione del gruppo per portare a termine l'attività; la coordinazione e l'organizzazione del corpo; la pianificazione delle azioni da compiere insieme in funzione

dell'obiettivo; l'attenzione; la reattività; il ritmo e la sequenzialità; lo sviluppo senso percettivo e la fino motricità.
ATTREZZATURA: 1 telo; tante palline di diversa dimensione e formato; scotch carta per segnare le posizioni.
VARIANTI: una volta acquisita consapevolezza si potrà aumentare il grado di difficoltà incrementando il numero di palline da far scorrere nel telo e la quantità di bambini per gruppo.

- **Gioco "avanzamento lento"**

Descrizione: il gioco consiste nel muoversi coordinandosi insieme, secondo uno stesso ritmo e movimento del corpo, e, allo stesso tempo, muovendosi nello spazio gioco. L'insegnante suddividerà la classe in diversi gruppi, ad inizio con un ristretto numero di componenti, e chiederà loro di infilarsi alle caviglie gli elastici uniti ad un'unica fune centrale che li raggruppa tutti. Il gioco consiste nel muoversi insieme seguendo un percorso stabilito sino alla linea di fine, da oltrepassare da parte di tutti i componenti del gruppo.
Setting: organizzare il tracciato da seguire camminando uniti insieme, inserendo coni in cui muoversi con un'andatura curvilinea; degli ostacoletti bassi da oltrepassare e quant'altro si ritiene opportuno, anche, in riferimento all'età dei bambini.
OBIETTIVI: la coordinazione e coesione di gruppo per riuscire a camminare legati tutti insieme; la consapevolezza e l'organizzazione del corpo; la pianificazione delle azioni da compiere insieme in funzione dell'obiettivo ed il problem solving; l'attenzione; la reattività; l'equilibrio.
ATTREZZATURA: 1 fune e diversi elastici grossi, tanti quanti i bambini che si vuole partecipino allo stesso gruppo; gli elastici saranno disposti per ogni postazione in coppia (a destra della fune per il piede destro e a sinistra della fune per il piede sinistro.
VARIANTI: una volta acquisita consapevolezza si potrà aumentare il grado di difficoltà aggiungendo partecipanti allo stesso gruppo e modulando la grandezza dell'elastico da indossare nelle caviglie, così da avere una maggiore o minore libertà di movimento.

- **Gioco del cingolato**

Descrizione: chiedere ai bambini di muoversi in una lunga striscia di giornali uniti assieme oppure un telo spesso, cucito a cerchio, facendo in modo che i giornali oppure il telo scorrano come una grande ruota di cingolato. I bambini dovranno muoversi nello spazio interno tutti in fila uno dietro l'altro, come un trenino, spostando, con le mani, la striscia di carta o tessuto sopra la testa e avanzando con i piedi, procedendo in avanti.

OBIETTIVI: la coordinazione e coesione di gruppo per riuscire a camminare facendo, contemporaneamente, procedere il giornale oppure il telo intorno a loro; la consapevolezza e l'organizzazione del corpo; la pianificazione delle azioni da compiere insieme in funzione dell'obiettivo; l'attenzione, la reattività; il ritmo; la sequenzialità.

ATTREZZATURA: 1 grande telo ovvero tanti fogli di giornale uniti insieme e spessi (per non rovinarsi) per formare una lunga ruota di cingolato, entro la quale si muoveranno i bambini.

VARIANTI: una volta acquisita consapevolezza si potrà aumentare il grado di difficoltà facendo in modo che la forma della ruota non sia più circolare, ma magari semi circolare, così che una volta terminato l'intero passaggio del pezzo, l'ultimo bambino della fila dovrà prendere nuovamente il telo con le mani e farlo ripassare sopra le teste per procedere nello spazio gioco sino alla fine del tragitto.

- **Gioco della Ola (coreografia ad onda)**

Descrizione: far coricare tutti i bambini uno a fianco all'altro supini e chiedere di far passare sopra la pancia una grande palla, quella fitness, spostandola con le mani verso il compagno successivo che la prenderà e, a sua volta, facendola passare sopra la propria pancia la passerà al compagno successivo e via dicendo. Il gioco consiste nel chiedere ai bambini che hanno passato la palla al compagno successivo di alzarsi subito dopo e andare correndo a coricarsi nuovamente dopo l'ultimo compagno della fila e così uno dopo l'altro costruendo la stradina mentre la palla fitness continua a scorrere tra i bambini. Si potrà fare tutto il giro della palestra ovvero del confine segnalato con dei coni dall'insegnante. La capacità sta nello spostarsi nello spazio velocemente, organizzandosi e pianificando le azioni da compiere per riuscire a finire il giro senza spazi che possano interrompere il movimento della palla fitness.

1) passa la palla da supino

2) alzati dalla posizione

4) coricati supino in posizione ultima

3) corri all'altra parte della fila

OBIETTIVI: la coordinazione e coesione di gruppo per riuscire a spostarsi in maniera quanto più velocemente possibile al passaggio della palla; lettura e consapevolezza delle diverse azioni da compiere nel compito complesso (spostare la palla con le mani, alzarsi, correre, sdraiarsi); la consapevolezza e l'organizzazione del corpo; la pianificazione delle azioni da compiere insieme in funzione dell'obiettivo; l'attenzione, la reattività, l'equilibrio; la sequenzialità ed il ritmo.
ATTREZZATURA: 1 grande palla da fitness.
VARIANTI: una volta acquisita consapevolezza si potrà aumentare il grado di difficoltà in riferimento a diverse variabili:
- l'andatura per proseguire il giro nel movimento della palla fitness;
- lo spostamento della palla fitness lungo il corpo;
- il tempo per eseguire il giro;
- la chiusura dello stimolo senso percettivo della vista e tatto, per cui il pallone sarà passato da un bambino disposti in piedi, che camminerà spostando la palla sopra la parte del corpo del compagno a terra che, ad occhi chiusi, dovrà percepirla, comprendere quando la stessa è passata, che alla fine dovrà riaprire gli occhi, alzarsi e spostarsi di posizione.

- **Gioco dell'elastico**

Descrizione: il gioco come gruppo classe consiste nel fare posizionare i bambini dentro un grande elastico grosso, in posizioni ben definite riconoscibili dai coni disposti ad una certa distanza. Nella fessura superiore dei coni (1 per ciascun bambino) sarà inserito un cerchio, al quale verranno attaccate delle mollette grosse. Al fischio dell'insegnante i bambini dovranno organizzarsi ed a turno muoversi, ad uno ad uno, per andare a recuperare la molletta, staccandola dal cerchio e depositandola nella scatoletta disposta al centro del cerchio dei bambini, per poi ritornare alla propria posizione, dando l'avvio al successivo compagno per la partenza. Solo dopo che tutti i bambini avranno preso la molletta, si potrà ripartire per il secondo giro per recuperare la seconda molletta e così di seguito. I bambini, perciò, dovranno riuscire a trattenere e opporsi alla forza dell'elastico mentre staccano le mollette, nel tornare indietro e poggiare le mollette in una scatola e nel tornare in posizione per la ripartenza del compagno successivo.

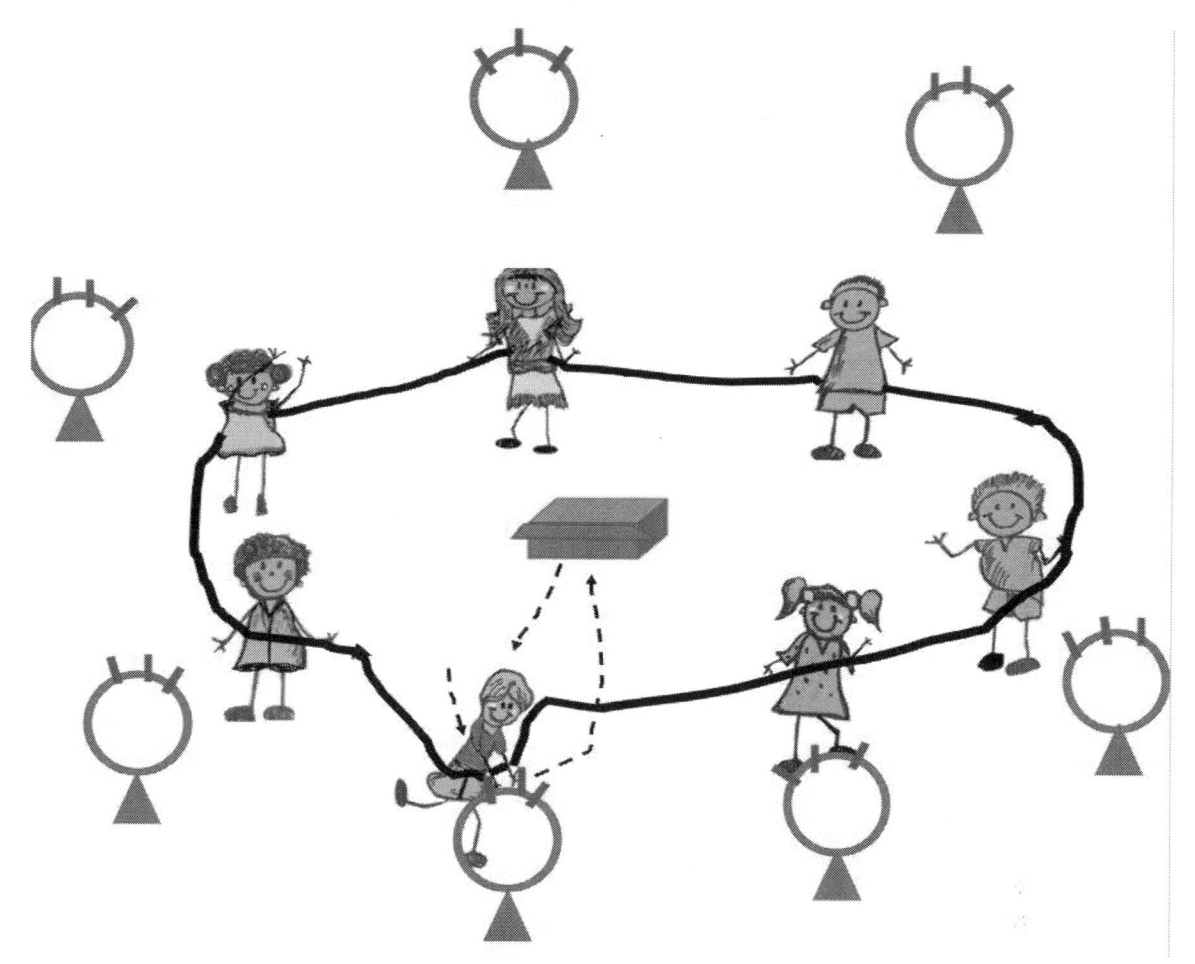

OBIETTIVI: la coordinazione e coesione di gruppo, il bambino con l'elastico per muoversi contrastando la forza dell'elastico, dei compagni per supportarlo tenendo bene l'elastico; la consapevolezza e l'organizzazione del corpo; la pianificazione delle azioni da compiere insieme in funzione dell'obiettivo; l'attenzione, la reattività; il ritmo; la sequenzialità; l'equilibrio; la reattività; la coordinazione grosso e fino motoria; la percezione sensoriale; la forza; la precisione.

ATTREZZATURA: 1 grande elastico grosso (grande per potere contenere tutti i bambini della classe); 1 cono + 1 cerchio per ciascun bambino; mollette (in quantità e con dimensioni in base all'obiettivo che si vuole raggiungere con i bambini).

VARIANTI: una volta acquisita consapevolezza si potrà aumentare il grado di difficoltà facendo in modo di:
- variare la distanza dei coni, così da aumentare la pressione e l'esercizio di forza per contrastare l'elastico e l'equilibrio (solo con i bambini più grandetti);
- variare la quantità di mollette e la loro dimensione;
- variare la risposta finale con la molletta: invece di buttarla in una scatola, infilarla in un buco, attaccarla a sua volta ad un cerchio oppure ad un filo e via dicendo.

BATTERIE → invece di organizzarlo come gruppo classe si può prevederlo, adeguando la dimensione dell'elastico, come gioco suddiviso per gruppi, aggiungendo la dimensione agonistica e, perciò, lo sviluppo delle abilità sociali, emotivo affettive e di confronto.

- **Gioco dello yo-yo**

    <u>Descrizione</u>: disporre i bambini in fila, uno dietro l'altro, dentro un elastico grosso e disporre ad una certa distanza, tale da permettere agli studenti di tirare con l'elastico con un po' di forza e con capacità di tenuta in posizione, uno scatolone con dei palloni. Mettere un'altra scatola a metà del percorso per poggiare i palloni presi. I bambini dovranno partire dal primo della fila, uno dopo l'altro, tirare l'elastico per riuscire ad arrivare alla scatola con i palloni, prenderne uno, tornare indietro, facendo attenzione a contrastare la forza dell'elastico nella spinta all'indietro per evitare di cadere, arrivare allo scatolone in cui lanciare la palla all'interno, per poi tornare al compagno successivo della fila e battergli il "cinque". A questo punto:
    - il compagno che avrà appena svolto l'esercizio uscirà dall'elastico e andrà, correndo, ad infilarsi nell'elastico dietro l'ultimo compagno della fila;
    - il compagno a cui è stato battuto il "5", appena uscito il compagno dall'elastico, dovrà iniziare a svolgere l'esercizio.

    Ripetere sino al termine dei palloni, dando lo scambio tra i compagni con il batto mani.

    OBIETTIVI: la coordinazione e coesione di gruppo, il bambino con l'elastico per muoversi contrastando la forza dell'elastico, dei compagni per supportarlo tenendo bene l'elastico; la consapevolezza e l'organizzazione del corpo; la pianificazione delle azioni da compiere insieme in funzione dell'obiettivo; l'attenzione, la reattività; il ritmo; la sequenzialità; l'equilibrio; la reattività; la

coordinazione grosso e fino motoria; la percezione sensoriale; la forza; la precisione.

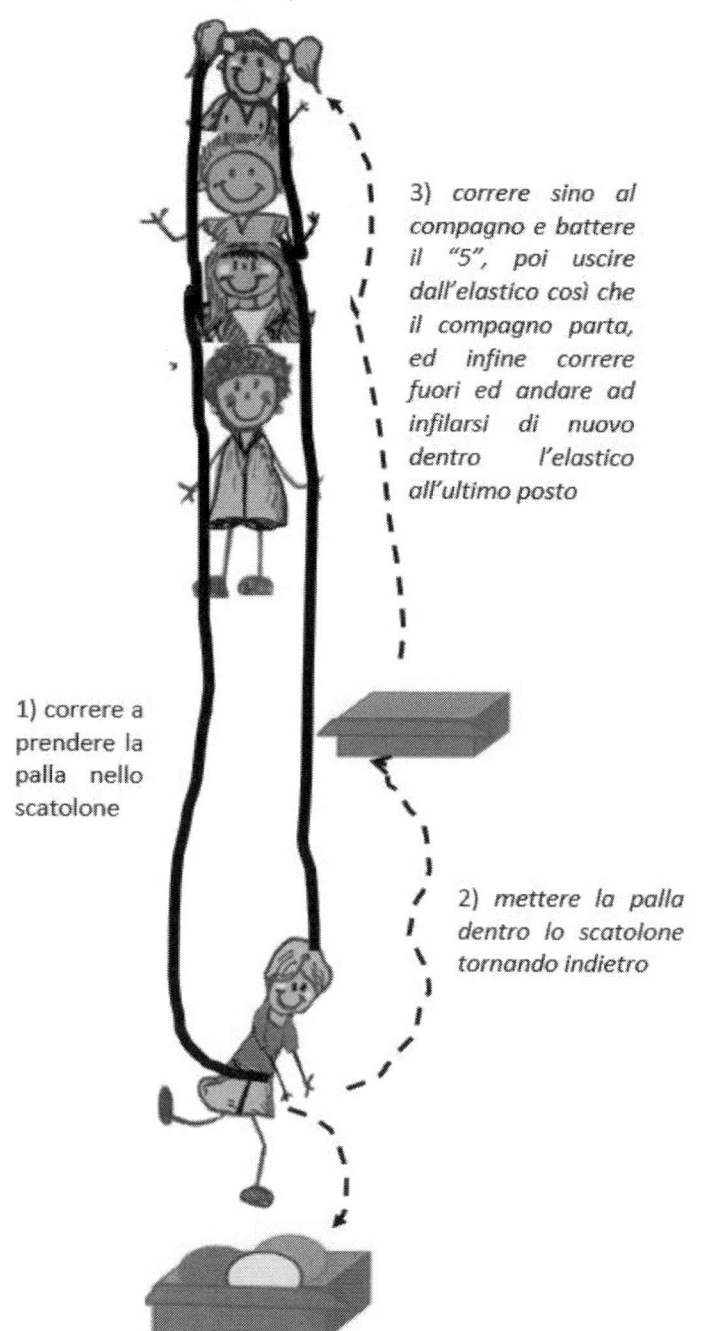

ATTREZZATURA: 1 grande elastico grosso (grande per potere contenere tutti i bambini della classe); tanti palloni (almeno quanti i bambini in fila) + 2 scatoloni (1 per contenere i palloni ed uno dove lanciarli).

3) correre sino al compagno e battere il "5", poi uscire dall'elastico così che il compagno parta, ed infine correre fuori ed andare ad infilarsi di nuovo dentro l'elastico all'ultimo posto

1) correre a prendere la palla nello scatolone

2) mettere la palla dentro lo scatolone tornando indietro

VARIANTI: una volta acquisita consapevolezza si potrà aumentare il grado di difficoltà facendo in modo di:
- allontanare sempre più la distanza alla quale arrivare per recuperare i palloni (così da incrementare il grado di forza nella tensione e di tenuta del corpo) -solo con i bambini più grandetti;
- utilizzare palloni di diversa dimensione e forma, per lavorare sulla prensione e consapevolezza percettiva;
- variare la risposta finale con la palla: invece di buttarla in una scatola, infilarla in un buco, lanciarla dentro un cerchio, poggiarla sopra un cinesino/ cono oppure dentro un cerchio.

BATTERIE → invece di organizzarlo come gruppo classe si può prevederlo, adeguando la dimensione dell'elastico, come gioco suddiviso per gruppi, aggiungendo la dimensione agonistica e, perciò, lo sviluppo delle abilità sociali, emotivo affettive e di confronto.

BES → Vista la complessità dei giochi con l'elastico prestare attenzione alla presenza di bambini con bisogni educativi speciali per evitare che si possano fare male. In questo caso, in base alle capacità psicofisiche del bambino, prevedere la riduzione del compito in fase di richiesta, come ad esempio:

- evitare l'eccessiva pressione con l'elastico;
- evitare l'esecuzione di compiti complessi, ma ridurre il compito motorio da eseguire;
- svolgere l'esercizio accompagnato dal docente oppure da un compagno;
- per i bambini con disabilità sensoriale visiva aggiungere segnali percettivi che lo supportino nell'esecuzione;
- per i bambini con lo spettro autistico proporre la suddivisione del compito in piccoli task e prevedere il riconoscimento del setting e delle diverse fasi attraverso l'elaborazione visiva e una sorta di story book da osservare e narrare con il bambino prima della proposta in palestra. Gli stessi segnali visivi dovranno, poi, essere riproposti in palestra;
- per i bambini con disabilità motorie e di coordinazione prevedere la riduzione della forza e accompagnare il ritorno in posizione evitando la pressione dell'elastico.

TAVOLA 6	GIOCHI PSICOMOTORI	SC. PRIMARIA
FINALITÀ	Sviluppo dell'identità, dell'autonomia e delle competenze	**ATT. LABORATORIALI**
CONOSCENZE	Il corpo, i diversi organi, la coordinazione grossa e fine, la capacità senso- percettiva, l'espressione con il corpo, l'equilibrio, gli schemi motori, l'organizzazione spazio-temporale, la pianificazione, il problem solving, l'attenzione.	
ABILITÀ	Usare il corpo per esprimere emozioni, sensazioni; per entrare in contatto con il mondo e con gli altri; trovare soluzioni e condividere scelte; confrontarsi e comunicare in maniera efficace; consapevolezza e messa in atto delle regole condivise e delle regole di gioco.	
COMPETENZE	Individuare collegamenti e operare scelte con creatività e consapevolezza, trovare soluzioni ai problemi, osservare le parti del corpo e riconoscerne l'utilizzo corretto, riconoscere le diverse forme espressive, sviluppare la coordinazione; muoversi con sicurezza in ogni ambiente e situazione; educazione civica e di cittadinanza.	

I giochi psicomotori si riferiscono alla combinazione delle abilità attraverso il movimento con le abilità ricadenti nell'intelligenza numerica, nella problematizzazione, nell'intelligenza linguistico espressiva, e nelle aree trasversali dei prerequisiti legati alle conoscenze spazio-temporali, musicali e via dicendo.

Ogni attività potrà essere proposta in continuità con la programmazione di classe rispetto alle diverse discipline, in maniera tale da proporre la generalizzazione e la trasversalità di diversi obiettivi. Ogni proposta dovrà essere presentata, in forma ludico- motoria, come ad esempio attraverso:
- ✓ percorsi a tappe, in cui intervallare obiettivi motori ad obiettivi cognitivi da svolgere in successione e sequenzialità gli uni agli altri, ovvero combinandoli al gioco motorio;
- ✓ cacce al tesoro, facendo in modo che, per procedere nell'esperienza di movimento, si debba risolvere dei quesiti linguistici oppure di logica e così via in riferimento a tutte le diverse discipline.

Il setting dovrà essere proposto con attenzione, programmando accuratamente gli spazi ed i tempi necessari per lo svolgimento dell'attività, le attrezzature o materiali necessari per l'esecuzione dei diversi quesiti rispetto ai diversi obiettivi:

1. **attività per favorire il problem solving, la percezione ed organizzazione visuo spaziale e visuo motoria, l'orientamento, la coordinazione grosso e fino motoria,**

occhio mano; l'integrazione bilaterale; il controllo tonico; l'attenzione.

- **gioco del tris**

    Organizzazione del setting: si può organizzare in qualsiasi spazio scolastico, creare una griglia a terra con nove (9) riquadri con lo scotch carta e predisporre a fianco alla griglia sei (6) cinesini (3 di un colore e 3 di un altro).

Descrizione: Dividere i bambini in due squadre e dare ai primi 3 bambini di ciascuna squadra i 3 cinesini. Il gioco consiste nel fare tris inserendo tre cinesini nella griglia in successione (in orizzontale- verticale o diagonale). Al via chiedere ai bambini di muoversi, correndo, alternando la partenza di una squadra e dell'altra, per andare a depositare i cinesini nella griglia. Perciò, il bambino di una squadra dovrà correre, andare a posizionare il cinesino nella griglia, dove vuole o ritiene opportuno in base al gioco, ritornare in fila e disporsi per ultimo; a seguire dovrà partire il bambino della seconda squadra che andrà a posizionare il proprio cinesino nella griglia e via dicendo per tutti i bambini delle due squadre che hanno in mano il cinesino.

Qualora questi primi bambini non riescano a fare tris i compagni successivi, senza cinesino in mano, avranno il compito di correre e andare a spostare i cinesini già inseriti in griglia (del colore della propria squadra) per riuscire a fare tris. Il tutto velocemente senza fermarsi nella griglia a pensare, ma correndo verso la cella per posizionare o spostare il cinesino in altra cella, per poi tornare e posizionarsi dietro la fila.

OBIETTIVI: Il gioco mira allo sviluppo della capacità di lettura visiva e organizzazione spazio temporale; all'attenzione; all'orientamento rispetto alla posizione della fila e alla griglia nella quale muoversi; al controllo tonico, rispetto all'oggetto da manipolare e motorio, rispetto alla capacità di coordinare le diverse parti del corpo in funzione del compito; alla capacità di riconoscimento di un ritmo e di una sequenzialità; al riconoscimento delle diverse sequenze comportamentali; alla memoria visiva e spaziale; allo sviluppo visuo-motorio; all'equilibrio negli spostamenti che comportano la messa in crisi dell'apparato vestibolare. Obiettivi indispensabili per lo sviluppo dell'intelligenza linguistica e logico matematica.

ATTREZZATURA: scotch carta (per disegnare le griglie a terra); 6 cinesini (3 di un colore e 3 di un altro colore).

VARIANTI: il gioco può essere variato:
- in termini di andatura da eseguire verso la griglia;
- di difficoltà: invece di spostare i propri cinesini si sposta quello dell'altra squadra per impedirgli di fare tris, lavorando sulla pianificazione e sulle funzioni esecutive;
- sulla tipologia di oggetti da inserire nella griglia e la differente capacità di prensione da parte dei bambini.

- **Ricostruzione di un puzzle**

Si può giocare in qualsiasi spazio scolastico, poiché prevede solo lo spazio per la composizione del puzzle.

Descrizione:
dividere i bambini della classe in due gruppi; inserire a terra tante mattonelle grandi, create con fogli A3 plastificati oppure disegnate su pezzi di cartone (i pezzi di puzzle), che insieme formeranno il disegno finale.
A seconda dell'età anagrafica dei bambini il disegno potrà essere più o meno complicato e ricco di particolari. Disegnare una griglia vuota con lo scotch carta riportante il quantitativo di celle quante quelle del

puzzle creato con i fogli o il cartone. Chiedere ai bambini, al fischio del via, di andare correndo a recuperare, ad uno ad uno, i pezzi disposti in uno scatolone e andare ad inserirli dentro la griglia in maniera tale da riprodurre il disegno dato. Ciascun bambino potrà spostare ed inserire i pezzi come meglio crede sino al corretto completamento dell'immagine del puzzle. Vince la squadra che per prima completa la ricostruzione del puzzle.
OBIETTIVI: favorire l'organizzazione visuo spaziale, visuo motoria; la lettura d'immagine; l'orientamento; la sequenzialità; la coordinazione grosso e fino motoria e il controllo tonico e motorio; la lettura e percezione visiva; la reattività; l'attenzione; l'organizzazione spazio- temporale; la cooperazione.
ATTREZZATURA: scotch carta (per disegnare la griglia secondo il numero dei pezzi del puzzle); mattonelle di cartone/ cartoncino con il disegno fatto a mano oppure stampato ed applicato.
VARIANTI: l'attività può essere predisposta in maniera individuale, secondo un criterio temporale dato dall'insegnante (partenza in successione di un bambino dopo l'altro), oppure di gruppo (tutti insieme si va a recuperare le mattonelle ed a disporle nella griglia), facendo in modo che ciascuno collabori, organizzando e pianificando la migliore organizzazione per riuscire a completare il puzzle prima dell'altra squadra.
Variare:
- la quantità e dimensione delle diverse mattonelle del puzzle;
- il disegno da ricostruire, per i più grandi utilizzare anche i mandala.

- **Gioco del cubo di Rubik**

  Setting: Costruire due o più griglie con lo scotch carta (il numero delle celle varierà a seconda del numero dei bambini che dovranno giocare) e dividere i bambini per il numero di griglie; saranno le diverse squadre che si confronteranno nel gioco.
  Descrizione: il gioco, a partire dai bambini della prima primaria, può essere proposto per lavorare sulla discriminazione, sul ritmo e sequenzialità; perciò ad esempio mettere in successione oggetti o attrezzi uguali, ma differenti per colore. Il gioco consiste, quindi, nel mettere gli oggetti in successione secondo una stessa variabile cromatica.
  All'interno di ogni griglia disporre i cinesini di tre (3) diversi colori in ordine sparso e chiedere agli studenti di mettersi in fila ad una certa distanza della griglia, creando una fila dietro un cerchio. Al via i primi bambini delle due squadre dovranno correre ed andare

a spostare un cinesino, per poi tornare indietro e battere il "5" al compagno successivo che partirà per spostare, a sua volta, un altro cinesino e così via. Vincerà la squadra che spostando (uno per volta) i cinesini disposti nella griglia, arriverà a disporli in successione ordinata rispetto ai tre colori differenti (in riga oppure in colonna a seconda della richiesta data).

OBIETTIVO: lavoro sull'organizzazione visuo spaziale; sull'orientamento; sulla lettura, percezione e memoria visiva; sulla pianificazione ed organizzazione delle risposte motorie con capacità di problem solving; sulla coordinazione e controllo motorio; sulla logica.

ATTREZZATURA: scotch carta (per disegnare le griglie a terra), cinesini di 3 diversi colori oppure bolloni colorati o disegnati con dei simboli e plastificati.

VARIANTI: prevedere, pin piano, l'aumento delle difficoltà:
- altri attrezzi, per lavorare sulla coordinazione, sul controllo tonico e percezione;
- aumentare le celle della griglia ed i colori da mettere in ordine;
- utilizzare, invece dei colori, simboli grafici disposti spazialmente in maniera differente, creati con il cartoncino e plastificati;
- nelle classi successive organizzare cartoncini (bolloni) con regole grammaticali oppure matematiche, lessico delle diverse discipline, vocabolario, ambienti e via dicendo.

- **Gioco punto e linea**
  Setting: disporre 16 bolloni di uno stesso colore messi per formare una griglia a distanza tra loro ma paralleli a 4 a 4; e prima della griglia inserire due gruppi di cinesini di due diversi colori (per le due squadre).

Descrizione: suddividere i bambini in due squadre e disporli per ciascuna squadra a due a due. Tra le due squadre disporre uno scatolone con dei pezzi di noodle (bastoncini di gommapiuma). Le due squadre partiranno da una certa distanza dalla griglia, da un cerchio con a fianco un gruppo di cinesini del colore della propria squadra. Chiedere ai bambini, al via, di partire (i primi due di ciascuna squadra), prendere un noodle dalla scatola e trasportarlo insieme correndo verso i bolloni per disporlo nello spazio libero tra due bolli. Il gioco consiste nel riuscire a chiudere con i bastoncini i bolloni così da formare dei quadrati.

Ogni volta che terminano di riquadrare ogni bollone, le squadre potranno partire per andare a spostare i noodle, così da formare quadrati per la propria squadra ed impedire all'altra squadra di completarne. La squadra che chiude la figura per prima andrà a prendere il cinesino del colore della propria squadra per andare ad inserirlo dentro il quadrato chiuso. Al termine del tempo vince la squadra che ha chiuso più quadrati.

OBIETTIVI: lavoro sull'organizzazione visuo spaziale; sull'orientamento; sulla lettura, percezione e memoria visiva; sulla pianificazione ed organizzazione delle risposte motorie con capacità di problem solving; sulla coordinazione e controllo motorio; sulla logica; sulla collaborazione.

ATTREZZATURA: 16 bolloni grandi; tanti pezzi di Noodle di due diversi colori (per le due squadre); 1 scatola (per contenere i noodle); 2 gruppi di cinesini di due diversi colori (i colori dei gruppi); 2 cerchi dei colori dei cinesini.

VARIANTI: incrementare la difficoltà del gioco chiedendo di riprodurre:
- diverse figure geometriche con i noodle.

- **Gioco della Griglia associativa**

Setting: costruire una griglia con lo scotch carta, con tante celle quante le immagini su cui si vuole lavorare; le celle saranno variabili in base all'età ed alla difficoltà che si vuole proporre; predisporre una fila di coni per gruppo prima di arrivare alla griglia.

Descrizione: suddividere i bambini in due gruppi; preparare tante immagini in duplice copia, una intera ed una ritagliata in due o più parti (a seconda della parola). Poggiare al di fuori della griglia le immagini e chiedere ai bambini, messi in fila dietro il cerchio, al via, di andare a recuperare nello scatolone centrale, condiviso con l'altro gruppo, le parti d'immagini per comporre le figure al lato della griglia, tornare al primo cono, eseguire lo slalom per poi dirigersi a posizionarle nella giusta cella, secondo la giusta direzionalità.

Vince il gruppo di bambini che per primo riesce a ricomporre correttamente tutte le immagini richieste.

OBIETTIVI: favorire la lettura d'immagine; l'organizzazione spazio-temporale; la successione, sequenzialità e ritmo; l'attenzione; lo sviluppo percettivo; la coordinazione grosso e fino motoria; il controllo tonico; la reattività; la precisione.

ATTREZZATURA: scotch carta (per disegnare la griglia); 1 scatolone (in cui inserire le parti di immagine plastificate); cartoncini per le immagini; coni per lo slalom; 2 cerchi.

VARIANTI: aggiungere ulteriori criteri di difficoltà:
- riconoscimento, colore, spessore, forme (lavorando, ad esempio, con i BAM);
- comporre le sillabe legate all'immagine data;
- associare parola – immagine; risultato – operazione; numero-scomposizione; immagine fonti storiche- periodo o civiltà e via dicendo.

2. **Attività sui ritmi e sequenzialità, la lettura e memoria visiva, il ritmo, l'attenzione e concentrazione, la memorizzazione.**

   o **Gioco osserva e trova**

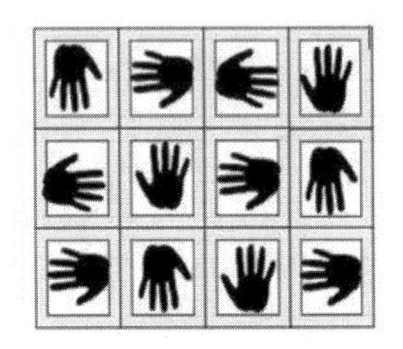

3) saltare secondo l'esatta sequenza osservata

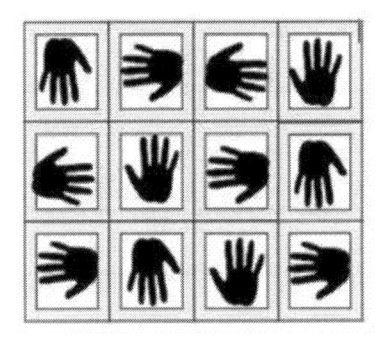

2) correre verso il reticolo

1) osservare l'immagine

Setting: predisporre un reticolo costruito con lo scotch carta e all'interno delle celle inserire delle immagini o disegni con delle caratteristiche specifiche, come ad esempio: un particolare diverso dagli altri; una diversa disposizione spaziale; un criterio dato. Disegnare tante diverse successioni possibili di immagini da inserire all'interno del reticolo da mostrare visivamente ai bambini.

Descrizione: dividere i bambini in due gruppi; disegnare il setting nell'area gioco e chiedere ai bambini di muoversi nel reticolo seguendo la richiesta data, dall'insegnante, con un input visivo mostrato ai bambini, un'immagine con una successione di immagini da osservare, memorizzare e riconoscere, poi, nel movimento all'interno del reticolo. I bambini, una volta osservata l'immagine, dovranno correre verso il reticolo e saltare nelle varie celle secondo la successione dell'immagine visiva osservata in precedenza nel foglio. Qualora il bambino sbagliasse dovrà ricominciare da capo.

OBIETTIVI: l'organizzazione spazio- temporale; la lettura d'immagine; il riconoscimento visivo; la direzionalità; la sequenzialità; il ritmo; l'attenzione e concentrazione; la memorizzazione.

ATTREZZATURA: cartoncini con i diversi simboli; cartoncini con le diverse sequenze ed azioni (che i bambini devono eseguire nel reticolo); scotch carta (per disegnare il reticolo).

VARIANTI: il tempo per eseguire il percorso; la difficoltà dell'immagine, inserendo diversi particolari e criteri da seguire; l'organizzazione del corpo oppure gli schemi motori o le diverse andature da seguire nel reticolo (camminando, correndo, saltando...). La proposta potrà essere organizzata con simboli, come quelli grafici e numerici (presentati nei diversi caratteri- disposti in maniera spaziale corretta o meno, speculari e via dicendo); con le forme geometriche (piane e solide).

o **Gioco del bruco colorato**

Setting: predisporre un cono per le diverse partenze in lunghezza, disegnare con lo scotch l'arrivo dall'altra parte e la zona dove poggiare il primo cerchio della sequenza iniziale; di fronte raggruppare i cerchi di diverso colore a seconda della sequenza che si andrà a chiedere ai bambini.

Descrizione: dividere i bambini in due o più gruppi e chiedere loro di disporsi in fila dietro il cono di ciascuna squadra. Al fischio l'insegnante farà vedere una sequenza di colori ed il primo bambino della fila dovrà correre dall'altra parte del campo, prendere il cerchio del colore corrispondente al primo colore della sequenza mostrata dall'insegnante, tornare indietro e andare a poggiare il cerchio nel primo segno disposto a terra, entrandovi dentro, solo allora il secondo compagno potrà partire per andare a prendere il cerchio del colore corrispondente al secondo colore della sequenza, tornare indietro e poggiarlo affianco a quello del compagno, procedendo in avanti. Partiranno, poi, i compagni successivi secondo la sequenza data dall'insegnante. Finita la sequenza i bambini dovranno proseguire portando oppure spostando i cerchi, sempre, secondo l'ordine di sequenza dato per arrivare uno dopo l'altro all'altra parte del nastro di fine gioco. Vincerà la squadra che per prima supera la linea seguendo la sequenza data.

OBIETTIVI: l'organizzazione spazio- temporale; la lettura visiva e d'immagine; il riconoscimento visivo; la direzionalità; la sequenzialità; il ritmo; l'attenzione e concentrazione; la memorizzazione; la reattività e precisione.

ATTREZZATURA: 1 cono per ciascun gruppo; tanti cerchi di diversi colori a seconda della sequenza da proporre; scotch carta (per disegnare la linea finale e la zona di appoggio del primo cerchio).

VARIANTI: per rendere più complicata l'esercitazione si possono variare:

- gli attrezzi motori;
- il tempo per eseguire il percorso;
- la sequenza secondo diversi criteri o simboli grafici delle diverse discipline;
- la tipologia di attività, come lavorare sul lessico specifico delle discipline dal quale estrapolare catene di parole collegate: in questo caso si può lavorare con dei bolloni o cartoncini plastificati, da prendere e disporre lungo il percorso per muoversi, come ad esempio:

MATEMATICA: l'insegnante mostra oppure dice la parola, *ADDIZIONE*, mentre i bambini avranno a disposizione diversi cartoncini con parole collegate e non collegate alla parola data (addendi, somma, più, togliere, meno, unità, decine, numeri, lettere e via dicendo), i bambini dovranno scegliere i cartoncini delle parole collegate alla parola data dall'insegnante e prenderli per muoversi nella catena di parole sino alla conclusione.

ITALIANO: l'insegnante mostra oppure dice la parola, *NOME*, mentre i bambini avranno a disposizione diversi cartoncini con parole collegate e non collegate alla parola data (persona, azione, cosa, animale, alterato, primitivo, qualità, congiuntivo e via dicendo).

STORIA: l'insegnante mostra oppure dice la parola, *CIVILTÀ DEI FIUMI*, mentre i bambini avranno a disposizione diversi cartoncini con parole collegate e non collegate alla parola data (Egizi, Romani, 4000 a.C., industria, agricoltura, fiumi, Ziggurat e via dicendo).

SCIENZE: l'insegnante mostra oppure dice la parola, *APPARATO TEGUMENTARIO*, mentre i bambini avranno a disposizione diversi cartoncini con parole collegate e non collegate alla parola data (pelle, ossa, termoregolazione, protezione, epidermide, muscoli e via dicendo).

GEOGRAFIA: l'insegnante mostra oppure dice la parola, *CARTA FISICA*, mentre i bambini avranno a disposizione diversi cartoncini con parole collegate e non collegate alla parola data (ambienti naturali, territori, mari, fiumi, montagne, regioni, città e via dicendo).

INGLESE: il gioco può essere efficace per la promozione e rinforzo del vocabolario, l'insegnante mostra oppure dice la parola, *COLORS*, mentre i bambini avranno a disposizione diversi cartoncini con parole collegate e non collegate alla parola data (black, white, shirt, cat, dog, brown e via dicendo).

E così per tutte le conoscenze rispetto alle diverse discipline.

- **Gioco del lancio degli anelli**

    Setting: predisporre l'area gioco con un percorso in rettilineo con diverse azioni motorie da compiere, attraverso attrezzi psicomotori differenti (sulla base della programmazione sulla quale si sta lavorando); predisporre l'area lancio a distanza rispetto al percorso, composta da una linea disegnata con il nastro carta; anelli di polistirolo poggiati prima del nastro (al posto del polistirolo possono essere usati dei dischi creati con dei piatti aperti nella parte centrale) e l'attrezzo per la risposta finale dopo il lancio. Cartoncini con diverse conoscenze per ciascun gruppo (in base alla disciplina sulla quale si vorrà lavorare).

    Descrizione: dividere i bambini in due o più gruppi e chiedere loro di disporsi in fila dietro il cono di ciascuna squadra. Al fischio l'insegnante farà vedere oppure dirà una parola riferita all'argomento oppure alla disciplina sulla quale vuole lavorare. Dopo di che i bambini partiranno, eseguiranno il percorso con i diversi attrezzi proposti, prenderanno l'anello di polistirolo e cercheranno di lanciarlo dentro:
    - una scatola (di diverse dimensioni a seconda dell'abilità motoria dei bambini) soprattutto nella classe prima primaria (facilitato);

- un bastone inserito dentro un cono (per tenerlo in posizione) per i bambini più grandetti.

Dopo avere lanciato torneranno indietro e si ripartirà con il compagno successivo, dalla comunicazione dell'insegnante della parola sulla base della quale i bambini dovranno dare risposta a termine del percorso.

Il punteggio verrà dato in base alle risposte finali date correttamente.

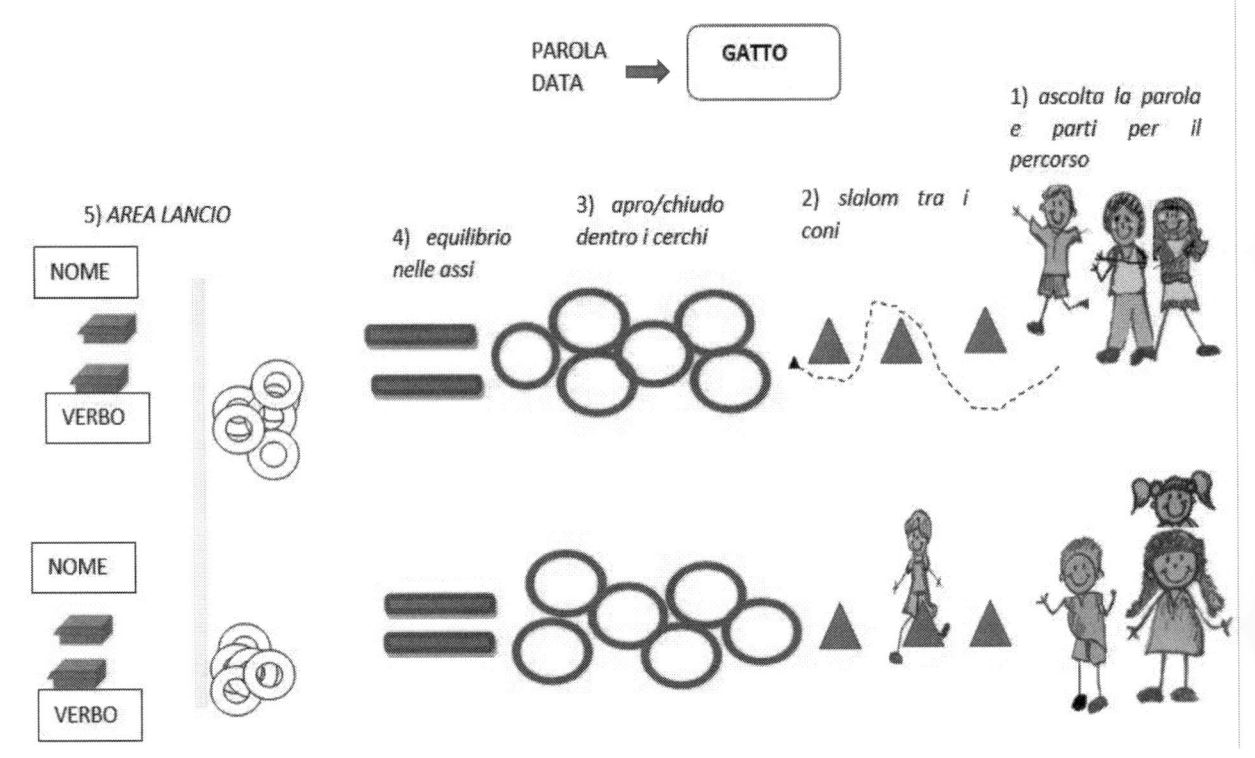

OBIETTIVI: l'organizzazione spazio- temporale; la lettura visiva e d'immagine; il riconoscimento visivo; la direzionalità; la sequenzialità; il ritmo; l'attenzione e concentrazione; la memorizzazione; la reattività e precisione.

ATTREZZATURA: 1 cono per ciascun gruppo; tanti cerchi di diversi colori per lo schema motorio del salto in estensione; cinesini per la camminata oppure corsa in curvilinea; ostacoletti per il salto in elevazione; il cerchio di fuoco per l'organizzazione del corpo; mattoncini oppure asse d'equilibrio (per i bambini più grandetti) per l'obiettivo dell'equilibrio; funicelle per la coordinazione nel salto.

La quantità di attrezzatura inserita nel percorso rettilineo (se più gruppi percorsi rettilinei paralleli) dipenderà dallo spazio a disposizione, dalla sequenza da proporre e dagli obiettivi su cui si intende lavorare. Alla fine del percorso sarà disposta l'area finale di tiro, con gli anelli di polistirolo prima della linea di tiro, disegnata con il nastro carta, e l'attrezzo finale scelto per il gesto finale.

VARIANTI: per rendere più complicata l'esercitazione si possono variare:

- gli attrezzi motori rispetto agli obiettivi motori sui quali si vuole lavorare;
- il tempo di reattività per l'ascolto o visione delle parole e dell'avvio del percorso: si può, a seguito dell'esperienza maturata da parte dei bambini, chiedere al via di partire per il percorso e prestare attenzione, contemporaneamente, alla comunicazione della parola sulla quale dare risposta al termine del percorso stesso (lavorando sull'attenzione e concentrazione).

- **Gioco di percussione con il corpo e gli attrezzi.**

    Setting: predisporre l'area gioco con diversi attrezzi psicomotori ai quali dare un significato, a seguito della lettura visiva della disposizione, ed alla quale associare un movimento di percussione delle diverse parti del corpo; come ad esempio:

    ▲ **CONO= BATTITO di MANI/ di PIEDI**

    ◯ **CERCHIO= BATTITO di MANI/ di PIEDI**

    ⊓ **OSTACOLO= SALTO BATTENDO CON DUE PIEDI**

Organizzare il setting ordinando gli attrezzi, chiedere ai bambini di osservare gli attrezzi e poi riprodurre la sonorità che rappresentano attraverso il corpo.
Dopo avere rappresentato attraverso i vari gesti, di percussione, gli attrezzi, fare eseguire il percorso con il movimento.
OBIETTIVI: la discriminazione senso percettiva; la lettura visiva e d'immagine e relativa rappresentazione all'immagine mentale predisposta; l'attenzione e concentrazione; la memorizzazione; la reattività e precisione.
ATTREZZATURA: coni; cerchi disposti diversamente per dare adito ad una diversa rappresentazione con il corpo; ostacoli; e qualsiasi altro attrezzo si ritenga opportuno inserire.
Ecco un esempio di attività:

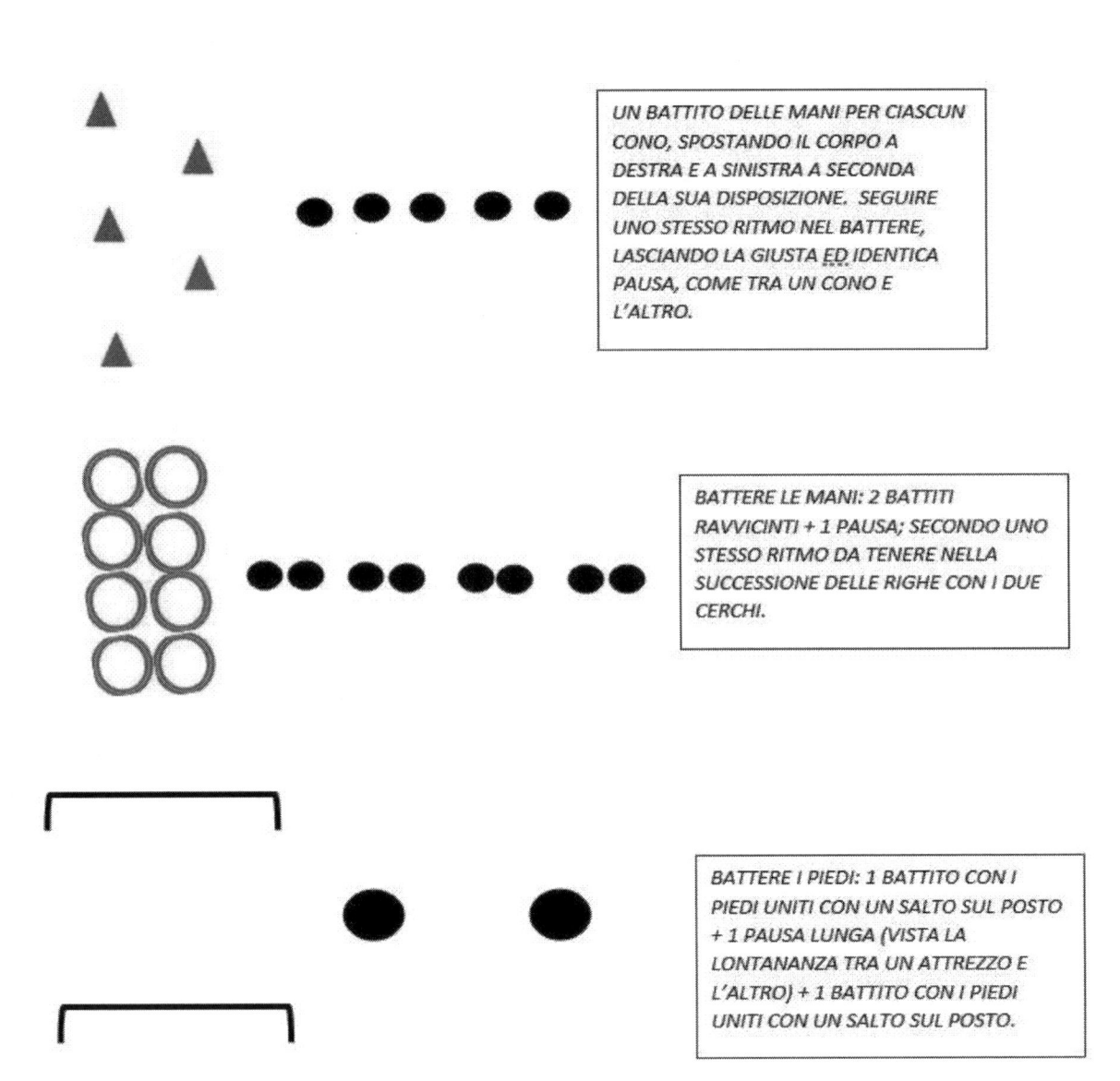

UN BATTITO DELLE MANI PER CIASCUN CONO, SPOSTANDO IL CORPO A DESTRA E A SINISTRA A SECONDA DELLA SUA DISPOSIZIONE. SEGUIRE UNO STESSO RITMO NEL BATTERE, LASCIANDO LA GIUSTA ED IDENTICA PAUSA, COME TRA UN CONO E L'ALTRO.

BATTERE LE MANI: 2 BATTITI RAVVICINTI + 1 PAUSA; SECONDO UNO STESSO RITMO DA TENERE NELLA SUCCESSIONE DELLE RIGHE CON I DUE CERCHI.

BATTERE I PIEDI: 1 BATTITO CON I PIEDI UNITI CON UN SALTO SUL POSTO + 1 PAUSA LUNGA (VISTA LA LONTANANZA TRA UN ATTREZZO E L'ALTRO) + 1 BATTITO CON I PIEDI UNITI CON UN SALTO SUL POSTO.

TAVOLA 7	I GIOCHI DI SQUADRA PROPEDEUTICI	SC. PRIMARIA
FINALITÀ	Sviluppo dell'identità, dell'autonomia e delle competenze	
CONOSCENZE	Gli attrezzi, il movimento del corpo con i diversi attrezzi.	
ABILITÀ	Utilizzare gli attrezzi in maniera corretta; organizzarsi e coordinare il corpo rispetto agli attrezzi a terra e mobili.	
COMPETENZE	Individuare collegamenti e operare scelte con creatività e consapevolezza, trovare soluzioni ai problemi, osservare le parti del corpo e riconoscerne l'utilizzo corretto, riconoscere le diverse forme espressive, sviluppare la coordinazione; muoversi con sicurezza in ogni ambiente e situazione.	

GIOCHI PROPEDEUTICI ALLA PALLA MANO

Gioco dei passaggi, liberi, conteggiati

Setting: delimitare lo spazio gioco con dei coni/cinesini forma rettangolare- quadrata (nella prima classe, poi dalle classi successive insegnare a seguire le linee presenti in palestra); la grandezza del campo dev'essere variata a seconda dell'età anagrafica dei bambini e per aumentare il grado di difficoltà del gioco.

Attrezzatura: 1 palla; coni/ cinesini (per delimitare lo spazio gioco); pettine (dello stesso colore ed in numero corretto per una squadra così da riconoscersi tra di loro ed essere riconoscibili per l'altra squadra).

Descrizione gioco: dividere i bambini della classe in due gruppi, ad uno dare le pettine, chiedere loro di disporsi nel campo gioco. L'insegnante si metterà al centro con la palla in mano e lancerà la palla in alto: il primo bambino che prenderà la palla giocherà per la sua squadra. Il gioco consiste nel passarsi la palla liberamente e cercare di fare 4 passaggi con 4 compagni differenti della propria squadra, solo così si raggiungerà 1 punto. I bambini dell'altra squadra, invece, dovranno cercare di intercettare ed anticipare l'altra squadra, prendendo la palla e così iniziando a conteggiare per la propria squadra i 4 passaggi per ottenere il punto. Al raggiungimento del punto la palla va alla squadra opposta per la ripartenza.

Varianti: I bambini possono essere suddivisi in più gruppi, così da incrementare la difficoltà del gioco, l'attenzione, l'organizzazione spazio-temporale del corpo, soprattutto quando i bambini sono più grandicelli.

Si può chiedere ai bambini di fare punto solo dopo che tutti i bambini della stessa squadra si sono passati la palla.

Disegno:

GIOCHI PROPEDEUTICI ALLA PALLA MANO

Obiettivi:

Questo gioco favorisce la capacità di presa; la precisione del tiro; l'attenzione rispetto alla situazione gioco e allo spazio; l'adattamento motorio, la differenziazione cognitiva ed il problem solving; la pianificazione ed organizzazione; la coesione di gruppo e la condivisione.

Regole:

✓ non si può strappare la palla dalle mani, ma solo intercettarla durante la fase di volo nel passaggio da un compagno ad un altro;

✓ si deve prestare attenzione agli altri presenti per evitare di fare e farsi male;

✓ non si deve uscire fuori dall'area gioco;

✓ la palla non deve cadere a terra, ma se dovesse cadere si può recuperare e il conteggio dei passaggi riparte da 0, ma può essere, anche, intercettata dagli avversari e presa;

✓ si può palleggiare oppure no mentre si corre prima di passare (in base alla regola che si stabilisce ad inizio gioco).

Le regole vanno inserite all'occorrenza e progressivamente, in base ai feedback degli studenti e alle capacità motorie raggiunte.

GIOCHI PROPEDEUTICI ALLA PALLA MANO

Palla Meta

Setting: organizzare lo spazio gioco creando un campo + 2 aree meta ai lati opposti, in cui mettere 1 cerchio dove ciascuna squadra dovrà mettere la palla per fare meta e solo in quel caso punto.

Attrezzatura: coni/ cinesini come input visivi per il riconoscimento dello spazio dove muoversi (nella prima classe, poi dalle classi successive insegnare a seguire le linee presenti in palestra); 1 palla; pettine, dello stesso colore e numero per i componenti della squadra; 2 cerchi di diverso colore (uno per ciascuna squadra).

Descrizione gioco: dividere i bambini in 2 squadre e chiedere ai bambini di muoversi nello spazio gioco liberamente, l'insegnante si mette al centro e lancia la palla in alto (ad inizio gioco), il primo bambino che prende la palla inizierà il conteggio dei lanci per la sua squadra. I bambini

GIOCHI PROPEDEUTICI ALLA PALLA MANO

devono prendere la palla e passarla in maniera precisa ai compagni così da non perderla, per poi dopo 4 passaggi tra compagni diversi della stessa squadra, andare a fare punto mettendo la palla in meta dentro il proprio cerchio (cerchio rosso- pettine rosse- nella prima classe per avere il riferimento visivo per il riconoscimento spaziale ed organizzazione del corpo nello spazio gioco). I compagni dell'altra squadra, invece, dovranno cercare di anticipare e prevedere le mosse dei compagni, così da prendere la palla agli avversari, bloccare il lancio a meta degli avversari e giocare per la propria squadra. Al raggiungimento della meta la palla passa agli avversari, per ripartire con il gioco.

Varianti: I bambini possono essere suddivisi in più gruppi, così da incrementare la difficoltà del gioco, l'attenzione, l'organizzazione spazio-temporale del corpo, soprattutto quando i bambini sono più grandicelli.

Si può chiedere ai bambini di fare punto solo dopo che tutti i bambini della stessa squadra si sono passati la palla.

Il **palleggio**: dalla seconda classe in poi aggiungere il palleggio della palla a terra mentre ci si muove nel campo ed obbligatorio prima del passaggio ad un altro compagno. Ad inizio può essere solo 1 palleggio prima del passaggio.

Disegno:

GIOCHI PROPEDEUTICI ALLA PALLA MANO

Obiettivi:

Questo gioco favorisce la capacità di presa; la precisione del tiro; l'attenzione rispetto alla situazione gioco e allo spazio; l'adattamento motorio, la differenziazione cognitiva ed il problem solving; la pianificazione ed organizzazione; la coesione di gruppo e la condivisione.

Regole:

✓ non si può strappare la palla dalle mani, ma solo intercettarla durante la fase di volo nel passaggio da un compagno ad un altro;
✓ si deve prestare attenzione agli altri presenti per evitare di fare e farsi male;
✓ non si deve uscire fuori dall'area gioco;
✓ la palla non deve cadere a terra, ma se dovesse cadere si può recuperare e il conteggio dei passaggi riparte da 0, ma può essere, anche, intercettata dagli avversari e presa;
✓ si deve fare un palleggio prima di passare la palla ai compagni.

Le regole vanno inserite all'occorrenza e progressivamente, in base ai feedback degli studenti e alle loro capacità motorie.

Palla Base

Setting: organizzare lo spazio gioco creando un campo + 2 aree meta ai lati opposti, in cui mettere 1 cerchio di colore diverso per squadra dove rimarrà uno studente di ciascuna squadra.

Attrezzatura: coni/ cinesini come input visivi per il riconoscimento dello spazio dove muoversi (nella prima classe, poi dalle classi successive insegnare a seguire le linee presenti in palestra); 1 palla; pettine, dello stesso colore e numero per i componenti della squadra; 2 cerchi di diverso colore (uno per ciascuna squadra).

GIOCHI PROPEDEUTICI ALLA PALLA MANO

Descrizione gioco: dividere i bambini in 2 squadre e chiedere ai bambini di muoversi nello spazio gioco liberamente, l'insegnante si mette al centro e lancia la palla in alto (ad inizio gioco), il primo bambino che prende la palla inizierà il conteggio dei lanci per la sua squadra. I bambini devono prendere la palla e passarla in maniera precisa ai compagni così da non perderla, per poi dopo 4 passaggi tra compagni diversi della stessa squadra, andare a fare punto lanciando la palla al bambino dentro il proprio cerchio che dovrà riuscire ad acchiapparla senza farla cadere (cerchio rosso- pettine rosse- nella prima classe per avere il riferimento visivo per il riconoscimento spaziale ed organizzazione del corpo nello spazio gioco). I compagni dell'altra squadra, invece, dovranno cercare di anticipare e prevedere le mosse dei compagni, così da prendere la palla agli avversari, bloccare il lancio a meta degli avversari e giocare per la propria squadra. Al raggiungimento della meta la palla passa agli avversari, per ripartire con il gioco.

Varianti: I bambini possono essere suddivisi in più gruppi, così da incrementare la difficoltà del gioco, l'attenzione, l'organizzazione spazio- temporale del corpo, soprattutto quando i bambini sono più grandicelli.

Si può chiedere ai bambini di fare punto solo dopo che tutti i bambini della stessa squadra si sono passati la palla.

Il **palleggio**: dalla seconda classe in poi aggiungere il palleggio della palla a terra mentre ci si muove nel campo ed obbligatorio prima del passaggio ad un altro compagno. Ad inizio può essere solo 1 palleggio prima del passaggio.

Disegno:

GIOCHI PROPEDEUTICI ALLA PALLA MANO

Obiettivi:

Questo gioco favorisce la capacità di presa; la precisione del tiro; l'attenzione rispetto alla situazione gioco e allo spazio; l'adattamento motorio, la differenziazione cognitiva ed il problem solving; la pianificazione ed organizzazione; la coesione di gruppo e la condivisione.

Regole:

✓ non si può strappare la palla dalle mani, ma solo intercettarla durante la fase di volo nel passaggio da un compagno ad un altro;
✓ si deve prestare attenzione agli altri presenti per evitare di fare e farsi male;
✓ non si deve uscire fuori dall'area gioco;
✓ il bambino dentro il cerchio non può uscire dallo stesso;
✓ la palla non deve cadere a terra, ma se dovesse cadere si può recuperare e il conteggio dei passaggi riparte da 0, ma può essere, anche, intercettata dagli avversari e presa;
✓ si deve fare un palleggio prima di passare la palla ai compagni.

Le regole vanno inserite all'occorrenza e progressivamente, in base ai feedback degli studenti e alle loro capacità motorie.

GIOCHI PROPEDEUTICI ALLA PALLA MANO

Palla al RE

Setting: organizzare lo spazio gioco creando un campo + 2 aree meta ai lati opposti in cui mettere 1 cubo oppure una panca/ step dove dovrà salire e rimanere il RE di ciascuna squadra.

Attrezzatura: coni/ cinesini come input visivi per il riconoscimento dello spazio dove muoversi (nella prima classe, poi dalle classi successive insegnare a seguire le linee presenti in palestra); 1 palla; pettine, dello stesso colore e numero per i componenti della squadra; 2 cubi di legno/ panche/ step (uno per ciascuna squadra).

Descrizione gioco: dividere i bambini in due squadre e chiedere ai bambini di muoversi nello spazio gioco, l'insegnante si mette al centro e lancia la palla in alto (ad inizio gioco), il primo bambino che prende la palla inizierà il conteggio dei lanci per la sua squadra. I bambini devono prendere la palla e passarla in maniera precisa ai compagni così da non perderla, per poi dopo 4 passaggi tra compagni diversi della stessa squadra, andare a fare punto lanciandola al compagno RE che dovrà acchiapparla al volo, diversamente il punto non viene fatto ed il gioco riparte. I compagni dell'altra squadra, invece, dovranno cercare di anticipare e prevedere le mosse dei compagni, così da prendere la palla agli avversari, bloccare il lancio al RE degli avversari e giocare per la propria squadra. Al raggiungimento della meta la palla passa agli avversari, per ripartire con il gioco.

Varianti: I bambini possono essere suddivisi in più gruppi, così da incrementare la difficoltà del gioco, l'attenzione, l'organizzazione spazio- temporale del corpo, soprattutto quando i bambini sono più grandicelli.

Si può chiedere ai bambini di fare punto solo dopo che tutti i bambini della stessa squadra si sono passati la palla.

Il **palleggio**: dalla seconda classe in poi aggiungere il palleggio della palla a terra mentre ci si muove nel campo ed obbligatorio prima del passaggio ad un altro compagno. Ad inizio può essere solo 1 palleggio prima del passaggio.

Disegno:

GIOCHI PROPEDEUTICI ALLA PALLA MANO

Obiettivi:

Questo gioco favorisce la capacità di presa; la precisione del tiro; l'attenzione rispetto alla situazione gioco e allo spazio; l'adattamento motorio, la differenziazione cognitiva ed il problem solving; la pianificazione ed organizzazione; la coesione di gruppo e la condivisione.

Regole:

✓ non si può strappare la palla dalle mani, ma solo intercettarla durante la fase di volo nel passaggio da un compagno ad un altro;
✓ si deve prestare attenzione agli altri presenti per evitare di fare e farsi male;
✓ non si deve uscire fuori dall'area gioco;
✓ il bambino sopra il rialzo deve acchiappare senza muoversi, stando attento a non cadere;

✓ la palla non deve cadere a terra, ma se dovesse cadere si può recuperare e il conteggio dei passaggi riparte da 0, ma può essere, anche, intercettata dagli avversari e presa;
✓ si deve fare un palleggio prima di passare la palla ai compagni.

! Le regole vanno inserite all'occorrenza e progressivamente, in base ai feedback degli studenti e alle loro capacità motorie.

Gioco dei passaggi, liberi, conteggiati

Setting: delimitare lo spazio gioco con dei coni/cinesini forma rettangolare- quadrata (nella prima classe, poi dalle classi successive insegnare a seguire le linee presenti in palestra); la grandezza del campo dev'essere variata a seconda dell'età anagrafica dei bambini e per aumentare il grado di difficoltà del gioco.

Attrezzatura: 1 palla pallacanestro piccola (per pulcini); coni/ cinesini (per delimitare lo spazio gioco); pettine (dello stesso colore ed in numero corretto per una squadra così da riconoscersi tra di loro ed essere riconoscibili per l'altra squadra).

Descrizione gioco: dividere i bambini della classe in due gruppi, ad uno dare le pettine, chiedere loro di disporsi nel campo gioco. L'insegnante si metterà al centro con la palla in mano e lancerà la palla in alto: il primo bambino che prenderà la palla giocherà per la sua squadra. Il gioco consiste nel passarsi la palla liberamente e cercare di fare 4 passaggi con 4 compagni differenti della propria squadra, solo così si raggiungerà 1 punto, ma nello spostamento devono palleggiare a terra. I bambini dell'altra squadra, invece, dovranno cercare di intercettare ed anticipare l'altra squadra, prendendo la palla e così iniziando a conteggiare per la propria

GIOCHI PROPEDEUTICI ALLA PALLACANESTRO

squadra i 4 passaggi per ottenere il punto. Al raggiungimento del punto la palla va alla squadra opposta per la ripartenza.

Varianti: I bambini possono essere suddivisi in più gruppi, così da incrementare la difficoltà del gioco, l'attenzione, l'organizzazione spazio-temporale del corpo, soprattutto quando i bambini sono più grandicelli.

Si può chiedere ai bambini di fare punto solo dopo che tutti i bambini della stessa squadra si sono passati la palla.

Esercitazioni variate: provare le stesse esercitazioni come previste nei giochi propedeutici della pallamano su descritti, con l'aggiunta dell'obbligo del palleggio.

GIOCHI PROPEDEUTICI ALLA PALLACANESTRO

Disegno:

Obiettivi:

Questo gioco favorisce il palleggio; la capacità di presa; la precisione del tiro; l'attenzione rispetto alla situazione gioco e allo spazio; l'adattamento motorio, la differenziazione cognitiva ed il problem solving; la pianificazione ed organizzazione; la coesione di gruppo e la condivisione.

Regole:

✓ non si può strappare la palla dalle mani, ma solo intercettarla durante la fase di volo nel passaggio da un compagno ad un altro;
✓ si deve prestare attenzione agli altri presenti per evitare di fare e farsi male;
✓ non si deve uscire fuori dall'area gioco;
✓ se si perde la palla, nel palleggio, il conteggio dei passaggi riparte da 0, ma può essere, anche, intercettata dagli avversari e presa;
✓ si deve palleggiare nelle fasi di movimento.

Le regole vanno inserite all'occorrenza e progressivamente, in base ai feedback degli studenti e alle loro capacità motorie.

Canestro mobile facilitato

Setting: delimitare lo spazio gioco con dei coni/cinesini forma rettangolare- quadrata (nella prima classe, poi dalle classi successive insegnare a seguire le linee presenti in palestra) + 2 aree meta ai lati opposti; la grandezza del campo dev'essere variata a seconda dell'età anagrafica dei bambini e per aumentare il grado di difficoltà del gioco.

Attrezzatura: 1 palla pallacanestro piccola; coni/cinesini (per delimitare lo spazio gioco); pettine (dello stesso colore ed in numero corretto per una squadra così da riconoscersi tra di loro ed essere riconoscibili per l'altra squadra); 2 cerchi di diverso colore per ciascuna squadra.

GIOCHI PROPEDEUTICI ALLA PALLACANESTRO

GIOCHI PROPEDEUTICI ALLA PALLACANESTRO

Descrizione gioco: dividere i bambini della classe in due gruppi, ad uno dare le pettine, chiedere loro di disporsi nel campo gioco. L'insegnante si metterà al centro con la palla in mano e lancerà la palla in alto: il primo bambino che prenderà la palla giocherà per la sua squadra. Il gioco consiste nel passarsi la palla liberamente e cercare di fare 4 passaggi con 4 compagni differenti della propria squadra, prima di andare a canestro, palleggiano a terra nello spostamento all'interno del campo gioco. Il canestro sarà un cerchio tenuto da un compagno della propria squadra nell'area "meta", che terrà in mano il cerchio (all'inizio come vuole) e si sposterà all'interno dell'area in base alla posizione del compagno che potrà andare a canestro, infilando la palla dentro il cerchio. I bambini dell'altra squadra, invece, dovranno cercare di intercettare ed anticipare l'altra squadra, prendendo la palla e così iniziando a conteggiare per la propria squadra i 4 passaggi per, poi, andare a canestro. Al raggiungimento del punto la palla va alla squadra opposta per la ripartenza.

Varianti: I bambini possono essere suddivisi in più gruppi, così da incrementare la difficoltà del gioco.

L'area "meta" può essere variata nelle dimensioni per incrementare la difficoltà.

Si può chiedere ai bambini di fare punto solo dopo che tutti i bambini della stessa squadra si sono passati la palla.

Disegno:

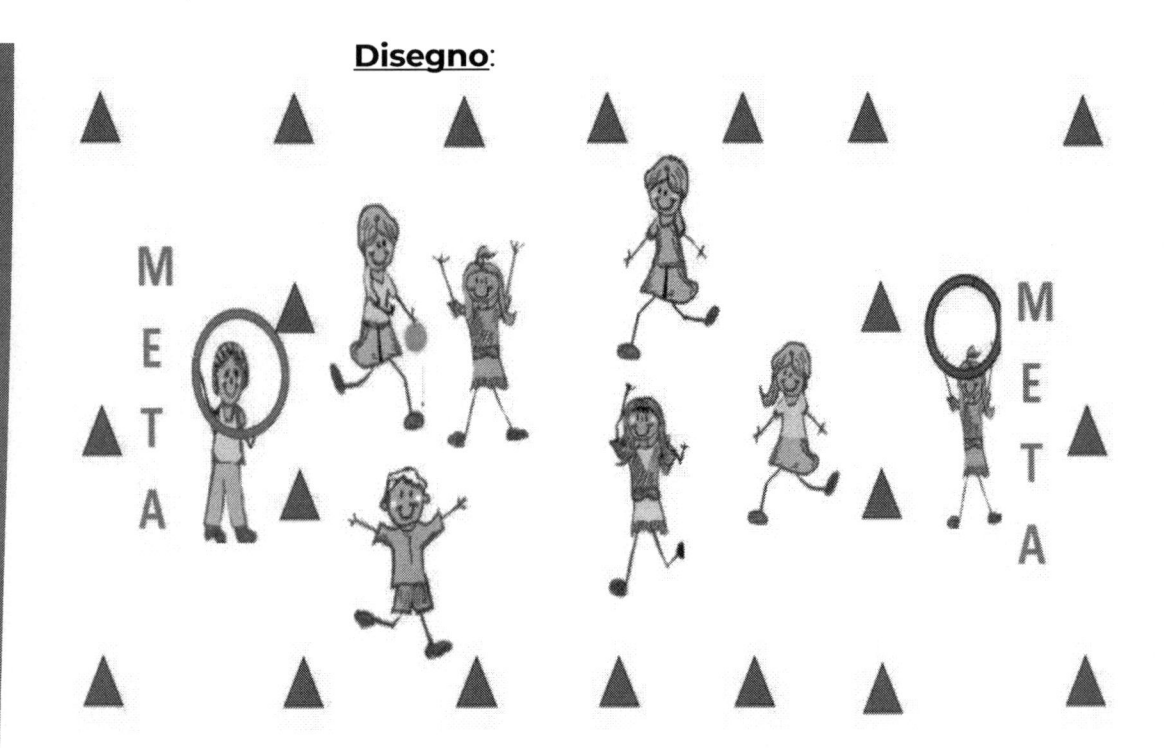

GIOCHI PROPEDEUTICI ALLA PALLACANESTRO

Obiettivi:

Questo gioco favorisce il palleggio; la capacità di presa; la precisione del tiro; l'attenzione rispetto alla situazione gioco e allo spazio; l'adattamento motorio, la differenziazione cognitiva ed il problem solving; la pianificazione ed organizzazione; la coesione di gruppo e la condivisione.

Regole:

✓ non si può strappare la palla dalle mani, ma solo intercettarla durante la fase di volo nel passaggio da un compagno ad un altro;
✓ si deve prestare attenzione agli altri presenti per evitare di fare e farsi male;
✓ non si deve uscire fuori dall'area gioco;
✓ si deve palleggiare nelle fasi di movimento;
✓ si deve fare canestro infilando la palla all'interno del cerchio;
✓ il compagno con il cerchio deve muoversi solo nell'area meta senza uscirvi.

! Le regole vanno inserite all'occorrenza e progressivamente, in base ai feedback degli studenti e alle loro capacità motorie.

GIOCHI PROPEDEUTICI ALLA PALLACANESTRO

Palla a canestro

Setting: delimitare lo spazio gioco con dei coni/ cinesini oppure usare le linee presenti in palestra + 2 aree meta ai lati opposti; la grandezza del campo dev'essere variata a seconda dell'età anagrafica dei bambini e per aumentare il grado di difficoltà del gioco.

Attrezzatura: 1 palla pallacanestro piccola; coni/ cinesini (per delimitare lo spazio gioco); pettine (dello stesso colore ed in numero corretto per una squadra così da riconoscersi tra di loro ed essere riconoscibili per l'altra squadra); 2 canestri costruiti con cerchi o coni sospesi oppure scatoloni o cestini a terra.

Descrizione gioco: dividere i bambini della classe in due gruppi, ad uno dare le pettine, chiedere loro di disporsi nel campo gioco. L'insegnante si metterà al centro con la palla in mano e lancerà la palla in alto: il primo bambino che prenderà la palla giocherà per la sua squadra. Il gioco consiste nel passarsi la palla liberamente e cercare di fare 4 passaggi con 4 compagni differenti della propria squadra, prima di andare a canestro, palleggiano a terra nello spostamento all'interno del campo gioco. Il canestro dovrà essere disposto nell'area "meta", a terra (cestino/ scatolone) oppure, in un secondo momento, sospeso (cono/ cerchio). I bambini dell'altra squadra, invece, dovranno cercare di intercettare ed anticipare l'altra squadra, prendendo la palla e così iniziando a conteggiare per la propria squadra i 4 passaggi per, poi, andare a canestro. Al raggiungimento del punto la palla va alla squadra opposta per la ripartenza.

Varianti: I bambini possono essere suddivisi in più gruppi, così da incrementare la difficoltà del gioco.

L'area "meta" può essere variata nelle dimensioni per incrementare la difficoltà così come il formato degli attrezzi utilizzati per il canestro.

Si può chiedere ai bambini di fare punto solo dopo che tutti i bambini della stessa squadra si sono passati la palla.

! Il passaggio finale sarà l'uso del canestro MINIBASKET (altezza 2,60m).

Disegno:

GIOCHI PROPEDEUTICI ALLA PALLACANESTRO

Regole:

✓ non si può strappare la palla dalle mani, ma solo intercettarla durante la fase di volo nel passaggio da un compagno ad un altro;

✓ si deve prestare attenzione agli altri presenti per evitare di fare e farsi male;
✓ non si deve uscire fuori dall'area gioco;
✓ si deve palleggiare nelle fasi di movimento;
✓ si deve fare canestro infilando la palla all'interno dei diversi contenitori (a terra a distanza variabile per incrementare la difficoltà oppure sospesi ad altezza variabile a seconda dell'età dei bambini e delle loro capacità).

! Le regole vanno inserite all'occorrenza e progressivamente, in base ai feedback degli studenti e alle loro capacità motorie.

Palla prigioniera

Setting: delimitare lo spazio gioco con dei coni/cinesini oppure usare le linee presenti in palestra: il campo dev'essere rettangolare e avere una linea centrale che suddivide i due campi delle squadre avversarie + 2 aree prigione ai lati opposti; la grandezza del campo dev'essere variata a seconda dell'età anagrafica dei bambini e per aumentare il grado di difficoltà del gioco.

Attrezzatura: 1 palla piccola e maneggevole da tenere con una mano; coni/ cinesini (per delimitare lo spazio gioco nelle diverse aree).

Descrizione gioco: dividere gli studenti in due squadre che si disporranno nei diversi campi, la palla di inizio verrà data alla squadra che vincerà a testa/ croce con una monetina. Chiedere ai bambini di lanciare la palla verso il campo avversario in maniera tale da colpire nel corpo i compagni senza oltrepassare la linea divisoria centrale. Il compagno verrà considerato colpito se la palla a seguito del colpo cadrà a terra, in questo caso lo studente colpito dovrà andare subito nell'area prigionia di pertinenza della propria squadra (ossia dietro il campo avversario), passando dal lato esterno dell'area gioco così da non interromperne il gioco che

GIOCHI PROPEDEUTICI ALLA PALLAVOLO

dev'essere quanto più veloce possibile. Invece, qualora il giocatore avversario, una volta colpito, riuscisse a prendere la palla prima che cada a terra sarà salvo ed il giocatore che avrà lanciato diventerà prigioniero, andando a disporsi nella propria area prigione dietro il campo avversario. I compagni dell'area prigione verranno salvati solo se afferreranno al volo un lancio di compagni della propria squadra senza che la palla cada a terra.

Varianti: l'area gioco e prigione possono essere modificati rispetto alla dimensione così da incrementarne la difficoltà.

La palla anch'essa può essere più o meno grande e maneggevole per creare maggiore difficoltà.

Disegno:

GIOCHI PROPEDEUTICI ALLA PALLAVOLO

Obiettivi:

Questo gioco favorisce la capacità di presa; la precisione del tiro; l'attenzione rispetto alla situazione gioco e allo spazio; la reattività; l'adattamento motorio, la differenziazione cognitiva ed il problem solving; la pianificazione ed organizzazione; la coesione di gruppo e la condivisione.

Regole:

✓ lanciare la palla, dopo il recupero da terra, velocemente verso il campo avversario senza oltrepassare la linea divisoria centrale;

✓ si deve prestare attenzione agli altri presenti per evitare di fare e farsi male;

✓ indirizzare la palla verso il corpo e non la faccia;

✓ se si recupera la palla dopo essere stati colpiti, prima che cada a terra, è reso prigioniero l'avversario;

✓ se si viene colpiti e la palla cade a terra si diventa prigionieri;

✓ si è salvati dalla prigione se si afferra al volo la palla lanciata dai propri compagni.

Le regole vanno inserite all'occorrenza e progressivamente, in base ai feedback degli studenti e alle loro capacità motorie.

Vuota campo

GIOCHI PROPEDEUTICI ALLA PALLAVOLO

Setting: delimitare lo spazio gioco con dei coni/cinesini oppure usare le linee presenti in palestra: creare 2 aree gioco suddivise da 1 rete.

Attrezzatura: tanti palloni piccoli e maneggevoli da minivolley per la prensione facilitata oppure palloni leggeri e di dimensione variabile in base all'età degli studenti; coni/cinesini (per delimitare lo spazio gioco nelle diverse aree); 1 rete da Minivolley.

Descrizione gioco: dividere gli studenti in due squadre che si disporranno nei diversi campi separati dalla rete, all'interno delle due aree gioco saranno stati suddivisi, in parti uguali, i palloni. Al fischio dell'insegnante i bambini dovranno prendere, ad uno ad uno, i palloni del proprio campo e lanciarli nel campo avversario facendo attenzione che cadano all'interno del campo, diversamente i palloni usciti saranno considerati nulli e penalità per la squadra che li ha fatti uscire.

La finalità del gioco sarà quella di svuotare il proprio campo dai palloni e, comunque, di averne meno rispetto all'avversario al fischio di fine dell'insegnante.

Varianti: variare la dimensione del campo e la quantità di palloni per rendere più complicato il gioco.

Disegno:

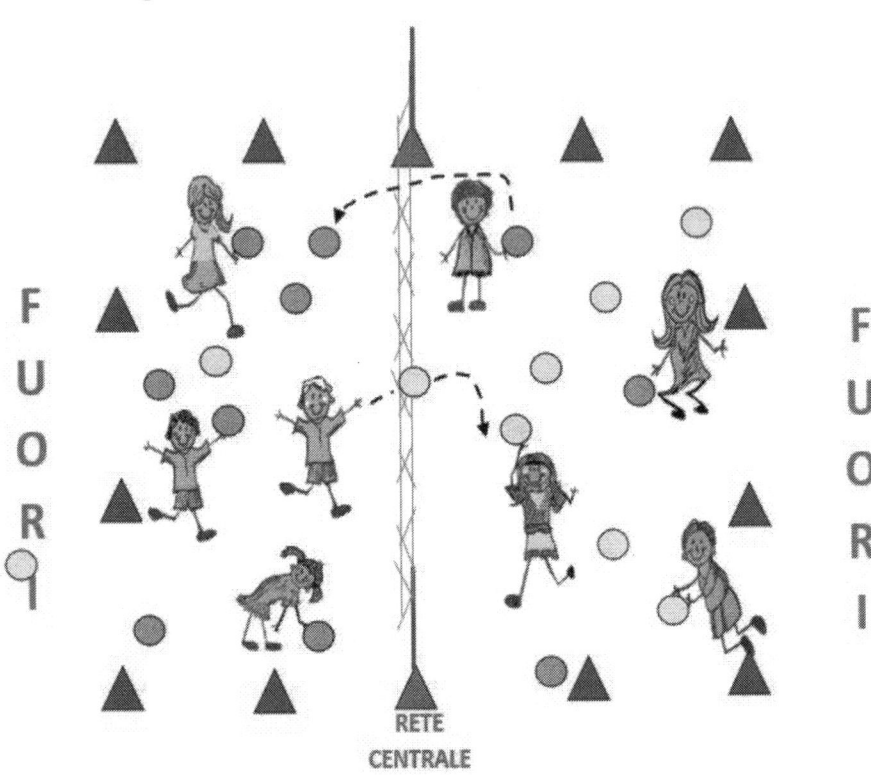

RETE CENTRALE

Passaggi trattenuti e lancio sopra la rete

Setting: delimitare lo spazio gioco con dei coni/ cinesini oppure usare le linee presenti in palestra: creare 2 aree gioco suddivise da 1 rete da Minivolley.

Attrezzatura: 1 pallone piccolo e maneggevole da minivolley per la prensione facilitata; coni/ cinesini (per delimitare lo spazio gioco nelle diverse aree); 1 rete da Minivolley.

Descrizione gioco: dividere gli studenti in due squadre da disporre nelle aree gioco. Prenderà la palla di inizio la squadra che vincerà nel lancio

GIOCHI PROPEDEUTICI ALLA PALLAVOLO

GIOCHI PROPEDEUTICI ALLA PALLAVOLO

della monetina testa/ croce. Il gioco consiste nel disporsi nella propria area gioco e fare 3 passaggi trattenuti (cioè con presa della palla e rilancio con spinta verso l'alto della palla) tra compagni della stessa squadra, senza che la palla cada a terra, per poi lanciarla sopra la rete all'interno del campo della squadra opposta. Se la palla, lanciata nel campo avversario, cade a terra senza essere recuperata dagli avversari si fa punto. Se, invece, la palla viene recuperata dagli avversari gli stessi devono, a loro volta, fare 3 passaggi trattenuti tra di loro prima di lanciarla sopra la rete nel campo avversario. Vince la squadra che totalizza più punti.

Varianti incrementare la difficoltà variando:

- la grandezza del campo gioco;

- il numero dei passaggi;

- la tipologia di passaggio da trattenuto a palleggio immediato, senza trattenere la palla ma respingendola subito;

- obbligando gli studenti a tenere delle posizioni nel campo gioco dalle quali non spostarsi.

Disegno:

RETE CENTRALE

GIOCHI PROPEDEUTICI ALLA PALLAVOLO

Obiettivi:

Questo gioco favorisce la capacità di presa; la precisione del tiro; l'attenzione rispetto alla situazione gioco e allo spazio; la reattività; l'adattamento motorio, la differenziazione cognitiva ed il problem solving; la pianificazione ed organizzazione; la coesione di gruppo e la condivisione.

Regole:

✓ fare 3 passaggi obbligatori prima di lanciare verso il campo avversario;
✓ se la palla cade nel campo avversario dopo il lancio si fa punto;
✓ se la palla va fuori passa agli avversari;
✓ la palla si passa sempre dall'alto, anche se la si recupera con le mani basse.

Le regole vanno inserite all'occorrenza e progressivamente, in base ai feedback degli studenti e alle loro capacità motorie.

Palla bomba respinta

Setting: delimitare lo spazio gioco con dei coni/cinesini oppure usare le linee presenti in palestra: creare 2 aree gioco suddivise da 1 rete da Minivolley.

Attrezzatura: 1 pallone piccolo e maneggevole da minivolley per la prensione facilitata; coni/cinesini (per delimitare lo spazio gioco nelle diverse aree); 1 rete da Minivolley.

Descrizione gioco: dividere gli studenti in due squadre da disporre nelle aree gioco. Prenderà la palla di inizio la squadra che vincerà nel lancio della monetina testa/croce. Il gioco consiste nel disporsi nella propria area gioco e fare passaggi respingendo la palla verso i diversi compagni di squadra e trattenendola in mano massimo 3 secondi, senza che la palla cada a terra e facendola passare a compagni sempre diversi senza che qualcuno la tocchi più di una volta, diversamente la palla passa agli avversari. L'ultimo studente a cui viene passata la palla dai compagni della squadra deve lanciare velocemente la palla sopra la rete per mandarla all'interno del campo della squadra opposta. Se la palla, lanciata nel campo avversario, cade a terra senza essere recuperata dagli avversari si fa punto. Se, invece, la palla viene recuperata dagli avversari gli stessi devono, a loro volta, fare i passaggi tra di loro prima di lanciarla sopra la rete nel campo avversario. Vince la squadra che totalizza più punti.

Varianti incrementare la difficoltà variando:

- la grandezza del campo gioco;

- i secondi di attesa della tenuta della palla;

- la posizione dei compagni nel campo gioco.

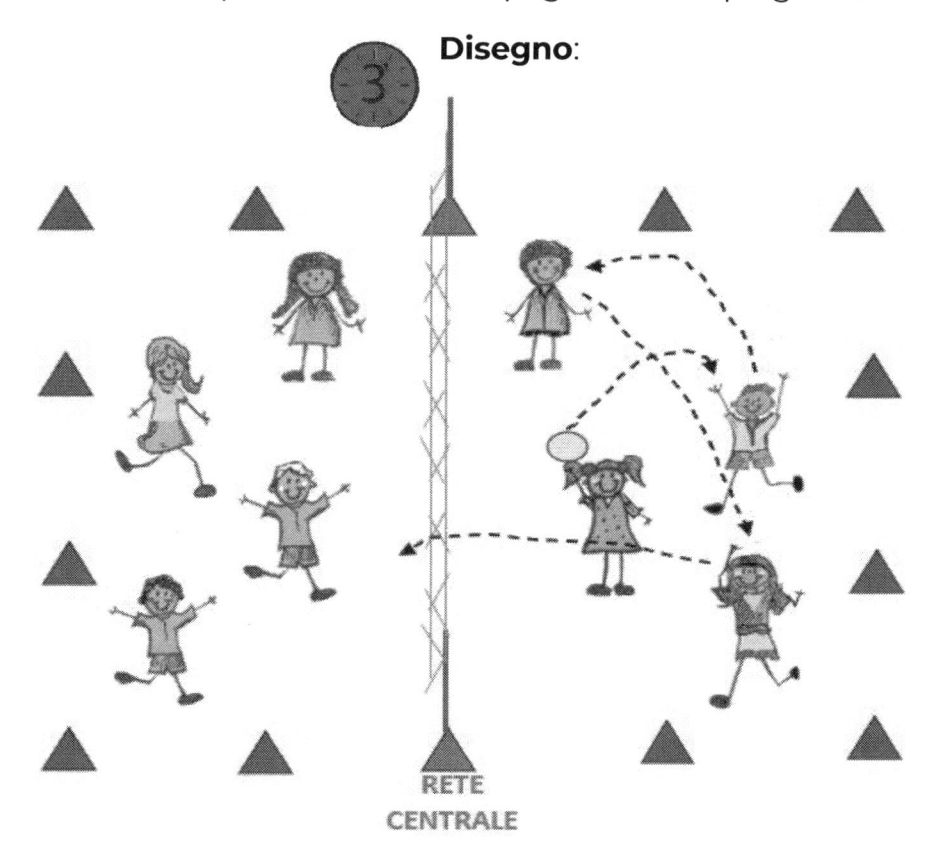

Disegno:

GIOCHI PROPEDEU ALLA PALLAVOl

RETE CENTRALE

Obiettivi:

Questo gioco favorisce la capacità di presa; la precisione del tiro e la reattività; l'attenzione rispetto alla situazione gioco e allo spazio; l'adattamento motorio, la differenziazione cognitiva ed il problem solving; la pianificazione ed organizzazione; la coesione di gruppo e la condivisione.

Regole:

✓ fare i passaggi della palla entro i 3 secondi, diversamente si perde il possesso palla e la stessa va all'avversario;

✓ se la palla cade nel campo avversario dopo il lancio si fa punto;

✓ la palla si passa sempre dall'alto, anche se la si recupera con le mani basse.

! Le regole vanno inserite all'occorrenza e progressivamente, in base ai feedback degli studenti e alle loro capacità motorie.

GIOCHI PROPEDEUTICI AL CALCIO

Gioco dei passaggi liberi (stop and go)

Setting: delimitare lo spazio gioco con dei coni/ cinesini oppure usare le linee presenti in palestra.

Attrezzatura: 1 pallone da calcio; coni/ cinesini (per delimitare lo spazio gioco nelle diverse aree).

Descrizione gioco: chiedere ai bambini di mettersi in cerchio e passarsi la palla dando dei piccoli calcetti con la parte interna del piede, modulando la forza e direzionando il pallone verso il compagno al quale si vuole mandare la palla. Mentre il compagno che tira la palla deve farlo con l'interno del piede, ruotandolo per riuscire a dare il colpo alla palla; il bambino che riceve dovrà, prima, fermare la palla poggiandoci il piede sopra e, successivamente, procedere a tirare ad altro compagno.

Lasciare, in un primo momento, i bambini liberi di potere tirare a chi vogliono, dicendo loro che devono giocare tutti. Osservare, quindi, il comportamento dei bambini e quanto riescano a rendere partecipi i compagni, senza scegliere oppure evitare di passare a qualche compagno.

In un secondo momento chiedere ai bambini di passarla nominando il compagno al quale la palla è diretta. Il compagno che riceve dovrebbe rimanere nella posizione di partenza senza spostarsi per riceverla.

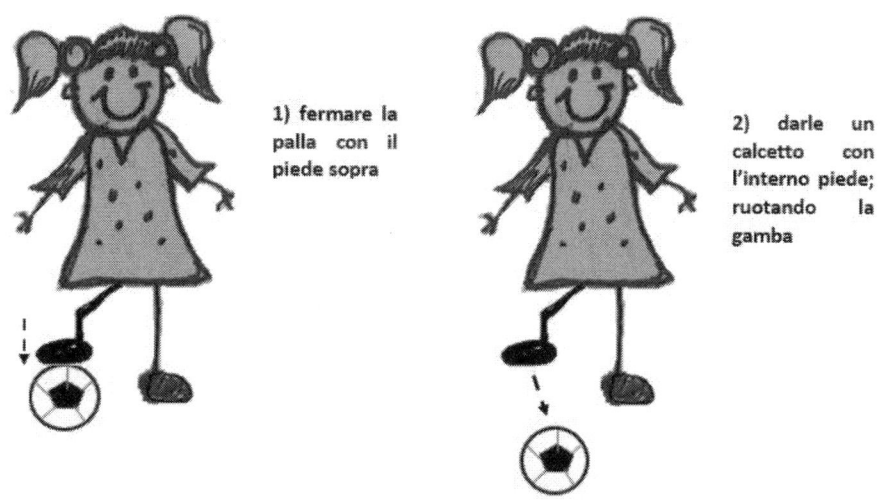

1) fermare la palla con il piede sopra

2) darle un calcetto con l'interno piede; ruotando la gamba

Varianti incrementare la difficoltà variando:

- la distanza tra i compagni in cerchio;

- la richiesta di ricevere con piede destro, "stop", e calciare con il piede sinistro, "go", e viceversa;

- la richiesta di calciare procedendo sempre verso destra, un compagno dopo l'altro e viceversa.

Obiettivi:

Questo gioco favorisce la capacità di presa; la precisione del tiro e la reattività; l'attenzione rispetto alla situazione gioco e allo spazio; l'adattamento motorio, la differenziazione cognitiva ed il problem solving; la pianificazione ed organizzazione; la coesione di gruppo e la condivisione.

Regole:

✓ fare i passaggi colpendo la palla con l'interno del piede;
✓ ricevere la palla e fermarla poggiando il piede sopra;
✓ piccoli calci alla palla senza lanci forti e alti.

GIOCHI PROPEDEUTICI AL CALCIO

Gioco del bowling

GIOCHI PROPEDEUTICI AL CALCIO

Setting: disporre diverse aree nello spazio gioco (a seconda della suddivisione dei bambini della classe in piccoli gruppi) in cui inserire dei coni ravvicinati, almeno 6 coni per area; ad una certa distanza, di fronte ai coni, disegnare con il nastro carta una linea (dietro la quale si disporranno i bambini)

Attrezzatura: 1 pallone da calcio per ciascun gruppo; 6 coni/ cinesini (per ciascuna aree bowling), nastro carta (per segnalare la linea per calciare).

Descrizione gioco: suddividere i bambini della classe in diversi gruppetti, così da limitare l'attesa del gioco, e chiedere loro di disporsi in fila, uno dietro l'altro, di fronte alle diverse aree con i coni, dietro la linea a terra disegnata con il nastro carta. La distanza dei bambini dai coni sarà programmata dal docente in base all'età ed alle capacità motorie dei bambini. Dare al primo bambino della fila il pallone e chiedere, al fischio del via, di calciare dalla linea, senza superarla, verso i coni per cercare di colpirli, dopodiché andare a recuperare la palla e rimettere a posto i coni eventualmente colpiti, tornare alla posizione e consegnare il pallone al compagno successivo.

Il gioco consiste nel buttar giù o spostare il maggior numero di coni per gruppo; perciò, ogni bambino dovrà ricordare i coni colpiti e, terminati tutti i compagni della fila, sommare i coni colpiti da tutti i compagni del gruppo e comunicarli all'insegnante.

Vincerà la squadra che totalizzerà più punti.

Disegno:

Varianti incrementare la difficoltà variando:

- la distanza della linea di tiro dai coni;

- la distanza dei coni tra di loro;

Aggiungendo delle richieste come, ad esempio, inserire un'altra linea con il nastro carta, a distanza dalla prima con possibilità di variare tale distanza con il maturare dell'età e dell'esperienza dei bambini. Chiedere ai bambini di muoversi con la palla tra la prima e la seconda linea prima del tiro ai coni, secondo diverse esercitazioni:

- accompagnare la palla, camminando, spingendola con l'interno/ esterno del piede;

- dando dei piccoli calci alla palla correndo (la palla non dev'essere mai abbandonata, ma sempre accompagnata);

- aggiungendo dei cinesini nel tragitto, camminare/ correre facendo lo slalom con la palla al piede;

- aggiungendo dei cinesini nel tragitto, camminare/ correre facendo lo slalom e spostando la palla con il piede destro, quando si va verso destra, e con il piede sinistro, quando si va verso sinistra.

GIOCHI PROPEDEUTICI AL CALCIO

ES:

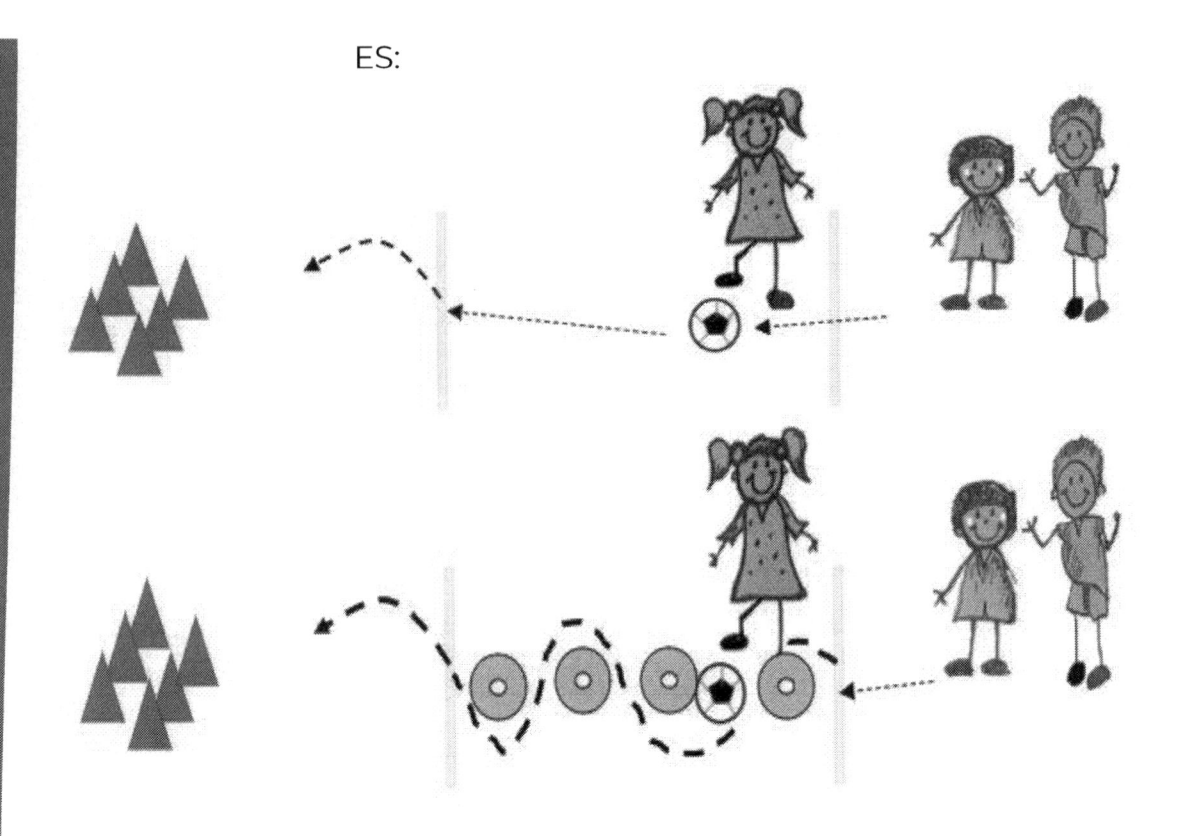

GIOCHI PROPEDEUTICI AL CALCIO

Obiettivi:

Questo gioco promuove la capacità di movimento con la palla ai piedi; la precisione del tiro e la reattività; l'attenzione; la coordinazione dinamica; l'adattamento motorio, la differenziazione cognitiva ed il problem solving; la pianificazione ed organizzazione; la coesione di gruppo e la condivisione.

Regole:

✓ colpire la palla con l'interno del piede;
✓ non lanciare la palla forte, ma accompagnarla, prestando attenzione che non scappi;
✓ lanciare per colpire i coni, modulando la forza per evitare di danneggiare gli attrezzi, e recuperare subito dopo la palla.

Gioco le mani palette

Setting: disporre delle piccole reti a terra o delle panche in fila (da creare una chiusura/ rete) e creare dei piccoli campi con i cinesini; lo spazio sarà organizzato in funzione dell'età dei bambini e delle loro capacità motorio- prassiche.

Attrezzatura: 1 pallina in gommapiuma, polistirolo per campo; 1 rete piccola da terra per campo oppure delle panche per ciascun campo; 10 coni/ cinesini per delimitare ciascuna area gioco.

Descrizione gioco: suddividere i bambini della classe a due a due (se si riesce ad organizzare tanti campi quante le coppie), diversamente a quattro a quattro per campo. La scelta verrà programmata dalla singola classe in funzione dei bambini e dell'attrezzatura a disposizione per creare i campi gioco.

Dire alle coppie, oppure ai gruppetti, di disporsi nei diversi campi, così da essere ognuno nella propria area gioco. Dare una pallina ad un componente del campo e chiedere di passarsi la pallina cercando di colpirla con le mani, come fossero due palette.

Disegno:

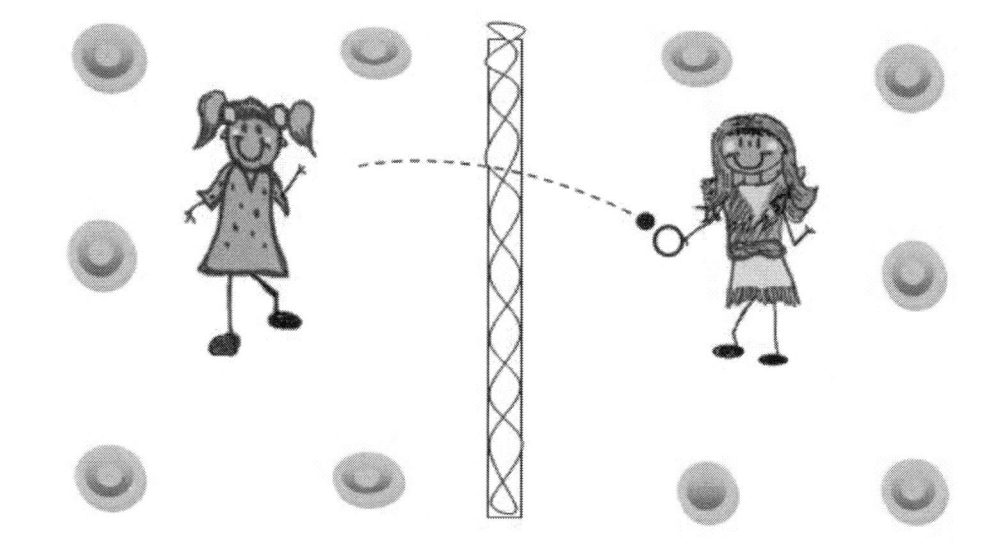

GIOCHI PROPEDEUTICI AL TENNIS

Varianti:

Man mano che lo studente acquisisce consapevolezza, coordinazione, destrezza nel movimento nello spazio a seconda della direzione della pallina, le capacità senso percettive nella lettura della situazione gioco, dell'ambiente e dell'altro, si può variare il gioco inserendo attrezzi propedeutici, come:

- le racchette palmari (che si indossano nelle Manine oppure da tenere con gli elastici);
- le racchette da spiaggia grosse, con l'inserimento delle palline da tennis.

GIOCHI PROPEDEUTICI AL TENNIS

TAVOLA 8	I GIOCHI DI SQUADRA	SC. PRIMARIA
FINALITÀ	Sviluppo dell'identità, dell'autonomia e delle competenze	
CONOSCENZE	Gli attrezzi, il movimento del corpo con i diversi attrezzi.	
ABILITÀ	Utilizzare gli attrezzi in maniera corretta; organizzarsi e coordinare il corpo rispetto agli attrezzi a terra e mobili.	
COMPETENZE	Individuare collegamenti e operare scelte con creatività e consapevolezza, trovare soluzioni ai problemi, osservare le parti del corpo e riconoscerne l'utilizzo corretto, riconoscere le diverse forme espressive, sviluppare la coordinazione; muoversi con sicurezza in ogni ambiente e situazione.	

GIOCO DELLA PALLA MANO

Pallamano facilitata

La pallamano è un gioco che consiste nel passarsi la palla, solo, con le mani.

<u>Setting</u>: organizzare lo spazio gioco con 2 reti, una dalla parte opposta dell'altra, e disegnarvi intorno un'area. Usare le linee presenti nella palestra oppure disegnarle (campo come disegno). Si deve organizzare due tempi, interrotti l'uno dall'altro da una pausa. Il gioco prevede minimo 2 giocatori per squadra e massimo un numero scelto dall'insegnante in base agli spazi e scelte programmatiche. La programmazione delle diverse distanze e tempi terrà in considerazione l'età anagrafica dei bambini e le loro capacità motorie.

<u>Disegno</u>:

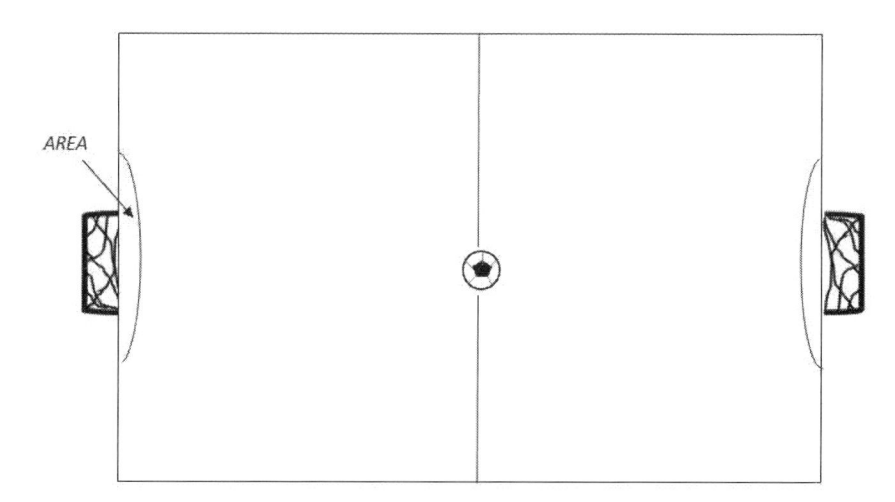

GIOCO DELLA PALLA MANO

Descrizione: suddividere i bambini in due squadre che si disporranno nel campo nella rispettiva parte e tra i quali, ciascuna squadra, sceglierà un portiere (per guidare al riconoscimento dei compagni di una squadra rispetto all'altra chiedere ad una di indossare le pettine dello stesso colore). Il gioco consiste nel passarsi la palla con le mani e andare a fare goal in rete. I giocatori si muoveranno nel campo palleggiando con la palla e passandosela tra di loro sino ad arrivare dall'altra parte del campo verso la porta avversaria, per riuscire a fare rete, tirando con le mani. Per lanciare in rete non si deve superare la linea dell'area della porta avversaria.

I passaggi e rilanci potranno avvenire solo con gli arti superiori, mentre i portieri potranno respingere e parare la palla usando tutto il corpo.

Vince la squadra che totalizza più reti.

Regole:

✓ ci si deve muovere nel campo gioco ed è obbligatorio un palleggio prima del passaggio;
✓ non si può stare fermi con la palla in mano per più di 3 secondi;
✓ si può toccare la palla solo con le mani (e comunque solo con la parte superiore del corpo);
✓ non si può entrare nell'area per tirare a rete.

Attrezzatura:

2 porte con la rete - 1 palla (di dimensioni e formato piccola per essere tenuta con una mano) – numero pettine sufficienti per 1 squadra - scotch carta o cinesini (per segnalare le dimensioni del campo a seconda dell'età dei bambini).

Pallacanestro facilitata o minibasket

La pallacanestro è un gioco che consiste nel muoversi palleggiando, con le mani, all'interno dell'area di gioco (vietato muoversi con la palla in mano), passare la palla ai compagni e cercare di lanciare la palla dentro il canestro per realizzare il punto.

Setting: organizzare lo spazio gioco con 2 canestri, uno dalla parte opposta dell'altro, e disegnarvi intorno un'area. Usare le linee presenti nella palestra oppure disegnarle (campo come disegno). Si deve organizzare due tempi, interrotti l'uno dall'altro da una pausa. La programmazione delle diverse distanze e tempi terrà in considerazione l'età anagrafica dei bambini e le loro capacità motorie.

Disegno

AREA

GIOCO DELLA PALLACANESTRO

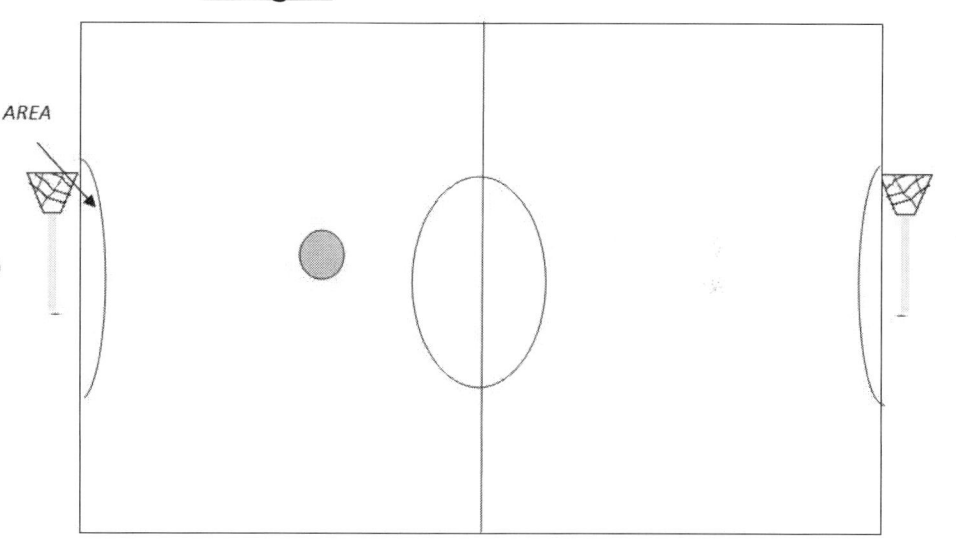

Descrizione: suddividere i bambini in due squadre, che si disporranno nel campo nella rispettiva parte, un minimo di 3 per squadra e massimo 5. Per guidare al riconoscimento dei compagni di una squadra rispetto all'altra chiedere ad una squadra di indossare le pettine. Il gioco consiste nel passarsi la palla, con le mani, e muoversi obbligatoriamente con il palleggio, infine riuscire a lanciare la palla dentro il canestro, per fare punto. Ad ogni canestro la palla dev'essere rimessa al centro e si riparte dalla squadra che ha subito il canestro. Se la palla va fuori dev'essere rimessa in gioco, con le mani, dalla linea perimetrale da cui è uscita.

Vince la squadra che fa più canestri.

Regole:

✓ ci si può muovere nel campo gioco SOLO PALLEGGIANDO con la palla, diversamente ci sarà una penalità e la palla passerà alla squadra avversaria;
✓ non si può strappare la palla dalle mani, diversamente passa agli avversari;
✓ se la palla ESCE dal campo passa agli avversari;
✓ NON si può toccare la palla con altre parti del corpo, la palla si può toccare SOLO con le mani.

Attrezzatura:

- due canestri;

- 1 palla di dimensione e peso a seconda dell'età anagrafica dei bambini

GIOCO DELLA PALLAVOLO

Pallavolo facilitata/ minivolley

La pallavolo è un gioco che consiste nel respingere e passare la palla con le mani, all'interno dell'area gioco e al di sopra della rete, senza farla cadere a terra.

Setting: organizzare lo spazio gioco con al centro 1 rete. Usare le linee presenti nella palestra oppure disegnarle con lo scotch carta, soprattutto nelle fasce d'età dei bambini più piccoli, così da evidenziare, almeno, il campo gioco e la zona di servizio (campo come disegno). Organizzare due tempi, interrotti l'uno dall'altro da una pausa. Il gioco prevede minimo 2 giocatori per squadra e massimo 5. La programmazione delle diverse distanze e tempi terrà in considerazione l'età anagrafica dei bambini e le loro capacità motorie.

Disegno

GIOCO DELLA PALLAVOLO

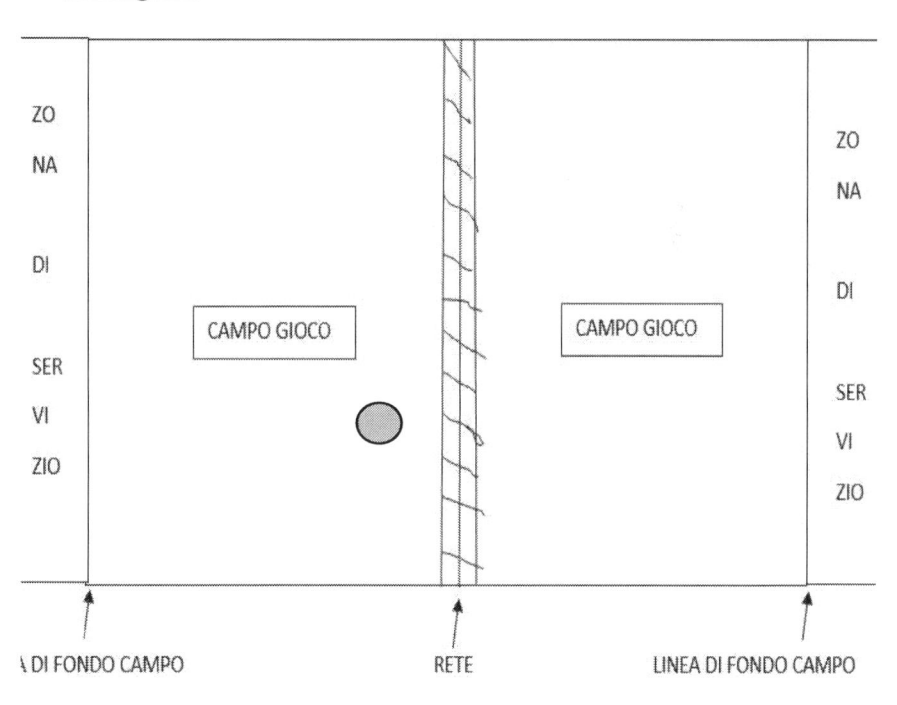

| ZONA DI SERVIZIO | CAMPO GIOCO | | CAMPO GIOCO | ZONA DI SERVIZIO |

↑ LINEA DI FONDO CAMPO   ↑ RETE   ↑ LINEA DI FONDO CAMPO

Descrizione: suddividere i bambini in due squadre che si disporranno nel campo gioco nella rispettiva zona. Il gioco inizia con il servizio, o battuta, dal proprio campo sino al campo avversario; la palla battuta con la mano, dietro la

GIOCO DELLA PALLAVOLO

linea di fondo, deve andare direttamente dall'altra parte della rete, nel campo avversario.

Il gioco consiste nel lanciare la palla sopra la rete nel campo avversario, con massimo 3 passaggi, e cercare di non farla intercettare e cadere a terra, realizzando così il punto.

Quando si fa un punto, la palla passa all'altra squadra che inizierà il gioco con servizio (lancio) dalla zona di servizio dietro la linea di fondo campo.

Il tocco della palla deve essere respinto, palleggiando con le mani, e non trattenuto.

Vince la squadra che totalizza più punti.

Regole:

- ✓ il giocatore NON può toccare la palla 2 volte consecutive;
- ✓ si possono fare al massimo 3 passaggi tra compagni della stessa squadra;
- ✓ al 3° passaggio la palla deve superare la rete per andare verso il campo avversario;
- ✓ la palla NON deve essere trattenuta con le mani, ma palleggiata e respinta;
- ✓ la palla NON deve cadere a terra.

Attrezzatura:

1 rete oppure nastro (bianco/rosso)

- 1 palla da minivolley (di dimensioni e formato a seconda dell'età anagrafica dei bambini)

– scotch carta o cinesini (per segnalare le dimensioni del campo a seconda dell'età dei bambini).

Calcio facilitato/ mini-football

Il gioco del calcio consiste nel muoversi nel campo accompagnando, spingendo o lanciando la palla con i piedi.

Setting: organizzare lo spazio gioco con 2 reti, una dalla parte opposta dell'altra, e disegnarvi intorno un'area. Usare le linee presenti nella palestra oppure disegnarle (campo come disegno). Si deve organizzare due tempi, interrotti l'uno dall'altro da una pausa. Il gioco prevede minimo 2 giocatori per squadra e massimo un numero scelto dall'insegnante in base agli spazi e scelte programmatiche. La programmazione delle diverse distanze e tempi terrà in considerazione l'età anagrafica dei bambini e le loro capacità motorie.

Disegno

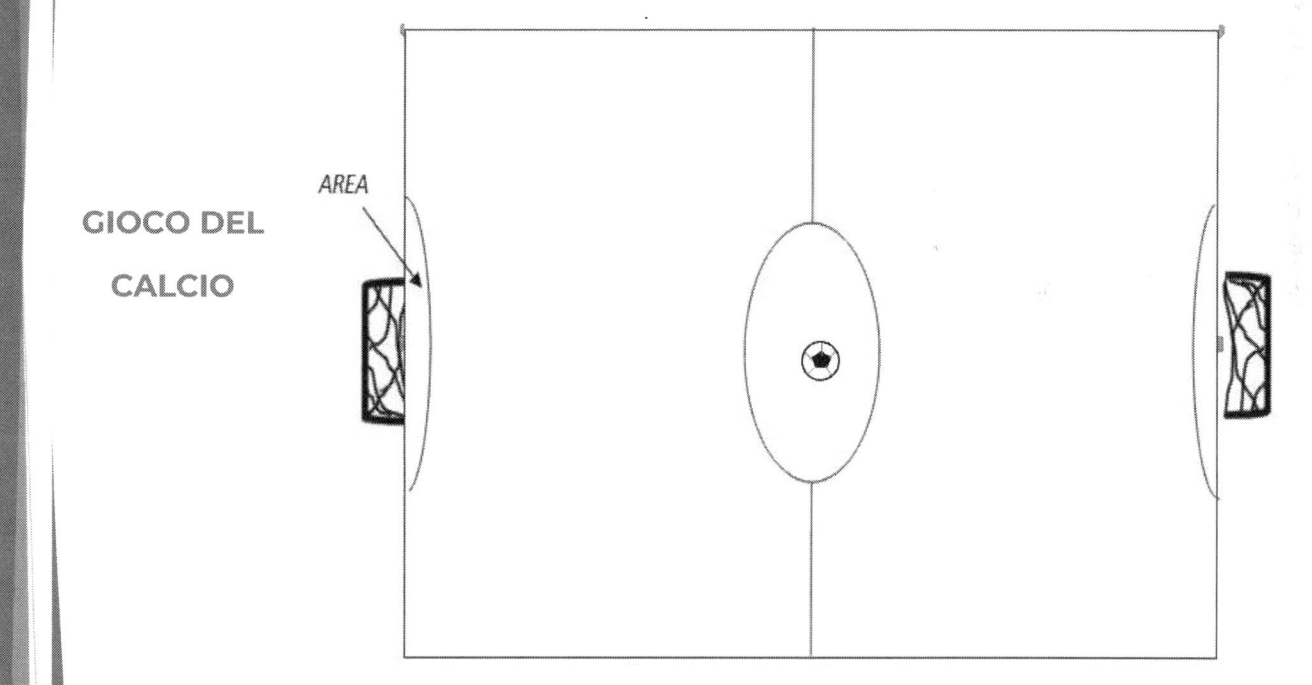

GIOCO DEL CALCIO — AREA

Descrizione: suddividere i bambini in due squadre che si disporranno nel campo nella rispettiva parte e tra i quali, ciascuna squadra, sceglierà un portiere. Chiedere ai bambini di una squadra di indossare delle pettine dello stesso colore, così da riconoscersi tra di loro ed essere riconoscibili dai compagni dell'altra squadra.

GIOCO DEL CALCIO

Il gioco consiste nel passarsi la palla con i piedi, accompagnarla lungo il campo e lanciarla per fare goal nella porta avversaria.

I giocatori della stessa squadra si passano la palla, con i piedi quanto vogliono, sino ad arrivare alla porta avversaria e tentare di fare goal nella porta avversaria, calciando la palla. La squadra avversaria, invece, dovrà cercare di intercettare i passaggi dei bambini dell'altra squadra o recuperare la palla. Se la palla esce fuori si rimette in gioco, con le mani o con i piedi, posizionandosi sulla linea perimetrale in cui è uscita;

Ad ogni goal, la palla dev'essere rimessa al centro e si riparte, al fischio dell'insegnante, con la squadra che ha subito il goal. Se la palla va fuori dev'essere rimessa in gioco, battendo dalla linea. Solo il portiere può, usare le mani, esclusivamente dentro la propria area di gioco.

Vince la squadra che fa più goal.

Regole:

✓ il pallone NON può essere toccato con le mani, altrimenti la squadra avversaria ha diritto al rigore;
✓ solo il portiere può toccare la palla con le mani all'interno della propria area di gioco;
✓ se la palla esce dal campo si RIMETTE in gioco, con le mani o con i piedi, dalla linea;
✓ se si fa goal, la palla si rimette al centro campo e ha diritto a ricominciare il gioco la squadra che ha subito il goal.

Tennis facilitato

Il gioco consiste nel muoversi nel campo lanciando o respingendo con le racchette una pallina, sopra la rete. Il gioco si svolge 1 contro 1, o al massimo condiviso con un altro compagno. In questo gioco si facilita l'organizzazione spazio-temporale; la coordinazione; l'anticipazione motoria; la capacità di problem solving e "decision making".

Setting: organizzare lo spazio gioco con due campi divisi da 1 rete raso terra, nei quali si disporranno in ciascuna parte i due giocatori. Lo spazio di ciascuna metà campo sarà delimitato da coni/ cinesini, in maniera tale da gestire lo spazio in base alle necessità. Organizzare il gioco facilitato in 1 tempo (set) con 4 game (tempi gioco) in cui totalizzare almeno 4 punti, interrotti l'uno dall'altro da una pausa, in cui si chiederà ai due bambini di cambiare la metà campo gioco. Il gioco si svolge 1 contro 1, oppure al massimo 2 contro 2. La programmazione delle diverse distanze e dei tempi terrà in considerazione l'età anagrafica dei bambini e le loro capacità motorie. Creare tanti campi quanto il numero dei componenti di metà classe.

GIOCO DEL TENNIS

Disegno:

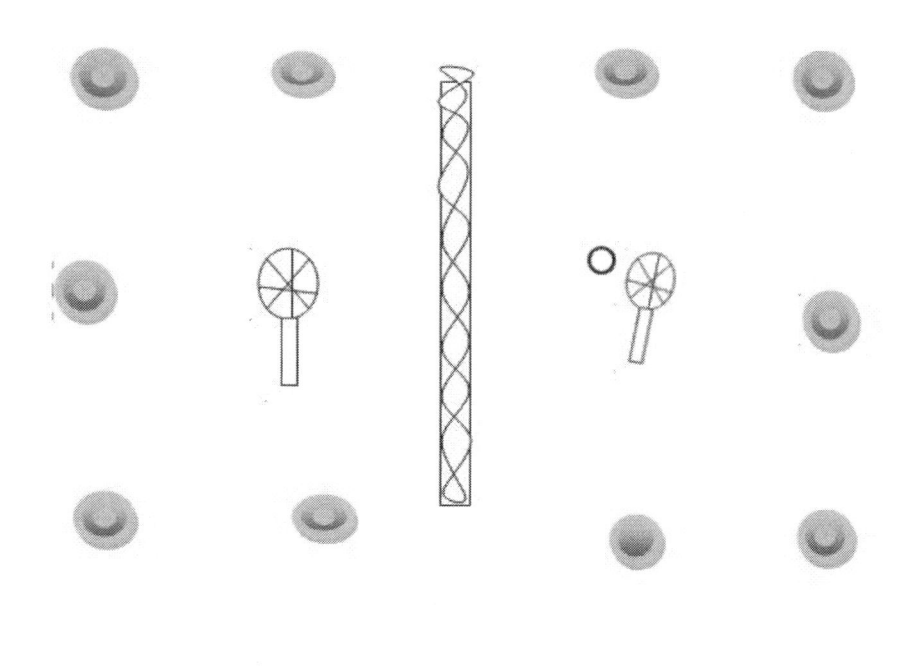

GIOCO DEL TENNIS

Descrizione: suddividere i bambini a due a due e chiedere loro di disporsi nelle diverse metà campo delle aree gioco predisposte. Il gioco consiste nel colpire la palla con la racchetta e lanciarla nel campo avversario e restare pronti per la respinta dell'avversario. Il gioco inizia con la battuta, dalla linea di fondo campo, verso il campo avversario, cercando di rendere complicata la respinta dell'avversario. Se la palla non viene respinta dopo il primo rimbalzo, si realizza il punto, anche quando la palla va fuori o non oltrepassa la rete. Questa situazione gioco rimane tale sino al punteggio finale del primo set, poi la battuta della palla passa all'avversario.

Vince chi totalizza più punti: quando i bambini sono piccoli farli contare normalmente (1:0; 1:1...) quando più grandi (1=0; 2=15; 3= 30; 4=40). Preparare un tabellone e chiedere ad un bambino per campo di segnare i punti.

Regole:

✓ la palla deve passare sopra la rete;
✓ dopo 1 rimbalzo dev'essere subito respinta con la racchetta;
✓ la pallina non deve uscire dal campo;
✓ per vincere la partita si deve avere, almeno, un vantaggio di due punti rispetto all'avversario.

Attrezzatura:

- 1 pallina in spugna per campo;

- 2 racchette semplici e piccole;

- 1 rete bassa

- coni/cinesini per delimitare il campo gioco.

Tennis tavolo facilitato/ ping pong

Il gioco del tennis tavolo, conosciuto come pingpong è, anch'esso, un gioco che facilita l'organizzazione spazio-temporale; la coordinazione; l'anticipazione motoria; la capacità di problem solving e "decision making".

Il gioco consiste nell'osservare il movimento della pallina nel campo e nel respingerla. Si gioca in due giocatori, che gareggiano l'uno contro l'altro, oppure anche in coppie ossia in 4, a seconda della dimensione del tavolo a disposizione. Così come nel tennis, se la pallina effettua più di un rimbalzo, non supera la rete o va fuori campo si realizza il punto.

Setting: organizzare lo spazio gioco con dei tavoli da gioco, tennis tavolo, ovvero con banchi normali doppi. Suddividere a metà ogni tavolo/banco con una rete da pingpong; disporre una pallina per tavolo e due racchette dal telaio piatto e rigido, gommate puntinate. Organizzare la partita in due tempi, interrotti da una pausa durante la quale si chiede ai bambini di cambiare metà campo gioco.

Disegno:

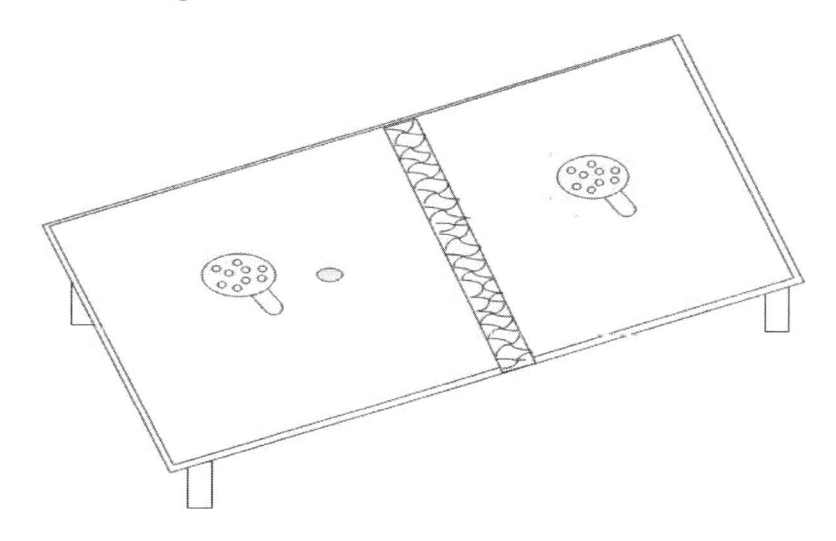

GIOCO DEL TENNIS TAVOLO

TAVOLA 9	PERCORSI PROPRIOCETTIVI, DI RILASSAMENTO E CONSAPEVOLEZZA	SC. PRIMARIA
FINALITÀ	Sviluppo dell'identità, dell'autonomia e delle competenze	
CONOSCENZE	Il corpo, i diversi organi percettivi, la capacità senso-percettiva, la respirazione, le diverse parti del corpo, il silenzio; le esperienze interne (il battito del cuore; il respiro; il calore; il freddo; l'attivazione)	
ABILITÀ	Usare il corpo per sentire e percepire attraverso gli organi esterocettori, propriocettori ed enterocettori, ascoltare e leggere i segnali del proprio corpo, comprendere le esperienze interne e la ricaduta rispetto agli atteggiamenti e comportamenti esterni; discriminare i suoni, sviluppare l'attenzione percettiva sostenuta; favorire la gestione ed il controllo tonico.	
COMPETENZE	Ascoltare e acquisire consapevolezza, trovare soluzioni ai problemi ragionando sul proprio corpo, osservare le parti del corpo e riconoscerne ogni segnale, acquisire la capacità di inibire sensazioni e comportamenti per renderli adattivi ad ogni situazione, muoversi con sicurezza in ogni ambiente e situazione.	

I **percorsi propriocettivi, di introspezione e rilassamento** permettono ai bambini ad acquisire una sempre maggiore consapevolezza del proprio corpo e delle sensazioni ed emozioni interne, rappresentando un'utile esperienza per lo sviluppo della consapevolezza del sé, delle abilità sociali e della capacità di gestione ed autocontrollo emotivo e comportamentale. Questa tipologia di attività rappresenta, perciò, un requisito essenziale per i bambini che oggi, con sempre maggior difficoltà riescono a gestire le situazioni, il disagio, le frustrazioni e stress.

Favoriscono la soglia attentiva, con una ricaduta positiva per l'ambiente d'apprendimento e per l'acquisizione dell'equilibrio comportamentale ed emotivo di tutti gli studenti, in funzione del loro benessere e per la facilitazione del processo d'apprendimento.

In funzione dell'attività motoria e ludico sportiva alla scuola primaria, i percorsi di rilassamento danno l'opportunità al bambino di recuperare dopo lo sforzo fisico e di ripristinare i parametri fisiologici, di riprendere il giusto atteggiamento rispetto al momento di divertimento e attivazione e, così, riprendere con la normale routine scolastica.

Il rilassamento ed il percorso di autoconsapevolezza permettono, inoltre, di ridurre gli stati di tensione e stress emotivi, di agitazione e iperattività, dettati dall'attivazione motorio prassica nel corso della lezione, per portarlo, gradatamente, ad eliminare la tensione e recuperare la serenità. Dal maturare del grado di consapevolezza ne derivano una serie di variabili essenziali nel processo d'insegnamento apprendimento, al fine di rendere significativa l'esperienza di maturazione dello studente nell'arco dei cinque anni della scuola primaria.

Spesso si incontra nel contesto scolastico un'assenza di reattività agli stimoli emotivi dalle sensazioni provate oppure, al contrario, una reazione esagerata determinata, spesso, dall'incapacità di leggere, percepire ovvero dare il giusto significato e codifica alle situazioni e vissuti emotivo- affettivi.

Le attività di consapevolezza e rilassamento permettono di avere un atteggiamento non giudicante e critico nei confronti di sé stessi e delle situazioni che, volente o nolente, ci si trova a fronteggiare. Inoltre, l'esperienza promuove la metacognizione, un obiettivo primaria della scuola primaria.

SETTING:

le attività di rilassamento devono essere organizzate in uno spazio comodo, definito morbido, cioè utilizzando materassi, materassini oppure cuscinoni in gommapiuma, coperte ovvero tappetini gommati.

Lo spazio dovrebbe essere predisposto in un luogo fisso, in presenza di spazi idonei a disposizione, all'interno della palestra ovvero in un'aula attigua, che eventualmente potrebbe essere funzionale in qualsiasi orario dell'attività scolastica, anche, con studenti con bisogni educativi speciali, per attività di recupero, rilassamento o scarico.

PERCORSI:

- sensopercettivi;
- propriocettivi e di rilassamento;
- di body scan;
- consapevolezza.

I percorsi **SENSOPERCETTIVI,** a partire dalla prima primaria, sono rappresentati dai giochi che permettono al corpo di rappresentare situazioni comunicative ed espressive attraverso gli organi vicarianti e attraverso le espressioni alternative. Queste esercitazioni permettono al bambino di prendere consapevolezza rispetto alle sensazioni interne e alle risposte esterne.

- Gioco della PALLA SOFFIATA: per la consapevolezza della respirazione e della propria capacità di gestire il respiro in funzione di un'azione. Predisporre un percorso, semplice e veloce, in cui i bambini a staffetta si alterneranno per spingere una pallina da ping-pong nel percorso attraverso il soffio.

Chiedere ai bambini di mettersi dietro il cono della partenza e, prima di partire per il percorso, coricarsi proni e muoversi nel percorso strisciando, spostando la pallina da ping-pong soffiandoci ed inseguendola con il corpo. Eseguito il percorso di andata e ritorno, si passerà la pallina al compagno successivo che partirà per il percorso e via dicendo, sino all'ultimo della fila.

Vince la squadra che per prima finisce i componenti della propria squadra.

Attrezzatura: 1 pallina da ping-pong per squadra; 2 coni/cinesini per squadra; ogni altro attrezzo si voglia aggiungere nel percorso.

Varianti: variare la grandezza e il peso della pallina così da permettere loro di sperimentare il diverso controllo tonico del respiro in funzione della situazione, modulandone la potenza e percependo le sensazioni che comporta nel proprio corpo. Usare anche fogli di carta piegati (la piegatura utile per la fino motricità), anche secondo forme- aereo, papera, barchetta...

o Gioco della PALLINA BALLERINA: per la consapevolezza delle due fasi della respirazione, inspirazione la pancia va dentro, espirazione la pancia va fuori. Per promuovere l'osservazione della dinamica ricorsiva della respirazione, chiedere loro di coricarsi supini aa terra, poggiare la pallina di polistirolo/ spugna sopra la pancia da fermi, poi:

- prendere un grande respiro con il naso e, contemporaneamente, portare dentro la pancia e così trattenere il respiro ed osservare la pallina;
- buttare fuori l'aria dalla bocca, piano piano, e, contemporaneamente, alzare la pancia, osservando la pallina.

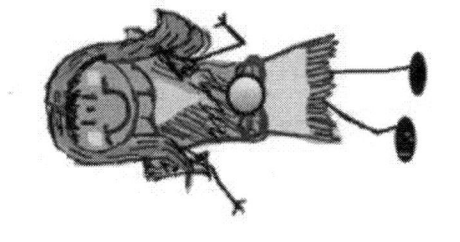

Attrezzi: 1 pallina di polistirolo/ gommapiuma per bambino.

Varianti: cambiare la grandezza, pesantezza della palla per vedere le differenze determinate da diverse caratteristiche.

- Gioco del FANTASMINO: presa di consapevolezza della potenza del respiro e del controllo tonico per gestire la direzionalità attraverso il soffio. Dare ad ogni bambino un fazzolettino di carta e chiedere loro di muoversi liberamente, nello spazio, soffiando con la bocca il fazzoletto in aria, in maniera da spostarlo nella stessa direzione in cui si vuole andare. Successivamente, acquisita maggiore consapevolezza sul controllo della respirazione, alternando inspirazione ed espirazione in funzione del gioco, chiedere loro di muoversi secondo un percorso vincolato dalla presenza di attrezzi.
  Il gioco permette di lavorare, anche, sull'organizzazione e pianificazione dei movimenti in funzione degli altri presenti nello spazio gioco.
  Attrezzi: 1 fazzolettino di carta per ciascun bambino; eventuali attrezzi da inserire per vincolare il movimento.
  Varianti: dare al posto del fazzoletto, un pezzo di carta velina, un pezzo di stoffa (raso, cotone...).

- Gioco un SOFFIO una CAREZZA DI VENTO: consapevolezza tonica e controllo dell'apparato bucco fonatorio; sia su sé stessi che sugli altri in coppia. Chiedere ai bambini di sedersi, gambe incrociate, e soffiare sul proprio braccio (se in coppia, sulle braccia del compagno) soffiando lentamente e modulando il movimento della bocca per far uscire un suono simile al vento. Ascoltarsi secondo la propria percezione personale, soffiandosi con il proprio respiro e comprendere le sensazioni che arrivano, quando, soffia qualcun altro su di noi stessi. L'insegnante dovrà guidare la consapevolezza parlando durante l'attività dei bambini, comunicando senza suggerire risposte, come ad esempio:

  > "senti com'è il soffio, caldo, freddo, leggero, forte; come lo si sente sulla pelle, se dà fastidio, se fa il solletico, se fa

venire freddo, caldo; cerco di capire se mi piace, se non mi piace..."

Chiedere di soffiarsi nelle diverse parti possibili: nelle braccia, nelle mani, nelle gambe, nei piedi, nella pancia. Quando, invece, si lavora in coppia, permettere al bambino che soffia di soffiare: nella faccia, nel collo, nella pancia, nelle braccia, nelle mani, nelle gambe, nei piedi; una volta completate le diverse parti del corpo, cambiare e permettere al compagno che subiva il soffio di soffiare, a sua volta, sul compagno.

CIRCLE TIME → dopo ogni gioco senso percettivo permettere ai bambini di parlare ed esprimere le sensazioni provate, di promuovere la metacognizione, sostenendoli con domande guida, come ad esempio:
"cosa hai sentito?", "cosa hai sentito fuori e dentro di te?", "ti è piaciuto?", "quale ti è piaciuto di più?".

o <u>Gioco dell'ascolto con le MANI- con i PIEDI</u>: predisporre i percorsi con tante orme o mattonelle di diverso materiale (duro/ morbido; liscio/ ruvido; in rilievo/ raso terra; rigato; peloso e via dicendo) che permettano ai bambini, bendati, di muoversi lungo il percorso, con i piedi oppure con le mani. Permettere ai bambini, in un primo momento di sperimentare l'esperienza liberamente, poi, predisporre i percorsi con attrezzi che rappresenteranno gli ostacoli da superare seguendo le orme/ mattonelle.
Questo gioco rappresenta, inoltre, un utile percorso INCLUSIVO, atto a rendere consapevoli i bambini delle difficoltà che si sperimentano senza l'utilizzo del senso vicariante della vista.

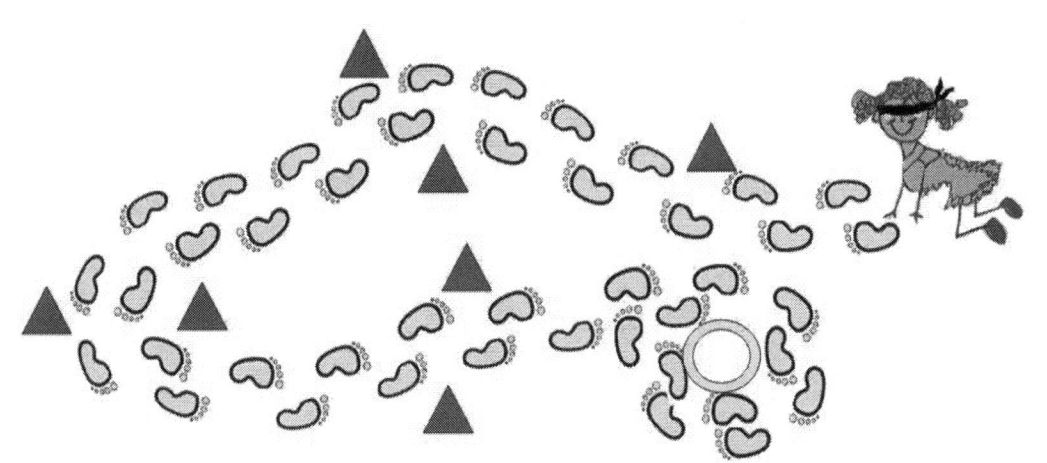

Ogni percorso potrà essere predisposto come meglio si ritiene sulla base della classe d'appartenenza e delle difficoltà presenti e con diversi attrezzi.

Attrezzi: orme/ mattonelle sensoriali in grandi quantità; coni/ cinesini; cerchi ed ogni altra attrezzatura si ritenga di inserire nel percorso per variarlo.

o Gioco dell'INVESTIGATORE: suddividere i bambini in diversi gruppi, metterli in cerchio e al centro disporre una sedia. Scegliere tra di loro un compagno che dovrà indossare la benda e sedersi nella sedia. Gli altri compagni del gruppetto si avvicineranno a lui per essere riconosciuti attraverso il tatto. Il bambino bendato avrà a disposizione 3 tentativi per riuscire ad indovinare. Qualora il bambino riuscisse ad indovinare, il suo posto sarà preso dal compagno di cui avrà indovinato l'identità e che, a sua volta, si benderà ed il gioco ripartirà.
Questo percorso porta i bambini ad eliminare paure e goffaggine determinati dalla paura del contatto con i compagni; perciò, prevederlo solo dopo avere lavorato sulla socializzazione e coesione di gruppo, così che i bambini acquisiscano fiducia nei propri compagni.
I giochi di contatto potrebbero essere difficilmente accettabili con bambini con BES, in questo caso programmare una proposta personalizzata in cui il contatto potrebbe essere previsto solo per le parti accettabili dai bambini.
Attrezzi: 1 benda per gruppo; una sedia per gruppo.

o Gioco dell'IO nell'incontro con gli ALTRI: questa attività prevede un'articolazione della proposta per micro-obiettivi che, pian piano, conducano i bambini ad avere un contatto fisico sempre maggiore.
Primo obiettivo IO IN UNO SPAZIO CON GLI ALTRI: in questa prima parte programmare il riconoscimento dello spazio come luogo in cui si incrocia l'altro, ma si può continuare a tenere i propri spazi senza disturbare gli altri. Significa capire che ci si può spostare nello spazio, in considerazione dell'altro, ma senza entrarci in contatto, prestando solamente attenzione all'altro presente, evitando di sbatterci contro.

Chiedere ai bambini di muoversi in tutto lo spazio palestra, senza seguire nessuno e senza incrociarsi con nessun compagno, seguendo la propria strada senza guardare l'altro.
Osservare i comportamenti dei bambini:

OBIETTIVO	SI	NO	IN PARTE
Il bambino si muove nello spazio in autonomia			
Il bambino occupa tutti gli spazi della palestra			
Il bambino segue traiettorie personali			
Il bambino cambia direzione in funzione dello spazio a disposizione			
Il bambino evita lo sguardo dell'altro			
Il bambino controlla il corpo ed il movimento per evitare gli altri			
Il bambino riesce a gestire le emozioni nel muoversi con gli altri senza guardarli			
Il bambino non ride quando incontra l'altro			

Secondo obiettivo IO INIZIO A INCONTRARE L'ALTRO: in questa seconda fase il bambino inizia ad entrare in contatto con l'altro. Chiedere ai bambini di muoversi nello spazio e quando incontrano un compagno:
- salutano con la mano (senza parlare);
- salutano con la mano e con un cenno della testa;
- fanno l'inchino (un gesto della testa oppure con il corpo);
- fanno un sorriso.

Queste prime forme di incontro attraverso il canale non verbale del corpo permettono al bambino di leggere e comprendere questo tipo di comunicazione ed utilizzarla, a sua volta, in maniera consapevole e corretta.

Queste forme di incontro non invasive rappresentano un utile canale per gli alunni con BES che con difficoltà riescono a gestire le situazioni di contatto.

Osservazione il comportamento dei bambini:

OBIETTIVO	SI	NO	IN PARTE
Il bambino si ferma di fronte ad ogni compagno senza scegliere			
Il bambino riesce a dimostrare con i gesti l'intenzionalità del saluto			
Il bambino riesce a dimostrare con l'espressione del viso l'intenzionalità del saluto			
Il bambino si muove nello spazio prestando attenzione agli altri			
Il bambino guarda l'altro quando lo incontra e lo osserva			

Terzo obiettivo IO TOCCO L'ALTRO: in questa fase si chiede ai bambini di avere il primo contatto con i compagni della classe. Chiedere ai bambini di muoversi nella palestra e appena incontrano un compagno avvicinarsi per salutarlo:
- stringendogli la mano;
- colpendosi gomito contro gomito;
- colpendosi pugno contro pugno;
- colpendosi spalla contro spalla... e così via

L'insegnante potrà sbizzarrirsi nelle richieste così da lavorare, contemporaneamente, sullo schema corporeo e sull'osservazione delle dinamiche comportamentali e degli atteggiamenti che potrebbero palesare inibizioni o difficoltà rispetto all'utilizzo di parti del proprio corpo.

In caso di alunni con particolari BES, in riferimento alle compromissioni nella dimensione dell'interazione e sociale, programmare la progressione facilitando il contatto con forme più velate di incontro, facilitate dalla precedente preparazione al gioco attraverso immagini visive che permettano il riconoscimento delle intenzioni che si promuoveranno nel percorso ludico. L'importante sarà creare delle routine di gioco così da stimolare il bambino a riconoscere il contatto e l'intersoggettività ed accettarla. Utilizzare poche parole e, quando necessario, il supporto fisico per guidare all'azione da compiere.

Osservare il comportamento dei bambini attraverso griglie, come quella di seguito:

OBIETTIVO	SI	NO	IN PARTE
Il bambino si ferma di fronte ad ogni compagno senza scegliere			

Il bambino dà ed accetta il contatto fisico come richiesto per il saluto			
Il bambino riesce a dimostrare con l'espressione del viso l'emozione provata			
Il bambino si muove nello spazio prestando attenzione agli altri			
Il bambino guarda l'altro quando lo incontra ed ha con lui il contatto			

Quarto obiettivo IO ABBRACCIO L'ALTRO: in questa fase si chiede ai bambini un contatto particolarmente stretto, attraverso un abbraccio, che come specificato dalle neuroscienze rappresenta uno strumento importantissimo per lo sviluppo della dimensione emotivo- affettiva. Obiettivi: promuovere l'empatia, l'autostima e fiducia di sé, la rassicurazione, la coesione ed i comportamenti prosociali.

È un utile strategia di "coping", con delle ricadute importanti per il clima classe e la sua gestione.

Chiedere ai bambini di muoversi nell'area gioco e quando si incontrano scambiarsi:

- un abbraccio

Osservare il comportamento dei bambini attraverso griglie, come quella di seguito:

OBIETTIVO	SI	NO	IN PARTE
Il bambino si ferma di fronte ad ogni compagno senza scegliere			
Il bambino dà ed accetta il contatto fisico attraverso un abbraccio			
Il bambino riesce a dimostrare con l'espressione del viso l'emozione provata			
Il bambino guarda l'altro quando lo incontra ed ha con lui il contatto			

I giochi **PROPRIOCETTIVI e di RILASSAMENTO** sono utili per aiutare il bambino ad acquisire consapevolezza nell'esserci nel "qui ed ora" e, anche, per recuperare dopo uno sforzo intenso.

Si possono programmare attività da CORICATI, come ad esempio:
- ❖ Attività di *BODYSCAN* in cui si guida i bambini, dopo un'attività ludico- motoria intensa, a recuperare e ascoltare il proprio corpo ed essere consapevoli del proprio corpo (promuovendo la propriocezione).

Obiettivi: ascolto e comprensione;

consapevolezza del proprio corpo; sviluppo senso- percettivo; attenzione. Chiedere ai bambini di coricarsi su un tappettino e chiudere gli occhi, ascoltare le indicazioni dell'insegnante:

> Chiudi gli occhi e ascolta!

"ascolta l'aria che passa dalle narici, come entra è fresca, la senti arrivare in gola (fare silenzio per almeno 10 secondi)
... poi ascolta la testa... la senti pesante... leggera (fare silenzio per almeno 10 secondi)
.... Poi senti il cuore che batte nel petto... come batte... si sente forte...piano... (fare silenzio per almeno 10 secondi) *... senti la pancia come si alza e si abbassa perché stai respirando* (fare silenzio per almeno 10 secondi) *...*
Ascolta le braccia, poggiate sul tappettino e le mani con il palmo a terra... come le senti? Leggere... pesanti... (fare silenzio per almeno 10 secondi) *...*
Ascolta le gambe, poggiate lunghe sul tappettino e i piedi a terra... come le senti? Leggere... pesanti... (fare silenzio per almeno 10 secondi) *..."*

- ❖ Attività di <u>ASCOLTO</u> di musica; chiedere ai bambini di coricarsi su un tappettino, chiudere gli occhi ed ascoltare la musica che l'insegnante potrà proporre per perseguire diversi obiettivi.
  Obiettivi: sviluppo senso- percettivo; ascolto attivo; attenzione e concentrazione; discriminazione dei diversi linguaggi sonori; memoria.
  Si possono proporre diversi generi musicali:
    - <u>musica classica</u> (per lavorare sulle diverse intensità della musica: piano – lento; forte – veloce... e sulle emozioni che suscita all'interno di sé). Dire ai bambini: "Ad occhi chiusi... ascolta la musica"; poi chiedere loro un feedback in circle time: "ti è piaciuta? Non ti è piaciuta?... cosa hai sentito, dentro di te, quando era calma... lenta... forte... veloce? e via dicendo. Ascoltare

e lasciare il tempo di descrivere, senza giudicare le risposte, né obbligare a darne.
- <u>Musica della natura</u> (per lavorare sull'attenzione e sulla discriminazione dei diversi suoni ascoltati, riferiti alla natura, all'ambiente circostante). Dire ai bambini: "Ad occhi chiusi… ascolta la musica"; poi chiedere loro un feedback in circle time: "ti è piaciuta? Non ti è piaciuta?… cosa hai sentito? Sei riuscito a capire di cosa si trattava? C'erano altri suoni diversi?". Ascoltare e lasciare il tempo di descrivere, senza giudicare le risposte, né obbligare a darne.
- <u>Musica con diversi strumenti musicali</u> (per lavorare sulla discriminazione dei suoni dei diversi strumenti, sulla percezione uditiva, sulle emozioni derivanti dai suoni). Dire ai bambini: "Ad occhi chiusi… ascolta la musica"; poi chiedere loro un feedback in circle time: "ti è piaciuta? Non ti è piaciuta?… cosa hai sentito? Quali strumenti hai sentito? Quali ti sono piaciuti?". Ascoltare e lasciare il tempo di descrivere, senza giudicare le risposte, né obbligare a darne.
- <u>Musica prodotta con il proprio corpo</u> (per lavorare sulla discriminazione e controllo del suono; sul riconoscimento delle diverse potenzialità comunicative del proprio corpo; sullo schema corporeo e percezione del sé).
Si possono eseguire diverse esercitazioni sonore, per lavorare contemporaneamente sull'articolazione dei suoni, sulla muscolatura bucco- facciale e sulla respirazione:
  ➢ Con i suoni nasali labiali, dire ai bambini: "tenete chiusa la bocca e pronunciate in maniera da tenere il suono il più a lungo possibile una "n" oppure "m", come non ce la fate più respirate e riprendete", "ascoltate dove si sente il suono; come lo sentite; cosa succede in tutto il corpo quando eseguite l'esercizio, nel petto, nella pancia";
  ➢ la stessa esercitazione può essere proposta con le vocali: sia pronunciando i singoli fonemi da soli che passando da uno all'altro. Proporre diversi giochi sonori chiedendo di pronunciare ogni singolo fonema delle vocali, percependo la posizione della muscolatura bucco- facciale e articolando il suono aprendo sempre più la bocca per aumentare la sonorità della vocale.

Se si riesce, nelle prime esperienze, chiedere ai bambini di guardarsi allo specchio, per vedere l'articolazione del suono e il movimento della muscolatura dell'apparato fonatorio;
- ➢ esercitazioni di consapevolezza bucco-fonatoria pronunciando la parola "mamma" e, ad ogni successiva pronuncia, allungare ogni singolo fonema il più possibile "mmmmaaaaammmmmmmaaa";
- ➢ esercitazioni di body percussion, usando il corpo come strumento da percuotere (per lavorare sulla discriminazione delle diverse sonorità del proprio corpo; sullo schema corporeo; sul ritmo; sull'attenzione).
  Chiedere ai bambini di:
  - battere le mani tra loro;
  - battere i piedi (insieme, alternati);
  - battere le mani nel petto, nella pancia, nelle cosce, nel sederino;
  - schioccare le dita... e via dicendo.
  I giochi di body percussion possono essere proposti come gruppo, come imitazione di un direttore guida (l'insegnante, un compagno).

- ❖ Attività SENSO- PERCETTIVE per il potenziamento dei diversi organi sensoriali, attraverso diverse attività:
  - ➢ sulle sensazioni cinestetiche, attraverso il tatto, il corpo ed il movimento;
  - ➢ sulle percezioni uditive;
  - ➢ sulle percezioni visive;
  - ➢ sulle percezioni olfattive.

Materiale/ attrezzatura: palline tattili; palline sonore; strumenti musicali; oggetti profumati.

Chiedere ai bambini di utilizzare tutti i sensi, anche, quelli non vicarianti, promuovendo diverse esperienze con l'occlusione dei diversi organi di senso, in uno spazio ristretto o più ampio.

- ➢ ASCOLTO CON LE MANI: organizzare diversi percorsi tattili, in cui i bambini sperimentino le sensazioni tattili, sia per procedere con diverse andature nello spazio, senza l'uso della vista, che per percepire oggetti all'interno di scatoloni.

- ASCOLTO CON L'UDITO: organizzare percorsi in cui gli alunni si dovranno muovere, senza l'uso della vista, percependo e discriminando la sonorità di strumenti musicali, palline sonore, musica e via dicendo.
- ASCOLTO CON L'OLFATTO: organizzare percorsi in cui gli alunni si dovranno muovere, senza l'uso della vista, percependo e discriminando gli odori proposti.

❖ *ATTIVITÀ DI CONSAPEVOLEZZA DI SÈ STESSI E DI INTROSPEZIONE*, si sviluppano in diversi obiettivi riferibili al proprio sé e all'equilibrio, così come alla capacità di portare la propria mente a vivere delle visualizzazioni che aiutino a trovare il benessere psicofisico e l'equilibrio emotivo. Si possono proporre diverse esercitazioni, a seconda dell'età anagrafica dei bambini e delle loro capacità:
- Esercitazioni di EQUILIBRIO, facilitano l'incontro con il proprio sé, la consapevolezza dello schema corporeo e la capacità di leggere ed ascoltarsi rispetto ai diversi recettori, così da trovare l'equilibrio, anche, nelle posture che mettono in crisi l'apparato vestibolare.

  Chiedere ai bambini di stare fermi, in piedi, e acquisire le diverse posture:

  - con la gamba dietro, calciata, rimanere almeno 3 secondi per i bambini di prima, poi, con il maturare dell'esperienza sino a 10 secondi; prima con la destra e poi con la sinistra;

  - con la gamba piegata avanti, rimanere almeno 3 secondi per i bambini di prima abbracciando la gamba, poi, con il maturare dell'esperienza sino a 10 secondi, abbracciando la gamba, poi con le braccia fuori e le braccia su; prima con la destra e poi con la sinistra;

  - con la gamba piegata e poggiata lateralmente nella gamba (come un guru), rimanere almeno 3 secondi per i bambini di prima, poi, con il maturare dell'esperienza sino a 10 secondi; prima con la destra e poi con la sinistra.

> *VISUALIZZAZIONI*: servono per facilitare l'incontro con le emozioni positive, richiamando alla memoria luoghi, suoni, profumi, immagini che permettono di rivivere vissuti positivi. Si possono presentare, a seconda dell'età, esperienze legate al vissuto dei bambini, così da facilitare il richiamo alla memoria e promuovere una maggiore disponibilità ed intenzionalità alla visualizzazione:
>   - un ambiente significativo per gli studenti (appartenenti alla realtà territoriale): il MARE, la MONTAGNA oppure qualsiasi altra ambientazione, chiedere ai bambini di sdraiarsi sui materassini, oppure zone morbide, chiudere gli occhi e ascoltare la voce dell'insegnante che, con parlare lento e calmo, deve richiamare elementi appartenenti all'ambientazione, da far vivere attraverso i diversi organi senso-percettivi. Come ad esempio [(...) quando presente fare una pausa di almeno 5 secondi]:
>
>   "*immagina di essere al mare (...), non lo vedi ancora, ma lo senti, ne senti il rumore delle onde che si infrangono nella battigia (...) ... sentile con le orecchie (...) ... e poi, senti il profumo del mare (...) ... quello che hai sentito tutta l'estate (...) ... poi lo vedi, azzurro, vedi come si muove, le onde (...)... c'è un bel sole caldo (...) ... il calore lo senti in tutto il corpo (...) ... senti tanto caldo e ti butti in acqua (...)... senti l'acqua in tutto il corpo, è fresca (...) ...*"
>
>   E così via, a seconda di quello su cui si ritiene di lavorare.

TAVOLA 10	I DIVERSI ATTREZZI E IL LORO UTILIZZO	SC. PRIMARIA
FINALITÀ	Sviluppo dell'identità, dell'autonomia e delle competenze	
CONOSCENZE	Gli attrezzi, il movimento del corpo con i diversi attrezzi.	
ABILITÀ	Utilizzare gli attrezzi in maniera corretta; organizzarsi e coordinare il corpo rispetto agli attrezzi a terra e mobili.	
COMPETENZE	Individuare collegamenti e operare scelte con creatività e consapevolezza, trovare soluzioni ai problemi, osservare le parti del corpo e riconoscerne l'utilizzo corretto, riconoscere le diverse forme espressive, sviluppare la coordinazione; muoversi con sicurezza in ogni ambiente e situazione.	

I diversi attrezzi offrono opportunità per lavorare sui diversi obiettivi posturali e motori e, combinandoli tra loro di offrire diverse soluzioni per attività gioco funzionali rispetto agli obiettivi.

I principali attrezzi psicomotori di base ed il loro utilizzo:

Attrezzo psicomotorio	Obiettivo	Gioco
CONO	- Slalom, - percorsi, - delimitazione spazio gioco motorio; - giro di boa, - salto (due coni messi a terra piegati); - gioco del Bowling; nel gioco simbolico: disposto nelle varie parti del corpo come cappello, naso, megafono...	- gioco motorio; -coordinativo, -simbolico, - percorsi, - circuiti, -giochi di avviamento sportivo.
CERCHIO PIATTO	- Saltelli (a piedi uniti, con piede destro e sinistro), - apro chiudo; dentro fuori; - giro intorno, - passo dentro con il corpo, salto dentro (secondo ritmi diversi); - gioco del Pincaro; nel gioco simbolico: elica, volante, macchinina intorno al corpo, ruota da spostare con la mano nello spazio...	
BASTONE	- Salto in elevazione, - passaggio se a terra (evitando la fase di volo), - superamento in estensione di uno spazio,	

| | - delimitazione spazio gioco,
- esercitazioni con gli arti superiori;
<u>nel gioco simbolico</u>: spada, bastone da imbucata, ossia da infilare in altri attrezzi, oppure per spostamento palline come nel golf... | |

Attrezzi psicomotori combinati:

Attrezzi	Attività
CONO + CERCHIO	<u>Cerchio di fuoco</u>: per attività di passaggio del corpo all'interno del cerchio, infilato nel cono con l'incavo sulla punta, così che rimanga in sospensione verticale. Lavorando sulla coordinazione, sul controllo tonico e posturale, sull'attenzione selettiva, sulla percezione; <u>cerchio di passaggio</u>: più coni e un cerchio inserito nell'incavo dei diversi coni, che gli permettano di stare in orizzontale, dove il bambino deve entrare ed uscire per procedere (diverse opportunità motorie, dall'alto o dal basso, bilanciando, organizzando e coordinando i vari segmenti corporei; adattando il controllo tonico e posturale alla situazione; attivando il controllo motorio e l'attenzione).
CONO CON FORI + BASTONE	<u>Ostacolo</u>: di diverse altezze (utilizzando i diversi fori del cono), per attività di salto in elevazione; <u>tunnel</u>: tanti coni in successione con i bastoni infilati nel foro più alto dei coni, creando un sottopassaggio, dove i bambini sperimentano lo strisciare sotto;
CONO BUCATO + BASTONE INFILATO NEL BUCO SUPERIORE	<u>lo slalom alto</u>: una variante per spronare i bambini ad eseguire lo slalom muovendo correttamente tutto il corpo; <u>percorsi</u>: uno dopo l'altro creano un percorso da seguire, utile per lavori senso percettivi, con la corda creano dei passaggi da seguire con la mano e l'inibizione della vista; oppure dei percorsi labirinto attaccando della carta da pacchi tra i diversi bastoni, che occludano la

		visione di ciò che c'è nelle altre parti dello spazio.
CONO FORATO CORDA/ FUNICELLA	+	<u>La tela del ragno</u>: diversi coni disposti nello spazio gioco a diversa distanza, tra i fori dei diversi coni si lega la corda così da formare tanti spazi come una rete; all'interno di questa rete si devono muovere i bambini organizzandosi per trovare gli spazi dove passare per raggiungere un oggetto disposto all'esterno dello spazio rete (gestione del corpo, organizzazione spaziale, pianificazione del percorso, quello più veloce e funzionale, controllo e inibizione motoria).

Attrezzi più specifici:

Attrezzo	Obiettivo	Gioco
MATERASSO-MATERASSINI	- Rotolare, - strisciare, - passare o superare, - attività senso percettive a piedi scalzi, percorso percettivo; <u>attività proprocettive</u>: rilassamento e gioco simbolico a forte impatto emotivo affettivo.	- gioco motorio; -coordinativo, -simbolico, - percorsi, - circuiti, -giochi di avviamento sportivo.
MATTONCINI	- Equilibrio dinamico nelle diverse andature (camminando in avanti, all'indietro, laterale) - equilibrio statico, stando fermi sopra il mattoncino a due piedi o facendo il fenicottero; - percorso senso percettivo; - slalom; - passare o superare creando un ostacolo di altezza variabile, sovrapponendo i mattoncini, perciò creando l'occasione per saltare nella sua altezza o nella sua lunghezza; - scala per salire e scendere.	
	- Passare un piede dopo l'altro;	

OSTACOLI DI PLASTICA	- saltare a piedi uniti, a cavallino; - passare sotto strisciando; gioco del calcio: lanciare le palline e farle passare attraverso l'ostacolo.	
FUNICELLE	- salto in elevazione; - salto in estensione (tra due funicelle a distanza variabile); - passare sopra/ strisciare sotto; - spostamenti del corpo a destra e sinistra (lo sciatore), con la funicella a terra; - ostacolo, da terra a diverse altezze; - delimitazione di spazi gioco; - camminare bendati poggiando i piedi e mani sopra.	- esercitazioni di mobilità ed escursione articolare - gioco motorio; - senso percettivo, - coordinativo, - simbolico, - percorsi, - circuiti, -giochi di avviamento sportivo.
ELASTICI	- giochi per la forza, di avvicinamento ad un oggetto o attrezzo da raccogliere, sperimentando la variabilità delle lunghezze; - per giocare a giochi collaborativi (il gioco dell'elastico con le diverse posizioni dello stesso nel corpo di due persone che lo tengono ed una terza che, invece, vi salta); - giochi per rafforzare la muscolatura delle mani, dei piedi, delle braccia, delle gambe.	- esercitazioni di mobilità ed escursione articolare; - esercitazioni sulla forza; - gioco motorio; senso percettivo, - coordinativo, - simbolico.

Attrezzi combinati:

Attrezzi	Attività
MATTONCINI o OSTACOLI + MATERASSI	Per creare una pendenza, un dosso, una montagnetta che i bambini dovranno superare arrampicandosi oppure dove potranno scivolare. Lavorando sull'organizzazione del corpo e sul

	controllo motorio; sull'inibizione; sulla coordinazione.

Attrezzi di uso comune o con gommapiuma per le attività con una grande valenza emotivo affettiva, relazionale e propriocettiva sono:

Attrezzo	Obiettivo	Gioco
CUSCINI GOMMAPIUMA, CILINDRICI & SEMICILINDRICI	- Rotolare, strisciare, - passare o superare, - attività senso percettive a piedi scalzi, percorso percettivo; - arrampicarsi; scivolare; - saltare; - equilibrio; - scala per salire e scendere. Lavorando sull'organizzazione del proprio corpo rispetto all'attrezzo; sul controllo e l'inibizione motoria; sulla flessibilità cognitiva. <u>attività gruppo</u>: trascinare, spingere e far rotolare insieme i cuscini cilindrici con le mani, con i piedi, con la schiena, con il sederino ecc; percorso d'equilibrio; <u>attività propriocettive</u>: rilassamento, consapevolezza delle diverse parti del corpo.	-gioco motorio; - coordinativo, -simbolico, - percorsi, - circuiti.
	- Percorsi senso percettivi, - manipolativi; - superare; - saltare; - strisciare; - piegare; - lanciare; - battere a terra. Lavorando sulla coordinazione; l'organizzazione del proprio corpo rispetto ad un attrezzo;	

Attrezzo	Obiettivo		
TUBI NOODLE (piscina)	la coordinazione oculo-manuale; l'attenzione sostenuta; il controllo motorio; la flessibilità cognitiva. attività gruppo: trascinare, trasportare insieme, camminare insieme, lanciare insieme; attività propriocettive: rilassamento, consapevolezza; battere a terra (attività di scaricamento).	
PALLE DI GOMMAPIUMA E TATTILI	- Percorsi senso percettivi, - manipolativi; - lanciare; - spostare; - calciare; - rotolare; - lasciar cadere; - colpire qualcosa fermo (Bowling); - colpire qualcosa in movimento (compagni). Lavorando sulla coordinazione; la percezione oculo-manuale; sul controllo tonico e posturale; la flessibilità cognitiva. attività gruppo: spingere e far rotolare, lanciare verso l'alto, in avanti, all'indietro, da sotto le gambe, da sopra la testa (mano destra, sinistra, entrambe le mani, dal petto, da dietro la testa...); attività propriocettive: rilassamento e percezione sensoriale.	

I grandi attrezzi codificati presenti, normalmente, nelle palestre:

Attrezzo	Obiettivo	Gioco
	- arrampicarsi; - scivolare nel piolo; - spostarsi da una parte all'atra della spalliera;	- gioco motorio;

SPALLIERA	- saltare; - equilibrio; - scala verticale per salire e scendere; - organizzazione del corpo; - controllo e inibizione motoria; - flessibilità cognitiva; - ginnastica per gli arti superiori ed inferiori.	- coordinativo; - simbolico, - percorsi, - circuiti; - equilibrio.
IL QUADRO SVEDESE	- arrampicarsi; - scivolare nel piolo; - spostarsi da una parte all'atra della spalliera; - saltare; - equilibrio; - scala verticale per salire e scendere; - organizzazione del corpo; - controllo e inibizione motoria; - flessibilità cognitiva; - ginnastica per gli arti superiori ed inferiori.	- gioco motorio; - coordinativo; - simbolico, - equilibrio.
L'ASSE DI EQUILIBRIO	- equilibrio; - capacità coordinative; - organizzazione del corpo; - concetti topologici; - schemi motori	- gioco motorio; - coordinativo; - simbolico, - percorsi, - circuiti; - equilibrio.
PANCA	- equilibrio; - capacità coordinative; - organizzazione del corpo; - concetti topologici; - schemi motori; - salire e scendere	- gioco motorio; - coordinativo; - simbolico, - percorsi, - circuiti; - equilibrio.

APPENDICE

CARTE MOVIMENTO

Le seguenti carte possono essere utilizzate sia per le esercitazioni che per i giochi, al fine di facilitare la comprensione e l'autonomia, come organizzatori anticipati per i bambini con bisogni educativi speciali.

IL GIOCO DELLE ANDATURE DEGLI ANIMALI (pag. 20 del libro):

Figura 4 FARFALLA

Figura 2 CANE- GATTO

Figura 3 ELEFANTE

Figura 4 GORILLA

pag. 317

Figura 5 CAMMELLO

Figura 6 CANGURO

Figura 7 FENICOTTERO

Figura 8 GIRAFFA

Figura 9 PAPERA

Figura 10 GRANCHIO

Figura 11 RANA

Figura 12 SERPENTE

GIOCHI DI MOVIMENTO:

Figura 13 BARCHETTA

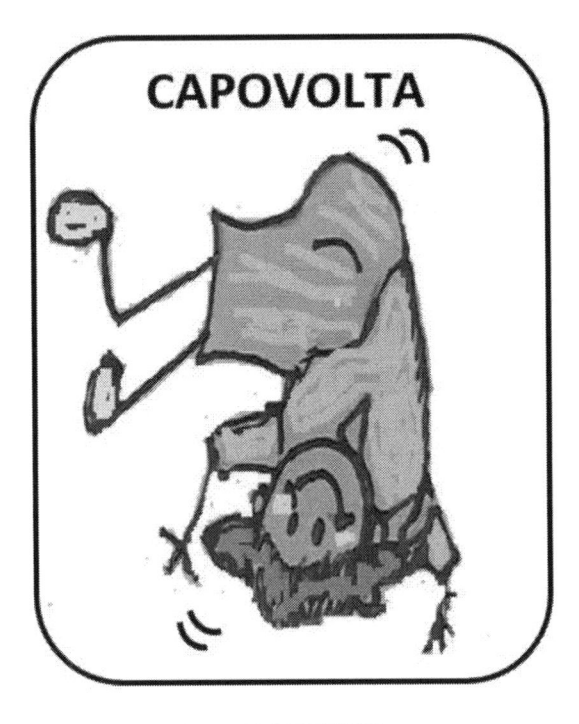

Figura 14 CAPOVOLTA

Figura 15 SALTO CON LA CORDA

Figura 16 SALTO CON IL SACCO

Figura 17 PASSA SOTTO IN QUADRUPEDIA

Figura 18 DENTRO IL TUNNEL

Figura 19 PASSA SOPRA L'OSTACOLO/ SALTA

Figura 20 PASSA DENTRO IL CERCHIO

GIOCHI SUGLI SCHEMI MOTORI:

Figura 21 CAMMINARE

Figura 22 CORRERE

Figura 23 GATTONARE

Figura 24 ROTOLARE

Figura 25 SALTARE

Figura 26 SCAVALCARE

Figura 27 STRISCIARE

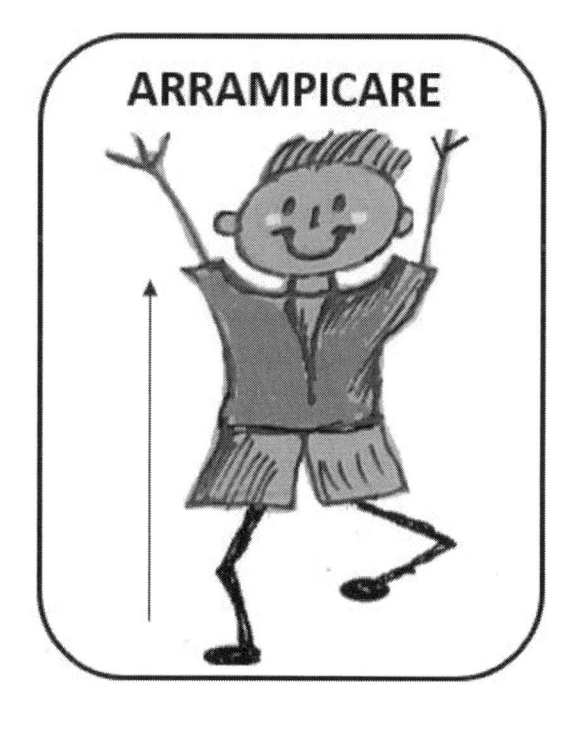

Figura 28 ARRAMPICARE

Figura 29 LANCIARE

Figura 30 PALLEGGIARE

STRISCIE PER LE AZIONI:

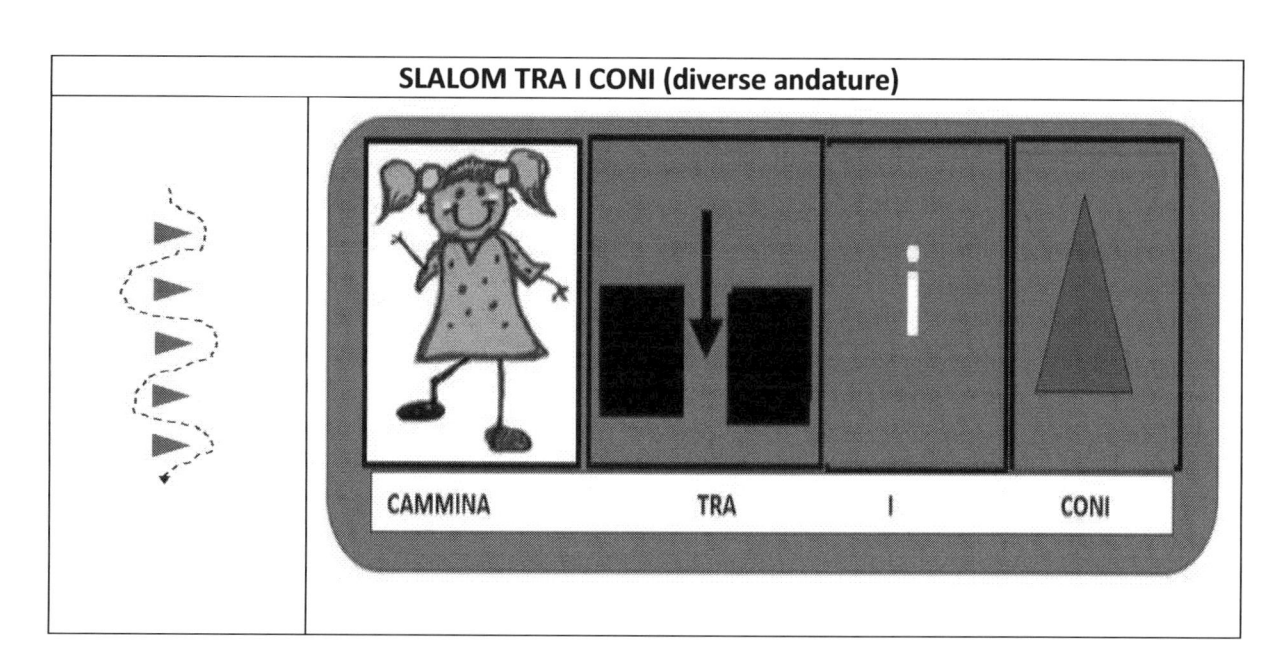

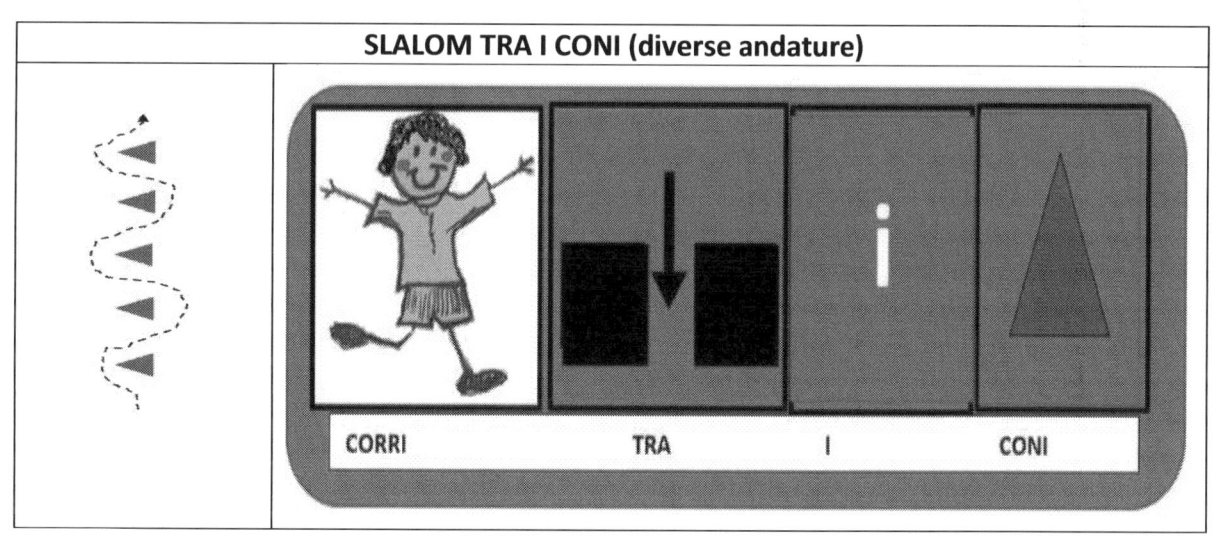

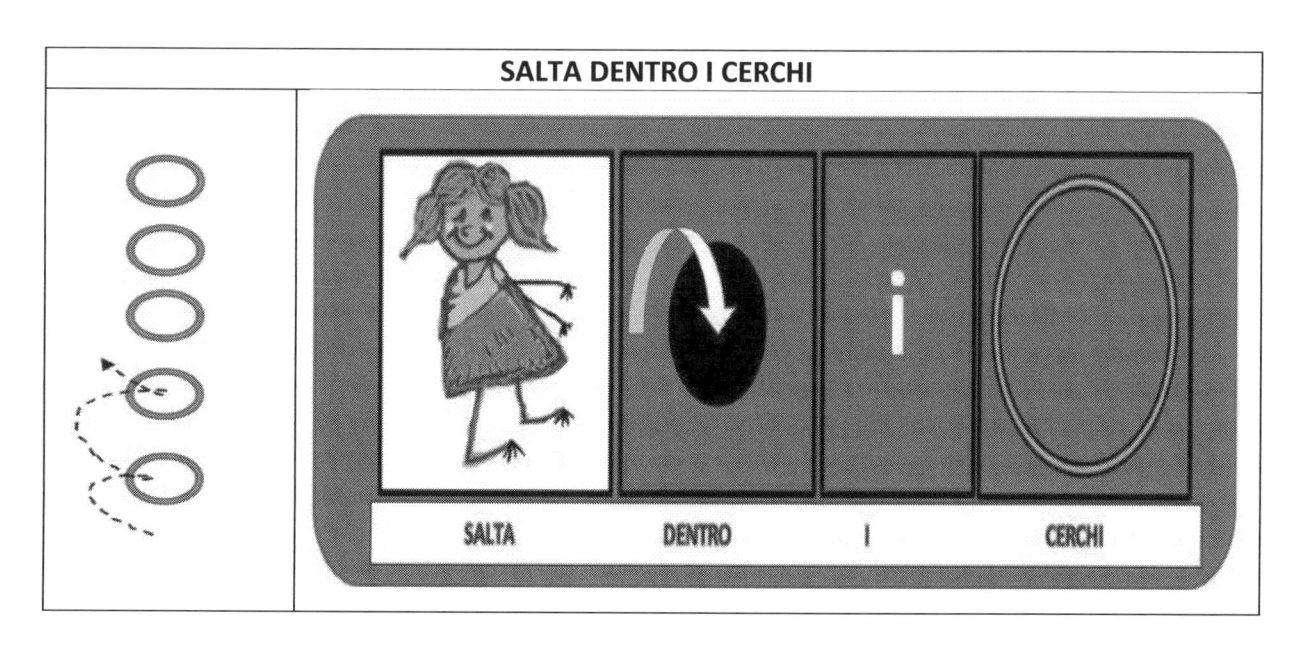

SLALOM TRA I CONI (diverse andature)
CAMMINA — TRA — I — CONI

SLALOM TRA I CONI (diverse andature)
CORRI — TRA — I — CONI

SALTA DENTRO I CERCHI
SALTA — DENTRO — I — CERCHI

PASSA DENTRO IL CERCHIO DI FUOCO

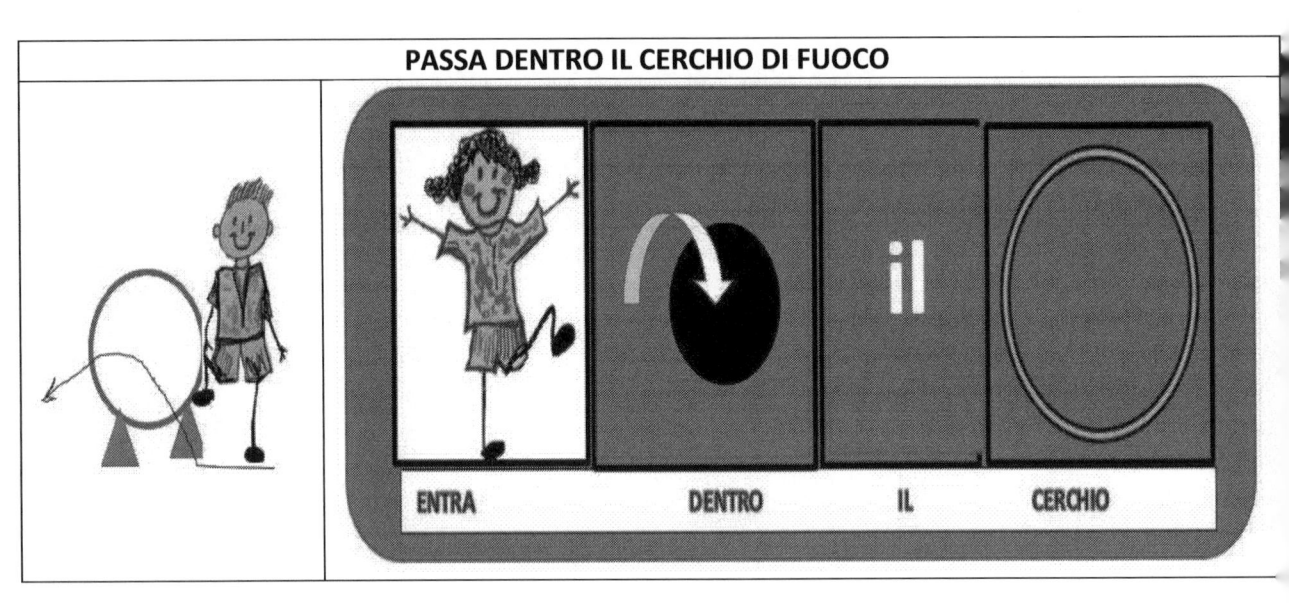

| ENTRA | DENTRO | IL | CERCHIO |

SALTA L'OSTACOLO

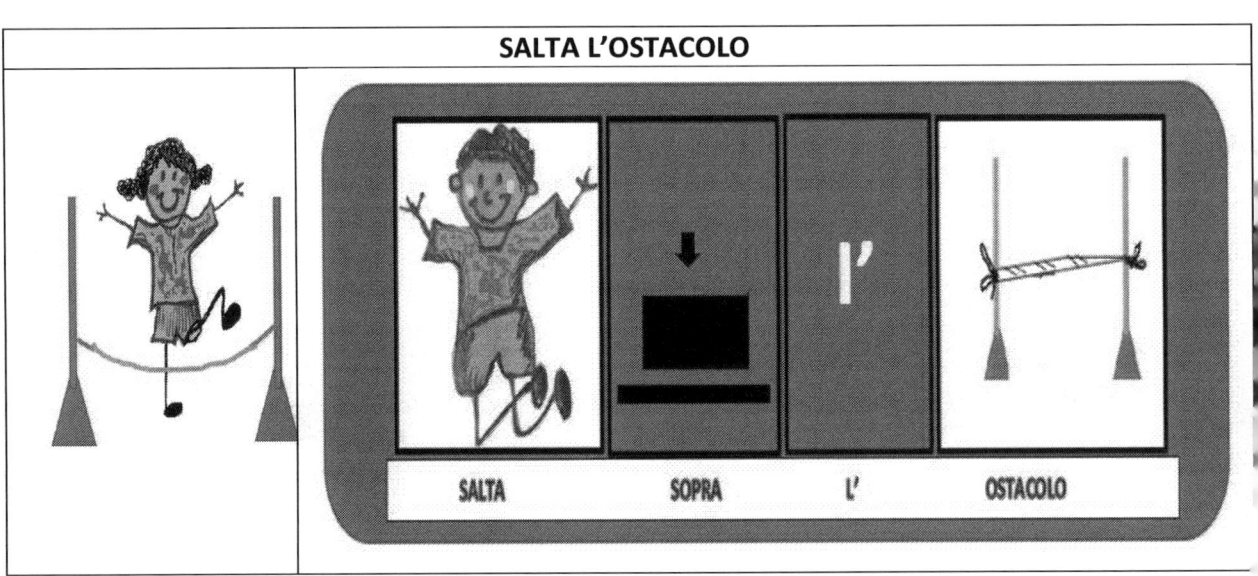

| SALTA | SOPRA | L' | OSTACOLO |

STRICIA SOTTO L'OSTACOLO

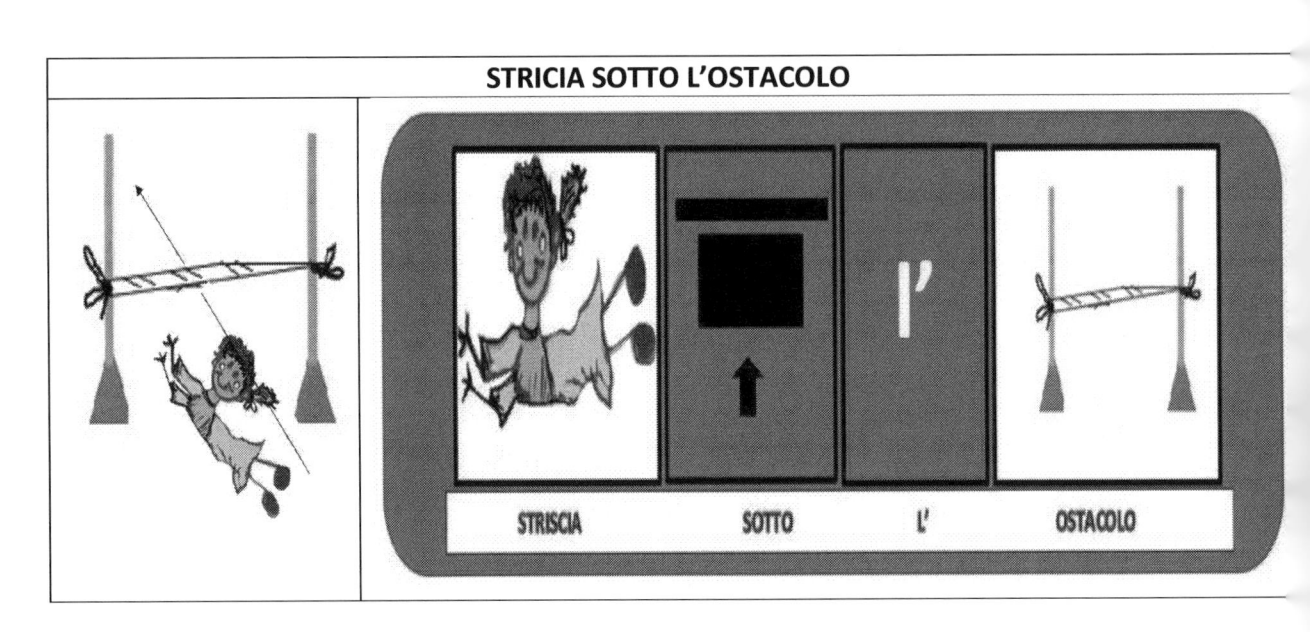

| STRISCIA | SOTTO | L' | OSTACOLO |

A GATTONI SOTTO L'OSTACOLO

| A QUATTRO ZAMPE | SOTTO | L' | OSTACOLO |

ROTOLA SOPRA IL MATERASSO

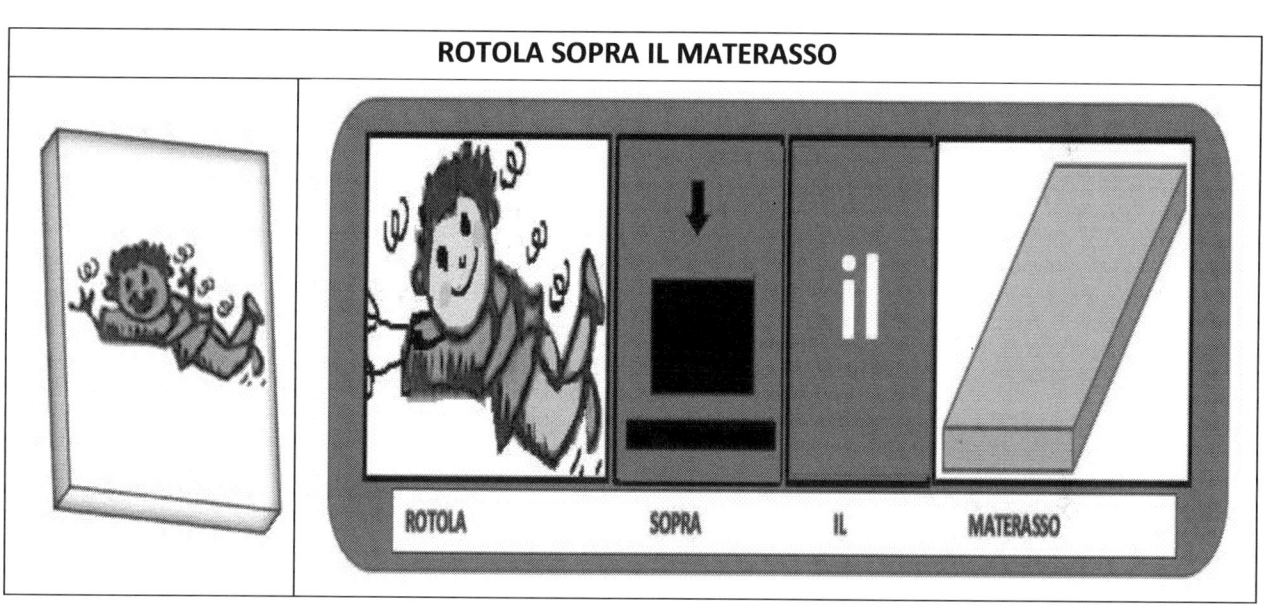

| ROTOLA | SOPRA | IL | MATERASSO |

STRISCIA SOPRA IL MATERASSO

| STRISCIA | SOPRA | IL | MATERASSO |

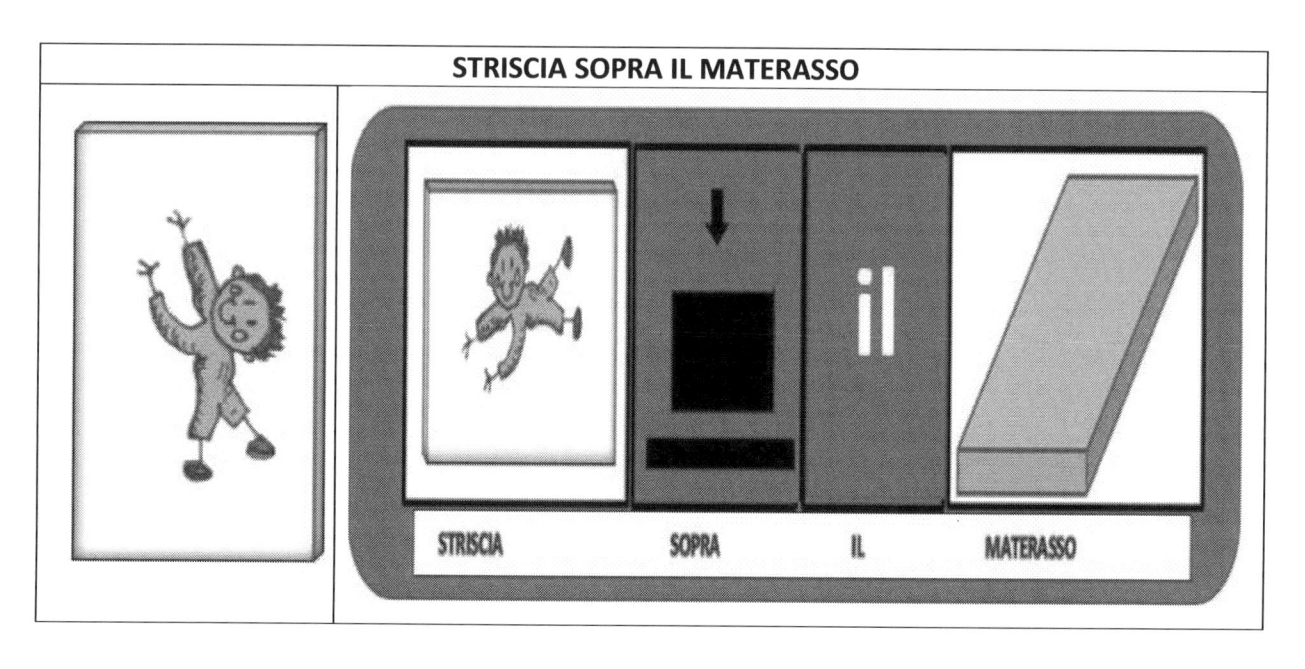

ARRAMPICATI SOPRA IL MATERASSO

| ARRAMPICATI | SOPRA | IL | MATERASSO |

ALZA LA GAMBA ED ENTRA DENTRO IL SACCO

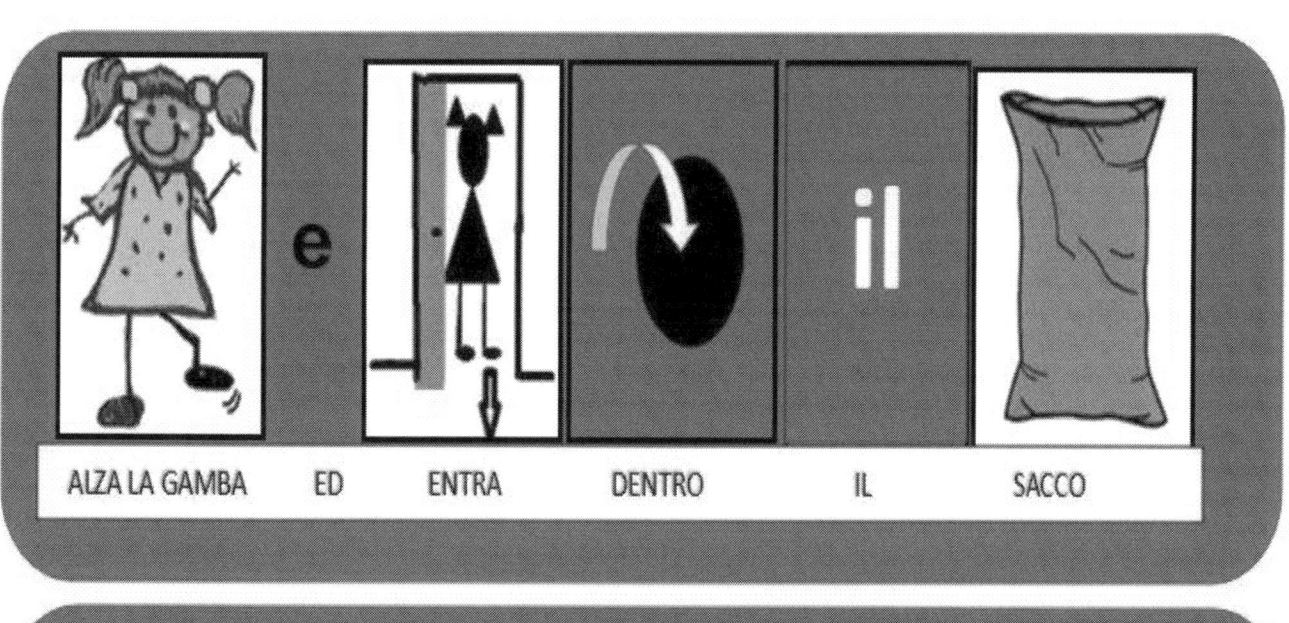

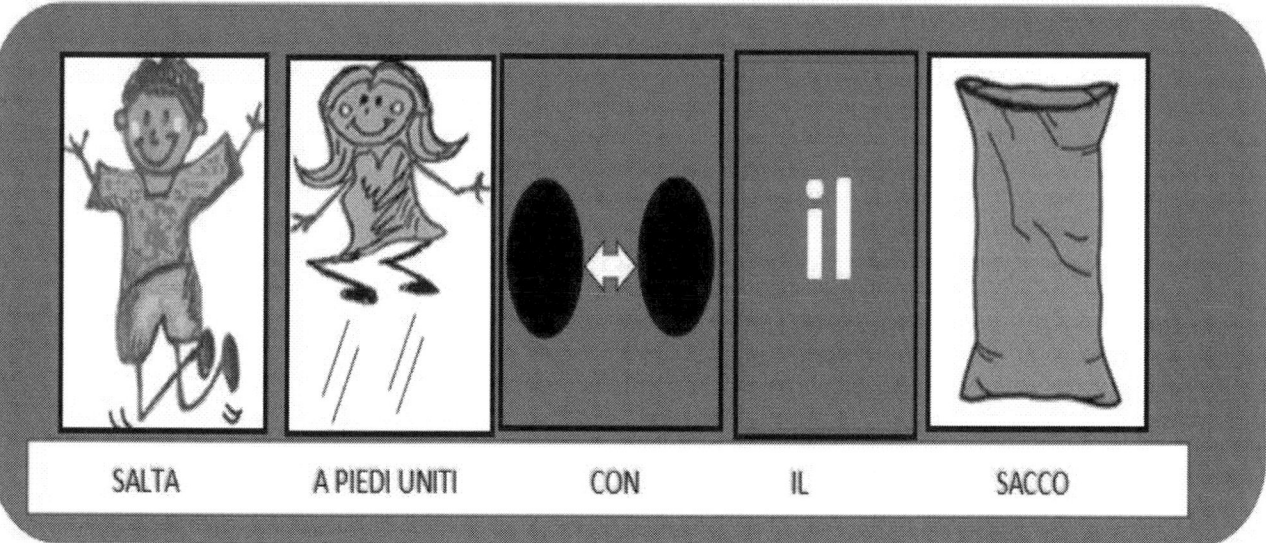

SALTA A PIEDI UNITI CON IL SACCO

| 1 | METTI | LA | CORDA | DAVANTI AL CORPO |

| SALTA | LA | CORDA | E GIRARLA INTORNO AL CORPO | E RIPETI DA 1 |

ATTIVITÀ DI RILASSAMENTO:

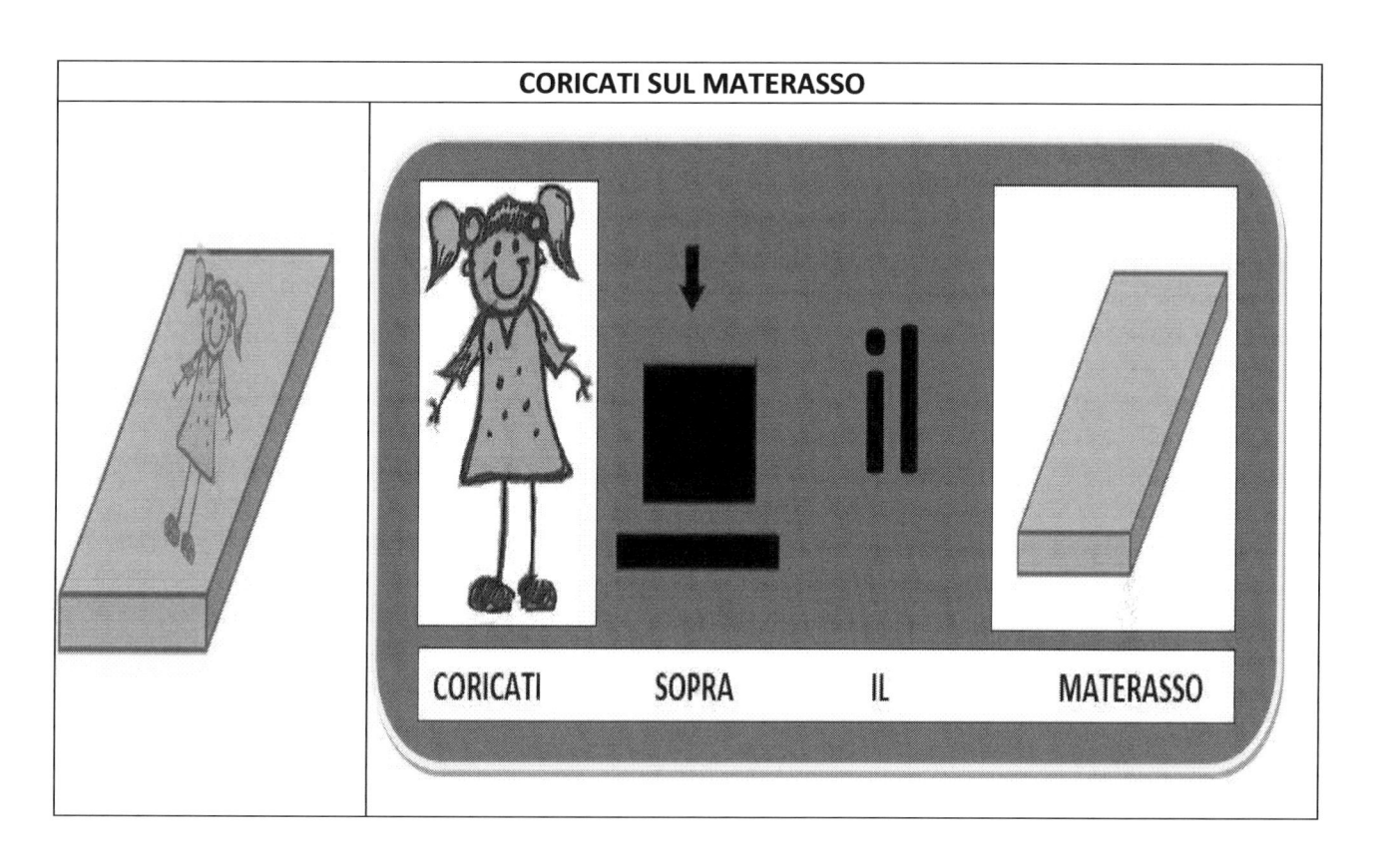

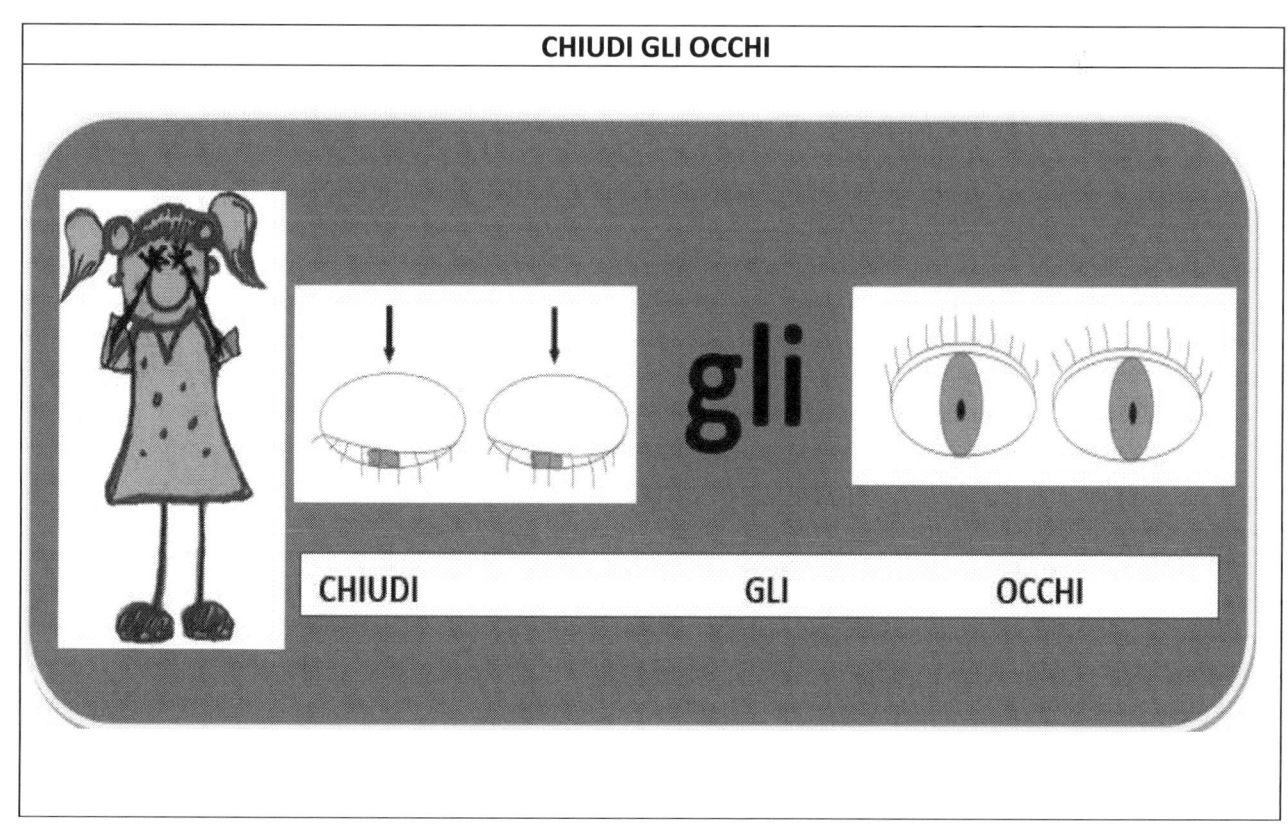

CORICATI SUL MATERASSO

| CORICATI | SOPRA | IL | MATERASSO |

CHIUDI GLI OCCHI

| CHIUDI | GLI | OCCHI |

pag. 331

ASCOLTA LA MUSICA

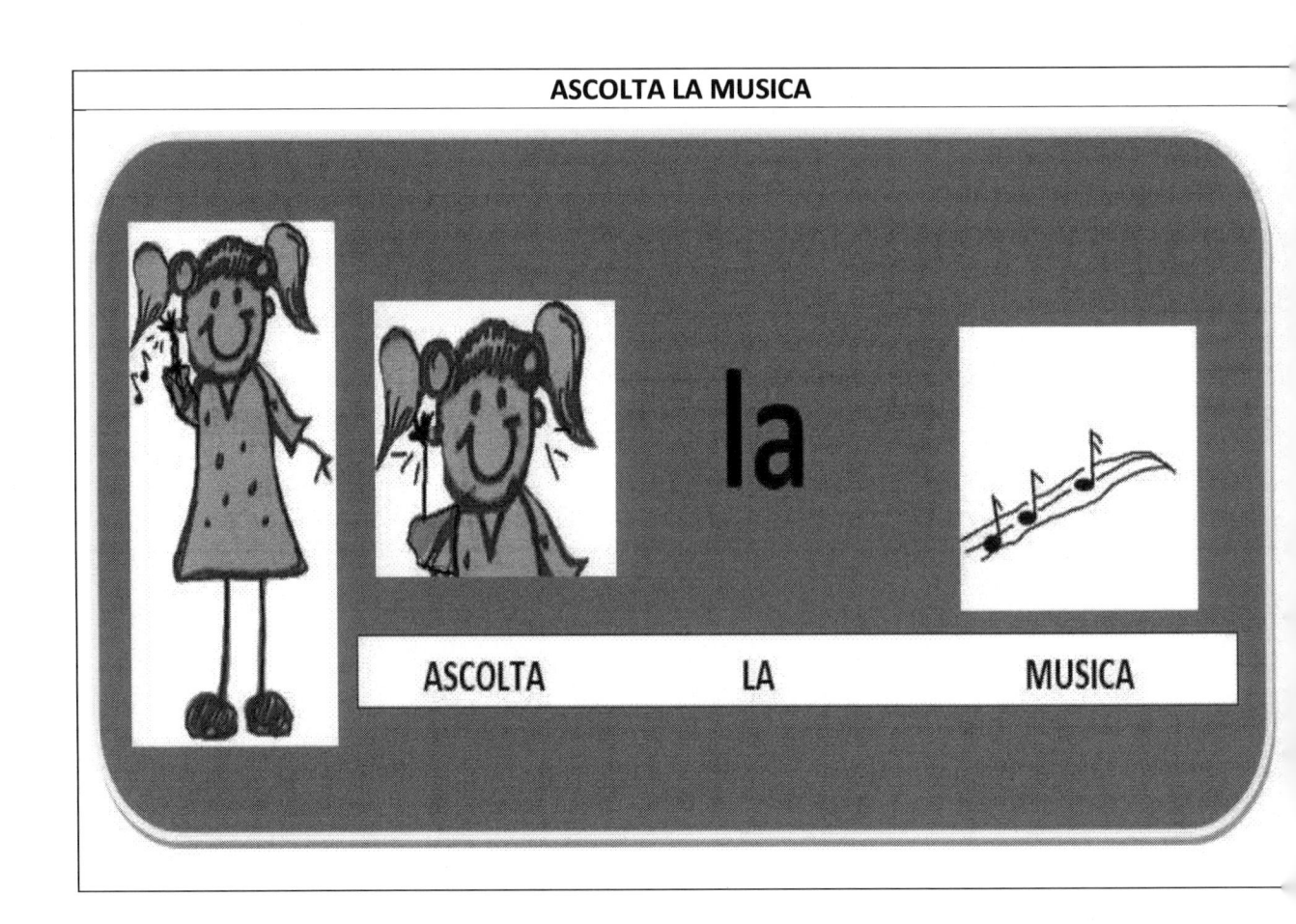

la

| ASCOLTA | LA | MUSICA |

Questo libro è soggetto al

diritto d'autore in base alla

L. sul copyright è la n. 633 del 22/04/1941

L. 3 maggio 2019, n. 37.

"©2012, Paola Morelli e Daniela Tocco, disegni Maria Grazia Russo

tutti i diritti riservati"

come proprietà intellettuale

non è consentita la riproduzione e duplicazione

dei contenuti.

Questo libro vuole rappresentare uno strumento per i docenti della scuola primaria, al fine di trovare risorse utili e facilitanti l'apprendimento, secondo una prospettiva inclusiva, personalizzata e legata ai ritmi di ciascuno studente, attraverso il canale preferenziale del corpo e del movimento.
Le attività, esercitazioni, giochi psicomotori favoriscono l'incremento dell'apprendimento del bambino e la sua maturazione in tutte le dimensioni di sviluppo.

Schede d'autore:

Paola Morelli è insegnante di ruolo specializzata per le attività del sostegno alla scuola primaria, da anni ricopre la funzione strumentale per la disabilità e BES, team inclusione, relative alla disabilità e ai bisogni educativi speciali, supporto didattico agli insegnanti, formazione del personale per il sostegno alle attività didattiche ed educative, anche in riferimento alle nuove tecnologie. Dal 2015 ha ricoperto diversi incarichi d'insegnamento, laboratori e tutoraggi, nei TFA presso l'Università agli studi di Cagliari. A seguito del percorso relativo alla dimensione educativo- didattica con la laurea in Metodi e Tecniche delle Interazioni Educative, ha deciso di approfondire le competenze motorie, consapevole dell'importanza per la formazione globale e per il benessere psico fisico dalla più tenera età sino ad adulti, conseguendo la Laurea in Management dello sport e delle attività motorie. A seguito di questo percorso collabora con associazioni del territorio per la formazione motoria dei bambini, proponendo attività psicomotorie e di mindfulness adattate all'apprendimento e come modalità di facilitazione rispetto a limiti e gap nell'apprendimento. Attiva da anni percorsi di formazione per la scuola, sia ai fini dell'inclusione che della preparazione del personale docente.

Daniela Tocco è un'insegnante nei diversi ordini e gradi dall'infanzia alla secondaria, con esperienza maturata nel contesto scolastico con studenti con BES e nell'extra scuola, in attività motoria adattata a bambini e ragazzi con disabilità. Ha ricoperto per 10 anni la nomina nel ruolo di supporto tecnico come Esperto Esterno specializzato di Attività Motoria nelle progettualità di continuità scuola infanzia, primaria e secondaria di primo grado e in progettualità per gli alunni diversamente abili. Laureata ISEF e specializzazione come mental coach, a seguito del master in psicologia dello sport, ha conseguito diverse specializzazioni e competenze in differenti discipline motorie e sportive; allenatore specialista Fidal e formatore della federazione rispetto alla preparazione di tecnici federali. Docente di attività motoria presso l'Università della terza età dal 2006 ad oggi. Ha maturato un'esperienza trentennale in associazioni sportive come allenatore specialista di atletica leggera e di tecnico per i percorsi di avviamento motorio e sportivo per bambini dai 4 anni, combinando la formazione motoria alla formazione globale del bambino, rispetto a tutte le dimensioni di sviluppo.

Rappresentazione Artistica del libro

Maria Grazia Russo è un'artista di Arte Moderna Contemporanea, vive a Roma, ed è laureata in accademia delle Belle Arti. Ha partecipato a mostre nazionali, vincendo diversi premi nel settore artistico come "la Lupa Capitolina", ed internazionali. Fa esposizioni ed è rinomata per la sua tecnica espressiva in figure, nudi, ritratti e paesaggi, con tecniche ad olio, gessetti tempere, matite e carboncino. La sua capacità di comunicare emozioni e sensazioni attraverso il disegno e l'espressione artistica pittorica, con diverse tecniche e giochi di colori, è riconosciuta e specificata nelle critiche alle sue opere negli Annuari di Arte.

Printed in Great Britain
by Amazon